カイリー・リード
岩瀬徳子 訳

もうやってらんない

SUCH A FUN AGE

KILEY REID

HAYAKAWA PUBLISHING CORPORATION　早川書房

もうやってらんない

日本語版翻訳権独占
早　川　書　房

© 2022 Hayakawa Publishing, Inc.

SUCH A FUN AGE
by
Kiley Reid
Copyright © 2019 by
Kiley Reid Inc.
Translated by
Noriko Iwase
First published 2022 in Japan by
Hayakawa Publishing, Inc.
This book is published in Japan by
arrangement with
Kiley Reid Inc.
c/o William Morris Endeavor Entertainment, LLC
through The English Agency (Japan) Ltd.

装画／小幡彩貴
装幀／早川書房デザイン室

パトリシア・アデリーン・オリヴィエに

「わたしたちは必ず誕生日まで待ちます。アイスクリームひとつであろうと同じことです。つまり、（娘は）ほしいものは自分で勝ちとらなくてはなりません。わたしたちはきのう、娘にアイスクリームを買ってやる約束をしましたが、そのあと娘の行儀がよくなかったのでこう言いました。〝残念だけど、アイスクリームはいい子のものなの。きょうのあなたはちがったでしょう。あしたならあげられるかも〟」

――レイチェル・シャーマン『安穏ではない暮らし――豊かさのもたらす不安』

PART 1

1

その夜、ミセス・チェンバレンが電話をかけてきたとき、エミラに聞きとれたのは「……どこかにブライアーを……」と「……いつもの倍、支払うから」という言葉だけだった。人でいっぱいのアパートメントの部屋で、「それはあたしの曲！」という誰かの叫び声があがるなか、エミラは親友のザラ、ジョセファ、ショーニーのそばに立っていた。九月の土曜の夜で、ショーニーの二十六歳の誕生日があと一時間あまりで終わろうとしているところだ。エミラは通話の音量をあげ、もう一度言ってほしいとミセス・チェンバレンに頼んだ。

「ちょっとのあいだ、ブライアーをスーパーへ連れていってもらえないかしら」ミセス・チェンバレンは言った。「電話してごめんなさいね。遅い時間なのはわかってるんだけど」

昼間のベビーシッターの仕事（高級なロンパース、カラフルな積み木、お尻拭き、仕切りつきキッズプレート）がいまの夜遊びの場（大音量の音楽、ボディコンシャスの服、リップライナー、使い捨ての赤いプラカップ）に割りこんできたのは驚きといってよかった。けれどもいま、午後十時五十一分に、ミセス・チェンバレンはエミラがイエスと言うのを待っている。強いカクテルを二杯飲んでぼんやりしている頭には、ふたつの場の交差がおもしろくも思えたけれども、おもしろくないのはエミラの現在の預金残高だった。しめて七十九ドル十六セント。今夜のために二十ドルの食事代とバースデードリンク代、共同で贈るプレゼント代を出したあとで、エミラ・タッカーにはぜひとも現金が必要だった。

「ちょっと待ってください」エミラは飲み物をコーヒーテーブルに置き、反対側の耳を中指で塞いだ。「いますぐにブライアーを連れ出してほしいということですか」

テーブルの向こうでショーニーがジョセファの肩に頭をもたせかけ、ろれつの怪しい声で言った。「これって、おばさんになったってこと？　二十六歳って？」ジョセファが頭を押しやって言った。「ショーニー、くだ巻かないで」エミラの隣で、ザラがねじれたブラの肩紐（かたひも）を直した。しかめた顔をエミラのほうに向け、唇を動かした。〝うへえ、ボスから？〟

「ピーターがちょっと――いろいろあって家の窓が割れてしまって……とにかく、ブライアーを家から離しておきたいのよ」ミセス・チェンバレンの声は落ち着いていて、妙に歯切れがよかった。赤ん坊をとりあげようと、〝さあ、お母さん、いきむのよ〟と声かけしているかのようだった。「こんな時間にごめんなさい。ただ、あの子に警察を見せたくなくて」

「ああ、なるほど。わかりました。でも、ミセス・チェンバレン？」エミラはソファの端に腰かけた。反対側の肘かけの向こうで女性ふたりが踊りはじめた。左側でショーニーのアパートメントの玄関ドアが開いて、男性四人が大声をあげながら入ってきた。「イエー！」

「うわ」ザラが言った。「あいつら、ひと騒ぎする気だよ」

「いまはベビーシッターをするような恰好じゃないんです」エミラは言った。「友達の誕生日パーティに来ていて」

「あらまあ。ほんとうにごめんなさい。それならそこに残って――」

「いいえ、そうじゃなくて」エミラは声を張った。「行くことはできます。ただ、いまはハイヒールを履いてるし……ちょっと飲んじゃってることを知らせておきたくて。それでもだいじょうぶですか」

チェンバレン家の最年少、五カ月のキャサリンが電話の向こうでぐずっているのが聞こえた。ミセス・チェンバレンが声をかけた。「ピーター、見てやってくれる？」そして、電話口に向かって言った。「エミラ、どんな恰好でもかまわないわ。ここまでのタクシー代と、帰りのタクシー代も出すから」

エミラは斜めがけしたバッグのポケットに携帯電話をしまい、ほかの持ち物も全部そろっていることを確認した。そして立ちあがり、先に帰ることを親友たちに伝えると、ジョセファが言った。「ベ、ビ、ー、シッ、タ、ー、をしに帰る？　冗談でしょ」

「みんな……聞いて。誰もあたしのシッターはしてくれなくていいから」ショーニーが言った。

片方の目は開いていて、もう片方はなんとか同じくらいまで開こうとがんばっている。

ジョセファがさらに問いつめた。「こんな時間にベビーシッターを頼むなんてどんな母親よ?」

エミラは詳しく話すつもりはなかった。「あたしはお金がいるの」そう言ったあと、たぶん無理だろうと思いながら付け加えた。「でも、終わったら戻ってくるから」

ザラがエミラをつついた。「あたしも行く」

〝やった、助かる〟とエミラは思った。声に出しては、こう言った。「オーケー、別にいいよ」

ふたりがひと息でグラスを空けるあいだに、ジョセファが腕を組んだ。「ふたりしてショーニーの誕生日パーティをほっぽり出すなんて信じらんない」

エミラはすばやく肩をすくめた。「ショーニーもすぐにほっぽり出すんじゃない?」そう言ったそばから、ショーニーが床に座りこみ、ひと眠りすると宣言した。エミラとザラは階段へ向かった。表に出て薄暗い歩道でウーバーを待ちながら、エミラは頭のなかで計算をした。十六×二……足すことのタクシー代……よし。

エミラとザラがチェンバレン家に着いたとき、キャサリンがまだ泣いている声がなかから聞こえていた。玄関ポーチの階段をあがっていくと、正面の窓に小さなギザギザの穴が空いていて、何か透明でねばついたものが垂れているのが見えた。階段をのぼりきったところで、ミセス・チェンバレンがブライアーのつやつやした金髪をポニーテールにまとめていた。ミセス・チェンバレンはエミラに礼を言ってから、ザラにいつもとまったく同じように挨拶をし（「あら、ザラ、また会えてうれしいわ」）、ブライアーに言った。「エミラたちとお出かけしてね」

ブライアーはエミラの手を握った。「ねてるじかんだったけど」ブライアーは言った。「いまはちがうの」三人は階段をおりて三ブロック先にある〈マーケット・デポ〉へ歩いて向かい、その途中、ブライアーは何度もザラの靴をほめた――履いてみたかったのだろうが、その作戦は成功しなかった。

〈マーケット・デポ〉はボーンブロスやトリュフバターや量り売りのさまざまなナッツを扱っていて、いまは明かりが消えているがスムージーのスタンドもある。店内は明るくて空いていて、品数十点以下用のレジがひとつだけ開いていた。ドライフルーツ売り場の前で、ザラがスカートの裾を押さえながらハイヒールでかがみこみ、ヨーグルトをコーティングしたレーズンの箱を手にとった。「うーん……八ドル？」すばやく箱を棚に戻して立ちあがる。「まったく。お金持ちのスーパーだね」

〝そう〟。エミラは幼児を抱きかかえながら唇を動かした。〝この子はお金持ちの子〟。

「こーれ、ほしい」ブライアーがザラの耳にぶらさがっている銅色のフープイヤリングに両手を伸ばした。

エミラはザラに一歩近づいた。「どうやってお願いするの？」

「おねがい、こーれ、ほしい。ミラ、おねがい」

ザラはあんぐり口を開けた。「なんでこの子の声はいつもこんなにしゃがれててかわいいの？」

「髪をよけて」エミラは言った。「引っ張られないように」

ザラは編んだ長い髪――そのうち十束ほどはプラチナブロンドだ――を片側の肩に寄せて、イヤリングをブライアーに近づけた。「来週末に、従姉妹の知り合いの子に編みなおしてもらうんだ。ほら、ミス・ブライアー、触っていいよ」ザラの携帯電話が鳴った。ザラはバッグから電話機を取り出して、ブライアーに軽く引っ張られて頭を傾けながら文字を打ちはじめた。

エミラは尋ねた。「みんなまだいるって？」

「は！」ザラは頭の位置を戻した。「ショーニーが鉢植えに吐いちゃって、ジョセファがかんかんになってる。どれくらいここにいないといけないって？」

「さあ」エミラはブライアーを床におろした。「でも、この子はナッツを何時間でも見てられるから、どうとでもなるよ」

「ミラはお金をか・せ・ぐ、ミラはお金をか・せ・ぐ……」ザラは踊りながら冷凍食品の通路へ入っていき、エミラとブライアーもあとについていった。ザラが両膝に手を当てて跳びはねる姿が冷凍庫のガラス扉にうっすらと映っていて、太腿（ふともも）の部分にパステルカラーのアイスクリームのロゴが見えていた。またザラの携帯電話が鳴った。「うわ、ショーニーのとこにいたあの男に電話番号教えてたっけ？」ザラは画面を見つめた。「あたしに飢えてるって。ばっかじゃないの」

「おどってる」ブライアーはザラを指さした。指を二本くわえて言う。「おんがく……ないのに、おどってる」

「音楽がほしいの？」ザラは親指で画面をスクロールしはじめた。「なんかかけてあげる。でも、いっしょに踊るんだよ」

「きわどい歌詞のはやめてよ」エミラは言った。「家で歌われたらクビになっちゃう」

ザラはエミラに向かって三本指を振った。「これにしよう、これ」

とたんに電話機から大音量が鳴り響いた。ザラは身をすくめ、「おおっと」と言って音量をさげた。シンセサイザーの音色が通路を満たし、ホイットニー・ヒューストンが歌い出すと、ザラは腰を振りはじめた。ブライアーも、やわらかくて白い肘を両手で抱えて跳びはねはじめ、エミラはソーセージとワッフルの冷凍朝食キットの艶やかな箱が並ぶ冷凍庫の扉に寄りかかった。

ブライアー・チェンバレンは愚かな子ではない。風船をほしがって癇癪を起こしたりしないし、ピエロが高いところから飛びおりたり指先に火をつけたりすると、喜ぶより困惑する。誕生日パーティやバレエのクラスでは、音楽がはじまったり手品師が誰か手伝ってくれないかと叫んだりすると、まわりを気にしながら、〝これをしないとだめ？　どうしても？〟と言いたげな青い目で不安そうにエミラを見つめてくる。そういうわけで、ブライアーがすんなりザラに加わって八〇年代のヒット曲に合わせて体を前後に揺らしはじめたとき、エミラはいつものように、ブライアーの気が変わるのに備えて身構えた。飽きたらいつでもやめていいのだとブライアーにわかっていてほしかったけれども、心に幸せな気分が広がっていた。いま、二十五歳のエミラは時給三十二ドルを稼ぎながら、スーパーで親友とお気に入りのちびっ子と踊っているのだから。

ザラもエミラと同じくらい驚いているようだった。「おおっと！」ブライアーのダンスがますます激しくなるのを見て、ザラは言った。「オーケー、お嬢ちゃん、いいねえ」

ブライアーはエミラを見た。「おどって、ミラも」

エミラも加わると、ザラがコーラスを歌いはじめ、エミラはその歌詞どおり、誰かといっしょに熱くなりたくなった。ブライアーをくるりと回転させたとき、通路に人が入ってきてどきりとしたが、入ってきたのが灰色の髪をショートカットにした中年の女性で、スポーティなレギンスに〝セント・ポール・パンプキンフェスト・５Ｋ〟と書かれたＴシャツを着ているのを見て、胸をなでおろした。まちがいなくこれまでに子どもと踊ったことがありそうな人だったので、エミラはそのまま踊りつづけた。女性はアイスクリームの一パイント容器を買い物かごに入れ、踊る三人組を見て笑みを浮かべた。ブライアーが叫んだ。「ミラのダンス、ママみたい！」

曲が最後の転調部分に差しかかったとき、カートが一台通路に入ってきた。カートを押しているのはかなり背の高い男性で、シャツに〝ペンシルヴェニア州立大〟と書いてあり、眠そうなキュートな目をしていたが、エミラは振りつけに夢中になりすぎていて、途中でさりげなくやめることができなかった。ドギーの動きをしながら、視界の端でカートにバナナが入っているのを捉えた。肩を払うしぐさをするエミラのそばで、男性が冷凍野菜ミックスに手を伸ばした。ザラがお辞儀するようブライアーに言うと、男性はそちらへ向かって静かに四回手を叩き、通路を出ていった。エミラは曲がったスカートを直した。

「ひゃあ、汗かいちゃった」ザラはかがみこんだ。「ハイタッチしよう。よし、ブライアー。あたしはここまで」

エミラは言った。「もう行くの？」

ザラは携帯電話に目を戻し、勢いよく文字を打ちはじめた。「誰かさんが今夜いい思いをするかも」

エミラは長い黒髪を片側に寄せた。「ザラ、好きにすればいいけど、あの彼は白人も白人だよ」

ザラはエミラを小突いた。「いまは二〇一五年だよ、エ、ミ、ラ！　イエス・ウィ・キャン！」

「はいはい」

「さっきはタクシーに乗せてくれてありがと。じゃあね」

ザラはブライアーの頭をなで、体の向きを変えた。ハイヒールの音が出口のほうへと遠ざかっていき、〈マーケット・デポ〉がふいにひどく白く、静かになったように感じられた。

姿が見えなくなってようやく、ブライアーはザラが帰ってしまったことに気づいたようだった。「おともだち」ブライアーは誰もいない空間を指さした。前歯が二本、下唇の上にかかっている。

「もうベッドに行かなきゃいけないんだって」エミラは言った。「ナッツを見たい？」

「あたしも、ベッドのじかん」ブライアーはエミラの手につかまり、磨きこまれたタイルの上を前方に跳んだ。「おみせで、ねるの？」

「ううん」エミラは言った。「もう少しだけ、ここでぶらぶらしよう」

「あたし……おちゃのにおい、かぎたい」

ブライアーはいつも、物事が立てつづけに起こるのを不安がる。そこで、エミラはまずナッツを見にいって、そのあとお茶を嗅ぎにいくことをゆっくりと説明しはじめた。ところが、話し出したとたん、別の声がそれをさえぎった。「すみません、マアム」続いて足音が聞こえ、エミラが振り向くと、目の前で金色の警備員のバッジがきらめいた。上部に〝パブリック・セキュリティ〟、下部のカーブに〝フィラデルフィア〟と書いてある。

ブライアーは警備員の顔を指さした。「あのひと」ブライアーは言った。「ゆうびんやさんじゃないいよ」

エミラは唾を飲みこみ、気づくと言っていた。「ええと、こんばんは」警備員はすぐ目の前に立ってベルト通しに親指をかけていたが、挨拶を返そうとはしなかった。

エミラは髪に手をやりながら言った。「もう閉店か何かですか？」この店があと四十五分は閉まらないことは知っていたものの――平日は真夜中まで店を開けたまま清掃や品出しをする――自分にはきちんと話ができるところを見せたかった。警備員の黒っぽいもみあげの向こう、通路の奥に、もうひとつ別の顔が見えた。先ほどブライアーの踊りに感心しているようだった、灰色の髪のアスリート風の女性が胸の前で腕を組んでいる。足もとに買い物かごが置かれていた。

「マアム」警備員は言った。エミラは警備員の大きな口と小さな目を見あげた。大家族で住んでいて、休日は日がな一日家庭で過ごすタイプに見える。通りすがりに〝マアム〟なんて呼びかけをするタイプではない。「こういう小さなお子さんにはずいぶん遅い時間ですが」警備員は言った。「あなたのお子さんですか」

「いいえ」エミラは笑った。「あたしはベビーシッターです」

「そうですか、なるほど……」警備員は言った。「失礼ながら、今夜のあなたはベビーシッターをしているようには見えませんが」

熱すぎるものを飲みこんだかのように、エミラは気づくと口を引き結んでいた。冷凍庫の扉にぼんやりと映った自分の全身に目を向ける。顔――厚い茶色の唇、小さな鼻、黒い前髪に覆われた秀でた額――がかろうじて見てとれた。黒いスカートと体にぴったりしたVネックのトップス、それにリキッドアイライナーは、厚いガラス板に映るのを拒んでいる。そこにあるのは黒っぽいほっそりした塊と、ブライアー・チェンバレンの小さな金髪のポニーテールのてっぺんだけだった。

「オーケー」エミラは息を吐き出した。「あたしはこの子のベビーシッターで、この子の母親から電話をもらって――」

「あの、失礼、ちょっと……どうも」通路の奥から先ほどの女性が近づいてきた。タイルの床の上で、すり減ったスニーカーが甲高い音を立てた。女性は胸に片手を置いた。「わたしにも子どもがいるの。さっき、その子がいっしょにいるのは母親じゃないと言っているのを聞いて、それでこんな遅い時間だしちょっと心配になったのよ」

エミラは女性を見て、短く笑った。こんなふうに考えるのは子どもっぽいとわかっていても、〝あたしのことを告げ口したわけ？〟と思わずにはいられなかった。

「あれ……」ブライアーが通路の奥を指さして言った。「――あのドアは、どこにいくの？」

「ちょっと待ってね、ブライアー。オーケー……」エミラは言った。「あたしはこの子のベビーシッターで、母親にこの子を連れ出してくれと頼まれたんです。緊急事態が起こって、子どもを家から離しておきたいってことでした。この子の家は三ブロック先にあります」首の後ろの皮膚が張りつめるのを感じた。「ここにはナッツを見にきただけです。ナッツにもほかの何にも触ってません。まあ……いまはとんでもない状況になってますけど、その……ええと」

一瞬、警備員の鼻の穴がふくらんだ。何か質問されたかのようにひとつうなずいたあと、警備員は言った。「ひょっとして、今夜は酔っていたりしませんか、マアム」エミラは口を閉じて一歩後ろにさがった。警備員の隣の女性が顔をしかめた。「まあ」

精肉売り場が目に入った。そこに、あのペンシルヴェニア州立大の買い物客がいて、じっとこちらの会話に耳を傾けていた。急に、いわれのない非難だけでなく、このやりとり全体が屈辱的に思えてきた。あんたの名前はこの店の買い物客リストに載ってない、と大声で叫ばれている気分だった。「あのですね——いえ、わかりました」エミラは言った。「すぐに出ていきます」

「ちょっと待ちなさい」警備員が手を伸ばした。「行かせるわけにはいきません。子どもがかかわっているので」

「でも、この子はいま、あたしの子なんです」エミラはまた笑った。「ベビーシッターをしているんですよ。実のところ世話係で……」これは嘘だったけれども、書面を交わし、正式に雇用されて子どもを預かっているのだと思わせたかった。

「こんばんは、お嬢ちゃん」女性が身をかがめて膝に手をついた。「ママはどこにいるか知ってる？」

「この子の母親は家にいます」エミラは自分の鎖骨を二回叩いて言った。「話はあたしとしてください」

「つまり」警備員がまとめた。「三ブロック向こうに住むどこぞの女性が、あなたに子どもの面倒を見るよう頼んだと言うんですか。こんな夜遅い時間に」

「いえ、そうじゃありません。あたしはこの子の世話係なんです」

「少し前まで、もうひとり若い子がいたわ」女性が警備員に言った。「さっき帰ったみたい」

エミラの顔が驚きに固まった。自分の存在が消えてなくなったかのようだった。腕をあげて、電話を耳に当てながら人混みのなかに友達を見つけたときのように、〝あたしが見える？　いま手を振ってるよ！〟と叫びたくなった。女性は頭を振った。「ふたりで何か……よくわからないけど……腰振りダンス？　みたいなものを踊ってた。それで思ったのよ、これは妙だって」

「何を……」エミラの声が高くなった。「本気で言ってるんですか？」ブライアーがエミラの脚に向かってくしゃみをした。

ペンシルヴェニア州立大の男が近づいてきた。携帯電話を胸の前に持ちあげ、動画を撮っている。

「ちょっと」うっかりグループ写真にまぎれこんでしまったかのように、エミラは縁の剝げた黒い爪で顔を隠した。「さがってくれません？」

「きみにはこの動画が必要になるんじゃないかと思って」男性は言った。「警察を呼ぼうか？」

　エミラは腕をおろして言った。「なんのために？」

「やあ、お嬢ちゃん」警備員が床に片膝をついた。やさしい、手慣れた声で言う。「ここにいるこの人は誰なのかな？」

「いい子ね」女性が猫なで声で言った。「この人はあなたのお友達？」

　エミラはかがんでブライアーを抱きしめたかった――顔がはっきり見えれば、ブライアーは自分の名前を言ってくれるかもしれない――けれども、スカートがどうにも短すぎるし、しかもいまは動画を撮られている。ふいに、ブロッコリーは小さな木だとか、毛布の下に隠れれば見つからずにすむとか信じている幼児に、運命を握られているように感じた。エミラが息を詰めたとき、ブライアーが指を口に突っこんだ。そして、言った。「ミーア」〝ああ、助かった〟とエミラは思った。

　だが、警備員は言った。「きみのことじゃないよ。ここにいるきみの友達だ。友達の名前は？」

　ブライアーは叫んだ。「ミーア！」

「あたしの名前を言ってるんです」エミラは言った。「あたしの名前はエミラです」

　警備員は尋ねた。「綴りは？」

「おい、おい、おい」携帯電話をかざしていた男性がエミラの注意を引こうとした。「求められたとしても、彼らに身分証を見せる必要はない。ペンシルヴェニア州の法律でそう決まってる」

「自分の権利は知ってます」

「すみませんが」警備員が立ちあがって男性のほうを向いた。「あなたに犯罪に首を突っこむ権利はありませんよ」

「ちょっと待ってよ、犯罪？」地面に墜落していく気分だった。体じゅうの血液が音を立てて耳や目の奥に流れこむ。エミラは腕を伸ばしてブライアーを抱きあげると、脚を開いてバランスをとって立ち、髪を背中に払った。「どんな罪を犯したっていうの？　あたしはいま働いてるんです。お金をもらってて、きっとあなたより稼ぎはいいはず。あたしたちはここにナッツを見にきただけです。それで逮捕される？　それとももう行っていいですか？」しゃべるあいだ、エミラはブライアーの耳を塞いだ。ブライアーはエミラのVネックの奥に手を滑りこませた。

　告げ口女が口に手を当てた。そして、声をあげた。「まあ、なんてこと！」

「わかりました、マアム」警備員はエミラに対抗して脚を広げて立った。「あなたにはここに留まってもらって事情を訊きます。子どもの安全が脅かされているので。さあ、その子をおろして――」

「わかりました。だったら」左の足首が震えるのを感じながら、エミラは小さなバッグから携帯電話を取り出した。「これからこの子の父親に電話して、ここに来てもらいます。彼は年の行った白人ですから、みなさん安心するんじゃないですか」

「マアム、落ち着いてください」エミラに手のひらを向け、警備員はまたブライアーを見つめた。「なあ、お嬢ちゃん、きみはいくつかな？」

エミラは〝ピーター・チェンバレン〟の最初の四文字を打ちこんで水色の電話番号をタップした。ブライアーの手の下で、心臓が激しく脈打っているのを感じた。

「いくつなの？」女性が尋ねた。「ふたつ？　みっつ？」そして、警備員に言った。「二歳くらいかしら」

「まさか、この子はもうすぐ三歳です」エミラはつぶやいた。

「マアム？」警備員がエミラの顔に指を突きつけた。「わたしはこの子と話しているんですがね」

「わかりました、ええ、本人に訊くべきですよね。BB、あたしを見て」エミラは口もとに笑みを浮かべてブライアーを二回揺すった。「あなたはいくつ？」

「いち、に、しゃん、しい、ごお！」

「あたしはいくつ？」

「おたんじょうび、おめめと！」

エミラは警備員に目を戻して言った。「これで満足ですか？」携帯電話で、呼び出し音が止まった。「ミスター・チェンバレン？」受話口からカチリと音がしたが、声は聞こえなかった。

「エミラです。もしもし？　聞こえますか？」

「父親と話をさせてください」警備員が電話に手を伸ばした。

「何すんの、触らないでよ！」エミラは体の向きを変えた。その動きでブライアーが声をあげ、エミラの黒い付け毛をつかんでロザリオのビーズのように胸にくっついた。

「彼女に触らないほうがいい」ペンシルヴェニア州立大の男性が言った。「抵抗してるわけじゃない。子どもの父親に電話してるだけだ」

「マアム、電話をこちらに渡してくださいと頼んでるんですよ」

「おい、よせと言っただろ」

警備員は手を伸ばしたまま男性のほうを向いた。「引っこんでいてください！」

電話機を顔に押しつけ、ブライアーに髪をつかまれたまま、エミラは叫んだ。「本物の警官じゃないんだから、そっちこそ引っこんでてよ！」警備員の顔つきが変わるのがわかった。

〝本性を現したな。はじめからわかってたんだ〟とその目は言っていて、エミラは息を詰めながら、警備員が応援を呼ぶのを見つめた。

携帯電話の上部から、ミスター・チェンバレンの声が聞こえた。「エミラ？　もしもし？」

「ミスター・チェンバレン？　〈マーケット・デポ〉まで来てもらえませんか」この夜がはじまったときと同じように恐怖を抑えこみながら、エミラは言った。「あたしがブライアーを誘拐したと思われてるんです。急いでもらえますか」ミスター・チェンバレンは〝なんだって？〟と〝なんてことだ〟の中間のような言葉を発したあと、言った。「すぐに行く」

思いもかけなかったことに、そのあとの沈黙は、白熱した非難の応酬よりもずっといたたまれなかった。五人は納得ずくというよりも不服そうにその場に突っ立ち、勝者が判明するときを待った。エミラが床とにらめっこをはじめたとき、ブライアーがエミラの肩にかかった髪を叩いた。「こーれ、あたしのおうまさんのけみたい」エミラはブライアーを上下に揺すって言った。「そうだね、とっても高級なやつだから、気をつけて触ってね」そのときついに、自動ドアが開く音がした。忙しない足音を立てて、ミスター・チェンバレンがシリアル売り場の通路から現れた。ブライアーは父親を指さした。「パパだ」

ミスター・チェンバレンは家からずっと走ってきたらしく——鼻の頭に小さな汗の粒が浮いている——エミラの肩に手を置いて言った。「何があったんだ？」

エミラは答える代わりにブライアーを差し出した。中年女性が一歩さがって言った。「わかりました、よかったわ。あとはお任せします」警備員が説明をはじめて謝罪し、応援が到着すると帽子をとって頭をさげた。

ミスター・チェンバレンは警備員に向かって、自分はこの店を以前から利用していること、店側に正当な理由もなく客を引き留める権利はないこと、ひとりの親としての自分の判断を疑われるのは心外であることを説きはじめ、エミラはそれが終わるのを待たずにささやいた。

「またあしたお会いします」

「エミラ」ミスター・チェンバレンは言った。「待ってくれ。きょうのぶんを支払おう」

エミラは両手を振って断った。「支払い日は金曜なので。じゃあブリ、お誕生日に会おうね」しかし、ブライアーはすでに、ミスター・チェンバレンの肩で眠りに落ちかけていた。

外に出ると、エミラは角を曲がってチェンバレン家とは反対の方向に走り出した。防犯用の格子の奥にカップケーキが陳列されている、閉店後のベーカリーの前で足を止めた。手が震えて、誰にもメッセージを打てなかった。息を鼻から吸っては口から吐きながら、何百もある曲のリストをスクロールした。腰を揺すり、スカートを引っ張りさげた。

「おい、おい、おい」ペンシルヴェニア州立大の男性が通りの角に現れた。男性はエミラに近づいてきて言った。「おい、だいじょうぶか？」

エミラは力なく肩をすくめ、〝さあね〟というしぐさをした。体の前に携帯電話を持ったまま、頰の内側を噛んだ。

「なあ、さっきのは最悪だった」男性は言った。「全部動画に撮ってある。ぼくがきみなら、動画をテレビ局に送りつけるよ。そうすれば――」

「ああ、うん……いいの」エミラは顔にかかった髪を払った。「そのつもりはないから。でも……とにかくありがとう」

男性は黙りこみ、前歯に舌を走らせた。「なあ、あの警備員はろくでもなかった。あいつをクビにしたくないのか？」

エミラは笑った。「なんのために？」ヒールを履いた足を踏みかえて、携帯電話をバッグにしまった。「別のスーパーに行って、また時給九ドルの仕事を見つけるだけでしょ。勘弁して。みんながグーグルであたしの名前を検索して、ワシントン・スクエアのくそったれスーパーで他人の子どもを連れて酔っ払ってるあたしを見るなんて願いさげ」

男性は息を吐き出し、降参の印に片手をあげた。もう一方の腕は〈マーケット・デポ〉の紙袋を抱えていた。「ぼくが言いたかったのは……」空いているほうの手を腰に当てる。「少なくとも、きみには一年間食料品をただでもらう権利があるんじゃないかってことだ」

「そうかもね。それで、コンブチャか何かを山ほどストックするわけ？」

男性は笑った。「確かに」

「あなたの携帯を貸して」エミラは手のひらを差し出して薬指と中指をぱたぱたと動かした。

「あの動画を削除してほしい」

「ほんとうにいいのか？」男性は慎重に尋ねた。「まじめに訊いてるんだ。あれがあれば絶対に新聞の論評欄とかに文章を載せられる」

「あたしは物書きじゃないし」エミラは言った。「それに、インターネットで騒がれたくもない。だから貸して」

「じゃあ、こうするのはどうだ？」男性は携帯電話を取り出した。「これはきみの問題だから、削除でもなんでも喜んでする。だけど、その前に動画をきみにメールで送らせてほしい。きみの気が変わったときのために」

「でも、気が変わったりは――」

「念のためだよ……ほら。きみのメールアドレスを入力して」

説得するよりもメールアドレスを教えるほうが簡単に思えたので、エミラは片手でバッグの肩紐を押さえながら、もう片方の手でアドレスを打ちこみはじめた。送信者のメールアドレスがKelleyTCopeland@gmail.comとなっているのを見て、エミラは手を止めて言った。「待って、ケリーっていったい誰？」

男性はまばたきをした。「ぼくだ」

「へえ」アドレスを打ちおえてエミラは顔をあげた。「ほんとに？」

「はい、はい」男は携帯電話を受けとった。「ぼくにも中学時代はあったからね。きみに女みたいな名前だと思われたくらいじゃ傷つかないよ」

エミラはにやりとした。「どうりで、こんな高級スーパーで買い物してるわけだ」

「なあ、普段はここには来ないよ」男性は笑った。「でも、これ以上落ちこませるのはやめてくれ。いまこの袋のなかにはコンブチャが二種類入ってるんだ」

「あら」エミラは言った。「削除できた？」

「消したよ」男性はエミラに画面を見せ、上にスクロールした。最新の画像は、エミラの知らない男性が顔に付箋を一枚貼りつけている写真だった。付箋に何が書いてあるのかは読めなかった。

「オーケー」エミラは唇のグロスに貼りついた髪を払いのけた。そして、〝どうしたものだか〟という沈んだ笑みを浮かべて言った。「オーケー、じゃ、さよなら」

「ああ、オーケー、いい夜を。気をつけて」あちらがこういう終わり方を予想していなかったのは確かだったけれども、エミラは気にしなかった。駅まで歩きながら、ザラにメッセージを送った。**あとでうちに寄って。**

タクシーに乗ってもよかったが――ミセス・チェンバレンがあとでそのぶんもくれるはずだ――エミラはそうしなかった。タクシーにはなるべく乗らないようにしていた。未来の二十ドル札をとっておき、電車でケンジントンのアパートメントまで帰った。午前一時をちょうどまわったころ、ザラが階下からブザーを鳴らした。

「何から何まで理解を超えてる」エミラの便座の蓋に座ったザラは言った。エミラは化粧を拭きとりながら、鏡越しに親友と目を合わせた。「だってさ、ほら……」ザラは両手を顔の横に持ちあげた。「いつからランニングマンのステップが腰振りダンスになったのよ?」

「さあね」エミラはリップをタオルでこすり落としながら言った。「あと、全員で話し合ったんだけどね?」申し訳ないとばかりに顔をしかめてみせる。「満場一致で、あんたよりあたしのほうがダンスがうまいって」

ザラはくるりと目をまわした。

「コンテストでもなんでもないんだけど」エミラはさらに続けた。「あたしが勝ったみたい」

「ミラ」ザラは言った。「もっとひどいことになってたかもしれないんだよ」

エミラは笑った。「Z、だいじょうぶだから」けれどもそのあと、手の甲を口に当て、エミラは静かに泣き出した。

2

二〇〇一年から二〇〇四年のあいだに、アリックス・チェンバレンは百通以上の手紙を送り、九百ドルぶん以上の商品を手に入れた。そうした無料の品々には、コーヒー豆や栄養バー、化粧品のサンプル、アロマキャンドル、ポスターを寮の部屋に貼るためのパテ、雑誌の定期購読権、日焼け止め、フェイスマスクなどがあり、すべてをルームメイトや同じ階の学生たちと分け合った。専攻でマーケティング、副専攻で金融学を学びながら、ニューヨーク大学の二年と三年のときには学生新聞に商品レビューを書いた。四年になると新聞部を辞めて小さな出版社の美容書籍部門のインターンになったが、手紙を送るのはやめなかった。厚い、型押しつきの便箋にきれいな筆記体を駆使してほしいものを感じよくねだると、その品物が送られてこないことはほとんどなかった。

それから四年間、レイバン、テレビ司会者のコナン・オブライエン、スカラスティック出版社、カプセル式コーヒーのキューリグ、スポーツ衣料のルルレモン、W（ダブリュー）ホテル、飲料水のスマートウォーターなど、あちこちに手紙を送った。品物をリクエストするときにはたいてい好意的な意見や賛辞を記したが、やんわりと不満な点や改善の要望を織り交ぜることもよくあった。アリックスには送られてきた無料の品をうまく写真に撮る才能があったので、商品の写真やそれをもらうために書いた手紙をブログに投稿した。気まぐれにはじめたことだったが、わずかながらフォロワーがついた。そんなころ、アリックスはピーター・チェンバレンに出会った。

それは二十五歳のとき、あるバーでのことで、正直に言うと、会話が終わってピーターが立ちあがるまで、アリックスは彼のことをもっとずっと背の高い人だと思っていた。けれどもピーターは身長だけでなく、性格もアリックスとぴったり一致していた。ピーターは水にミントを入れたり、ひそかにチップを三十パーセント置いたりといった、粋なことをさりげなくやった。すぐさまいちばん気に入ったのは、ピーターがアリックスの副業を立派な仕事として扱ってくれたことだった。アリックスには自分の書く手紙のことを、卑下して説明する癖があった。「その……わたしは手紙を書いたりレビューをしたりしてるの。ブログをやってて……でも、小さくて、全然たいしたものじゃないのよ」ピーターはもう一度説明してみるように言った。ただし今度は、たいしたものだと思いながら話すように、と。ピーターはニューヨーク州の北部の生まれで、ジャーナリストからニュースキャスターに転身した人物だった。アリックスより八歳年上で、メイクをしてカメラの前に立つのをおかしなことだとは考えていなかったし、自分のブランドを打ち出すことの大切さを確信していた。結婚したのはアリックスが二十八歳のときで、結婚式の引き出物も靴も白ワインも、手書きの優美な手紙を送って好意的なレビューを書くのと引き換えに無料で手に入れた品々でまかなった。サントリーニ島でのハネムーン中、ピーターはアリックスが各商品のレビューを書くのを手伝った。

ニューヨーク市立大学ハンター校の就職課で働いていたとき、アリックスはコロンビア・グラマー・アンド・プレパラトリー・スクールで高校の英語教師をしている友人に、授業の一環で入学願書の添え状のワークショップをやってくれないかと頼まれた。参加した生徒のひとりが十七歳のルーシーで、嘘のように白い歯と明るいピンクの髪をした最上級生のルーシーは、インスタグラムに三万六千人のフォロワーを持っていた。ワークショップの三カ月後、ルーシーはカリフォルニア大学アーバイン校、カリフォルニア大学サンタバーバラ校、フォーダム大学、エマーソン大学の入学許可証の上に、ワークショップでアリックスと練りあげた添え状と小論文を置いた写真をインスタグラムに投稿した。〝この大学に受かったのはアリックスのおかげ〟というキャプションつきだった。〝正直、アリックスがあたしの入学願書をこんなすごいものにしてくれなかったら、このうち半分の大学には出願してなかった。#とにかく頼んで#添え状書き　#彼女に教えを乞おう〟。この投稿には千七百を超える〝いいね！〟がつき、一夜にしてアリックス・チェンバレンはひとつのブランドと化したかのようだった。瞬く間に、無料で商品を手に入れるアリックスの習い性が、意思を伝えてコミュニケーションの基本に立ち返ろうとする女性たちの理念になった。アリックスはその夜のうちに自分のインスタグラムの自己紹介を〝#彼女に言葉を〟に変更した。ピーターはウェブサイトのリブランディングを勧め、有名になっても自分のことを忘れないでくれよ、と言った。

二十九歳になった年、アリックスはハンター校の仕事を辞めた。更生訓練施設やリーダーシップ研修会、女子学生クラブ会館、キャリアナイトイベントなどで添え状や面接準備のワークショップを開いた。たくさんの学生が大学の就職フェアでアリックスのセッションに参加し、アリックスの受信メールボックスは〝ありがとう！〟や〝受かりました！〟というメールであふれた。高級文具店から依頼を受けて、オフィスで働く女性向けの新しい文具シリーズのデザインを手伝ったりもした。そのアイボリーの便箋と紺のインクのペンで、ニューヨーク大学以来の二度目の活字デビューを果たし、今回は《ティーン・ヴォーグ》誌に載った。新しいウェブサイトの大きな青い目と驚くほど長い脚がすこぶる誌面映えしたのも幸いした。アリックスの〝アリックスについて〟のページには、オフィスデスクの端に腰をのせて笑っている写真がアップされた。たっぷりとした砂色の髪が頭の上で少し乱れたチャーミングなお団子にまとめられていて、足もとには手紙であふれた郵便振り分け箱がふたつ積まれている写真だ。

ピーターは当初からずっと、アリックスの成功を信じていた。そして、新しく雇ったインターンたちが整理してブログに写真としてアップする美しい感謝の手紙の数々を見れば、アリックスの仕事の影響力は明らかだったものの、本人は取引先が寄せてくれる全幅の信頼に驚くことがよくあった。小企業の経営者たちに交じって〝職場における受容力〟や〝創造的変化を起こすリーダーの育成〟といったパネルディスカッションに招かれたり、ITや工学分野の女性のための持続可能な職場文化について話し合うフェミニストのポッドキャストに参加したりした。一度など、〝最初の一歩を踏み出す〟というタイトルのワークショップで、講堂に用意された透明のプラスチックのコップでシャンパンを飲む二百人の独身女性たちを前に話をしたこともある。アリックスは手紙を書くのが好きだったし、それが天職だとも思っていたが、〝彼女に言葉を〟というイデオロギーを花開かせたのは常に、周囲の人々の確信と熱意だった。

ある日のブランチで——生徒に筆記体を教えることの大切さを数人の教育者たちと話していたとき——アリックスは腹部に切迫したうねりを感じ、心のなかでこう考えた。〝妊娠したのでないといいけれど〟。しかし、妊娠は事実で、二週間後、ピーターは大学と十三丁目の角でその知らせを聞いてうれし涙を流した。そして、その場で尋ねた。「引っ越すべきかな？」四年前に出会ったときから、いつかはアリックスの故郷であるフィラデルフィアに戻ろうという漠然とした計画がふたりのあいだにはあった。アリックスは子どもたちが遊べる庭のある家がほしかったし、子どもたちがいつか自転車に乗るときには、偽物のブランドバッグが売られていたり、営業時間が終わると大きな鉄格子がおりるワイン店があったりする通りではなく、家の前の慣れ親しんだ路地や、安全な通りを走ってもらいたかった。けれども、思ってもみなかった新しいキャリアの絶頂期にいたアリックスは、ピーターからあとずさりした。「いえ、いえ」アリックスは言った。「まだいいわ、いまはまだ」

そして、ブライアー・ルイーズが生まれた。アリックスの世界は、ベビーベッドとホワイトノイズマシン、すりむけた乳輪、半分に切った葡萄（ぶどう）で定義される場所になった。日々は突如として三人称で語られるようになり（「それはママのイヤリングよ」「ママは電話中なの」）、年齢を表すのに年ではなく月を使い、生活を盛りあげるべくあらゆる単語の前に〝いい子〟をつけるようになって（いい子のお昼寝、いい子のスプーン、いい子のジーンズ）、ついこのあいだまで自分の体のなかにいたよだれまみれの小さな生き物からの、口の開いたびちゃびちゃのキスを受け入れるようになった。

そのころには、アリックスは編集助手ひとりとインターンふたりからなるチームを擁していて、その〝業務スペース〟はアッパー・ウェスト・サイドのアパートメントのキッチンにまで広がっていた。ピーターは引っ越しをしたがった。ニューヨークでニュース番組のキャスターになるというピーターの目標は、現実の壁にぶつかっていた。週に五日は夜のテレビ番組に出ていたが、リバーデイルのローカル放送の視聴者はせいぜい八千人で、扱うのは寄付金集めのための犬の結婚式や、リコールされたおもちゃ、タイムズ・スクエアで観光客が参加した家電量販店〈ベストバイ〉のギフトカードがもらえる障害物競走といった話題だった。フィラデルフィアのベテランジャーナリストが何人か近く引退することになっていて、彼らの給料はピーターのリバーデイルでの給料と同等だった。さらには、いま住んでいるアパートメントがコープ形式（建物を所有する会社の株を購入して部屋の居住権を得る）に変わるかもしれないという噂もあった。フィラデルフィア行きはずっと計画にはあった。が、アリックス・チェンバレンはまだ始動したばかりだった。

　リニューアルしたブログには、手紙を書いて昇進したり、希望を叶えたりした女性たちの成功談が詳しく紹介されていて、日に六千アクセスを稼いでいた。アリックスは病院と提携してラブレター講座を一週間開催して寄付金を集めたり、女子高二校の卒業式で真剣に耳を傾ける熱心な生徒たちを前に、黒いガウンと角帽姿で話をしたりした。そうして仕事をする傍らで、大学以来はじめての女友達ができた。レイチェル、ジョディ、タムラはみな聡明で皮肉屋で、仕事をしながら幼い子どもを育てており、同じ境遇の友人たちとのグループメッセージがあれば、赤ん坊を育てるのは恐るるに足りない任務に思えた。

　しかし、突然、ブライアーがしゃべりはじめた。

　二本の大きな前歯の隙間から漏れるブライアーの声は、通り道にあるすべてを消耗させた。大きくてしゃがれた声が止まることはなかった。ブライアーが眠りに落ちると、非常ベルがようやく鳴りやんだかのようで、かつての平和で静かな世界のなかでアリックスの頭はずきずきと痛んだ。友人たちは、うちの子も同じだったと言い、子どもと話ができるようになるのは楽しいものだと請け合った。それでも、これは極端すぎるように思えた。ブライアーはとりとめもなく質問し、歌い、話し、ハミングし、ホットドッグが好きだとか、亀を前に見たことがあるとか、ハイタッチをしたいとか、全然眠くないなどとしゃべりつづけた。ミッドタウンにあるピーターの母親の家に、預かってもらっていたブライアーを引きとりにいくと、ピーターの母親はアリックスにも身に覚えのある電光石火のスピードでドアを開けた。エレベーターのなかにいて、目的の階にもまだ着いていないときから、いつもブライアーの声が聞こえてきた。アリックスはなんとか仕事をこなし、つかの間の静寂を味わい、いくつもの出版エージェントに著作の企画書を売りこんでいたが、ある日、ブライアーのロッキングチェアを持ちあげたときに、またしても自分が妊娠していることに気づいた。キッチンでそれを聞いたピーターの反応は、喜びよりも困惑に満ちていた。

「てっきり……」ピーターは首を振った。「授乳しているあいだは妊娠しないものだと思っていたよ」

アリックスは唇をすぼめ、〝わたしもそう思ってた〟という顔をした。「めずらしいけど、ありえないことじゃない」

「アリックス……このままではもう無理だよ」ピーターは〈彼女に言葉を〉の現在のプロジェクトに浸食されたキッチンテーブルを指し示した。ポラロイド写真や茶色いクラフト紙の束が積み重なっている。窓枠にはキッチンペーパーにのせて干してある幼児用の蓋つきマグが並び、キャセロール皿にリサイクルごみがためてある。その朝、ピーターが二階からおりてきたとき、インターンのひとりが頭を逆さにして髪をポニーテールに結っていた。そして、ピーターがコーヒーを淹れる傍らで、彼女ともうひとりのインターンが〝彼女に言葉を〟とポケットに刺繍の入った白いイベント用ポロシャツに着替えていた。「ここにふたり目の赤ん坊が加わる余地はない」その二日後、アパートメントを棟ごと買いとるという会社から通知が届き、ピーターは宣言した。「フィラデルフィアの不動産業者に電話をするよ」

　アリックスはどうすればよかったのだろう。いやだと言えばよかったのか？　ニューヨークの住宅市場には大きな価格差があって、いまの部屋を買うとか、もっと大きな部屋を借りるといった提案をするのは論外だった。確かに以前より収入はあがっていたが、このウェスト・サイド界隈で子どもふたりを快適に育てられる広い物件を手に入れられるほどの額ではなかった。クイーンズやニュージャージーに移る手もあるものの、だったらフィラデルフィアに行ったほうがいい。アリックスの仕事は家でできるし、フィラデルフィアはそれほど遠いわけではない。それに何より、それこそがバーでピーターに出会ったときに目指そうと思った人物像だった。「この街にいるのはあと三年かなと思ってるの」かつて、アリックスはピーターに言った。「電車で誰かのお尻の汗が染みこんだ席に座るたび、残り時間が二週間ずつ減ってくのよ」アリックスのそういうところをピーターは気に入ってくれていた。イベントと聞くと行かずにはいられないタイプではなく、郊外に出かけるのが好きで、車の運転がうまく、子どもがトリック・オア・トリートでまわるのはアパートメントのロビーやドラッグストアの〈デュアン・リード〉ではなく、近所の家々がいいと思っている。

それには、引っ越さなくてはならない。一家でニューヨークを離れなくてはならない。しかし、タイミングが最悪だった。ヒラリー・クリントン元国務長官が大統領選出馬を表明したばかりで、アリックスはその選挙キャンペーンチームに宛てた大事な手紙を書くのにしばらく忙しくしていた。アリックスの今後を左右する重要な案件だった。ヒラリーのフェミニスト路線はアリックスのブランドにぴったり合っていたし、ヒラリーとのつながりができれば、この国のまさしく中枢である街に住んでいなくても中枢にいつづけることができる。幸いにも、親友のタムラの知人がクリントン元国務長官の選挙キャンペーンアドバイザーのひとりと知り合いだった。アリックスは草稿を四回書きなおし、〝いつもあなたとともに、アリックス〟と〝応援しています、アリックス〟を何度も入れ替えたあと、苦労が報われますようにと祈りながら、ボランティア志願のメールの送信ボタンを押した。しかし、数週間が過ぎても、選挙キャンペーンアドバイザーからも、著作の企画書を送ったエージェントからも、返事はなかった。

出し抜けにすべてが行き詰まってしまったが、アリックスは予定のテンポがさがるのを許さなかった。アリックスはすべてが好きだった。パネルディスカッションに参加して、大きすぎるシフトドレスを着て派手なリップを塗った聡明な女性たちの話を聞くことも、新卒採用に受かったと報告してくるティーンエイジャーたちのことも。とはいえ、クリントンキャンペーンからは依然として返事がなく、企画書を送った六つのエージェントからも連絡はなかった。慈善パーティやブランチで熱心な高校生たちと握手をしながら、アリックスは思った。〝ここまでなのだろうか？　わたしに来られるのはここまで？〟

しかし、ニューヨークでの最後の講演の朝――〈中小企業の女性たち〉というイベントのパネルディスカッションで話をすることになっていた――アリックスはとっさの思いつきで、搾乳器を使うのをやめようと決めた。インターンのなかでいちばんベビーシッターの経験が豊富なひとりを呼んで、言った。「パネルディスカッションのあいだ、ブライアーを膝に乗せて客席にいてくれない？」

ソーホーの劇場のステージで、アリックスはふたりの男性パネリストのあいだに座った。ポッドキャストの司会者をしている男性と、五つ子の女の子の父親としてリアリティ番組に出ている男性だ。三百人の聴衆を前にして、妊娠出産ケアや少女向けの啓発本について話し合っているうちに、アリックスの乳房は――特に左が――張って痛みはじめた。ついに、司会者のジョークで聴衆がどっと沸いたあと、ブライアーが身じろぎをして目を開けた。

ブライアーはハミングをし、なぜママが向こうにいるのか、チェリオを持っているか、床におりてもいいかとインターンに尋ねた。アリックスは唇に指を当て、最前列に座っているブライアーに静かにしてと合図した。インターンがドアを指さして、声を出さずに唇を動かした。〝外に連れていきましょうか〟。アリックスは首を横に振った。そして、次の質問が来るのを待った。

「女性たちはたいてい、単にテーブルにつくことを求めているように思います」アリックスは言った。襟もとのマイクを通った声が、会場の奥の壁から跳ね返った。「でも、聞こえてくるのは〝特別扱いしてほしい〟という声ばかりです。そうではないのに。実際には……あの」心臓を激しく脈打たせながら、アリックスは続けた。「話を中断させてしまってすみません」ほんとうに自分はこんなことをやるつもりなのだろうか？　〝そうよ〟とアリックスは自分に言い聞かせた。〝やるの〟。「このテーマについてはお話ししたいことがまだまだあるのですが、わたしの娘が長いお昼寝から目を覚まして、最前列で騒いでいるんです。それで、もしみなさんがかまわなければ……いえ、これはお願いではありません」アリックスは立ちあがり、手ぶりを交えて話しながらステージの前方へ歩いていった。「ディスカッションを続けながら、娘に授乳させてください。両方いっぺんにできますから」

聴衆からどよめきと歓声があがった。アリックスが横向きにしゃがみこんでブライアーに腕を差し出すと、〝おお〟という声のなか、ブライアーはすぐさま母親の首にすがりついた。「そのシャツを投げてくれる？」アリックスはインターンに向かって、おやつのバッグに入れて渡しておいたパステルピンクのTシャツを指さした。そして、Tシャツをかぶって肩にかけながらステージ裏へ向かった。

講演の司会を務めている大学院生が、マイクに向かってはしゃいだ声で言った。「いけいけ！」そして、ステージの袖に目を向けながらささやいた。「このまま続けてもいいですか？」しかし、ちょうど間に合った。アリックスはブライアーを左胸にしっかりと抱え、袖から出た。ピンクのTシャツをスリングのように肩からかけて、ブライアーの頭がまわりから見えないようにしてある。子ども靴が右腕からかわいらしくぶらさがっている状態で、アリックスは自分の席に腰をおろした。

「さあ、でははじめましょう。あまり長くはかからなかったでしょう?」アリックスは司会者を振り返って言った。「さっきの続きから話をしたいと思います」そして続きを話しはじめ、発言が終わると、すっかり魅了された司会者はアリックスの回答と誠実さに感謝の言葉を述べた。予想していたとおり、そのあと司会者は子どもの名前と年齢を尋ねた。アリックスははっきりと答えた。「ここにいるわたしのクライアントはブライアー・ルイーズです。いま二歳で、これのベテランなんですよ」アリックスは微笑んでみせ、聴衆は胸に吸いついている子どもの年齢に目をしばたたかせた。

取材に来ていたカメラマンたちがステージの下に群がった。通路に入りこんで、アリックスが足首を交差させて妊娠したお腹の上で娘に授乳しながらスーツ姿の男性ふたりのあいだで話をする姿を鮮明に写そうとする。カメラマンのひとりが小声で言った。「ロゴが見えるようにシャツを直してもらえませんか」いいですよ、とアリックスは笑って答えた。ブライアーの頭の横の布を伸ばし、垂れさがった部分を平らにする。顔を隠しているのは、〝中小企業の女性たち〟と綴(つづ)られた黒い文字だった。

その日、アリックスのフォロワーは千人増えた。〈中小企業の女性たち〉が例の瞬間の写真をインスタグラムにアップし、〝あなたは両方できる女性なのです〟とキャプションをつけたのだ。赤ちゃん雑誌二誌が、子ども主導の授乳とその長所短所についてのインタビューを申しこんできた。アリックスはインターンたちに二倍の時給を払って一時間残業してもらい、メールや電話やインタビュー依頼に対応してもらった。クリントンキャンペーンの代表者が電話をかけてきて、アリックスのメールを見逃していたことを謝罪し、今後のイベントのいくつかにぜひ参加してもらいたいと告げた。企画書を送っていたエージェントからも二通返信が来た。十日のうちに、アリックスはハーパーコリンズ社のマウラという編集者と契約を結んだ。マウラ自身にも子どもがいたのと、メール対応が驚くほどすばやかったのが選んだ理由だった。

ステージ上の授乳がもたらした騒ぎは、アリックスをペンシルヴェニアとの州境からさらに新居まで運んでいき、妊娠後期のあいだずっと収まらなかった。ニューヨークを離れる前、アリックスは狭い業務スペースでささやかなお別れパーティを開き、アシスタントやインターンとたくさんの写真を撮ったが、ネットには一枚も投稿しなかった。ニューヨークを離れたことは、ブログにもソーシャルメディアにも書かず、クリントンのチームにも知らせなかった。その代わり、用があるときには列車に乗って出かけていった。ニューヨークにいるふりをしながら、本を書いた。子どもたちが大きくなったら、ニューヨークに戻る頻度はさらにあがるだろう。

そして、フィラデルフィアで、五時間という短い陣痛のあと、キャサリン・メイが生まれた。

キャサリンはすぐに母親そっくりになった。アリックスはキャサリンの小さくてやわらかくてとまどったような顔をのぞきこみ、思った。〝ねえ、きっとここでうまくやっていけるわ〟

　実際、そうなった。ここがニューヨークではないことを、ちょっとした幸せな瞬間に実感した。買い物の荷物を積む車がある。映画のチケットは十四ドルではなく、十ドルですむ。住まいは、並木のある通りに面した（リッテンハウス・スクエアから徒歩七分の）ブラウンストーン造りの三階建てだ。立派な玄関ホールの床には大理石が敷いてあり、二階にすてきなキッチンがある。キッチンカウンターは広く、シャンデリアの下に置かれた六人がけのテーブルからは、カーブした壁の窓越しに通りを見おろすことができる。朝、パンケーキと卵を焼きながら、アリックスと子どもたちは窓に面した席に座り、犬の散歩をする人たちやごみを集めてまわる収集車を眺める。そうした事柄に気づいて恩恵を嚙みしめるたびに、アリックスはなんとなく得意な気分になり、そのあと、その恩恵を誰でもいいから見せびらかしたくてたまらなくなった。親友たち。〈彼女に言葉を〉のインターンたち。ニューヨークの地下鉄の汚いプラットフォームで向かいに立っている見知らぬ人たち。

　フィラデルフィアに来る前は、長期のベビーシッターを雇ったことはなかった。ピーターの母親がいつでも預かってくれたし、小さな子どものいる女友達三人のあいだでは、誰かが歯医者に行ったり荷物を出しにいったりするときに子どもをひとり余分に世話することが暗黙の了解になっていた。ピーターのテレビ局の新しい同僚たちから何人か紹介してもらい、アリックスは新しいキッチンのバースツールで、カーリーやらケイトリンやら、サマーキャンプのカウンセラーやら寮の管理人やらの面接をした。彼女たちは口々に、〈彼女に言葉を〉のファンだとか、大学受験のときにアリックスがいてくれたらよかったのにとか、アリックスがフィラデルフィアに引っ越していたとは知らなかった、などと話した。そういう女性たちではうまくいかないことをアリックスは知っていた。

アリックスは、ニューヨークで商品を手に入れる才能を発揮したが、フィラデルフィアでベビーシッターを見つける際にも同じように才能を発揮した。友人たちなら絶対に使わないだろうが、アリックスは〈シッタータウン・コム〉にアカウントを作り、登録されているベビーシッターの写真をスクロールしはじめた。どの紹介文も似たりよったりで没個性的だったが、アリックスはかつてマンハッタンで住んだことのある三つの部屋のうちふたつを〈クレイグスリスト〉のおざなりな広告から見つけていて、二十代のころ住んでいたその掘り出し物の物件と同じく、エミラ・タッカーのプロフィールには写真がついていなかった。自己紹介文によると、エミラはテンプル大学卒で、簡単な手話がわかり、一分間に百二十五ワードをタイプできるという。アリックスは「ふむ」とつぶやいて、〝面接希望〟のボタンを押した。一度電話で話をしたあと、エミラが家にやってきた。そして、玄関のドアを開けてエミラをはじめて見た瞬間、アリックスは〝ふむ〟と思っている自分に気づいた。

ほかの女性たちは、アリックスの本の進み具合はどうか、もうひとり子どもを作る予定はあるのか、もうヒラリー・クリントンには会ったかを尋ねてきたが、エミラはほとんどしゃべらなかった。ブライアーはたちまちこれを挑戦と捉え、二十五歳の女性を相手に新しい庭の話や触ると怒られるミミズの話、浮き輪はプールでしか使ってはいけない話といったおしゃべり攻撃を繰り出した。おしゃべりがやむと、エミラは身をかがめて言った。「オーケー、お嬢ちゃん。ほかにはどんな話があるの？」

何より重要なことに、エミラ・タッカーは〈彼女に言葉を〉のことを知らなかった。

「来てもらいたいのは月曜と水曜と金曜よ」ベビーシッター候補にスケジュールの説明をするのはこれが六度目だった。「正午から七時まで。わたしはキャサリンを連れて出かけることもあるし――キャサリンはとってもおとなしい子なの――ひとりで近くのコーヒーショップで書き物をすることもある」

「わかりました」キッチンテーブルで、エミラはブライアーに工作粘土を手渡した。「書き物というのはお仕事ですか、それとも趣味で？」

「わたしは自分の……」アリックスはエミラとのあいだにあるカウンターにもたれた。「実のところ、いま本を書いてるの」

エミラは言った。「へえ、そうなんですね」

アリックスは拍子抜けし、もどかしい気持ちでエミラが本の内容や出版社や刊行日を尋ねるのを待った。「どちらかというと、古い手紙の書簡集みたいなもので……」沈黙のなか、続けた。

「そうなんですね」エミラはうなずいた。「歴史の本みたいなものですか」

アリックスはネックレスを指でいじった。「ええ、そんなところ」そして、カウンターに身を乗り出して肘をつき、言った。「エミラ、いつから来られるかしら」

週に三日、アリックスは何時間も日を浴びながら――キャサリンはたいていそばの木陰で寝ていた――マンハッタンでは手にとらなかったようなさまざまなものを読んだ。《アス・ウィークリー》や《ピープル》といったセレブ雑誌。男性求婚者のうち四人と寝たという最新シリーズのバチェロレッテ役の女性の暴露記事。ある特別な金曜日には、屋上レストランの中庭の片隅でパソコンと執筆スケジュールと企画書をテーブルに並べ、〈ハウス・ハンターズ・インターナショナル〉を三話ぶん見つづけた。キャサリンが泣くのはお腹が空いたときだけで、そういうときアリックスはキャサリンを抱きあげて「はいはい、いい子ね」と声をかけ、店で借りた授乳用ケープの下にキャサリンを滑りこませた。エミラの高速タイピング能力を使うという夢想はすぐに考慮に値しなくなった。書く内容がなければ文字には落とせない。ある夜、ベッドのなかでピーターが言った。「ここに来てから、きみは前よりずっと幸せそうだ」

前より幸せなのか、単に何も気にしていないだけなのか、アリックスにはわからなかった。妊娠中から、赤ん坊の重さ以上に体重が増えていた。ニューヨーク時代よりも書き物の量は格段に減っていたし、ブライアーが生まれたころより睡眠もたくさんとっていた。けれども、九月のある土曜日の夜十時四十五分、家の正面の窓で卵が砕け、アリックスは深い眠りから目を覚ました。すぐにはなんの音かわからなかったが、「くそったれ人種差別主義者！」という声が聞こえたとたん、脳がネットワークにつながったかのようだった。アリックスは手を伸ばし、夫を揺すった。いっしょに急いで階段の上へ行き、正面の窓にぶつかった黄身がつぶれて飛び散っているのを見つめた。「話しておいただろう」とピーターが言ったとき、さらにふたつ大きな卵が飛んできてガラスを突き破った。割れたガラスと卵の殻、糸を引く黄身とねばねばしたものがチェンバレン家に飛びこんできた。その物音と驚きで、アリックスは心臓が止まりそうになった。ふたたび息を吸ったとき、少年の笑い声がして、逃げていくスニーカーの足音が聞こえた。誰かが叫んでいた。「まずい！　逃げろ、逃げろ！」

キャサリンが泣き出し、ブライアーの声がした。「ママ？」

ピーターが言った。「警察を呼ぶ」そして、続けた。「くそ。話しておいただろう、こういうことが起こるかもしれない、と」

その朝、ピーターといっしょにキャスターを務めているレイニー・サッカーが、番組内である映像を紹介した。ビーコン・スミス高校のホームカミング・ダンスパーティの伝統だという、パーティにパートナーを誘うときの創意あふれる趣向についての映像だ。ピーターはレイニーと同じ熱心さで言った。「レポーターのミスティが、このロマンティックな伝統を取材するためにいま校内にお邪魔しています」ミスティのナレーションとともに、生徒たちの映像が流れた。教師のインタビュー、巨大なバルーンアートの前で話をする生徒たち。そして、壮行会でまわりの生徒たちのざわめきが歓声に変わるなか、そばかすのある女子生徒がハーフコートラインに引っ張り出される様子が映った。そこに、フットボールのジャージを着た三年生の男子生徒がピザの箱を持って現れた。男子生徒が箱を開けると、蓋の裏に書かれた文字が見えた。〝ありきたり（チージー）なのはわかってるけど、ホームカミング？〟。蓋の下で、ペパロニが大きなクエスチョンマークを形作っていた。

最後に、頭を角刈りにして白いマスクをつけた身長五フィートの男子生徒が、女子生徒のグループに近づいていった。男子生徒はラジカセを床に置き、再生ボタンを押した。マスクをつけた友人たちが手伝って場所を確保し、全員で踊りはじめる。まわりの女子生徒が携帯電話を取り出し、当の女子生徒は口に手を当てた。頭でスピンをしながら指で込み入った振りつけを決めたあと、男子生徒たちは最後に白い旗を広げた。そこにはマジックで〝ホームカミング？〟と書かれていた。最前列にいた黒人の男子生徒がマスクをはずし、バラを一本差し出した。

女子生徒がバラを受けとって周囲が沸き、ミスティはカメラをスタジオに返した。

「これはすごい！」ピーターは言った。

「ほんとうにすてきでした」レイニーはうなずいた。「わたしはあんなふうにダンスに誘われたことは一度もありません」

「いやはや」ピーターは頭を振った。歯を見せながら、カメラに向かって眉を寄せてみせた。「最後の男子生徒が先に彼女の父親の了承を得ていたことを祈りましょう。WNFTをご覧いただきありがとうございました。またあすの朝、〈フィラデルフィア・アクション・ニュース〉でお目にかかります」

たちまち逆風が吹き荒れた。

この映像のコメント欄には――放映後、映像はオンラインで視聴できるようになっていた――好意的な意見のあいだに、批判や疑問の声が書きこまれた。

うーん、なんで黒人の子は先に父親の承諾を得ないといけないんだ？　白人の子には必要ないのに。

これってちょっと性差別的。十八世紀じゃあるまいし。

なんとまあ。なんで彼はあんなことを言うんだ？

その日アリックスはコーヒーショップで仕事をしていたが、それがスムージーに変わり、ミモザになって、最後にはマンハッタンの友達三人とグループメッセージでやりとりをしていた。

ピーターには、たかがひとつの学校の話で、たいしたことではないし、すぐにみんな忘れると伝えた（シャンパンでほろ酔いになった頭は、〝ニューヨークで起こったこと以外、実のところ誰が気にするわけ？〟と考えていた）。しかし、ピーターは悔しがっていた。「口からこぼれ落ちたんだ。なぜあんなことを言ったのか……ぽろりと出てしまった」アリックスは、ほんとうに気に病むようなことではないとなぐさめた。

しかし、突如として事態は由々しいものと化した。卵が投げつけられたあと、アリックスはベビーベッドにいたキャサリンを腕から飛び出しそうな勢いですばやく抱きあげたが、アリックスの世界は水面下で揺れていた。〝ピーターがクビになったらどうしよう？〟。ピーターはすぐに番組のプロデューサーたちのもとへ行ってミスを謝罪し、〝そういうこともある〟と〝まだ移ってきたばかりだし〟の中間のどこかで片をつけられていた。しかし、生徒たちがひどく怒って上層部が考えを変えたらどうなるだろう？　ふたたび、アリックスは階段の下をのぞきこんでタイルの床に散らばったガラスの破片を確認し、水中に囚われた。〝クリントンキャンペーンがこのことを知ったら、夫を性差別主義者だと見なすだろうか？　もっと悪ければ、人種差別主義者だと考える？　どうしてわたしはここに来てしまったのだろう。どうしていまこんな遠くにいるのだろう。そもそも、ここは誰の家なのだろう〟

ピーターがブライアーを連れてきた。ブライアーは両手で耳を塞いでいた。「あのおと、きらい」ブライアーは言った。「あのおと……うるさいのきらい、ママ」

「しー、しー、しー」アリックスはその週に百回は言っていた言葉を繰り返した。そして、ピーターのほうを向いて言った。「エミラに電話してみる」ピーターは携帯電話を耳に当てたまうなずいた。

十五分後にエミラがフェイクレザーのミニスカートとストラップつきのハイヒールで颯爽と現れ、アリックスはブライアーの小さな手首を差し出しながら考えた。〝待って、これは誰？ ああ、どうしよう……エミラはピーターが何を言ったか知っているの？〟。ふいに、アメリカ初の女性大統領になるかもしれない女性よりも、エミラがピーターの言ったことを知っていると考えるほうが、ずっと恐ろしいように思えた。

ピーターが警察官ふたりに事情を話しているあいだに、アリックスはシャンデリアのまばゆい光に照らされながら、ハンドタオルでガラスの破片を掻き集めた。破片を寄せ集める長くて物悲しい音が響くなか、しっかりするのよ、と自分に言い聞かせた。この本を書きあげるために。フィラデルフィアで暮らしていくために。エミラ・タッカーをよく知るために。

3

メリーランド州にあるスウェル・ブリッジという町は、人口の六・五パーセント（五千八百五十人）が耳が不自由だ。この町でエミラ・タッカーは生まれた。エミラの聴覚に問題はなく、両親も弟妹もそうだったが、タッカー家の人間はみな宗教の域に入りかけているほどの職人気質で、スウェル・ブリッジはこの気質にぴったりと合っていた。タッカー家は手仕事で生計を立てていた。

ミスター・タッカーは養蜂用品の店を経営していて、細長い屋上に蜂の飛びまわる巣箱をしばしば並べていた。長年にわたって耳の不自由な店員を何人も雇ってきたにもかかわらず、ミスター・タッカーは蜂とは関係ないことのために指を使う訓練に時間を割こうとはしなかった。ミセス・タッカーはタッカー家の玄関脇にある屋根つきの網戸張りの小部屋で製本をした。ベビーアルバムや結婚式のメモリーブックを作ったり、聖書の修復をしたりしていて、作業台にはいつも革見本や針や骨製の折りへらや綴じ紐がのっていた。

二十一歳のアルフィー・タッカーは、二〇一三年のラテアート世界選手権で二位に輝いた。テキサス州オースティンのコーヒー専門店から見習いとして働かないかと誘いを受け、そこで母親の作ったエプロンをつけてほかのバリスタたちと修業に励んだ。十九歳のジャスティン・タッカーは縫い物をした。ハンドメイド販売サイトの〈Ｅｔｓｙ〉に人気店を持っていて、ハロウィンのコスチュームやフラワーガールの衣装の注文を受けていた。高校を卒業すると、コミュニティ・カレッジに雇われて、〈わが町〉や〈アイランド〉などの舞台公演の衣装を作った。

家族は興味を持てるものと自然に出会ったし、大学は自分の手が天職を見つけるまで過ごすのにふさわしい場所に思えたので、エミラは一族ではじめて四年制大学に進学した。そしてテンプル大学でザラに出会い（学生証の写真を撮る列で前に並んでいた）、はじめて酔っ払い（バッグの脇ポケットに嘔吐した）、授業の合間に図書館でアルバイトをして貯めたお金ではじめて付け毛を施した（長くて黒くてウェーブしていて大きくふくらんでいた）。

エミラは大学で正式な手話が〝手に合う〟か試したが、スウェル・ブリッジで育つあいだに覚えたくだけた手話をいったん忘れるのは意外なほど難しかった。キャリアパスや履歴書に書く内容としてよさそうな速記も試した。四年のときには、耳の不自由な学生ふたりのために、講義のノートを一授業当たり十三ドルでタイプした。それが多かれ少なかれ理由になって、英語を専攻して五年間の大学生活を終えることになった。書類を読んだり書いたりするのは苦にならなかったけれども、それが主な問題でもあった。エミラには特に好きなこともなかったが、特別にきらいなこともなかった。

大学を卒業したあと、夏のあいだ家に帰ったが、フィラデルフィアが恋しくてしかたなかった。そこで、何かやりたいことを見つけてそれにしがみつけという父親の厳命を胸に、フィラデルフィアへ戻った。そして速記の学校に通ったが、まったく楽しくなかった。脚を組むのは禁止だったし、医学用語を暗記するのは耐えがたい苦行だった。速記タイプライターのキーがひとつ壊れたとき、修理はせずに（直すには数百ドルかかる）、すっぱり学校を辞めて〈クレイグスリスト〉で見つけたパートの仕事に応募した。高層ビルの六階にある小さな事務所へ行くと、〈緑の党フィラデルフィア支部〉と書かれた広めのブースのなかで、Tシャツにジーンズ姿のベヴァリーという白人女性が、ほんとうに一分間に百二十五ワードを打てるのかと訊いた。「打てます」エミラは言った。「脚を組みながらでよければ」火曜と木曜の十二時から五時まで、エミラは部屋の片隅でへたったヘッドホンをつけ、スピーチや会議の文字起こしをした。暇なときには、電話対応も頼まれた。

テンプル大学は面倒見がよく、卒業してからも二年のあいだ、エミラを登録速記者のリストに載せておいてくれたが、簡単な仕事は在学生にまわしたいということで、夏までに別の仕事を見つけるようにともっともな通告をした。速記学校を辞めたことはまだ両親に話していなかった。情熱の持てない後ろ向きな仕事ではなく、何か別のものを見つけたい。静かなパニックに襲われながら、エミラは〈シッタータウン・コム〉の就業可能日を月曜、水曜、金曜に変更し、その二日後にアリックス・チェンバレンに出会った。

手にどんな職をつけてこれからどう生きていくかを考えつづけているエミラにとって、ブライアーは恰好（かっこう）の気晴らしになった。ブライアーは「なんでそのにおいをかいじゃだめなの？」とか「あのリスのママはどこ？」とか「どうしてあたしたちは、あのおんなのひとをしらないの？」といった質問をした。以前、ブライアーがはじめてズッキーニを食べたとき、エミラはハイチェアの前に立って、気に入ったかとブライアーに訊いた。ブライアーは口を開けたままズッキーニを嚙（か）んで、部屋を見まわしながら自分の考えていることを伝えた。「ミラ？ なんで、なんで……ええと……なんで、きにいってるってわかるの？ きにいってるって、だれがおしえてくれるの？」ベビーシッターの言うべき答えは、〝自然にわかるものよ〟とか〝もっと大きくなったらわかるわ〟といったものだろうとわかっていた。しかし、エミラはブライアーの顎を拭いて言った。「すごくいい質問ね。ママに訊いてみよう」本心から言ったことだった。自分は何をするのがいちばん気に入っているのか、誰かに教えてもらいたかった。エミラが母親に訊ける物事の数は、恐ろしい速さで減りつつあった。

ベビーシッターとタイピングで生活していることを両親には言っていなかったので、〈マーケット・デポ〉の夜のことを話すわけにはいかなかった。目新しい意見が聞けるとは思わないけれども、心置きなくストレスを分かち合えたら少しは気が楽になっただろう。小学校四年生のとき、エミラがランチを食べているテーブルに白人のクラスメイトが来て、エミラは黒人かと訊いたことがあった（母親はこれを聞くなり、すぐに電話を手にとって、「その子の名前は？」と言った）。〈ブルックスブラザーズ〉に父の日のプレゼントを買いにいったときに、店員がずっとあとをついてきたこともあった（母親は「もっとほかにやることはないのかね？」と言った）。あるときには、ビキニラインのワックス脱毛をしたあと、〝エスニック系の肌質なので〟費用は広告にある三十五ドルではなく、四十ドルになると言われた（これに対しては、母親は「ちょっと待った、何にワックスをかけたって？」と言った）。両親に〈マーケット・デポ〉の夜のことを話せたらどんなによかっただろう。率直に言って最近ではいちばん大きな出来事だったし、お気に入りの子がかかわっていたからだ。いちばん感じるべきなのは、あの諍いに潜むあからさまな偏見への怒りだということはわかっていた。けれども、人種的偏見への怒り以上に、〈マーケット・デポ〉の夜は、吐き気のするような動揺と、〝おまえはきちんとした仕事についていない〟という高らかな宣告をエミラに突きつけた。

〝きちんとしたまともな仕事にさえついていればあんなことは起こらなかったのだ〟とエミラは家に戻る電車のなかで、腕と脚をそれぞれ組みながら自分に言い聞かせた。〝きちんとした仕事についていれば、ベビーシッターをするためにパーティを抜け出すことはなくなるし、自分の名前で健康保険にも入れるし、給料を現金払いされることもないし、きちんとしたまともな大人になれる〟。ブライアーの世話をするのはこれまでのところいちばん気に入っている仕事だが、ブライアーもいつかは学校へ行くし、ミセス・チェンバレンはキャサリンを目の届かないところにやる気はなさそうで、もしその気になったとしても、パートタイムのベビーシッターでは健康保険には入れない。二〇一五年の終わりには、エミラは親の健康保険から強制的にはずされてしまう。もうすぐ二十六歳になるからだ。

ときどき、特別に落ちこんでいるとき、九時から五時まで働く福利厚生つきでそれなりの給料がもらえるきちんとした仕事にさえつけば、残りの人生も一人前に近づいていくはずだと自分に言い聞かせた。そうしたら、毎朝ベッドメイキングをしたり、コーヒーを好きになりはじめられたりするはずだ。寝室の床に座りこんで新しい曲を見つけてはプレイリストを作り、夜中の三時にようやくベッドに入って〝なんでこんなことをしてるんだろう?〟と考えたりはしなくなる。新しいデートアプリを試して、趣味の欄にザラと遊ぶとか古いミュージックビデオを見るとかネイルをするとか週に四日は同じ夕食(クロックポットで作ったチキンのほぐし身とサルサとチーズ)を食べるとか以外の、もっと興味深い活動を書けるようになるはずだ。きちんとした仕事があれば、〈ストロベリー〉や〈フォーエバー21〉の服でいっぱいのクローゼットを見てそろそろもっといい服に買い換えるときだと思うようになる。

きっと別の子が見つかる、とエミラはしきりに自分を納得させようとしていた。フルタイムのベビーシッターを探しているすてきな両親のいる子がきっと見つかる。そうしたら正式に雇用してもらえて、自分は税金を払っていると言えるようになる。休暇にもいっしょに行って、家族の一員として扱ってもらえる。とはいえ、ブライアー・チェンバレンではないほかの子を見ると、理屈抜きにうんざりさせられた。ほかの子たちは興味深いことを言わないし、ぼんやりとした覇気のない目をしていて、どこかで予行演習してきたかのようにおとなしかった（ブランコや滑り台でブライアーがほかの子に近づいていくと、その子たちがブライアーに背を向けて「やだ、はずかしい」と言うのをよく見かけた）。ほかの子たちはシールをもらったり手にスタンプを押してもらったりするのが好きな扱いやすい相手だったけれども、ブライアーはいつでもちょっとした実存的危機に瀕(ひん)していた。

のべつ幕なしにしゃべりつづけるブライアーは、落ち着きがなくて不安になりがちで思慮深く、礼儀作法という悪魔と常に闘っている。ミントのにおいがするものが好きで、大きな音がきらいだ。相手の肩に耳をくっつけさせてもらわないかぎり、ハグを正しい愛情表現とは認めない。たいていの日の終わりには、エミラが雑誌をめくるそばで、ブライアーはバスタブで遊ぶ。ブライアーは座って両足の指を手でつかみ、くるくると表情を変えながら、歌を歌ったり口笛を吹こうとしたりする。ひとりで会話していて、頭のなかの声にこう答えているのをエミラはよく耳にした。「ちがうよ、ミラはあたしのともだち。とくべつのともだちなの」

新しい仕事を見つけなくてはいけないことを、エミラは知っていた。

4

次の朝、アリックスはブライアーを海のカラフルな魚や動物を紹介する子ども番組の前に座らせる代わりに、子どもたちをふたり乗りのジョギング用ベビーカーにくくりつけた。フィラデルフィアには走る場所がいくらでもある。心拍数がさがらないように赤信号で足踏みをしたり、ハイウェイへ入るために百段以上の階段と向き合ったりする必要はない。三マイルばかり走っただけで、実のところマラソンの最後の一マイルを走っている気分になっていたが、子どもたちはふたりともベビーカーに揺られて眠りに落ちていた。アリックスはコーヒーショップに寄ってラテを買い、外のベンチに座った。

いますぐ電話会議したいんだけど、とアリックスはメッセージを打った。**死人も病人もいないけど、緊急なの。**

レイチェル、ジョディ、タムラという名前はこれまで数えきれないほど言ってきてもうセットになっているので、その文面でじゅうぶん事足りた。引っ越してから三人にこういうメッセージを送ったのははじめてで——最近の話題といえば、共通の知人やおすすめの商品のこと、いま読んでいる記事や本のこと、そして夫の愚痴がほとんどだった——送信して数秒後には、**だいじょうぶ？**　というメッセージふたつと、**タムラ、セッティングしてくれる？**　というメッセージが返ってきた。

　ジョディは子役のキャスティングディレクターで、赤毛の子どもたち——四歳と一歳——は泣く子どものエキストラとしてよく映画やテレビドラマに出演している。レイチェルはユダヤ人と日本人の誇り高きミックスで、本の装丁をデザインする会社を経営しながら、息子があまりサッカーに夢中にならないようにがんばっている。サッカークラブに通わせるのがこれほど大変だとは知らなかったのだ——息子はまだ五歳だというのに。タムラはマンハッタンの私立学校で校長を務めている。子どもの入学願書を底あげしてもらおうとか、問題を起こした子どもが退学させられないようにしてもらおうとか考える親たちからタムラのもとにワインやチーズやフムスが送られてくるので、年に二度、そうした品を親友四人で思う存分むさぼっている。タムラには一インチほどの長さの黒っぽいアフロヘアの女の子がふたりいて、ひとりは二歳半、四歳の姉は完璧に字が読めて簡単なフランス語が話せる。子どもたちはタムラのことを〝メミー〟と呼ぶ。

　ベンチに座って膝を大きく開き、こめかみに冷たい汗をにじませながら、アリックスはすべてを話した。

レイチェルがうめいた。「何よそれ？」

歯切れのよすぎる口調でタムラが言った。「その子を店に足止めしようとした？」

ジョディが言った。「それが全部、一日で起こったわけ？」

「まったく、ニューヨークだったらそんなこと絶対に起こらないわよ」レイチェルが言った。

「ハドソン、それを口から出しなさい！　ごめん、いまサッカーの練習に来てるの」

ゆうべと同じように、吐き気がしそうなほど心臓が激しく打ちはじめた。ゆうべピーターはエミラを連れずに帰ってきて、「だいじょうぶ、みんな無事だ」と言ったあと、説明をはじめた。アリックスはいろいろ訊かずにはいられなかったが、口から出たとたんにそうした質問はただ無意味につまらなく聞こえた。〝エミラは泣いてた？　怒ってた？　すごく動揺しているように見えた？〟。もしアリックスのほうがこの三カ月の月水金のエミラやエミラの精神状態について訊かれたとしたら、何ひとつ答えることはできなかっただろう。たいていの日、アリックスは玄関に向かいながらブライアーをエミラの腕に文字どおり押しつけ、振り返りながらブライアーはお昼がまだだとか、うんちがまだ出ていないとか声をかけた。エミラがいない火曜と木曜は、ＹＭＣＡで水泳教室があって、ブライアーは一生懸命に泳ぎまくるので、そのあと三時間昼寝をしてくれた。昼寝から目を覚ましたらネットフリックスで映画を見せ、映画が終わってクレジットが出るころにはピーターが玄関から入ってくる。このパターンがすこぶる

うまくいっていたので、自分の家のベビーシッターが泣くタイプなのか提訴するタイプなのか
それとも何もしないタイプなのか、アリックスには見当がつかなかった。
　タムラが舌打ちした。「いますぐその子に電話しなさい」
「グーグルでピーターの映像を探してみる」ジョディが言った。「あった。再生回数五百回……
……たいしたことはないわね」
「誰かその出来事を動画に撮ってなかったの？」タムラが尋ねた。
「その子が店を訴えるのを手伝ってあげられるかもよ」レイチェルが言った。
「動画のことはわからない。わたし不安で」アリックスは両膝に肘をついた。「エミラにひど
い態度をとってたから。エミラはとてもしっかりしてて時間にも正確で……ブライアーもなつ
いてるのに、スーパーのくそったれ警備員のせいであの子を失うかも」アリックスは眠ってい
るブライアーの口もとからシートベルトの端をどけ、周囲に目を向けて、子どもの前で罵倒語
を使ったのを誰かに聞かれなかったか確かめた。「最近、いろんなことがおろそかになってた
から、これはその天罰なんじゃないかって気がするの。本の執筆は遅れてるし、体重は増えち
ゃったし。きょうはブライアーの誕生日パーティで、ピーターの同僚が大勢訪ねてくるから、
エミラも手伝ってくれることになってるの。でも、エミラがもう来てくれないかもしれないと
思うとほんとに吐きそう。エミラがいなかったら絶対に本なんて書きおえられない」
「ねえ」レイチェルがさえぎって言った。「何があろうと本は書きおえられる。あなたは優秀

で物事をやりとげる人なんだから。でもいまは、エミラのことが最優先よ」

タムラが言った。「百パーセントそのとおり」

「プリューデンス？」ジョディが電話から口を遠ざけて言った。「弟と半分こしなさい。わかった？」そして、電話口に向かって言った。「いまのに全部賛成」

「もちろんよ。それはわかってる。エミラに電話しないといけないことも」アリックスは言った。「でも……どう話をすればいい？」

「手紙を書け、とは言っちゃだめ」レイチェルがつぶやいた。

ジョディが言った。「レイチェル、これはまじめな話なんだから」娘を諭すときと同じ、母親めいた口調だった。

「正直言って」タムラが言った。「彼女が電話に出ない可能性もある。その場合にも備えておかないとね」

アリックスの隣で、コーヒーショップのドアベルが鳴ってひと組のカップルが外に出てきた。女性のほうが「きっとアマゾンで借りられるよ」と言い、男性のほうが答えた。「でも、3Dってのが肝なんだ」うなだれたアリックスの鼻から汗が滴り落ちた。「ほんとに吐きそう」

「ねえ、もし彼女が電話に出たら」タムラが言った。「今回のことをほんとうに残念に思ってると言うのよ。そして、何をするにしても力になるって伝えなさい。弁護士を雇うにしても、まったく何もしないにしても」

「そうよ、感情的になっちゃだめ」レイチェルが言った。「あなたならだいじょうぶだと思うけど、とにかく彼女を第一に考えるの。ハドソン、行け、やった！」レイチェルは太腿を叩いて拍手しているようだった。「家に帰りたい？　まだいいの？　わかった、了解」

これまで一度でもエミラとそういう長い会話をしたことがあれば、これほどおじけづくことはなかっただろう。アリックスは深呼吸をして言った。「わたしがエミラをあそこへ行かせたのがいけなかった？」

「ちょっと、そんなわけないでしょ」ジョディが言った。

「わたしでも彼女を呼んでたわよ！」タムラが言った。

「フィラデルフィアに引っ越したのがまちがいだったのよ」レイチェルが言った。「ごめんね、でもやっぱり、ニューヨークなら今回のことは起こらなかったと思う。あたしがハドソンを迎えにいくと、どこに行ってもあたしの子だって信じてもらえないのよ。でもアルネッタが行くと、〝どうぞ！　この子はナッツアレルギーだからね、じゃあ！〟って感じ」

「プリュ？」ジョディが叫んだ。「三つ数えるまでにやめなさい。一、二……ありがとう、お嬢さん」

アリックスがベンチにもたれると、汗を吸ったタンクトップが肩甲骨に張りついた。目の前で、眠っているキャサリンのブーティを履いた足が夢のなかでどこかを駆けている。タムラが言った。「さあ、電話をかけるのよ」アリックスは答えた。「わかってる」

「アリックス？」ジョディが声をかけた。「あなたのことは大好きよ。それに、あなたはきれい。昔からずっとね。でも、いまは親友として訊かせてもらう。体重はどれくらい増えたの？」

　アリックスはネオンオレンジのショートパンツを見おろした。赤ん坊ぶんの重みと、申しこんでいないジムの会員権と、日を浴びながら飲んだ砂糖ベースのスムージーからなる贅肉が、ウエストバンドと湿ったタンクトップのあいだに突き出ている。ため息が漏れた。「怖くて量ってない」

「まったく」タムラが言った。「なぜもっと早く何か言わなかったのよ？」

「ねえ……アリックス」ジョディが言った。「しっかりしなきゃ。あなたはこんな人じゃないでしょ。交渉ごとが得意だし、聴衆の前で授乳してみせるし、これからすごい本を書くんだもの。この電話を切って、ベビーシッターにやめないでくれと頼んで、ピーターに口に気をつけろと忠告して、フィットビットか何か買うのよ。いい？」

「そう、ジョディの言うとおりよ、A」レイチェルが続けた。「本が出たら、あなたの写真がそこらじゅうに載るのよ。本の表紙だと十五ポンドは太って見えるんだから。ほんとよ」

「お節介だと思ってくれていいけど」タムラも同調した。「でも、親切心であなたのために言ってるのよ」

「そっちにジュースは売ってる？」レイチェルが尋ねた。「クレンズジュースを送ろうか？」

「ジュースくらいあると思うわよ、レイチ」ジョディが笑った。「モンタナに住んでるわけじゃないんだから」


エミラは電話に出ず、アリックスはシャワーを浴びてからもう一度かけてみた。今度はつながって、アリックスは友人たちに提案されたことをひとつずつ口に出し、心のなかでチェックマークをつけていった。しかし、「何もかもあなたしだいよ」と言ったとき、エミラが答えた。

「あの……あたし、寝坊しました？」

遠くからザラの声が聞こえた。「こんな早くに誰から？」アリックスは腕時計を見た。朝の九時十四分。エミラはまだ寝ぼけているらしい。

「いえ、遅れてはいないわ！」アリックスは安心させるように言った。「パーティは正午からよ。早く来られそうなら十一時四十五分に来てもらいたいけど……でも、気が進まなければ来なくてもかまわないのよ。来てくれたらうれしいけど。わたしたちはぜひ来てほしいと思ってる。だけど、あなたしだいよ」

「いえ、行きます」エミラは言った。「うかがいますからご心配なく」

「ねえ、エミラ、尋問してるわけじゃないのよ。いえ……これじゃ尋問よね」アリックスは言いよどんだ。「でも、ただあなたの様子を知りたかっただけなの。まあ、それはいいとして。正午に会いましょう。あるいは、十一時四十五分に」

「ん……はい」

先ほどよりは目が覚めたらしいザラの声が聞こえた。「ベーグル食べる？　注文するけど」

「じゃあ、あとでね！」アリックスが言うと、エミラは電話を切った。

電話した。アリックスはタムラにメッセージを送った。**あの話はしたくないみたい。**

タムラが返信してきた。**それも彼女の選択よ。来るって？**


うん。

よかった、冷静にね。水をたくさん飲んで。パスタはだめ。でもケーキは食べていいわ、わが子が三歳になるんだから。


アリックスは、寝室の床で櫛（くし）をふたつ使って遊んでいるブライアーのほうを見た。「ブリ、お誕生日おめでとう」そう言うと、ブライアーは生（き）まじめに答えた。「おたんじょうびごっこ、するの？」

ブライアーの好きにできるとしたら、パーティのテーマは眼鏡になっていただろう。ブライアーは眼鏡がほしくてたまらず、誰かれかまわず人の眼鏡を触っては、それをかけた自分を見たがった。けれどもブライアーは飛行機も大好きで、飛行機を指さすことや飛行機が飛ぶときの音を気に入っていたので、ほかの興味の対象（ティーバッグや他人のおへそのにおいを嗅ぐことや、母親の耳たぶのやわらかい皮膚を触ること）よりも飛行機を大々的に推すべきだとアリックスは考えた。

アリックスは居間の家具をすべて壁際に寄せ、高い天井に白い風船をまんべんなく浮かべた。風船からは二十フィートのリボンがさがっていて、カーブした翼と車輪がついた青い紙の飛行機がくくりつけてある。次に、お菓子のテーブルを用意して、雲の柄の紙のタペストリーを飾った。ドアのそばにはやわらかい素材でできたパイロット用のサングラスを吊して、子どもたちがかけて遊べるようにした。空色に着色したミニカップケーキと、くるくるまわせる白いプロペラつきの鮮やかな青い袋に入れたおみやげも並べた。アリックスはプロペラとカップケーキをアップにした写真を撮って、インスタグラムに投稿した（かなりアップの写真なので、撮影場所は特定できず、マンハッタンだとしてもおかしくなかった）。ピーターが風船をいくつか外に持っていき、窓の割れた部分のまわりにテープで留めた。アリックスが外に頭を突き出すと、ピーターが言った。「おかしいかな？」アリックスは首を横に振り、夫に心が温まるような悲しいような愛情を感じた。ニュースで口走ったのが本心からの言葉でないことはわかっていた。「いいえ」アリックスは言った。「おかしくない」

二階にあがり、ゆったりとしたデニムのジャンプスーツに着替えて髪を整えた。ピーターがベルトを締めてシャツのボタンを留めながら、ベッドで寝ているブライアーとキャサリンに

〈ベイビー・ベルーガ〉を歌ってやっていた。〝ずっと南の〟と〝イルカたちが遊ぶ海〟のあいだで、ピーターがバスルームをのぞきこんだ。「エミラは手伝いに来てくれるんだろう?」

アリックスはマスカラを下まつげに塗りながら鏡越しにピーターを見た。「来るって言ってた」

十一時四十五分にエミラはやってきた。

エミラは合い鍵を持っているので、階下で玄関の閉まる音が聞こえて、ピーターとアリックスは子どもたちの頭上で目を見交わした。ようやく誕生日の衣装に着替えたブライアーはくすんだ緑色のジャンプスーツ姿が《トップガン》のエキストラのようで、キャサリンは雲のコスチュームに包まれていた。アリックスはピーターに金色の翼形のピンバッジを渡し、「ちょっといいかしら」と言って、階段をふたつづきぶん駆けおりた。階下ではエミラがバックパックを壁にかけているところだった。黒っぽいジーンズを穿いて編んだ髪を背中に垂らし、目には黒いアイラインをくっきりと引いてある。

チェンバレン家でベビーシッターをするはじめての週に、エミラはブライアーを絵画教室へ連れていった。ゆったりとしたカーディガンを着ていて、絵の具が飛んだらとれなさそうな素材だったので、アリックスはたくさんある〈彼女に言葉を〉の白いポロシャツを一枚差し出した。「山ほどあるし、あなたは昔いたインターンと同じサイズでだいじょうぶそうだから」アリックスは言った。「まあ、ちょっと大きいかもしれないけど、よかったらいつでも着て」それがエミラのユニフォームになった。週に三日、アリックスは階下におりてくるたびに、エミラが白いポロシャツを頭からかぶるところに出くわした。仕事が終わると、コートかけに引っかけて帰る。アリックスは天井の風船からさがっている青いリボンのあいだを歩きながら、ふいにこの習慣の温かさに喉がつかえはじめるのを感じた。階段のいちばん下までおりたとき、エミラが言った。「どうも」そして、襟首から編んだ髪を引き出した。

「こんにちは、来てくれたのね」アリックスはエミラの前に立ち、自分の両肘を抱えた。「あの……ハグをしてもいい？」

たちまち、妙な態度をとってしまったとアリックスは後悔した。こんなふうにエミラとはじめてのハグをしたくはなかったけれども、言い出してしまった以上、やめるわけにはいかない。アリックスの腕のなかのエミラは、ボディバターと焦げた髪とネイルポリッシュ、そして安物の香水のにおいがした。

「まず言っておきたいんだけど――」アリックスは体を離した。「――きょうはここにいてくれなくてもかまわないのよ」

「いえ、いさせてください。楽しみにしてるんです」エミラはバックパックのほうを向いて、その前ポケットからリップクリームを取り出した。

アリックスは立ったまま足首を交差させ、腕を組んだ。「あなたのいまの気持ちや、ゆうべの気持ちを理解できるふりをするつもりはないわ。ほんとうには理解できないだろうから。でも、あなたが望むことには、なんでも力を貸したいと思ってるの。弁護士を雇うのでも……裁判所に訴えるのでも……あるいは……」

エミラはにっこりした。「なんです？」

「エミラ」肩が耳まで持ちあがっているのに気づいて、アリックスはもとに戻そうと努力した。「あの店そのものを訴えることもできるのよ。法的な措置を求めるのはあなたの当然の権利なんだから」

「いえ、とんでもない」エミラは上下の唇をすり合わせ、リップクリームの蓋を閉めた。「そんなことをするつもりはありません」

アリックスはうなずいた。「それなら、その気持ちを百パーセント尊重するわ。とにかく、わかってもらいたいのは、わたしたちがあの出来事をとても残念に思っていて――」

外から別の声が聞こえた。「アリックス？」

エミラの背後で、玄関のドアが二インチほど開いた。エミラがノブに手を伸ばすと、小さな男の子ふたりと母親が現れた。ブライアーと同じ水泳教室の親子だ。

「あらあら、どうも」母親が言った。「ごめんなさい、早く来すぎちゃって。こんにちは！まだ準備中よね。でも、お手伝いさせてもらうし、邪魔にならないようにするから。とてもすてきな服ね！」

アリックスは、いらっしゃい、元気そうね、と言いながら三人をなかに通した。男の子たちはお菓子のテーブルに駆けていき、ひとりは靴を脱いでしまった。母親が子どもたちの上着を脱がしはじめると、アリックスはエミラにささやいた。「続きはあとで」

「だいじょうぶですから」エミラは言った。「ほんとになんとも思ってません」そして、バックパックの下に置いてあった紙袋に手を入れた。縁にオレンジ色のリボンを巻いた、小さなガラスの鉢を取り出す。鉢のなかには鮮やかな黄色の金魚が一匹入っていた。

「あら、まあ、エミラ」アリックスは胸に手を当てた。「あなたからのプレゼント？」

「はい」〝プレゼントはここに着陸！〟と書かれた小さな紙飛行機の隣にある炉棚の上に、エミラは金魚鉢を置いた。リボンが正面を向くように鉢をまわす様子を眺めながら、アリックスは思い出した。そう、以前エミラが、ブライアーの誕生日に金魚をあげてもいいかと訊いてきた。何日も前に、アリックスとピーターの両方に訊いてくれたのだ。聞き流していたので本物の金魚だとは思っていなかったが、こうして目の前で金色の魚が体をくねらせている。小さな鉢にエミラがかけてくれたリボンは運んでくるあいだに曲がってつぶれ、いまは縁に不恰好にぶらさがっていた。


　フライング到着の二分後、最初の客の三歳の子どもが便座の横で嘔吐し、驚いたように泣きはじめた。あと始末が終わり、謝罪がやんだころ、ＷＮＦＴのピーターの同僚たちが到着した。アリックスは音楽をかけ、玄関で出迎えて言った。「いらっしゃい、前に一度お会いしましたよね。アリックスです」（初対面の人と会うとき、アリックスは自分の名前を大げさに——ア

ーリックスと――二音目を強調して発音した）
ピーターはアリックスより八歳年上にはまったく見えないとはいえ――ウエストは引き締まっていて、短く刈った髪は少年めいている――彼の同僚たちに囲まれたとたん、アリックスは両親の友人たちの集まりに引っ張り出されて、いつになったら自分の部屋でミュージックビデオを見られるのかとカウントダウンしている気分になった。女性の同僚たちはウエストを絞ってスカートをふんわりさせた花柄のワンピースを着て、ウェッジサンダルやパンプスを履いている。ひとりだけいる黒人女性も、ボリュームを出した短い髪にハイライトを入れていた。みな舞台小物めいた石やビーズの大ぶりなネックレスをつけている。男性陣はカーキのズボンにゴルフシャツという恰好で、大人になったケン人形を思わせた。

もっとも人気を集めたのは、正面の窓に空いたギザギザの穴の話題だった。〈マーケット・デポ〉での出来事を知る前、警察が現場検証を終えるのを待っていたとき、アリックスはピーターの同僚たちがビーコン・スミス高校の生徒と同じように感じているのではないかと気を揉んでいた。ピーターのフィラデルフィアでのキャリアははじまる前に終わってしまうのではないか、リバーデイルに戻されてしまうのではないか……その結果としてニューヨークに戻れるのはうれしくもあったけれども。しかし、窓の虫歯穴に対するWNFTの面々の反応は、奇妙な地元愛と激励とが混じり合ったものだった。新参者のピーターが、いい具合におとぼけをしてみせたと言わんばかりだ。みなが詳細を聞きたがり、笑って言った。「心配するな」そしてピーターとビールのグラスの縁を合わせた。「いやはや、フィラデルフィアへようこそ！」

パーティに集まった客たちは、誰ひとりアリックスや〈彼女に言葉を〉のことを知らなかった。キッズ・ボップやマイケル・ジャクソンの曲が流れるなか、炭酸水を飲みながら、アリックスはこの知名度の低さを、絶好の研究機会だと受け止めることにした。本の表紙カバーに載るかもしれない簡潔な自己紹介文を作るのは、たくさんある手つかずの作業のひとつだ。とはいえ、思いついたどんな説明も役に立ちそうになかった。

「ふうん、じゃあ、正確には本を書いているわけじゃないのね」女性のひとりが言った。「それってあの本みたい……なんて言ったかしら、『ポストシークレット』？　いろんな人から送られてきた、秘密を書いた手紙を集めてあるの。覚えてる？　あれって……かなり下世話な本だったわよね」

「変わった映画を見たことがあるわ。《Ｓｈｅ》、いえ、《Ｈｅｒ》だったかしら。《Ｈｅｒ》よね？」別の女性が確認するように夫を見たが、夫が反応を返さなかったので、そのまま続けた。「《Ｔｈｅｍ》だったかも。まあ、とにかく――主人公の男はラブレターの代筆を仕事にしてるの。知りもしない人の代わりに手紙を書くのよ。とっても不思議だった。あなたがしてるのもそういうこと？」アリックスはキャサリンの泣いている声が聞こえたふりをして、丁重にその場を離れた。

ピーターと番組でキャスターを務めているレイニー・サッカーは、四歳の娘ベラを連れてきた。黄色いバラの花束とワインのボトル、クッキーの材料を詰めたメイソンジャーとレシピ、アリックスとブライアーそれぞれへのプレゼントも持ってきていた。挨拶をしながらレイニーは手を差し出し、〝ようやく会えたわね〟という目をした。「ああ、なんだかあなたのことを昔から知ってるみたいな気分だわ」レイニーは言った。「ハグさせて。あなたはもう〈フィラデルフィア・アクション・ニュース〉の一員よ」もう離れてもいいだろうとアリックスが二回思っても、レイニーはまだ腕を解こうとしなかった。そっとアリックスを左右に揺らしている。ベラがブライアーのそばへ行き、同じ恰好で抱きしめて、前後に体を揺らしていた。

　マンハッタンにいたころは、レイチェルやジョディやタムラと月に二回はあちこちの誕生日パーティに行っていた。部屋の隅に座って紙コップでワインを飲み、交代で子どもたちと踊った。チョコレートファウンテンのような鼻につく贅沢品や完璧すぎる子どものコスチュームについてささやき交わしたり、イニシャル入りのおみやげや必ずニュージャージーから派遣されてくるディズニープリンセスのそっくりさんを見てあきれた顔をし合ったりもした。しかし、ブライアーのごく質素な誕生日パーティに参加している客たちは、その二倍は気合いを入れているようだった。女性たちは、高級住宅街のアッパー・イースト・サイドに住んでいるふりをしているかのように着飾っている（実際に住んでいるかのようにでも、過去に住んでいたことがあるかのようにでもなく）。パンプスで立っていたらつらいはずなのに、なぜみんなジーンズを穿かないのだろう？　アリックスは自分がまわりから浮いていて、いたたまれないほど太っていると感じた。

けれども、アリックスがランチ会やパーティや集会を開くとき、ピーターはいつもにこやかに付き合ってくれた。夜遅くまでアリックスに付き合って、女子高校生たちが未来の自分に宛てて書いた五百通の手紙に切手を貼るのを手伝ってくれたし、ワークショップが長引いたときには子どもたちをベッドに連れていき、ママは帰ってきたらすぐにキスをしに来てくれるからと諭してブライアーを寝かしつけてくれた。アリックスはそうしたことを思い出し、友達になれそうな相手、家に遊びにきて子どもをブライアーといっしょにテレビの前に座らせるのをいやがらなさそうな相手、いっしょにヨガに行ってくれそうな相手を見つけようとした。しかし、ここにいる女性たちは感じがよくてやさしいけれども、同時に古くさくて苛つくほど野暮ったかった。ピーターとキャスターを務めているレイニーが、アリックスのジャンプスーツの布ベルトにそっと手を触れた。「こういうのを着てみたいとずっと思ってたの」レイニーは言った。「でも、二度と脱げなくなりそう」そして、笑いながら顔を寄せて、それを着ているときはどうやってトイレで用を足すのかと尋ねた。

やがて、プレゼントを開ける時間になったようだった。マンハッタンの子どもたちは、パーティでプレゼントを開けることはしなかった。タクシーやトランクに詰めこむか、大きな透明のビニール袋に入れて、残ったケーキといっしょに家に持って帰った。気がまわれば、親たちはいくつかをクローゼットに隠しておいて、飛行機に乗るときの遊び道具や、しかるべき場所で用を足せたときのご褒美に使うことができる。しかし、ピーターとアリックスがWNFTのスタッフのひとりと話していたとき、彼女の五歳の子がやってきて、母親の膝にしがみついた。

「いつプレゼントを開けてケーキを食べるの？」

ピーターはアリックスを見た。「椅子を用意しようか？」

アリックスがブライアーを膝に乗せ、エミラがプレゼントを手渡していった。ふたつ目のプレゼントを開けたあと、ブライアーは飽きて腕をぱたぱたさせた。「もうやだ、もうやだ」エミラとピーターがブライアーをなだめているあいだに、アリックスが残りのプレゼントを開けた。

プリンセスのゼリー型と、毒素とプラスチックのにおいのするティアラに囲まれながら、アリックスはポケットから携帯電話を取り出してレイチェル、ジョディ、タムラにメッセージを打った。**どうにかして。ここの誰もかもがいや。**ブライアーへのプレゼントはどれも、くだらないか、性差別すれすれか、ぞっとするほど月並みだった。三歳児がもらったのは、銀色のフェンディの防寒着、白とピンクの子ども用ティーセット、果物で作った食べられるアレンジメント（オンラインで注文したのだろうか？）、ジャー入りで蓋に〈ビルド・ア・ベア〉のギフトカードがついた〝バースデーケーキ〟の香りのヤンキーキャンドル。アリックスの足もとで、エミラがラッピングペーパーを大きなリサイクル袋に詰めこんでいた。ブライアーがとまどった顔で、フリルのついた青いエプロンとおそろいのボンネットを持ちあげた。エミラが言った。

「ブライアーのだよ。お誕生日のプレゼント」アリックスはエミラの両肩をつかんで顔を見つめながら言いたかった。〝こんなパーティはわたしの流儀じゃないの〟

いまこの家にいるのは、空港でよく見かけるような、軽蔑せずにはいられない母親ばかりだった。厚化粧をして、大荷物（〈ヴェラ・ブラッドリー〉のキャリーケースに〈リリー・ピュリッツァー〉のパスポートケース）を持ち、コルクのウェッジサンダルを履いて、おみやげを入れたビニール袋を座席の上の荷物入れに収まりきらないくらいたくさんさげた女性たち。彼女たちは、大声で夫に電話をして着陸したとか次のゲートに間に合ったとか知らせる。飛行機からおりる列を詰まらせる（「忘れ物はない？　もう戻ってこられないんだからね」）。トイレの個室では、念入りに便座にトイレットペーパーを敷く（アリックスはいつも公衆トイレはエクササイズの場として、便器の上でスクワットしている）。

アリックスはふたり目を妊娠するまでベビーカーさえ持っていなかった。荷造りが得意で、週末の旅行はバックパックひとつで間に合ったし、一本早い飛行機に飛び乗ったとピーターにメッセージを送ることもよくあった。なので、この居間を見まわしながら、アリックスは考えた。フィラデルフィアをわが家と呼べる日など来るわけがない。上着を脱ぐのを忘れてセキュリティチェックを滞らせるタイプの女性たちに囲まれて、母親と経営者を両立する器用さを保てるわけがない。

アリックスは玄関のドアのそばに立ち、親たちが子どもの足をまた靴にねじこんだり、子どもたちがおみやげを物色しはじめたりするのを見守った。頰にキスを受けて握手をするたび、「今度子どもたちをいっしょに遊ばせましょうね」と四度ほど言った。

　またレイニーが近づいてきて、心のこもったハグをした。「あなたたちがこの町に来てくれてほんとうにうれしいわ」レイニーは言った。「そのうち、子どもたちが寝ついたあとにでも、いっしょに一杯やりましょう」

　レイニーはことさらに親しげにふるまっているが、そうすることで、毎日ピーターの隣に座っていても自分は女性の味方であって、何もおかしなことは起こっていないのだ、と請け合っているのは明らかだった。そんなふうに勘ぐったことがまったくなかったので、アリックスは逆に罪悪感を覚えた。レイニーはこちらが恥ずかしくなるような笑い方をし、歯茎と歯の比率が不釣り合いで、「あらあら！」といった言葉をよく使った。レイニーはかわいらしい女の典型で、アリックスはハグをしながら思った。〝あなたを好きになりたい。それがどうしてこんなに難しいの？〟

　レイニーの肩越しに、エミラが身をかがめて男の子に上着を着せてやっているのが見えた。

「お気に入りのゲームができなかった」五歳の男の子は言った。

「そうなの？」エミラは上着の袖をおろしてやりながら言った。「どんなゲーム？」

　男の子はエミラに向きなおった。「ぼくのお気に入りはね、〈おれは殺し屋〉っていうやつ！」

「かっこいいねえ」エミラは立ちあがって隣の部屋へ行き、声をかけた。「ブライアー、もう行くから握手しよう」

レイニーと子どもを送り出して、ようやく玄関のドアを閉めたあと、アリックスはふたたび携帯電話を取り出した。**訂正、**と友人たちにメッセージを打った。**誰もかれもいやだけど、わたしのベビーシッターだけは別。**

時給アップしてあげたら？　とタムラが言った。

でなきゃ、食べられるアレンジメントをあげるとか！　レイチェルが言った。

その夜、ブライアーは新しい金魚をナイトテーブルに置いてベッドに入った。アリックスが寄付バッグに入れなかったひと握りのプレゼントのひとつだ。三歳になったブライアーは、さっそく金魚にスプーンズと名前をつけ、くるくると泳ぐ魚を見つめながら眠りに落ちた。

5

三歳になった子から距離をとろうと決め、エミラが毎日〈クレイグスリスト〉や〈インディード〉をチェックして一人前の人間を一人前の待遇で雇ってくれる仕事に応募しようと考えはじめたとたん、ミセス・チェンバレンが大きく距離を詰めてきた。〈マーケット・デポ〉の夜がなんらかの影響を与えたらしく、ミセス・チェンバレンはさりげなさを装いつつもあの夜の不公正を正そうとし、エミラを警戒させた。あの夜から、ミセス・チェンバレンは六時四十五分に帰宅してエミラの向かいに座り、これまでしたためしのなかった世間話をするようになった。「エミラ、あなたの専攻はなんだったかしら？」「どこに住んでいるのか、もう一度教えてもらえる？」「何かアレルギーがあると前に言ってた？」タイミングとしては最悪だった。そうした質問は雇いはじめにするべきで、こちらが区切りをつけようとしているときにするべきものではなかった。とはいえ、この仕事はパートとしては実入りがよく、収入が減るうえにブライアーがいなくなる新しい仕事探しに熱を入れるのは難しかった。二週間に一度、金曜になると、ミセス・チェンバレンは六百七十二ドルが入った封筒をエミラに手渡した。〈マーケット・デポ〉の夜から二週間後に渡された封筒は、ことのほか分厚かった。玄関ポーチで夕日に照らされながら封筒のなかをのぞくと、現金で千二百ドルが入っていた。百ドル紙幣の束に厚いカードがクリップで留められていて、片面にミセス・チェンバレンの美しい筆跡が見えた。〝エミラへ〟とある。

これはこの二週間と、ブライアーの誕生日と、あなたのおかげでほんとうに助かったあのひどい夜のぶんです。いろいろありがとう。あなたがいてくれてほんとうにうれしく思っているし、わたしたちもあなたの力になりたいと思っています。

キスとハグを　P、A、B&C

エミラは道路に視線を落とした。笑い声を漏らし、つぶやいた。「すっご」そしてすぐさま、人生初のレザージャケットを買った。

地下鉄は混んでいた。ザラ、ショーニー、ジョセファとの約束に遅れていたけれども、エミラは上機嫌だった。夕食のあと、飲みにいって、二十代が夜に楽しむその他のあらゆる活動に勤しむ予定だ。新しいジャケットを着ていると、身につけているものすべてが輝いて見えた。黒のレザージャケットは腰のすぐ上までの丈で、アシンメトリーにファスナーがついている。ベルトは両脇に垂らして、前腕の銀色のファスナーは開けてあった。二百三十四ドルで、ベッドフレームとパソコンをのぞけばこれまででいちばん大きな買い物だった。片手で手すりにつかまり、もう一方の手でザラにいま向かっているとメッセージを打ちながら、手持ちのなかでいちばん高い服を着ているのに自分が安っぽく思えるのがおもしろくも悲しくも感じた。エミラはイヤホンの音量をあげ、地下鉄の揺れに合わせてバランスをとった。

エミラの後ろには、フィラデルフィアの住人ではなさそうな六人連れの家族がいて、母親が「次の駅で降りるからね、みんな聞こえた？」と叫んでいた。イヤホンの音楽の下から、エミラは左側で交わされている会話に耳を傾けた。スーツを来た男性が、家族の集まりに参加しない口実が必要だ、と話している。その隣にいる女性が言った。「わたしをダシにしてもかまわないわよ」コンクリートと暗闇が飛びすさっていく地下鉄の窓に、エミラの黒いレギンスに包まれた大きく張った腰骨が映っていた。金の多連ネックレスが光ったのが見えて、エミラはネックレスを胸の上で平らに直した。前髪と肩にかかった黒っぽいウェーブをなでつけていると、曲が終わって次の曲がはじまるまでの無音のあいだに、自分の名前が呼ばれたのが聞こえた。

エミラが振り返ると、KelleyTCopeland@gmail.comが見えた。野球帽やらポニーテールやら肩やらの上から、彼はもう一度、今度は「エミラ・タッカー」と名前を呼んだ。エミラは手すりをつかみなおし、自分がひどく緊張していることに気づいた。

　きょうの彼は先日よりもキュートで、それはいまがベビーシッターの仕事中でも犯罪者呼ばわりされている最中でもないからというのが大きかったかもしれないけれども、やはり彼そのものが前回よりキュートだった。ケリー・コープランドは黒っぽい髪と目の持ち主で、顔は面長で青白く、大きくてがっしりした顎がどことなく大学でスポーツをやっていたような雰囲気を醸し出している。エミラが唇の片側を持ちあげて微笑むと、ケリーは「すみません」とまわりに声をかけながらエミラのほうへ近づいてきた。

「覚えてる？　覚えてるよな。やあ」ケリーは自分で自分の質問に答え、笑った。「こんなこと言わないほうがいいのかもしれないけど、六回くらいきみにメールを書いては消してたんだ」ケリーはいったん言葉を切った。「辞めたのかどうか知りたくてさ」

　エミラはまだケリーの背の高さと親しげな態度にあっけにとられていた。立ったまま足首を交差させ、言った。「ええと、いまなんて？」

「悪い」ケリーは言った。「きみが世話係の仕事を辞めたかどうか興味があったんだ」

　ケリー・コープランドは車輛の天井にぴったり手のひらをつけられるほど背が高く、エミラの目の前でまさにそうしていた。男らしさをひけらかしているけれども、とんでもなく魅力的なしぐさでもある、とエミラは思った。

「ええと、ごめん」エミラは言った。「その……あたし、実のところ世話係じゃないの」

「ワオ」ケリーは言った。「じゃあ、辞めたのか。それでよかったと思うよ」

「そうじゃなく、まだ働いてるんだけど」エミラはバッグを右肩から左肩へかけかえた。「その、ただのベビーシッターで、世話係じゃないの」

「それってどうちがうのか、教えてくれないか」ケリーは言った。「とぼけてるとかじゃなく、ほんとうに知らないんだ」

電車が停まり、エミラは脇に寄って、買い物袋を四つ抱えてドアへ向かう男性を通した。ケリーが空いた席を指さし、エミラはそこに腰をおろした。「世話係はフルタイム」エミラは言った。「給料制で、ボーナスや有給休暇をもらえる。ベビーシッターはパートタイムで……両親がデートに出かけるときとか、緊急事態のときに呼ばれるの」

「なるほど」ケリーは言った。「悪かったな、あの夜にスーパーできみは世話係だと言ってた気がしたから」

「ああ、それはほんとうに言ったの、そうすれば放免してもらえるんじゃないかと思ったから」エミラは説明した。「大成功だったけど」

「まったくだ」ケリーは、車輌に大声で騒ぐ酔っ払いがいるときや、到着がさらに遅れると車掌が繰り返しアナウンスをしているときに乗客同士が交わすのに似た、おどけた苛立ちの目を向けた。「まあ、まだ続けてるのなら、きみなりにそうする理由があるんだろう。だけど、少なくとも時給はあげてもらってることを願うよ」

エミラがまつげにかかった髪を払うと、袖のファスナーが明るい音を立てた。エミラは笑みを作って言った。「よくしてもらってる」

ケリーはエミラの頭上のつかみ棒を両手で握って身を乗り出した。「これからどこへ行くんだい」

エミラは片眉をあげた。ケリーを見あげて、〝嘘でしょ〟と思わずにはいられなかった。十二枚の真新しい百ドル札の光景と、ケリーのさりげない意思表示が混じり合い、〝でもまあ、いいんじゃない、別に〟と勢いづいた。エミラは唇をすぼめて言った。「友達と食事。そのあと〈ルカの店〉に行く。なんで？」

「〈ルカの店〉か」ケリーは感じ入ったように唇を突き出した。「いいね」

エミラは〝そう？〟と肩をすくめた。

「おごるから一杯だけ飲まないか？」ケリーは言った。「そのあとそれぞれの予定に戻る。ぼくも今夜は友達と会うことになってるんだ」電車が停まり、女性がケリーを押しのけてエミラの隣に座った。

エミラは気の進まないふりをしつつ、ケリーと同じくらいこの状況を楽しんでいた。今夜彼に会えるいちばん遅い時間を計算してみると、どうやら午前二時くらいまでならだいじょうぶそうだった。「いま、もう遅刻してて」エミラは言った。「でも、〈ルカの店〉でおごってくれるなら」

ケリーは笑った。「いや、ぼくはあそこには入れないよ」

エミラはケリーの靴を見た。茶色の紐靴で、その上は黒っぽいジーンズに高級そうなグレーのパーカーという恰好だ。「服は問題なさそうだけど」エミラは請け合った。「だいじょうぶじゃない？」

「服装のことじゃないんだ、でもありがとう。自信がみなぎってきたよ」ケリーはにやりとした。「つまり、女性の連れがいないとあの店には入れてもらえないって聞いたことがあるから」

次がエミラの降りる駅で、電車は速度を落としはじめていたので、エミラは腰をあげてケリーの隣に立った。「ええと、あたしのメールアドレスは知ってるでしょ。メールをくれたら店の外まで迎えに出るから」

ケリーは携帯電話を取り出した。「テキストメッセージのほうが簡単じゃないか？」

エミラは笑って言った。「メールして」

「はいはい、了解」ケリーは〝だよな〟という顔で電話をしまった。「ぼくでも同じことを言うよ。メールだな。いいよ」

エミラは言った。「じゃ」そして、両開きのドアの前に立った。

ケリーはエミラのいた場所に腰をおろしたが、ケリーの体格にはそこはひどく窮屈そうに見えた。膝のあいだに両手を垂らし、ケリーは挑戦的に微笑んだ。エミラはまた眉をあげてから、携帯電話に視線を落とした。

「あそこにいるのはぼくの彼女なんだ」隣に座っている女性に、ケリーは大きな声で言った。

女性は本から顔をあげた。「へえ?」

「あそこにいる子だよ」ケリーはエミラを指さした。

女性は興味をそそられた顔でエミラを見た。エミラは頭を振った。「ええと、それはでたらめだから」

「いつもこうなんだ」ケリーは右側の女性に目を向けたまま言った。「かわいいだろ、毎回このゲームをするんだ。電車に乗ってるときは他人のふりをするんだよ」

「ちょっと」エミラは額に三本指を当てた。

「家に帰ると、〝楽しかったでしょ?〟って。そして笑い合う。最高だろ」

女性は笑って言った。「すごくロマンティックね」

電車が停まり、エミラは言った。「じゃあね」

ケリーが声をかけた。「家で会おう、ハニー!」そして、ドアが閉まった。

〈ルカの店〉で、ジョーニーはバルコニーにあるブース席を希望し、ボトルワインを注文した。それを聞いたザラが「ちょっと、イケイケじゃん」と言うと、ジョーニーは「何よ、あたしのおーごーりー」と返した。白い革張りの椅子が置かれた贅沢なブースで、四人はアルコールを飲みながら音楽に体を揺らした。ジョーニーが二本目のボトルを注文し、それが届くと、ジョセファが携帯電話を取り出してスナップチャットに写真を載せようと言った。「最高にいかした夜を満喫中、ってね？」

ショーニーの気前がいいのと同じくらい、ショーニーの両親は裕福だ。両親は南部でドライブスルーのコインランドリーチェーンを経営していて、ショーニーがおおらかなのは、カルマを心底信じていることと、インターネットで見つけたという示唆に富んだ格言に由来している。出会って以来（授業のあとにザラがエミラのところにやってきて、「この色の白い子があたしたちをコンサートに連れてってくれるって。殺されるって可能性もあるけど、いい思いができるかも」と言った）、ショーニーはしょっちゅうクローゼットの服をくれたり、最初の一杯をおごってくれたり、クイーンサイズのベッドのもう半分を貸してくれたりする。以前にショーニーの部屋のソファでひと晩過ごしたときには、寝ているあいだにかけてくれた毛布のせいで、汗だくになって目が覚めた。

ジョセファはショーニーのルームメイトで、ショーニーに頼りがいがあるのと同じくらい、気まぐれだ。家にこもって携帯電話や新しいミームや動画に貼りついたり、フェイスタイムで姉や母親とスペイン語で話したりしていたかと思うと、みなで集まって夜明けまで飲みたがる。ジョセファはボストン大学へ行き、いまはドレクセル大学で研究助手を務めながら特別研究員をしている。学業に就いているかぎり援助をすると両親に言われているそうだ。目下、ふたつ目の修士号を今回は公衆衛生学でとろうとしている。

「知り合いをここに呼んだんだ、来るかどうかはわからないけど」ブースの前でザラと踊りながら、エミラは言った。そばにある手すりから、一階のフロアを見おろせた。「地下鉄で会ったの。どうでもいいけど」

「友達も連れてくる？」

「どうかな」

ザラはわかったという印にうなずき、テーブルに片脚をのせて激しく腰を横に振った。

ショーニーが顔を近づけてきた。「きょう男の子たちが来るの？」

「ううん」エミラは首を振った。「たぶん来ない」

ザラは踊りながらショーニーの肩を小突いた。「関係ないでしょ、あんたには恋人がいるんだから」

ショーニーは弁解するように両手をあげた。「訊いただけじゃない！」

ジョセファが宣言した。「写真撮るよ」携帯電話の画面のなかで、四人は肌の色が明るいほうから暗いほうへと順に並んでいた。濃い茶色の髪に艶やかなピンクの唇のジョセファ、カールした髪に蜂蜜色の丸い顔をしたショーニー、最近編んだばかりの髪でにっこり笑っているザラ、そして、ウェーブした髪が肩にかかっているエミラ。四人は手すりにつかまってフラッシュを見つめた。

エミラはメールを確認しつづけていた。新しいメールがロードされるのを待ちながら、考えた。〝メールごときになんでこんなに一生懸命になってるんだか〟。けれども、新着メールがないのを見て、さらに考えた。〝来なくてよかったんだ。彼がショーニーを気に入って、おかしなことになってたかも〟

しかし、ケリーが〈ルカの店〉の二階へあがってくるのが目に入ったとき、ケリーがなぜメールで迎えを頼まなかったのか、なぜ店に入るのにエミラの助けがいらなかったのかを理解した。午後十一時ごろに現れたケリーは仲間を四人連れてきていて、驚いたことに、その四人は全員黒人だった。お粗末きわまりないミュージックビデオのイントロでも撮影しているかのようで、仲間のひとりはサングラスをかけ、ふたりは〈ティンバーランド〉のブーツを履いていた。

紹介をしにいったエミラは、ジョセファがすでに携帯電話をしまっていて、ショーニーがカールした髪を片方の肩から前に垂らしているのに気づいた。ザラは目を険しくしてエミラを見つめている。ケリーの仲間のひとりが、飲み物を買ってくるが何を飲むか、と尋ねた。男性陣がバーへおりていき、階段から姿が見えなくなると、ザラが言った。「ふうん、まさしくイケイケじゃん」

「まあ、別にどうでもいいでしょ。あたしは悪くない気分」エミラは顔を赤くして、ショーニーの隣に座った。ジョセファが座ったまま右側に押しやられて、足もとでヒールが音を立てた。「〝どうでもいい〟は、なしだから」ザラはショーニーの反対側から人差し指を立てた。「整理させてよ……あんたがやるならいいってわけ？　そういうこと？」

「ああ！」ジョセファが笑い出してザラを指さした。「ショーニーのパーティで、赤毛の子をお持ち帰りしてたもんね？」

ショーニーが思い出して言った。「あの子はかわいかった！」

ザラは胸に手を当てた。「あたしが白人と寝るのはだめで、あんたはいいの？　レザーのジャケットなんか着て、ひとりでいい恰好(かっこう)しちゃってさ」

「はい、はい」エミラは笑った。「わかったってば。あたしが悪かった。でも、言ってる意味はわかるでしょ。あんたが寝たあの男はコンパスのタトゥーを入れてた」

「彼、ＥＰ盤まるまる一枚ぶんくらい、ずっとひざまずいてたよ」ザラは編んだ髪を一本、両手でひねった。「タトゥーがないかどうかは見なかったし、気にしてない」

ショーニーが上体を起こして、手すり越しにバーを見おろした。「オーケー、でも正直言っていい？　エミラ、彼は上出来」

ショーニーの視線を追って一階を見ると、ケリーがカウンターに両手をついて、身を乗り出しながらブロンドのバーテンダーと話をしていた。早くも、エミラは猛烈な嫉妬を感じた。

「たいしたことじゃないよ」エミラは言った。「彼とはあの夜にスーパーで会って、きょう地下鉄で偶然見かけたの。こんなふうにほんとうに来るなんて思ってなかった」

ザラが体を寄せてきた。「あの夜に動画を撮ってたっていうのが彼？」

「そう」

「なんで黙ってたのよ」

「来ると思わなかったんだってば」

手すりの向こうに目を向けたまま、ショーニーが尋ねた。「彼が着てるの、〈エバーレーン〉のセーター?」

エミラはくるりと目をまわした。「なんであたしが知ってるみたいに訊くわけ」

ザラはショーニーと同じ体勢になって、ケリーと仲間たちをじっと見た。新しい曲がかかって、ケリーは頭を上下させながら歌詞を口ずさんでいる。「黒人の結婚式にひとりはまぎれこんでる白人みたい。〈キューピッド・シャッフル〉を超絶ノリノリで踊るタイプ」

「うわ」ショーニーが言った。「〈キューピッド・シャッフル〉、すっごい好き」

「でも妙じゃない?」グラスを片手に、ジョセファが言った。「だって……確かにハンサムかもしれないけど、なんで友達が全員黒人なのか誰か教えてよ」

エミラ、ザラ、ショーニーはジョセファに顔を向けた。「うーん……」エミラは顎の下に拳を当てた。「わかんない。セファ、あんたの友達が黒人だけなのはなんで?」

「まず第一に、あんた失礼よ」ジョセファはエミラの顔の前に片手を突きつけた。「第二に、〈23アンドミー〉の遺伝子検査の結果がちょうど届いたところなんだけど、わたしの十一パーセントは西アフリカ人なんだって。ご静聴ありがとう」

ザラが顔をしかめて尋ねた。「なんでいま〝一滴でも黒人の血が混じってたら黒人〟ってルールをあてはめようとするわけ？」

「第三に」ジョセファは言った。「まじめな話、彼が何かのフェチじゃないことを祈ってる。〈マッチ〉に登録してたとき、白人のおじさんたちはみんな、わたしの足に触りたがってた。パパって呼んでくれ、とか言っちゃって」

「実際、誰かさんの足に触りたがってくれるといいけどね。でかしたよ、シスター」ザラはエミラとハイタッチをした。「この件ではあたしはあんたの味方。どなたかとはちがって、あたしはいい友達だからね。あたしも彼の友達の、あのフェードカットの子を狙ってみようかな」

ジョセファとザラは、誰が誕生日のふりをするか話し合いはじめた。ジャンケンの三回勝負でザラが勝ち、ケリーと仲間たちが戻ってきたとき、みなでハッピーバースデーを歌い、ザラが踊りながらジョセファの差し出したライターを吹き消した。ショーニーが四人のうちふたりの関心を鷹揚（おうよう）に受け入れ（ひとりはほんとうに誕生日を祝ってもらっていた）、ジョセファが別のひとりをつかまえてテーブルでアームレスリングをした。一時間後、ケリーはエミラの肩を叩いて言った。「さあ、エミラ、一杯おごるよ」

ケリーはエミラのあとについて階段をおり、エミラをカウンターの椅子に座らせてそのそばに立った。カウンターの縁につけられたライトで歯やまつげがピンクに光っているにちがいない、とエミラは思った。エミラのその日四杯目のドリンクを買うと、ケリーは自分のグラスを打ち合わせた。「乾杯」ケリーは言った。「ぼくには想像もできなかったほどの忍耐心を持つきみに」エミラが礼を言ってひと口飲むと、ケリーは続けた。「なあ、きみは大学生じゃないと言ってくれ」

エミラは脚を組んだ。「うん、大学生じゃない」

「すると、きっとダンサーだな。そうだろう?」ケリーはグラスをカウンターに置いた。「古風にこういうしぐさをするよう訓練されてるにちがいない……」唇を尖らせながら、自分の肩を払った。

「まあ、そんな感じかも」エミラは笑った。「あれはすごく特殊な状況だったの。ベビーシッターをしてた子、あの子の家に誰かが卵を投げて、警察と話をするあいだ子どもを連れ出してほしいって母親から頼まれて……それであのスーパーに行って、さらに別の警察に会ったってわけ。わかった?」

「わかった」ケリーは言った。「あの男は本物の警官じゃないけど、了解。それで、ベビーシッターをやってないときは何をしてるんだ?」

エミラはカウンターに肘をつき、にやりとした。「次は、趣味は何かって訊く気?」

「たぶん」

「めちゃくちゃださいんだけど」

「そうかもしれないけど、でも、兄弟は何人か訊くよりましだろう」

「まあね。ええと……」エミラは言った。「あたしは速記者をしてて、アップタウンにある緑の党のフィラデルフィア支部で事務仕事をしてる」

「ほんとうに？」ケリーは言った。「緑の党って感じじゃないけど」

「タイプをするだけだから」

「どれぐらい速く打てるんだ？」

「百二十五ワード」

「一分間に？」

「そう」

「冗談じゃなく？」

エミラは微笑んだ。「冗談じゃなく」

「すごいな。きみがほかにも仕事を探してるなら、絶対にうちで雇うのに」ケリーは言った。

「うちの会社は速記者には金払いがいいんだ」

「いまでもたっぷり稼いでるかもよ」〝ちょっとあんた、酔っ払ってるでしょ〟とエミラは自分で自分に突っこんだ。背中のジャケットとバッグのなかの百ドル札の束が、いつになくエミラを大胆にさせていた。

ケリーは両手をあげた。「だよな」

「どういうこと、あなたは人事か何かをやってるの？」エミラは尋ねた。「あなたに会った夜、

〝新聞の論評欄に書くべきだ〟とか言ってたよね。まあ、そんなようなことを」

ケリーはカウンターにもたれて、棚の上のボトルや苦味酒を見あげた。「確かにそんなことを言ったな……」ケリーは目をすがめてエミラを見て、あけすけに尋ねた。「ぼくはろくでなしかな？」

「あなたが？　まあ、そうだよね」エミラはうなずいた。「つまり……経験からはなんとも言えないけど、統計的に言えば、百パーセントそうじゃない？　でも、きらいじゃない」

「きらいじゃない？」ケリーはにやりとした。

「まあ、そんな感じ」

「なあ、ぼくたちはタクシーに乗るべきだと思うんだ」ケリーはエミラの耳にささやいた。妙に無造作な言い方だったので、酔ったエミラの頭にはとてもおもしろく聞こえた。〝何針か縫う必要がありますね〟とか、〝残念ですが、こちらのカードは使えませんでした〟とか言っているような口調だった。

エミラは笑ってグラスを持ちあげた。ストローをくわえ、言った。「酔ってるでしょ」

ケリーは両手を組んだ。「きみもね」

ケリーの部屋へあがるエレベーターのなかで、エミラは携帯電話を確認した。**おやおや、じゃあね、イケイケ女、**とザラがメッセージを送ってきていた。**トラップ、トラップ、トラップ、トラップ、L・L・Bean男をつかまえちゃいな。**エレベーターの反対側で、ケリーが手すりに背をもたせかけながらエミラを見ていた。ケリーは体を起こして言った。「そっちに行ってもいいかな、それとも……」

部屋に入ると、高そうなしっかりとしたソファの上で、エミラはケリーの膝に向かい合わせで乗り、ケリーはエミラの太腿(ふともも)の後ろを支えた。室内には男っぽいにおいと、無香料と書いてありそうな洗剤を使った洗濯物のにおいがした。ケリーの頭上には、居間の壁にぴったりとかけられた大きな額入りのペンシルヴェニア州アレンタウンの青写真が見えた。開いた窓から差しこむ明かりのなかでエミラがキスをすると、しばらくしてケリーは体を引いてささやいた。

「なあ、なあ、なあ」

エミラは言った。「何？」

ケリーはソファの背もたれに頭をのせた。「きみはその、二十歳とかじゃないよな」

「二十五だけど」

「ああ、そうか」ケリーは頭の後ろで手を組んだ。「ぼくは三十二だ」

エミラは立ちあがってズボンを脱いだ。「オーケー」

「きみより七つ年上だ」

「はは」エミラは笑い、前に出てケリーのベルトをはずしはじめた。「あなたって……ほんと、まともだね」

「オーケー」ケリーは笑った。「確かめたかっただけだ」

手を這わせたりキスをしたりしながら、ケリーはコンドームを出して左側のクッションの上に置いた。それは安らぎの源にも、非常ボタンにも、合成樹脂でできた同意の証しにも見えた。やがて、ケリーはエミラの腰を持ちあげて「体を起こして」と言い、エミラの下腹部の骨に口を押し当てた。エミラは自分でもきわめて白人的に思える台詞を言った。「ねえ、そんなことする必要は……」裏の意味は、〃あとでお返しはしたくないんだけど〃だ。ケリーはその訴えを汲みとったようだった。笑って「わかってる」と言い、また口を押し当てた。そのあともう一度中断して、言った。「気に入らないならやめるけど」エミラはすぐさま答えた。「ううん、気に入ってる」ソファの背に両手と片膝をつき、バランスをとった。その夜二度目に、エミラは思った。〃でもまあ、いいんじゃない、別に〃。そして、ケリーの頭の後ろを押さえた。

ソファの背からおりるときに、コンドームに手を伸ばした。こちらがリードするのを暗に求められている気がした。

しばらくしてから、まだかなり酔った頭で、エミラは携帯電話を出してザラにメッセージを打った。**どこにいる？** ケリーはすでにパンツとTシャツを着ていて、ソファにいるエミラに氷入りの水を持ってきてくれた。そしてキッチンに戻って自分も水を飲みながら、アイランドカウンター越しにエミラを見た。電子レンジの上の時計が一時十分を示していた。

エミラは靴に手を伸ばした。「ウーバーを呼んでもらっていい？　あと何か食べる物もほしい」

ケリーは携帯電話を手にとった。「ウーバーは呼ぶよ。でも、食べ物はきみの電話番号を教えてもらってからだ」

エミラは笑った。右側にあるレコードプレーヤーの隣に、レコードがぎっしり入った牛乳用の木箱があった。「なんで《ため息つかせて》のサウンドトラックを持ってるの？」エミラは尋ねた。ほかにも、チャカ・カーンやオーティス・レディングのアルバムが見えた。

ケリーは携帯電話に視線を落としたまま、ため息をついた。「中年の黒人女性の歌が好みなんだ」

エミラはくるりと目をまわしたが、ケリーは気づかなかった。もしかしたらジョセファが正しくて、ケリーはある種のフェチなのかもしれない。その台詞をこれまでに何回使ったのか訊きそうになったけれども、代わりに言った。「すてきなものがいっぱいあるね」気怠（けだる）く、疲れていて、いい気分だった。部屋を見まわすと、レコードプレーヤー一式、イケアのものではなさそうな椅子、キッチンカウンターに置いてある、結婚式で〝ほしいものリスト〟からプレゼントしてもらうような黒いコーヒーメーカー、壁に立てかけた自転車と空気入れが目に入った。

エミラは左側に首をまわした。「すてきな、きちんとしたものがそろってる」

「きみは泥棒には見えないけど、もしそうなら三流だな。ものの三分でつかまりそうだ」

「アレンタウン」エミラは言った。首を後ろに倒して、逆さまになった頭上の町の名前を見つめると、文字がちかちかして、エミラはまばたきをした。「アレンタウンの誰とあたしは知り

「さあ、ポップコーンの袋をエミラの膝に置いた。「さあ、合いなの？」

「ぼくだよ」ケリーはエミラのそばに来て、ポップコーンの袋をエミラの膝に置いた。「さあ、市外局番から教えてくれ」

エミラは右腕を頭にだらりとのせ、ポップコーンを食べながら電話番号を教えた。後ろにある青写真の、エミラの小指が垂れているところから通りをふたつ行った先、そここそが、ケリー・コープランドがアレックス・マーフィーの高校最終学年を台なしにした場所だった。二〇〇〇年の春、彼女がアリックス・チェンバレンになる前のことだった。

PART 2

6

チェンバレン家の玄関の小部屋には、ドアのそばにチーク材の小さなテーブルが置いてある。その上に、小銭を入れた磁器のカップ、成長しつつある多肉植物を三つ寄せ植えした木桶（きおけ）、そして後ろの壁のコンセントにつながれている、インテリアショップの〈CB2〉で買った縦置き型の携帯電話充電器が並んでいた。この何週間かで、アリックスは人のプライバシーを侵害する不名誉な習慣を身につけていた。帰宅すると、音を立てないように玄関ドアを閉め、腰を折り曲げて、エミラの携帯電話をのぞきこむ。狭い小部屋は、もうひとつのドアでメインの玄関ホールと仕切られているので、家のなかにいるという感覚は薄かったし、携帯電話の中身までのぞきこんでいるわけではなかった。暗証番号は知らないし、知っていても使うつもりはないが、エミラの携帯電話のロック画面はいつも、若々しくてあけすけで中毒性たっぷりの情報であふれ返っていた。

電話を充電器からはずしたことはなく、ボタンに触れることもめったになかったが（メッセージや通知は勝手に表示される）、週に三回、二階でエミラが夕食を作ったりブライアーに熱いといけないから息を吹きかけてから食べなさいと言ったりする物音を聞きながら、中指で画面をスクロールした。〈マーケット・デポ〉の夜から一カ月が過ぎていて、そのあいだにアリックスはエミラに対して恋に似ていなくもない感情を抱くようになっていた。エミラの鍵がドアに差しこまれる音を聞くと心臓が高鳴り、エミラが帰る時間になるとがっかりした。エミラが笑ったり、向こうから話しかけたりしてくれると、自分は正しいふるまいをしたのだと思えた。そういうことはかなりまれだったので、アリックスはベビーシッターの携帯電話をのぞき見しつづけた。エミラのソーシャルメディアをチェックする手もあったが、調べたかぎり、エミラはどのアカウントも持っていなかった。

　エミラは〝きょうだい〟と名づけたグループメッセージで、弟や妹と曲やミームや近く公開される映画の予告篇動画を送り合っていた。ザラともしょっちゅうやりとりをしていて、ザラは〝女王ザラ〟という名前で短いメッセージを矢継ぎ早によく送ってくる（**ちがう、やめて、絶対だめ、無理**）。ザラとエミラはほぼ毎週末ふたりで出かけていて、メッセージのほとんどはその約束に関するものだった。ある午後、エミラが携帯電話を充電器に置いたばかりだったらしく、アリックスが帰宅すると画面がまだロックされていない状態になっていた。アリックスはスクロールさえする必要がなかった。エミラが**いま何着てるの**とメッセージを送り、それに対してザラがスケベ女と返していて、エミラはさらに上等上等、あんたもねと返信していた。アリックスが二階へ行くと、エミラは床に座ってブライアーと遊びながらこう言っていた。

「はい、じゃあ今度は、二番目に好きな野菜は何か教えて」

メッセージが何もないときもあったが、一時停止中の曲名はいつも表示されていた。ドレイクやジャネット・ジャクソン、アウトキャスト、アッシャーといったアリックスの知っている名前もいくつかあったが、大半はJ・コール、タイガ、ビッグ・ショーン、トラヴィス・スコットなどの聞いたことのない名前だった。そのうちにアリックスはグーグルで、〝チャイルディッシュ・ガンビーノは人か、バンドか？〟〝SZAの発音は？〟といったことを検索するようになった。ある夕方、曲のタイトルを暗記して、あとから自分の部屋で検索してみた。最初の部分をヘッドホンで聞いてみると、かなりきわどい内容の歌詞ではじまっていた。アリックスは眉を額のてっぺんまで吊りあげた。そして、隣にいたキャサリンを見てつぶやいた。「おおっと」

けれども、この数週間で集めた情報のなかで、今後の会話の糸口としていちばん興味深かったのは、エミラに新しい恋人ができたらしいことだった。携帯電話に〝キーナン&ケル〟と登録されている人物だ。ある日の午後――アリックスは出がけに目を留めたのだが――彼は次のときはきみはコーヒーを飲まないって教えてくれ、変わり者くん、とメッセージを送っていた。ある水曜の夕方には、バスケットボールに興味ある？　と書いていた。あるときには、エミラが彼との会話のスクリーンショットをザラに送り、それにザラが返事をしていた。**彼は遊びじゃないね。**エミラとこの新しい人物のやりとりには、自然さやさりげないユーモアを醸し出そうとしたり、返事の間隔を空けて忙しいふりやそれほど夢中になっていないふりをしたりする、付き合いはじめにしか存在しない冷静で用心深い雰囲気があった。アリックスはエミラに彼のことを訊きたくてたまらなかった。彼の名前はキーナンなのか、ケルなのか、どちらでもないのか。エミラが自分から話してくれそうなこと以上にもっといろいろ訊き出したかったし、さらに重要なこととして、話しても秘密が漏れることはないと信頼してほしかった。そして今夜、エミラの新着メッセージ（**今夜会うのが楽しみだよ、ミス・タッカー**）が薄汚れたピンクのラバー製携帯電話ケースの内側に表示されているのを見て、アリックスは行動に出ることを決めた。

　アリックスは二階のキッチンへ入っていった。お絵かきしていたブライアーが顔をあげ、言った。「ママ？　ママ、これ、こわいおばけじゃないんだよ、ね？」アリックスはバッグをカウンターに置き、キッチンがとてもやさしくて温かい空間に変わっていることを改めて意識した。その朝、アリックスはカボチャとヒョウタンをテーブルの中央に置き、たくさんの落ち葉（庭で集めてきた）を通りに面した窓に吊りさげた。ブライアーはキュウリやヒヨコ豆や茹でただけのパスタがのった皿の横で、かわいらしいおばけの絵に色を塗っていた。冷蔵庫には新しい作品が貼られている。フェルトで作ったギョロ目の魔女、〝バア！〟と書かれた紫色の紙。

文字の片側がきれいに色づけされているので、エミラが〝手伝って〟ブライアーが完成させたのは明らかだ。アリックスはドレープカーディガンを脱いでブライアーの頬にキスをし、すでにキャサリンを抱きあげていたエミラから赤ん坊を受けとった。

「楽しく過ごせた？」

「はい」エミラはジーンズの膝についた乾いた食べ物をつまみとった。「とても楽しくやれたと思います、ねえ、B？」

ブライアーはクレヨンを持ちあげた。「やって」

エミラはブライアーの隣に座った。「何をやればいい？」

「〝お願い〟と言いましょうね、ブリ」アリックスは言った。「エミラ、ワインは飲む？」

エミラはブライアーからそっとクレヨンを受けとった。そして、まばたきをして言った。

「ええと……はい」

アリックスはカップボードからグラスをふたつ出し、思った。〝そうこなくっちゃ〟。そして腰をおろし、脚のあいだにボトルをはさんで、キャサリンを抱きながらなんとかコルクを抜いた。キャサリンと目が合って、アリックスは言った。「ハイ、ママがいなくてさみしかった？」

アリックスはエミラに、ワイングラスを持ってブライアーとバスルームへ行ってかまわない、と告げた。自分もいつもそうしているから、と。昼から何も食べていなかったので（愛あるお節介のおかげで体重は五ポンド減っていた)、アリックスはワインを飲みながらキッチンテーブルのおもちゃを片づけ、エミラがブライアーを入浴させる物音を聞き、礼儀正しさが体から抜けていく甘くてすばらしい感覚を味わった。キッチンカウンターにキャンドルをふたつ灯し、フリートウッド・マックとトレイシー・チャップマンのプレイリストをかけた。キッチンの明るい照明を消してシャンデリアの光だけでテーブルを照らすと、まるでベビーシッターを口説こうとしているみたいだと思わざるをえなかった。けれどもこういう夕べは、レイチェルやジョディやタムラと過ごした金曜日を思い出させた。自分以外の誰かのためにワインをついだのは何カ月かぶりだった。

エミラが絵本を何冊か脇にはさみ、中身が半分に減ったグラスを持って部屋に入ってきた。あとからついてきたブライアーはパジャマに着替え、ぼろぼろになった白い毛布にくるまっている。エミラはキッチンカウンターで立ち止まってワインをもうひと口飲んだ。「これ、ほんとうにおいしいです」

「わたしも気に入ってるの」テーブルについたままアリックスは自分のグラスを持ちあげ、色を眺めた。もう片方の腕のなかで、アリックスが片手で支えた哺乳瓶をキャサリンがくわえている。「ワインに詳しいの?」

「ええと、好きっていうだけです」エミラはグラスをテーブルの端に置き、脇の下の絵本もおろした。「でも、いつも飲むのは……ボックスワインなんかで、鑑定家とかじゃありません」

こういうふうに、聞き流そうとするのに耳と心のあいだのどこかに引っかかってしまう瞬間というのがアリックスにはときおりある。エミラが大卒なのは知っているし、英語専攻だったことも知っている。それでもときどき、一時停止されている曲の〈いかしたビッチ〉とか〈おまえらみんなもう知ってる〉とかいうタイトルを見たあとで、エミラが〝鑑定家〟といった言葉を使うのを聞くと、とまどいや深い感心をまず感じ、そうした自分の反応に罪悪感を覚えて落ちこんだ。エミラがそういう言葉に不案内な理由はない。だからこちらが感心する理由もないい。そのことはよくわかっているのに、そもそもそういう考え方をやめるように自分に言い聞かせているときにしかそうできない。

「あら、わたしも昔はボックスワインが好きだったわ」アリックスは言った。「でも知ってるでしょう、このワインはわたしが買ったわけじゃないの」

エミラは椅子に腰かけ、ブライアーを膝に乗せた。「え？」

「いまはワインは自分で買わないの。ほかのたいていのものも」アリックスはまたワインを飲んだ。「もう何年もこうしてる。ワイン会社に手紙を書いて、今度イベントを開くのでワインを試飲したいって伝えるのよ。そうするとワインを何本か、ただで送ってくれるの。このワインは――」アリックスはボトルのラベルを自分のほうに向けた。「――ミシガン州のものみたいね」

「じゃあ、もうすぐイベントがあるってことですか」

「わたしの本が出版されたら、ね」アリックスはウィンクした。

エミラは笑った。「あはは、なるほど」

「これ、よむ！」ブライアーが宣言し、絵本を一冊持ちあげた。「このほん、よむ」

エミラが言った。「いいよ、読んで」

ブライアーは昼間の読み聞かせは我慢するが、アリックスの知るなかで唯一、寝る前の読み聞かせをきらう子どもだった。代わりに、ブライアーは抱っこしてもらい、眠くなってページの字がぼやけるまで自分で〝読む〟のが好きだった。抱っこしている大人にしょっちゅう「しーっ」と言い、大人がひと言も発していないときでも関係なかった。アリックスは声を低く抑え、ブライアーの機嫌を損ねまいとしながら、エミラに話を続けさせた。

「今夜は何か楽しい予定があるの？」

エミラはうなずいた。「食事に行くだけですけど」

「どこに行くか決まってる？」

エミラはブライアーの膝の上で手を組んだ。「〈グローリアの店〉っていうメキシコ料理のレストランです」

「〈グローリアの店〉？」アリックスは確認した。「アルコールの持ちこみオーケーの？　とってもにぎやかな？」

「はい」

「行ったことがあるわ。それは楽しみね。そうだ、これを持っていって」アリックスはワインボトルを軽く弾いた。「まだ搾乳してるから、わたしは一杯しか飲めないの」

エミラが「ほんとうに？」と言ったとき、ブライアーがエミラを見あげて言った。「しーっ、だめ、ミラ、だめ、だめ」

エミラが人差し指を唇に当てると、ブライアーはページをめくった。エミラは唇だけ動かして〝ありがとうございます〟と言い、アリックスは「どういたしまして」と答えた。

〝いい感じ〟とアリックスは思った。〝まだ道のりは遠いけど、一歩は踏み出せた〟。エミラに求める関係がおそらく高望みすぎるのはわかっていた。友達グループのベビーシッターとの関係を見ていたせいだ。レイチェルと世話係のアルネッタは、離婚のことや、ハドソンのクラスでいちばんきらいな子やいちばん魅力的な父親のことをよく話していた。タムラは以前に休みをとり、子どもたちにも学校を午前中だけ欠席させて、大好きなベビーシッターのシェルビーが昼のメロドラマに台詞つきの役で出演するのを見守った。そしてジョディは、スカーフや化粧水を選ぶとき、ベビーシッターのカルメンがこういうのを持っていたからとか試したがりそうだからという理由をよく口にした。アリックスはエミラが何を好きで何をきらいか知らなかったし、なぜそんなに細くいられるのかも、神を信じているのかも知らなかった。一度にすべてを知ることはできないけれども、努力は続けなくてはならない。毎回沈黙を破るのが自分になるとしてもだ。エミラといると、そういうことが多かった。

「お友達と行くの？」

エミラは微笑んで首を横に振った。

アリックスが漫画めいた下世話な目で「あーら」と言うと、エミラは笑った。アリックスは内緒話めかして唇をすぼめた。「ちょっと、ハンサムな人？」

エミラは考えこむようにうなずいた。片手を顔の横に添え、指をそろえてささやいた。「とっても背が高いんです」

「いいじゃない」アリックスが言うと、エミラはまた笑った。その笑い声にはまだかすかな忍耐が潜んでいるかに思えたが、アリックスは気にしなかった。このおしゃべりは、ピーターの同僚たちとしたどの会話よりもずっといい。アリックスはキャサリンを揺らしながら言った。

「どこで出会ったの？」

「それは……」ブライアーが一冊目の本をばたんと閉じ、二冊目を開いた。エミラは前髪を掻きあげた。「地下鉄で会ったんです」

「ほんとうに？　すてきね」腕のなかでキャサリンがまどろみはじめたが、唇はすでに空になった哺乳瓶を勢いよく吸いつづけていた。アリックスは哺乳瓶をテーブルに置いて、小指を娘の口に差しこんだ。「きょうが初デート？」

「それは、おうまさんのためのもの」ブライアーが本に向かって言った。「あたしたち、ちずがいるの」

「ええと……四回目かな」

「しーっ、ミラ」ブライアーが言った。

「はいはい、しーっ」エミラはささやき返した。

アリックスは頭を振って目をくるりとまわした。「ごめんなさいね」

エミラは唇で答えた。〝いいえ〟

キャサリンをベッドに寝かしつけるまでにあまり時間はなく、そろそろ潮時だとわかっていたものの、アリックスはまだこの時間を終わらせたくなかった。恋人の名前を訊くことはできない。時代錯誤の年寄りのように聞こえてしまう。それに、ほんとうに知りたいことはとても訊けなかった。もう彼と寝たのか、付き合いはじめる前に体の関係を持つのはよくあることなのか、誰かと寝ることはエミラにとってそもそも何か意味を持つのか。すでに七時を六分過ぎていて、エミラが残っていた時間としてはこれまでで最長になっていた。あとひとつだけ質問をしたら、もうエミラを帰さなくてはいけない。「真剣なお付き合いになりそう？」

エミラは肩を丸めて笑った。「さあ。彼はすてきですけど、わたしはまだ……結婚とかは当面考えてないので」

それを聞いて、アリックスは心のなかで叫び声をあげた。

エミラの母親が結婚したのはいくつのときか訊きたかったし、自分の母親が結婚したのは二十五歳のときだったと教えたかった。これまでに真剣な付き合いをしたことがあったのか、新しい恋人がどんな仕事をしているのかも訊きたかった。けれども、ブライアーのつぶやき声がうなずきに変わり、エミラがブライアーの額に手を当てて、テーブルに頭をぶつけないようにしてやっていた。スピーカーからフィル・コリンズが流れ出した。グラスはふたつとも透明になって空いていた。

アリックスは大きく二回うなずいて言った。「がんばってね」そしてワインボトルに触れ、赤ん坊を抱いて立ちあがった。「これをバッグのそばに置いておくわね」

7

チェンバレン家の近くには二階建ての〈スターバックス〉があって、フリーランサーや大学生が何時間もテーブルに陣どっている。ベビーシッターの仕事を終えたあと、エミラはいつも二階へあがり――クラスメイトや友達と待ち合わせているような顔をして――ひとつだけあるトイレで服を着替える。今夜は、ジーンズに白いTシャツ、暗い赤のブーティ、左胸にSの字がついたショーニーの栗色のスタジアムジャケットという恰好だ。鏡を見ながらリップを塗り、髪をポニーテールに結んだ。そしてケリーに、**悪いけど遅れそう、急いで行くから**とメッセージを送った。

〈グローリアの店〉はいつも満席だ。壁には常にクリスマスのイルミネーションが飾られ、吊されたシュガースカルやバラや細かい柄のブランケットが趣を添えている。エミラは店の外で席が空くのを待っているカップルやグループのあいだを通り抜け、「ルーベン、六名さまです！」と声を張りあげる店員の横をすり抜けた。店内の暗がりに目が慣れると、奥の席にケリーが座っているのが見えた。

「ほんとにごめん」

「いいよ、気にしなくて」ケリーはエミラの肘に触れ、頬にキスをした。そして、顔を離して微笑んだ。「風呂のにおいがすると言ったら変かな？」

ケリー・コープランドはペンシルヴェニア州アレンタウン生まれだ。姉に子どもがひとりいて、ふたりいる弟は父親が二十八年勤める郵便局でいっしょに働いている。ケリーは夜十時以降はスクリーンを見ないよう徹底していて、紙の本しか読まず、寝る前には滑稽なほど大きなオレンジ色の〝ブルーブロッカー〟という眼鏡をかける。一日の半分はパソコンを見つめて、プログラミングをしたり、ジムやヨガレッスンや理学療法の施術やサイクリングマシンのクラスを予約するのに使う、大げさなキャッチコピーや通知機能がついたアプリのインターフェースを構築したりしている。ケリーが過去に二回鎖骨を折ったことや、コーヒーショップで名前を呼ばれても気づかない人に〝無性に苛つく〟ことや、成分無調整の牛乳を飲むと考えるだけでげんなりすることをエミラは知っていたが、彼と二回目に寝るのがどんなふうかはまだ知らなかった。

〈ルカの店〉の夜から四日後、仕事に行く前にコーヒーはどうか、とケリーから誘われた。メッセージのスクリーンショットをザラに送ると、**雇ってもらえるって話なのか別れ話なのかわ**

かんないねと返事が来た。ケリーとコーヒーを飲むというのは妙にあらたまった行動のように思えた。前回会ったときにセックスをしたことも、エミラが彼の手を髪からずらしたことも（ケリーはごめんと二回言い、エミラはだいじょうぶと言った）、ケリーが尻に敷いてしまったリモコンをサイドテーブルに置き、「悪かったな、ここにいてくれ」と茶目っ気たっぷりに言ったことも、なかったふりをしているように感じた。自然光がたっぷり入る、四ドルのコールドブリューコーヒーを出す店で、エミラはケリーが自分を採用してくれたり、いつからチームに合流できるか訊いてくれたりするのを待っていた。しかしケリーは、エミラがどこで生まれたかや、インスタグラムでフォローしているなかでいちばんの変人は誰か――エミラはアカウントを持っておらず、ケリーのいちばん変なフォロー先はペットのアライグマだった――、何気ない日々の雑用をしているときに突然前の晩に見た夢を思い出すことはあるかを訊いてきた。

エミラの母親がケリーに会ったとしたら、きっと〝おしゃべりな子だね〟とかそんなことを言っただろう。ケリーが自分の答えを話したくて質問をしているのはまちがいない。けれどもこちらの話もよく聞いてくれたので、エミラは気にしなかった。ケリーはしつこかったり不快だったりはしない意味で風変わりだった。あるときは、ヘッドホンをつけて歩いている人を見て、その人が何を考えているのか当てるゲームをはじめた。またあるときは、泣いている赤ん坊ふたりのそばを通りすぎたあとで、エミラを見て言った。「分離ってのは最悪だ、そう思うだろう?」バスケットボールの試合を見にいったときには、小さな子が〈終わりなき歌〉を歌っている会場をあとにしながら、エミラの耳にささやいた。「コーラを買ってあの子の頭にぶちまけてきてくれたら、七十五ドルあげるよ。ただし、いますぐやること」

エミラはケリーの向かいに座り、ショーニーのジャケットを脱いでから、視線を合わせた。

「もっと早く来られるはずだったんだけど……」エミラは言った。「でも、ボスがいろいろ質問してきて、話をしたがったの」

ケリーはメニューに目を戻し、キャンドルの光で文字を読んだ。「きみをフィラデルフィア一白人的なスーパーへ行かせたことで、訴えられるんじゃないかと心配してるとか?」

「さあ。あ! でも待って!」エミラは椅子の背に手を伸ばし、脇にかけてあったバッグを探った。ミセス・チェンバレンが充電中の携帯電話のそばに置いておいてくれた、コルクをはめなおしたワインボトルを取り出す。「ボスがこれをくれた」

ケリーは携帯電話を取り出して、バックライトを使ってラベルを読んだ。「ただこれをくれたのか?」

「ほしいかどうか訊かれて、そのあと〝持っていって〟って」

「えらく高そうだ」ケリーは言った。「調べてみてもいいかな」

「うん、どうぞ」エミラはトルティーヤに手を伸ばしてサルサをつけた。「買ったものじゃないんだって。ワイン会社に手紙を書いて、イベントを開く予定だって言うとただで送ってくれるとか」

「え？」ケリーの顔が携帯電話の光で照らされた。「何をするって？　もう一回言ってくれ」

「ボスは作家なの」エミラは言った。最近ミセス・チェンバレンのことをグーグルで調べて、大学生くらいの若い子たちと撮った写真を見ていたので、さらに続けた。「あと、先生もやってるかも。よくわからないけど。いま歴史の本を書いてて、来年出るみたい」

「おい、おい」ケリーはエミラを見て目をすがめた。「これは五十八ドルのリースリングだ」

「うわ」エミラは言ったが、驚いてはいなかった。ミセス・チェンバレンは高級志向だ。自分では認めないが、手に入れたお買い得品についてエミラに話して楽しんでいる。〝掘り出し物〟のラグの値段を披露したり、クリスマス休暇期間の格安航空券を見つけて「いい気分」と言ったりする。なぜミセス・チェンバレンはじゅうぶんな余裕があるのに定価で物を買うことに〝いい気分〟を感じないのだろうか。エミラはよく、チェンバレン家の所有物や雰囲気やライフスタイルにどれだけの金額がかかるか思いをめぐらせる。ミセス・チェンバレンはどのバッグにも〈ジュースビューティ〉のマスカラを入れていて、このマスカラは一本二十二ドルする。以前にボストンへ行ったときに泊まったホテルは、エミラが調べたところ平日でも一泊三百六十八ドルだった。ある日、ブライアーが泥の上に座ってしまったので新しいパンツを買ったと報告したら、ミセス・チェンバレンはあわてて謝りながら財布を探った。「代金を払わせて。三十ドルで足りるかしら？」エミラが買ったのは二枚で十ドル九十九セントの〈ウォルグリーン〉のパンツだった。この出来事をザラに話すと、ザラはエミラが余分を返したと知って大騒ぎした。「どうかしてるんじゃないの?」ザラは言った。「そういうときは〝はい、三十ドルぴったりでした。どういたしまして、じゃあまた〟って言うんだよ」

「さて」ケリーはワインボトルをテーブル越しに返してきた。「ぼくはビールを持ってきたんだ。ぼくたちは実直な労働者階級だと思ってたから。でも、きみがぼくを丸めこむつもりだと知ってたら……」

「労働者階級よ、うん」エミラはトルティーヤを口に入れたまま微笑んだ。エミラがケリーについて不問に付そうと決めたことのひとつがこれで、ケリーは自身を労働者階級だと考えている。ケリーが働いているのは、全員がひとつの広い空間で気どったヘッドホンをつけて働き、シリアルや炭酸水を好きなだけ飲み食いできるような、ああいうしゃれたオフィスのひとつだ。けれども、そのことや、彼がフィッシュタウンにあるジム〈クロスフィット〉の真上の部屋に住んでいることを指摘する代わりに、エミラはこう言った。「嘘なんてつかないってば。こんないいワインを飲んだのはこれがはじめて」

結局、〈グローリアの店〉は開封ずみの酒を持ちこんで飲んではいけないという規則だったので、ビールを飲むことになった。エミラがワインをバッグに滑りこませると、ケリーが言った。「あとで飲もう」

ふたりは近況を報告し合ったが、そうしながらもエミラは〝今夜やらないなら、もう知らないから〟と考えていた。どうやら——これはエミラの想像で、ザラも同意見だったけれども——ケリーはまだ年の差をいくらか気にしているらしい。エミラが白人の多い特定の場所（歯医者、黒人がひとりしかいないパーティ、毎週火曜と木曜の緑の党のオフィスなど）にいるとき、白人女性がしばしば大げさに親切にしてくるのと同じように、ケリーはエミラを性的なにおいのしない場所に連れていき、頬へのキスで夜を締めくくることで、年の差が示唆するものを必要以上に埋め合わせようとしている。ケリーとの最初の夜がとんとん拍子に化学反応めいた進展をしたことにエミラは驚いていたけれども——エミラの見解では、普通はもっと時間がかかる——〝ヨーロッパに行ったことはある？〟とか〝宝くじに当たったらどうする？〟というデートを二回したあとで、もう一度ケリーの部屋へ行きたい気持ちが高まっていた。最初の夜、あのソファの上では、ブライアーのことも、差し迫っている健康保険の問題のことも、年明け早々に家賃が九十ドル値上がりすることさえも、まったく考えずにすんだ。

ケリーは頭の後ろで手を組み、ウェイターが料理を運んできたのに気づいてすぐに腕をおろした。「そろそろ、ぼくと出会う前にきみと付き合った敗残者たちの話を聞く頃合いじゃないかと思うんだ」ケリーは言った。

エミラは笑った。「ああ、そんな頃合い？」ビールをテーブルに戻した。

「ああ。彼らがいま何をしてるかや、きみを失ってどんなに打ちひしがれてるかも聞きたいな」

「あはは、了解」エミラは椅子の上で姿勢を正した。「ええと……この夏に何カ月か付き合った人がいた。最初はよかったんだけど、自己啓発っぽい格言を四六時中送ってくるようになって……もう無理、付き合えないってなった」

「ひとつ読んでみたいな」

「たぶん削除しちゃった」エミラはエンチラーダを切りながら思い出そうとした。「でも、そう、いろんな写真や格言を送ってきてた。〝マイケル・ジョーダンは高校のバスケットボールチームに入れなかった〟とか。あたしはいつも……〝だから何？〟って感じで」

「よし、じゃあ、きみには格言を送らないようにする。もう一杯どう？」ケリーはビール缶を入れたバケツを指さし、エミラはうなずいた。

「大学のときには一年くらいミュージシャンと付き合ってた。うまくいってたけど、つまらなくて。いまはどこかのバンドとツアーをまわって、ギターのチューニングでもしてるんじゃないかな」

ケリーは口のなかのものを飲みこんで言った。「そのバンドがレッド・ホット・チリ・ペッパーズか何かのような気がするのはなぜだろう？」

「やめてよ、あたしだってそのバンドは知ってる」エミラはにやにやと笑った。「あと、高校から大学にかけて十カ月くらい付き合った人がいる。でも後半は遠距離になっちゃったから、やっぱりつまらなくなった」

「ふむ」ケリーはナプキンで口を拭き、テーブルに手を置いた。「つまり、きみは長い真剣な付き合いはしたことがないってわけだ」

エミラは口を動かしながらにっこりした。「そう、長い真剣な生活はしたことがないから、そのとおり。これって、あなたは結婚歴があって子どもがいるとか言おうとしてる？」

「いや、いや、いや……〝ぼくの知るかぎりはいない〟って言いたくなるのはなぜだろう」

エミラはいやな顔をしてみせた。「やめてよ」

「わかってる。忘れてくれ」ケリーは頭を振り、あらためて話しはじめた。「ぼくのいちばん最近の彼女は、出会ったのは大学のときだったんだけど、何年もたってから付き合いはじめた。いまはアリゾナの居留地で赤ん坊をとりあげてるよ……大学の最後の二年間に付き合っていた彼女とは、いまもときどき誕生日やクリスマスにやりとりをする。いまはボルティモアに住んでるはずだ。大学一年のときにもしばらく恋人がいた。いまでも仲はいいよ。それから……きみが高校まで遡ってくれたから、ぼくもそうしよう。十七歳のとき、町でいちばん金持ちの子と付き合った」

エミラは脚を組んだ。「お金持ちってどれくらい？」

ケリーは指を一本立てた。「どれくらいか教えよう。学校主催の旅行でワシントンDCへ行ったんだけど——彼女はぼくのひとつ上の学年で——生徒三十人が同じ飛行機に乗ることになったんだ。彼女が最初に飛行機に乗りこんで、ぼくはそのすぐ後ろにいた。彼女は自分の座席を見つけると、荷物を通路に置いたまま腰かけてしまった。荷物をしまわずに」

エミラが頭をさげると、ポニーテールが揺れた。「あなたがやってくれると思ってたの？」

「いや」ケリーはテーブルに身を乗り出した。「乗務員がやると思ってたんだ。ぼくが頭の上の荷物入れを開けたら、彼女は言った。〝勝手なことしちゃだめよ！〟。それまで飛行機に乗るたび、乗務員が代わりに荷物をしまってたんだ」

「飛行機ってそういうものなの？」

「ああ、ファーストクラスはね」

「うわ」エミラは言った。「いまごろ自家用機を持ってるとか？」

「たぶんね。ニューヨークにいるのはまちがいないだろう。奇妙に聞こえるかもしれないけど、あれは、いわゆる〝無邪気さを失った瞬間〟のひとつだった。世界がカチッと変わるというかさ。彼女といると、そういうことが何度もあったけど——それはまた別の話として——クラスメイトのほとんどが飛行機に乗ったことがなかったのは覚えてるし、あれ以来ずっと乗っていないやつも多いだろう。それなのに、彼女は毎度ファーストクラスを使っていて、席になぜ脚を伸ばすスペースがないのか理解できないときてる。十七歳のぼくは、〝人生、十人十色だな〟と思った。言いたいことがわかる？」

「うん」エミラは言った。「これは逆のケースだけど、子どものころ、ある友達の家に泊まりにいったら、バスルームの床の真ん中に大きなゴキブリが三匹いたの。あたしは悲鳴をあげたんだけど、友達は〝ああ、追っ払えばだいじょうぶ〟って」エミラはそう言いながらナプキンを振り、小さな羊をかわいく追っているようなしぐさをした。「あたしは〝何をするって？〟って感じだった。いま考えると、あの子の家はすごく貧しかったんだなって。友達は妹とひとつのベッドで寝てたんだと思う。でもそのときはゴキブリのほうが大問題で、ショックを受けちゃって。〝あんたこんな生活してるの？〟って思ってたけど、いまは〝待って、ほとんどの人がこういう生活なんだ〟って」

「ああ、確かに。それはいい例だな」ケリーは口を拭き、肩をすくめてうなずいた。「よし、もうひとつ例がある。ぼくが小さいころ、弟が〈モエシャ〉を好きでね。あのテレビドラマを覚えてる？」

「もちろん覚えてる」

「ああ、そうだよな、きみは弟のほうに年が近いから」

エミラはケリーをにらんだ。「よしてよ、ケリー」

「悪い、悪い、悪い。それはともかく……家族で夕食のテーブルについていたときに、六歳くらいだった弟が出し抜けに言ったんだ、〝ママ、モエシャはなんで、くそニガー（nigger）なの？〟」

マリアッチの音楽が急に大きくなったように感じながら、エミラは目を見開いて、料理に髪の毛が入っていたときと同じしぐさで口をゆがめた。ケリーは続けた。

「母親は〝え？〟と言った。すると弟は、〝マイケルのパパにテレビを消せって言われたんだ、だってモエシャは……〟。もう繰り返すつもりはないけど、弟がその意味をわかってないのは明らかだった。でも、年が上だったぼくにはわかった。そして、マイケルの父親のこともよく見かけてた。〝くそったれ、おまえは最低の人間だ、マイケルの父親め〟って思ったね。学校で見かけたら、悪魔に出くわすようなものだって」

エミラはケリーを見つめた。心臓が倍の速さで脈打ちはじめた。

以前にケリーと人種について話したのは一度だけで、それもごく軽くだった。バスケットボールの試合を見にいったとき、ケリーがエミラにチケットを渡すところを黒人の少年たちが目撃して、そのなかのひとりが聞こえよがしに言ったのだ。「うへえ、お気の毒に」ケリーは少年たちのほうへ愛嬌たっぷりに会釈をして言った。「オーケー……どうも、お気遣いありがとう」席についたあと、ケリーは脚を開いて身をかがめ、エミラの耳にささやいた。「訊いてもいいかな」エミラはうなずいた。「きみがこれまでデートしたなかに……」ケリーはそこで言いよどみ、エミラは思った。〝ちょっとやめてよ〟。そして、脚を組んで考えた。〝どうでもいいし。とにかく試合を見ようよ〟。「きみがこれまでデートしたなかに」ケリーはあらためて言った。「その……背のあんまり高くないやつはいた？」

エミラは笑い、ケリーの肩を押した。「もう、やめて」

ケリーは肩をすくめ、深刻そうな顔で弁解してみせた。「大事な問題なんだ。ご両親は怒りまくるかな、きみが……背の高い男を連れていったら？」エミラはまた笑った。そのジョークがウィル・スミスの〈ベルエアのフレッシュ・プリンス〉から流用したものなのはあえて指摘しなかった。それもジョークの一部なのかもしれない。その件についてその後話し合うことはなかった。

エミラは以前に一度白人と付き合ったことがあり、大学を卒業した夏に、よく彼の友達もいっしょに遊んだ。ふたりはエミラをパーティに連れていくのが好きで、エミラに髪は自然のままにしておくほうがいいと言った。そして急に、最初のうちはそんなことはなかったというのに、白人ふたりは政府助成住宅やら最低賃金やらの話をよくするようになり、マーティン・ルーサー・キング・ジュニアの穏健派についての言葉を引用しはじめた。〝人々は耳を傾けたがらない〟というあれだ。けれども、ケリーはちがうように見えた。父親めいたユーモアと、大げさな物言いと、同じ言葉を三回繰り返す癖（〝おい、おい、おい〟〝なあ、なあ、なあ〟〝だめ、だめ、だめ〟）を持つケリー・コープランドは、自分が黒人女性と付き合っていることや、エミラが礼儀正しさよりもおもしろおかしい話を喜ぶことを理解しているように思えた。とはいえ、それでも……ケリーはああ言う代わりに、〝Nワード〟という表現を使うべきだったのでは？　あるいは、すべてを七回目か八回目のデートまでとっておくべきだったのでは？　エミラにはよくわからなかった。ケリーの向かいの席で、彼がすべてを言ったこと、最後のrの音まで痛いほどはっきりと発音したことに、少しばかりショックを受けながら葛藤していた。けれども、彼が最後のひと口を食べるあいだ、彼の手の血管が動いているのを見つめるうちに、気持ちが落ち着いてきた。〝いいんじゃない、別に。それも不問にしてあげる〟

「マイケルのお父さんはどんな人だったの？」

「アレンタウンのほとんどの父親と変わらないよ」ケリーはフォークを皿の脇に置いた。「でも、いま思い返すと、カウボーイの絵が浮かぶ。玄関ポーチにカウボーイハットをかぶって立ってて――」

エミラは手を伸ばして、ケリーがまた口真似をするのを阻止した。そして、声を落として尋ねた。「あなたの家に行く？」

しばらくして、ケリーの寝室で、彼はベッドから起きあがって言った。「ワインを飲むのを忘れてる」そして下着を穿いてキッチンへ向かった。

胸に〝ニタニー〟と書かれたペンシルヴェニア州立大学のTシャツを着て、エミラはバスルームへ行った。薬棚の鏡で自撮りをしてザラに送ると、**いまは勘弁**と返事が来た。夜の十一時四十六分だった。

ケリーはグラスをふたつ持ってきて、キッチンの中央にあるアイランドカウンターに置いた。エミラは紫のビニール袋に入ったワインボトルを持ってカウンターの反対側に立った。

「〈リトル・ルルのバレエアカデミー〉」ケリーが袋の文字を読みあげ、袋からボトルを出してカウンターに置いた。「まさしく悪夢って名前だな」

「そうでもないよ。毎週金曜にブライアーを連れていくんだけど、いちばん好きな時間かも」

「スーパーで見たあの子?」

「うん。レッスンではうまくいかないんだよね」エミラは両腕を頭の上に伸ばした。Tシャツの裾がずりあがり、尻が見えそうになるのを感じた。「ほかの子たちは内気でおとなしいんだけど、ブライアーはグリルドチーズが食べたいとかそういうことをずっと叫んでるの。来週が最後のレッスンで、ハロウィンパーティをするからあたしたち楽しみにしてるんだ」

ケリーはふたつのグラスにワインをついだ。「仮装する?」

「あたしは猫。ブライアーはホットドッグになる」

「いいね。猫とホットドッグの古典的組み合わせか。さあ、ワインを味わう準備はできてるかな?」ケリーはエミラの前にグラスを置いた。「おっと、きみはもう試したんだっけ。ぼくの準備はできてるか?　ああ、もちろんできてるとも」

エミラに目を向けたまま、ケリーはゆっくりと手に持ったグラスをまわした。そしてひと口飲み、ワインが喉の奥を流れくだると、言った。「おお」うなずきながら、グラスをカウンターに戻す。「こいつはすごいな、カントリークラブの味がする」

「でしょ。なんだか悲しくなっちゃうよね、もう二度と飲めないだろうと思うと」エミラはカウンターに腕をのせ、身を乗り出した。「あなたの高校時代の彼女は、いまごろこのワインをファーストクラスで飲んでると思う?」

ケリーは笑った。「ああ、飲んでるかもな」そしてエミラを見つめたあと、付け加えた。

「彼女とどんなふうに別れたか知りたいか?」

「知りたい」

「ひどい話なんだ」ケリーは前置きした。「この話を聞いたら、ぼくを見捨てられなくなるよ。彼女とのあいだには、ほかにもいろいろばかげたことがあったんだ。彼女がしょっちゅう手紙を書いてよこしたりとか、いろいろさ。でも、とうとう別れを告げたとき、ぼくはこう言った。〝ぼくたちは別々の道を行くのがいちばんいいと思う。そして、その道は二度と交わることはない〟」

エミラは手で口を覆った。そして、手のひらに向かって言った。「うっそ」

「ほんとうだよ」ケリーはまたワインを飲んだ。「すごく気が利いてると思ったんだ」

「いったいどうしちゃったわけ?」

「あのときはまだ十七歳だったんだよ」

「あたしにだって十七歳だったときはある」

「わかった、わかった、わかった、自分でもよく説明できないんだ。彼女がそういう美々しいポエムみたいな手紙をいつも書いてたから、別れを告げるときも同じように高尚な言いまわしを使うのがいいと思ったのかもしれないけど、不首尾に終わったってところだな。そして、これが高校時代にやらかした最悪の出来事だと言いたいところだけど、まったくもってそうじゃない」

エミラは背筋を伸ばした。「ほかに何をしたわけ？」

「正確には、ぼくがしたことじゃない……ぼくが思ったことかな？　つまり、たとえばだけど……バレンタインデーはカード会社が生み出したってのは知ってるだろう？　ぼくは〝自動車〟会社って聞いたと思っててさ。大学まで、トヨタやキアがバレンタインデーを作ったと信じてたんだ。もちろん妙だとは思ってたけど、そういうこともあるものだろう？　いや、待てよ。もっとひどいのを思い出した。ぼくはレズビアンって言葉は最後に〝ド〟がついてると思いこんでたんだ――〝レズビアンド〟って。てっきり動詞だと思ってた」

「ケリー」エミラはまた口を押さえた。「嘘だよね？」

「正真正銘の事実だよ」ケリーは言った。「女性は別の女性を〝レズビアンド〟できると思ってた。そう、十六歳までね。あれ、なんでこんな話をしてるんだっけ？」

エミラは笑った。「正直言って、よくわからない。でも、その別れの文句をもう一度言ってみて」

ケリーはカウンターに両手をついて、咳払いした。「〝ぼくたちは別々の道を行くのがいちばんいいと思う。そして、その道は二度と交わることはない〟」

「ほんと、格調高い」

「ありがとう」

エミラは腰骨でカウンターにもたれかかった。ケリーが五十八ドルのワインボトルを持ちあげて、残りをエミラのグラスにつぐのを見守った。

「あたしのためのウーバーを呼びたい？」

ケリーは空になったボトルをタイルの上に置いた。「まだ呼びたくはないかな」

エミラはうなずいた。「オーケー」

8

キャサリンが生まれるずっと前、まだニューヨークにいたころ、タムラがグラス三つにワインをついだ。「ねえ、これまでいちばん恥ずかしかった出来事を打ち明け合いましょうよ」

「酔っ払ってるタムラって好き」ジョディが言った。「十一歳の女の子みたいになるんだもん」

四人はワイヤーでできたパティオチェアに座っていた。あたりにはプラスチックのシャベルやバケツ、枯れ葉で覆われた子ども用プールが見える。ここは蔦が生い茂るレイチェルの家の庭だ。頭上には小さな白熱電球が連なっている。ガラスの引き戸の向こうは一階のアトリエで、来客用の寝室として使われている。収納式のクイーンサイズのベッドが壁から引き出されていて、そこに小さなブライアーが親指をくわえて寝ていた。タムラの娘、イマニとクレオがその隣に寝ていて、反対側の隣にはもうすぐお姉ちゃんになるジョディの娘がいる（ジョディはレモンを搾った炭酸水を飲んでいる)。レイチェルの息子のハドソンはヴァーモント州の祖母の家に行っている。子どもたちがまとわりついていない状況で四人が集まっているのははじめてだった。

レイチェルが肘で静かに引き戸を閉めると、さらさらとした黒髪が背後で揺れた。「あたしの答えは、恥ずかしかった出来事というより期間ね。息子のペニスに関係してる」テーブルに白い皿を四枚並べていく。その横には、トマトと唐辛子のフレークとバジルがのった大きなピザがあった。

「あたしに言わないで。ワー、ワー、ワー」ジョディが耳を押さえた。三日前に、のちにペインと名づけることになる男の子を妊娠しているとわかったばかりだった。赤い豊かな髪を輝かせながら、ジョディは虫除けのキャンドル越しにピザをとろうとし、アリックスとかち合った。ジョディは手を引っこめて言った。「ごめんなさい、アリックス、お先にどうぞ」アリックスがブライアーの四カ月健診の待合室で最初に出会ったのはジョディだった。ジョディがレイチェルやタムラを紹介してくれ、いまでもやさしい気遣いやしぐさでアリックスをくつろがせようとしてくれているのを感じる。

レイチェルは背もたれに身を預け、腕をだらりと脇に垂らした。「スーパーや、コーヒーを買う列で……〝ママ、ペニスはひみつの場所なんだよ〟〝ママ、ペニスと鬼ごっこしちゃいけないんだよ〟〝ママ、ぼくにはペニスがあって、うちの犬にもあって、ママのはなくなっちゃったから、ママはもっと気をつけないと〟」

「まあ」タムラが言った。「なんだってそんなフロイトみたいなことを言うのかしらねえ」

「さてと、こっちのふたりはあたしの恥ずかしい出来事についてはもう知ってるんだけど」ジョディがアリックスのほうを向いて言った。「去年、プリューデンスが従姉妹たちと教会のキャンプに行ったんだけどね、リーダーのひとりから電話がかかってきたの。プリューデンスが事細かにみんなに説明したらしいのよ、ママは小さな子たちを部屋に連れてきて、ビデオカメラの前に立たせるんだって」

「あらら」アリックスは笑った。

「それで、泣いちゃった子たちはね？」ジョディは身を乗り出した。緑色の目の片方を見開き、もう片方を閉じる。「悪い子だから、もう二度と戻ってこないんだって」

タムラが鼻でくすくすと笑った。「その話、覚えてる」

レイチェルが頭を振った。「ほんと、あの子のこと大好きよ」

「それで――いい――」ジョディは人差し指を立てた。「――いい子だけがまた戻ってきて、ママがまたカメラで撮るんだ、カメラの前では泣いててもママの言うとおりにしなくちゃいけないんだって」

アリックスは言った。「プリューデンスはもうキャンプに呼んでもらえないでしょうね」

「現地に行っていろいろ釈明するはめになったわ」ジョディはピザをちぎってひと口かじった。

「名刺を出して、ウェブサイトを見せて。あたしのお尻には小さすぎる子ども用の椅子に座って必死になって説明した。自分は小児性愛者じゃなくて、映画の子役のキャスティングをしてるんだって」

タムラがアリックスを見た。「ブライアーはあなたがなんの仕事をしてると思ってるの？」

アリックスはワインを手にとった。「郵便局で働いてるって信じてるわ」それを聞いたタムラは言った。「なるほど、そう遠くもないわね」

「ハドソンはあたしが本を売って生活してると思ってる。まあ、そういうときもあるけど」レイチェルが言った。「ジョー、いまのプリュはあなたの仕事をなんだと思ってるの？」

「少しはましになったと思うわよ。ママは変態だって」

みなが笑い、ワインとモッツァレラを楽しんだ。

アリックスはタムラに目を向けた。「イマニとクレオはあなたが何をしてると思ってる？」

タムラはグラスを置いた。「あら、ふたりともわたしが校長先生だって知ってるわよ」

「まあぁ、さすがですこと」レイチェルがため息をついた。「タムラの完璧な子どもたちは、ママの完璧なお仕事を完璧に理解してるってわけね」そう言いながら、アニメのお姫さまのように顔の横で両手の指を組み合わせた。アリックスはレイチェルがかなり酔っているのに気づき、レイチェルやこのグループやこの瞬間に親愛の情を感じた。みなの声を聞くのも、大きな口を開けてピザを食べる姿を見るのも気に入っていたし、夏の太陽がなかなか沈もうとしないのも気に入っていた。

タムラが黒っぽいそばかすの散った目もとを笑ませた。頭を振ると、細かく編まれた長いドレッドヘアが肘の後ろで揺れた。タムラだけが、ピザをナイフとフォークで食べていた。「イマニは完璧なお仕事って部分には抗議するでしょうね」タムラは言った。「ところで、わたしのいちばん恥ずかしい出来事はまちがいなく大学時代に起こったあれね。ブラウン大学に入って二日目に、講堂で授業を受けてるときに生理がはじまっちゃったのよ。おまけに、そのとき穿(は)いてたのは白いショートパンツ」タムラは最後の部分をゆっくりと言い、〝ツ〟を下唇を突き出してはっきりと発音した。「とても親切な子がジャケットを貸してくれてそれを腰に巻いたんだけど、もう大勢に見られたあとだった。でも、ちゃんと単位はとったのよ」タムラは胸を張ってみせた。「その学期じゅういつもいちばん後ろの席に座って、テストを提出するときにはほかの子に頼んで持っていってもらったけど」

「がんばったわね」ジョディが言った。「あたしなら履修を先送りしたかも」

「アリックスの番よ」レイチェルが言った。「あなたの話をして。生理やペニスや小児性愛者よりはましなやつを」

口にトマトのスライスが入っていたので、アリックスは胸の前で手を広げて振った。「ええと」トマトを飲みくだす。「わたしのは……楽しい話じゃないの」

「あら、誰もあたしの話を聞いてなかったの?」ジョディが右手をあげた。「小・児・性・愛

・者よ」
「確かに」レイチェルが言った。

「わかった、わかったわ」アリックスは言った。「わたしのは高校時代の話なの」

高校三年生になる直前の夏、アレックス・マーフィーの祖父母が二日ちがいで他界した。地元紙に死亡記事を出し、ある木曜の午後に、立ち席のみの小さな礼拝堂で合同葬儀を行った。アレックスの父親は表向きは両親の死を礼儀正しく悼んでいたが、実のところ、アレックスの両親はふいに転がりこんだ九十万ドル近い遺産に浮かれていた。祖父母はある墓地に、祖母の両親の墓にも近い、隣り合わせの区画を用意していた。しかし、葬儀の前に、葬儀場がとんでもないミスを犯した。祖父母が誤って火葬されてしまったのだ。アレックスと家族は、目の前の閉じた棺のなかにふたりの亡骸があるふりをして、葬儀を最後まで執り行った。

レイチェルがうめき、タムラが言った。「なんてこと」

「ええ、大問題よね」アリックスは言った。「それで、わたしの両親は遺産で一流の弁護士を雇って、莫大な賠償金を請求して……勝訴した。そして、とたんに正気じゃなくなっちゃったの」

マーフィー夫妻は驚くほど見た目がそっくりで、ともに明るい色の髪と細い脚、丸く出っ張った腹の持ち主だった。ふたりはアレックスと妹のベサニーを連れて、フィラデルフィアからアレンタウンへ引っ越した。土地がほしかったのだ。「まさしく、地所らしい地所よ」アリックスは説明した。両親はなだらかな緑の丘に立つ、寝室が七つある屋敷を買った。いま考えると、豪邸の見本というべき家だった。四桁の暗証番号を入力して正面ゲートを開け、長い私道に入る。主寝室にはバルコニーがあって、そこからアレックスとベサニーが新しく通う高校の旗竿(はたざお)が見えた。暖炉の左右には両側から階段が二階へ延びていて、アレックスと妹はプロムや卒業式に行く前に必ずそこで写真を撮らされた。「朝から晩まで、生活が一変したわ」アリックスは言った。「母はアイラインにアートメイクをした。家にはシアタールームがあった。それまで飛行機なんて乗ったことがなかったのに、突然ファーストクラスでフロリダのフォートローダーデールへバカンスに行くようになった」

　マーフィー一家はミセス・クロデット・ローレンスを家政婦に雇った。クロデットは白髪交じりのカーリーヘアに明るい色の肌をした黒人女性で、家をきれいに保ち、一週間ぶんの夕食を作り、ホームシックだったマーフィー姉妹といっしょにゲーム番組を見た。コブラーの焼き方やボタンのつけ方やマニュアル車の運転の仕方を教えてくれたのもクロデットだった。アリックスがいまでも〝アレックス〟とサインをするのはクロデットに宛てた手紙を書くときだけだ。しかし、クロデットへの深い愛情について話す代わりに、アリックスは両親のばかげた無意味な買い物（本物の画家に描かせた肖像画、本物のコインがついたローファー、ロックスターが所有していたギターやピアノ）について語って聞かせた。

「アリックス、あなたのことがだいぶわかってきた気がするわ」レイチェルが言った。「いろいろ腑に落ちた」

ジョディがうなずいた。「だから雑然としてるのがきらいなの？」

「まあ、そうね」アリックスは目をくるりとまわした。「両親が頭のおかしい低俗な成金になって、あらゆるものにラインストーンやモノグラムをつけたり、ポメラニアンを六匹――六匹よ！――飼ったりしはじめると、物をどんどん捨てたくなるものなのよ。はじめは〝すごい！ほしいCDを全部買える！〟って思ってたけど、両親の持ってる財産はとてもそんなレベルじゃなかった。ほんと、ばかげてる」そうやって話をしていると、両親の家のなかのにおいがしてくる気がした。家はのちに、州の管理下に置かざるをえなくなったのだが、外には派手にカスタマイズしたナンバープレートとチーター柄のハンドルカバーをつけたSUVが何台も停まっていて、なかに入ると空調の効きすぎた風が吹きつけ、玄関のそばにはひっきりなしに届けられる新しく買った品物のダンボール箱が積まれていた。家はいつまでたっても空っぽのにおいがして、ランチハウス風の住宅団地によくありそうな、キッチンの抽斗が接着されていてシンクも水道管につながれていない、モデルハウスのようだった。ポメラニアンが家じゅうをうろつきまわり、あちこちに残した糞がカビの生えた葡萄の山に見えた。

「まあ、とにかく」アリックスは言った。「高校四年生になったとき、最初の恋人ができたの」

ケリー・コープランドは二年生から三年生になるあいだに背が三インチ伸びて、アレックス

・マーフィーの目に留まった。五フィート十インチと長身のアレックスは、自分がデート〝しうる〟男子の数はかぎられていると感じていたが、それでもケリーならすばらしい選択肢になりそうだった。ケリーは温厚で飄々（ひょうひょう）としたユーモアがあり、よくみんなの頭の上でドアを押さえてやるということをしていた。肘の下をくぐるときにみながひょこっと身をかがめるので、ケリーはそのたびに「つかまえた」とか「お安いご用だ」とか声をかける。アレックスもケリーもウィリアム・マシー高校でバレーボールをやっていたので、アレックスはポキプシーで行われるトーナメントのために三時間のバス移動をするときに、首尾よくケリーの隣に席をとった。当時のアレックスには、大人びた四年生の自分が三年生と付き合うことがとても革新的で先進的に思えた。「付き合ってたのはほんの四ヵ月くらいだった」アリックスはそう言ったが、付き合っていた期間を正確に覚えていた。一九九九年の大晦日（おおみそか）から二〇〇〇年の四月十二日までだ。「それでも、わたしたちは〝愛してる〟って言い合ってたし、わたしは彼の試合を全部見にいったし……十八歳のときに大事に思えることはすべてやったわ」

レイチェルが目を大きく開いてみせた。「あなたのことは大好きよ、でもあたしは恥ずかしい出来事を待ってるの」

「ごめんなさい、そうよね」アリックスはため息をつき、背もたれに身を預けた。椅子の座面がきしんで音を立てた。「それでね、わたしは毎週、彼に手紙を書いてたの……」

レイチェルが鼻を鳴らし、ジョディが言った。「ちょっと、アリックス」

「わかってる、わかってる。いまなら絶対に、〝ちょっとアル、ブレーキを踏んで、手紙はやめておきなさい〟って言う。でもあのときはすごくいい考えに思えたの。だけどしばらくして、ケリーはそのなかの一通を、それも最悪のを、学校一の人気者に見せてしまった」その男子生徒はロビー・コーミアといった。誰もが知る存在で、クラスのお調子者だったけれども、教師たちもロビーとのやりとりを楽しんでいた。ロビーは韻を踏みながら大声でラップを歌って習ったことを暗記しようとした。小柄だったものの生徒たちにはとてつもなく人気があり、プロムではキングに選ばれた。そのプロムにアリックスは参加しなかったけれども。

ジョディが言った。「あらら」

「ふむ、いよいよね」タムラはフォークを皿に置き、テーブルの脇で手についたくずを払った。

「その手紙に何が書いてあったのか聞きたいわ。吐いちゃいなさい」

「ケリーにはたくさん手紙を書いたけど……」アリックスはパティオのパラソルを見あげ、頭を振った。折りたたんだ手紙を小指の爪を使ってケリーのロッカーの隙間に差し入れるときの感触や、手紙が落ちたときに聞こえる軽い音を思い出した。「でもその手紙は」アリックスは言った。「これ以上ないってほど最悪のものだった」

レイチェルがうめいた。「きわどいやつだったの？〈彼女に卑猥（ひわい）な言葉を〉、〈彼女にヌード写真を〉って？」

テーブル越しにジョディがアリックスの手を握った。「あなたが仕事で書く美しい手紙はとってもすてきよ。だから気にしないで」

みなが身を乗り出し、アリックスが渡したことを後悔している唯一の手紙について、説明を待った。「ケリーがその子に見せた手紙には」アリックスは言った。「わたしの家の住所やゲートの暗証番号や、母屋までの見取り図が書いてあった。ケリーへの招待状だったのよ。いつどこでどの曲をかけながらわたしのヴァージンを奪ってほしいかを書いた招待状」地図には水を表す渦巻きマークがふたつあり、ひとつには〝ジャグジー〟、もうひとつには〝プール〟と書かれていた。巨大な鍵穴形の私道やバスケットボールコート、焼却炉を示す矢印、自分の寝室の上にはハートマークも書き入れてあり、いちばん下にはチェックボックスがあって、〝イエス〟か〝ノー〟か印をつけるようになっていた。

タムラが「なんとまあ」、レイチェルが「うわ」と声を漏らした。

「わたしはセックスをしたかったのよ！」アリックスが手ぶりをつけて言った言葉が、ジョディの「ああ、ハニー」という声に重なった。「両親が週末に町の外へ出かけることになってたの。彼の家は弟たちがいるから無理だし……彼のことがとにかくほんとうに好きで、そういう日が来るって知ってたかったのよ」

タムラがアリックスのグラスにワインをつぎ足した。

「その手紙をケリーがロビーに見せてしまった」アリックスは続けた。「そしてロビーが、それまで一度も話したことがなかったのに、わたしのところに来て言ったの。〝きみの親がこの週末に町の外へ出かけるんだってな。おれたち、きみのお屋敷でパーティをしたいんだ〟」そのときは、ロビーが自分に話しかけていることが信じられなかった。アレックスとケリーはのけ者ではなかったものの、生徒間の序列の上位にいたわけではなかったからだ。それがわかったのは、デートしているのを目撃されたとき、〝まじか〟と言われたあとに〝まあ、お似合いだな〟という反応をされたことが二度あったからだった。

そのせいで、ロビーにきみの〝お屋敷〟に行きたいと言われたとき、必要以上に丁重に断ったことを覚えている。そのときは、ロビーが手紙の残りの部分も読んだという事実のほうにもっと動揺していた。そしてまっすぐにケリーのもとへ行ったが、ケリーは手紙を受けとったこと自体を否定した。

「なんできみの手紙をロビーに渡すんだよ？」ケリーはそう言いつづけた。アレックスはケリーの車のなかでバレーボール用の膝パッドをつけ、髪をポニーテールに結いながら詰問した。

「誓って、そもそもそんな手紙は受けとってない。でも、ロビーが来たがってるなら……すごいじゃないか」

「ケリー！」アレックスは叫んだ。「あれは……いちばん大事な手紙だったのよ！」

手紙の中身を説明しなくてはならないことに加え、ケリーがロビー・コーミアと五人の仲間に肩入れしていることが同じくらい腹立たしかった。ロビーたちはコートのなかでも外でもスターで、騒々しくてふざけていて魅力的だった。高校の守衛たちともなれなれしいほど仲がよく、廊下を歩きながらこれ見よがしにハイタッチをした。彼らの誰かに少しでも注意を向けられると、ケリーは首を真っ赤にして、おもしろいまともな人間に見えるようにふるまおうとした。ケリーが通りすがりにあの手紙をロビーに見せるところを想像するのは難しくなかった。ケリーはロビーのことを〝いかしてる〟と思っていたし、ふたりのロッカーはよく使われている冷水機のそばにあって、上下に隣り合っていた。

　とはいえ、ヴァージン喪失計画を立てているのにパーティなど開く気はなかった。ロビーたちのことはよく知らないし、この週末はクロデットがアレックスやベサニーといっしょに家で過ごすことになっている。そして、アレックスはヴァージンのまま大学に行くつもりはなかった。ケリーがアレックスの心を取り戻すのに時間はかからなかった。「なあ、きみがその手紙を落としたのかもしれないじゃないか」ケリーはアレックスの肩を抱きながら言った。「でも問題ないよ。ロビーには断ったんだから。彼は来ないさ。だけど……ぼくはまだ招待されてるのかな?」

　その週末、カウンティング・クロウズの曲が流れる部屋で、クロデットと妹が階下のシアタールームにいるあいだに、アレックスとケリーははじめてのセックスをした。プロムまであとちょうど一週間という日だった。アレックスは大いに愛を感じ、特別な気分に包まれていた。事が終わると、ベッドで寄り添って寝そべりながら、〈ザ・リアル・ワールド・シアトル〉の再放送を見た。

午後十時三十分ごろ――三話ぶんを見たあと――ロビー・コーミアと八人の生徒が現れた。のちに防犯カメラの映像を確認したところ、ロビーは正面ゲートで私道に入るための暗証番号を打ちこんでいた。それは――アレックスにはまだだめ押しが必要だとでもいうように――ケリーがまちがいなくロビーにあの手紙を見せたことを証し立てていた。

「あなたたち、寝てたのよね」ジョディが言った。「なんて悪ガキどもなの！」

「突然、学校の人気者がわたしの家に勢ぞろいしたのよ」アリックスは言った。「そしてわたしたちがいる部屋の窓を叩いて、大音量の音楽をかけながら、ジャグジーのスイッチを入れてくれ、と言った。想像がつくと思うけど、ほとんど全員が酔っ払ってた」

「あたしも高校ではやんちゃをしたけど」レイチェルが言った。「でも、そこまでじゃなかった」

「たまになんだけど」タムラが言った。「うちの子たちを公立高校に行かせようかと考えることがあるの。でも、こんな話を聞いたら論外って感じだわね」

アリックスはその考えには同意できなかったが、先を続けた。「悪夢だったわ」ラジカセから響きわたった音に驚いて、窓に駆けよったことを覚えている。ロビーを先頭に、〈ザ・リアル・スリム・シェイディ〉の曲に合わせて一団が次々にプールに飛びこみ、別のひとりは浮き輪のクロコダイルとお楽しみ中のふりをしていた。二階の部屋で、アレックスは庭からケリーへと顔を動かした。「どうすべき？」

ケリーは頭からTシャツをかぶった。「アレックス、待ってくれ」ケリーは言った。「ええと……その……きみのご両親はいま町にはいないんだよな」

アレックスは窓のカーテンを閉め、口があんぐりと開くのを感じていた。二時間前には愛しているとささやいて、タオルはいらないかと訊いてくれたのに、いまケリーはベッドのまわりをめぐって靴下や靴を探している。アレックスの目の前で、階下で待っているチャンスに思いを馳せている。たまたまうってつけの場所に居合わせたおかげで、学校でもっとも人気のあるスポーツ選手たちと親しくなる機会に恵まれたのだ。アレックスは急にいたたまれなくなった。これは自分たちの夜になるはずだったのに。腕を組み、問いただした。「冗談を言ってるのよね？」

ベサニーはノックをする手間をかけなかった。いきなりアレックスの部屋のドアを開け、言った。「アレックス、何が起こってるの？」その後ろに、肩に布巾をかけたクロデットが立っていた。壁に手をついてクロデットは言った。「警察を呼びますか？」

ケリーは靴紐（くつひも）を結びはじめた。

はじめての経験のあとでまだ脚のあいだが痛んでいたが、アレックスはいつにない威厳をみなぎらせていた。妹の姿、クロデットの肩にかかった湿った布巾、校内の序列をあがれるというケリーの無言の期待感、それらを前にして、アレックスはうなずいた。「ええ、警察を呼んで」

「おい、おい、おい」ケリーが立ちあがった。「アレックス、待てよ」

ベサニーがクロデットと階下へ消え、アレックスはベッドのそばに落ちていたスウェットシャツに手を伸ばした。「これって全然いかしてない」ケリーに向かって言った。

「アレックス、まあ、まあ、まあ」苦々しいことに、ケリーはアレックスのあとについて階段をおりながら、用心深く窓のほうをうかがい、外の誰かに見られそうになったらいつでもかがめるように身構えていた。「たいしたことじゃないよ。ロビーはいかしたやつだ。好きにさせておけばいい」

「彼らのことなんてろくに知らないくせに！」つまり、〝向こうももちろんあなたのことなんて知らないわよ〟ということだ。

ケリーはその当てこすりに気づいて、答えた。「きみが知ってるよりはずっとよく知ってるよ」

外で誰かが音楽を大きくしろと叫んでいた。アレックスがキッチンへ行くと、クロデットが電話を切ったところだった。「いまこちらへ向かってます」クロデットは言った。アレックスが「よかった」と返すと、ケリーがつぶやいた。「本気かよ、アレックス」ケリーはキッチンのテーブルからバックパックをつかみとり、勝手口から外へ出ていった。

アレックスは彼らをつかまえたかったわけではなかった。ただ出ていってもらいたかったのだ。パーティを開いたことを知ったら両親は激怒して、たぶんプロムの行われる週末を外出禁止にするだろう。それに、私道はじゅうぶんに長さがあるから、パトロールカーのライトが見えてから逃げてもつかまることはない。ところが、警察が到着したとき、全員が庭から逃げおおせてはいなかった。「くそ！」「警察だ！　警察だ！」という叫び声のあと、ロビーの仲間たちはフェンスを跳び越えて丘を逃げていった。しかしロビーは、警察が近づいてきたとき、マーフィー家の壁に立てかけられた梯子（はしご）をのぼっている最中だった。バルコニーからプールに飛びこもうとしていたのだ。警察は到着するとロビーに懐中電灯を向けた。警官の声が聞こえた。「そこからおりてこい」ロビー・コーミアは不法侵入に加え、ＰＢＲのビールの飲酒、そしてカーゴパンツのファスナーつきポケットにコカインの小袋を所持していた罪で逮捕された。人気者の黒人スポーツ選手が、建物正面に柱が並ぶプランテーションハウスで逮捕されたという事実は、アレックス・マーフィーにとっていい結果にはつながらなかった。

「〝マーフィー家の子はあんな大きな屋敷に住んでるくせにちょっと貸すのも渋ったのか？なんて性悪女だ〟って感じだった」アリックスは説明した。「わたしと妹は勇気を出して外に出るたび、ひどいことを言われた。〝マーフィーのお姫さまのお出ましだ〟〝気をつけろ、マーフィーお嬢さまに逮捕されるぞ〟〝おまえのせいでロビーは奨学金を取り消されたんだ、でかしたもんだよな〟」もっとひどいことも言われた。その夏、アレックスと妹は面と向かっても陰でも〝成金〟と揶揄（やゆ）された。レストラン〈アイホップ〉の駐車場に妹を迎えにいったときには、クラスメイトにプランテーションのプールでこれから泳ぐのかと訊かれた。〈ジャンバジュース〉でロビーと一度鉢合わせしたときには、ロビーは「ご機嫌うるわしく、マーフィーさま」と挨拶した。

「わたしが王族ででもあるみたいに、みんなが頭を垂れて、わたしのためにドアを開けるようになった」アリックスは言った。「みんなが知ってたのよ。それがわたしの高校四年生の締めくくりになった」

なお悪いことに、どういうわけか、マーフィー家のあの夜は、ケリーが望んでいたにちがいないすべてのことを現実にした。あとで知ったのだが、ケリーは家から立ち去ったあと、逃げ出したロビーの仲間たちと通りで合流したらしい。そして彼らを車で所轄署まで連れていき、ロビーが釈放されるのをひと晩じゅう待った。ロビーを家まで送っていったのはケリーだった。

週が開けた月曜日、一限目のあと、プロムの五日前に、ケリーはアレックスに別れを告げた。ケリーのホームルームの教室のドアとよく使われている冷水機とのなかほどでのことで、ケリーが話しているあいだに三人の生徒が入れ替わり立ち替わり水を飲みにきた。ケリーはこう切り出した。「なあ、怒らないでほしいんだけど……プロムにはロビーの従妹のサーシャと行こうと思うんだ」アレックスは、仲直りの道筋こそまだ見えていなかったものの——週末のあいだケリーはアレックスの電話に一度も返事をよこさなかった——こういう展開になるとは予想もしていなかった。確かにあの夜は悲惨そのものだったし、自分はまちがいを犯したかもしれないけれども、自分たちはセックスをしたばかりでは？　別の子の名前を出すことで、ケリーは別の女の子を選んだと思わせたがっているようだったが、実際にはロビーのために別れようとしているのは明らかだった。クラスメイトがこれからどんな態度をとるつもりかは見当がつかなかったけれども（車に唾を吐くとか、アレックスを高圧女と呼ぶとか）、プロムの相手を変えると告げて関係を終わらせようとするケリーのやり方は、はじめての失恋ならではの胸の痛みを引き起こした。祖父の死を知ったときと同じようなとまどいと一体になった悲しみを感じ、問いただしたくなった。〝待って……それって、もう会えないってこと？〟

「ロビーを困らせるつもりはなかったのよ」アレックスはケリーに言った。言いたいことはもっとあったが、声がかすれはじめて、なんとかこれだけ絞り出した。「ただ……帰ってほしかったの」

「わかってる。残念だよ」

「学校が終わってからまた話せない？」アレックスは頼んだ。ロビーの前科を消すことはできないとわかっていたけれども、それまでには話をうまく進める方法を思いつくかもしれない。

「いや……」ケリーはため息をついた。「考えたんだけど……ぼくたちは別々の道を行くのがいちばんいいと思う。そして、その道は二度と……交わることはない」

タムラがテーブルに身を乗り出した。「彼がなんて言ったって？」

「いまのが彼の台詞そのものよ。一言一句ちがわない」アリックスは言った。

ジョディが真顔で尋ねた。「彼はちょっといっちゃってるとか？」

レイチェルが目をくるりとまわした。「別れて正解だったみたいね」

アリックスはワインをひと息に飲み、ピザをもうひと切れ皿にとった。タムラが言った。

「ああ、アリックス、そいつを殺してやりたいわ」

「あなたに負けるとは思わなかった」ジョディが言った。「でも、あなたの完勝よ」

ジョディ、タムラ、レイチェルの前に座りながら、アリックスは郵便番号一八一〇二のペンシルヴェニア州アレンタウン、ボルドーレーン一〇〇番地に引き戻されまいと必死になった。ロビーや仲間たちが窓の外で叫び声をあげながら警察から逃げていく物音がいまも耳に残っていた。妹が床に泣き伏していて（「姉さんは卒業するからいいけど、わたしはここで暮らしていかなくちゃいけないのよ、みんなが知ってるなかで！」）、アレックスは自分の家の庭でロビーに手錠がかけられるのをじっと見ていた。クロデットが隣に立って窓の外を見つめながらつぶやいた。「しょうもない子たちだよ」その言葉は、彼らとアレックスの両方に向けられていた。

最後にケリー・コープランドに会ったのは、卒業式の前の日、〈スノコ〉のガソリンスタンドでのことだった。ケリーが車から降りてくるのを見て、アレックスはわざとらしくガソリンのノズルをはずし、タンクの口を閉めた。ガソリンはまだ半分も入っていなかった。「アレックス、待てよ」ケリーは言った。〈フィラ〉のサンダルに白いチューブソックスという、試合後のロビーとまったく同じ恰好だった。「きみとは別れたけど」ケリーは言った。「でもそれだけだよ。悪いとは思ってるけど……ぼくがしたのはそれだけだ」

このときには、ケリーはロビー・コーミア一派の主要メンバーになっていて、アレックスのほうは学校じゅうでおおっぴらに仲間はずれにされていた。ケリーはランチでエリートたちと同じテーブルにつき、髪を編んだ明るい色の肌の黒人の子と付き合いはじめていたが、アレックスは誰もいない美術室でひとりでランチを食べ、一日の最後の授業を五分早く抜け出して、誰にもいやがらせをされずに車に乗れるようにしていた。アレックスはこういう機会が来るのを切望していた。こんなふうにケリーがもう一度自分に注意を向けてくれたら、話し合いをして仲直りできると思っていた。しかし、ケリーの不愉快な譲歩が自己満足の同情から出たものに感じられ、冷静ではいられなくなった。

「やったのはそれだけ？　あの秘密の手紙をロビーに見せたのは、ほかならぬあなたでしょ！　わたしはまちがいを犯したけど、あなたもまちがったのよ。それなのに、わたしだけが罰を受けてる。わたしは妹とクロデットを守らなくちゃならなかった。ほかにどうすればよかったのよ？」

ケリーは本心から困惑した様子で言った。「妹をロビーから守らなくちゃならなかった？」

アレックスは運転席に乗りこみ、車を出した。先払いしたガソリン代を六ドルぶん無駄にしてしまい、それはアレックスの一家に起こったあらゆる出来事にもかかわらず、やはり大金に思えた。

「わたしはペンシルヴェニア州立大学へ行くことになってた」アリックスは言った。「でもニューヨーク大学に合格してたから、行かせてほしいと両親に頼んだの。結局、学生ローンを借りたわ――」アリックスは人差し指を立てた。「――両親は何百万ドルも持ってるのに学費を払うのを拒否したから。州内の大学に通えるのに、わざわざ大金を払うのはばかげていると言って。〝それでも行くから〟ってわたしは言った。そして夏じゅうウェイトレスのアルバイトをして、引っ越した」何万ドルもの学生ローンを抱えて人生を売り渡したような気になっていた十八歳の自分を思い出すと、あのときに戻れればいいのにと思わずにはいられなかった。そうしたら、十八歳の自分に声をかけてやれるのに。うまくいくからだいじょうぶ、二十五歳になったらバーで最高の男性に出会って、大きな心と特別大きなペニスを持つ彼が、結婚に先立って自分の借金を返すみたいになんでもない顔で学生ローンを完済してくれるわ、と。両親が二カ月ちがいで相次いで死んだとき、まったく悲しまなかったアリックスを、ピーターは責めようとはしなかった。両親の死にアリックスがむしろほっとしていることをピーターは理解してくれていた。

「まあ、理屈から言えば」レイチェルが言った。「あなたがペンシルヴェニアの鼻つまみ者にならなかったら、あたしたちは出会えてなかったのよ」

アリックスは息を吐き出し、ゲートまで全力疾走してかろうじて飛行機に間に合ったときのように、口笛を吹いた。「ペンシルヴェニアは好きよ。でも、アレンタウンには二度と戻らない」

一部にひびの入った引き戸の向こうから、聞き慣れたひとり娘のしゃがれ声が聞こえた。

「ママ？」

ジョディが歌うように言った。「あーらあら」

アリックスは立ちあがった。「楽しみすぎだって誰かさんに言われちゃいそう」

9

十月三十日の金曜の朝、スプーンズ・チェンバレンは家で家族に囲まれ、誰にも気づかれないまま、静かに息を引きとった。アリックスは午前十一時三十四分に浮いている亡骸を見つけ、ひそかに毒づいた。「ああ、もう」ブライアーはチキンと梨のランチを食べおえるところで、キャサリンは隅のジャンパルーで跳びはねている。アリックスは金魚鉢の前に植木鉢を置き、携帯電話に手を伸ばした。

ブライアーの金魚が死んだの、とメッセージを打った。**エミラに代わりを買ってきてと頼んでも問題ない？**

ジョディ：　もちろん。

タムラ：　もちろん。

レイチェル：　前にアルネッタにプランBを買ってきてもらったことがある。

「食べおわった？」アリックスはブライアーに尋ね、口をいっぱいにしたまますなずいたブライアーを床におろした。

「ママ？」ブライアーはキャサリンのほうへ歩いていった。ブライアーが妹の額から金色の髪を払ってやると、キャサリンがにっこり笑った。

「そうねえ、雨でかしら？」アリックスは言った。「はねは、なんでぬれるの？」

「でなきゃ、鳥もお風呂に入るのかも。キャサリンは赤ちゃんだから、やさしくしてあげてね」

「でも、なんで――だって……はねは……なんではねがぬれても、とんでられるの？」

「ブリ、ほら」アリックスはおもちゃ入れからピンクのボールを取り出し、廊下のほうへ投げた。ブライアーは声をあげ、大喜びして、腕を伸ばして律儀にボールを追いかけていった。

じゃあ、こっちへ来るときに買ってきてと電話して頼んでもおかしくない？

ジョディ：　おもしろいこと言うのね、アリックス。全然おかしくないわよ。勤務時間中なんだから。

タムラ：　おかしくない。前にシェルビーにわたしのふりをしてセールスマンに応対してもらったことがあるわ。

アリックスはメッセージを打った。**腹を立ててなかった？**

全然、とタムラが答えた。**イギリス風のアクセントでしゃべるのをおもしろがってた。**

あたしは前に、とレイチェルが書いてきた。**アルネッタに頼んで、あたしは死んだって気色悪いやつに言ってもらったことがある。**

エミラは最初の呼び出し音で電話に出た。アリックスが小声でブライアーの金魚が死んだことを伝えると、エミラは笑って言った。「スプーンズが？」

「こんなことを頼んで申し訳ないんだけど、きょうこっちへ来る前に代わりを買ってきてもらえない？　どんな柄だったか忘れているといけないから、写真を送りましょうか」

一拍おいて、エミラは言った。「死んだ魚の写真をですか？」

「おかしくはないでしょう？」アリックスは身をかがめ、ブライアーが持ってきたピンクのやわらかいボールを受けとった。「ほら、行くわよ！」ブライアーに向かってささやき、子ども部屋のほうへボールをほうった。「ペットショップの店員なら、きっともっとひどい状態のものも見てるはずよ」

「あの……きょうはブライアーのバレエ教室のハロウィンパーティの日ですよね。ペットショップに寄ると、ブライアーを連れていくのに間に合いません」

アリックスは額に手を当て、またつぶやいた。「ああ、もう」

「なので、代わりにブライアーを連れていってもらえますか？　向こうで落ち合って、交代しましょう」

「そうしたいけど、無理なの」アリックスは言った。「レイニー・サッカーが六時にうちに来ることになってるから、買い出しに行かないと」

「誰ですか」

「ピーターと番組をやってるキャスターよ」

「あまり好きじゃないって言っていた、あの人ですか？」

そんな話をしたことがあっただろうか？　レイチェルやジョディやタムラには何度も話したことがある（**サッカーなんてきっと芸名よ、**とジョディは言い、アリックスが送ったネット上のレイニーの写真を見たタムラは**なるほどね**と言い、レイチェルは**これは猫をかぶってるね**と言った）。けれども、ピーターの同僚をどう思っているか、エミラに話したことがあっただろうか？　そう、ある。露骨に口に出した。ブライアーの誕生日パーティに来てくれた人へのお礼のカードを書きおえた日、最後の封筒の糊（のり）をなめながらアリックスは言った。「ああ、くたびれた」

エミラは言った。「あたしもお礼のカードを書くのは好きじゃありません」

「いつもは楽しいんだけど、今回もらったプレゼントはとんでもない品ばかりだったから」アリックスは封筒の束をバッグに入れた。「〝レイニー、子ども用のグリッターとリップスティックのセットをありがとう、人は中身より見た目だと娘に教えるのに役立つわ〟なんて書けないでしょう」

エミラは気を遣って笑っていた。

レイニーをけなしたのは副産物であって、目的ではなかった。今回もらったプレゼントはアリックスが娘に与えたいと思うものではなかったとエミラに伝えたかっただけなのだ。エミラはブライアーの養育の一端を担っている。ブライアーには〝自分のことを考える〟のではなく〝自分で考える〟人間になってもらいたいというピーターや自分の思いを強調するのに、プレゼントの件はうってつけの機会だった。けれども、そこにレイニーを組みこんだのは失敗だった、とスプーンズの亡骸が金魚鉢に浮かんでいるいまになって気づいた。レイニー・サッカーは明らかに自分と親しくなりたがっているし、レイチェルやジョディやタムラとちがって、エミラはその様子を直接目にしている。レイニーは何人かで話しているときアリックスの表情をうかがってから笑ったりコメントをしたりするし、フィラデルフィアに越して最初の週に引っ越し祝いを送ってくれて、そこには――添えられていた華麗なカードによると――アリックスの〝使える子〟になりますように、とはさみがふたつ入っていた。もはや、レイニーの陰口を叩くのは後ろ暗い戯れではなくなっていた。子猫の鼻面をはたくのと同じに思えた。

「え、なあに?」アリックスは言葉を濁した。「いえ、レイニーはいい人よ。それで、さっきの話はだいじょうぶそう?」

「はい、ええと……」エミラは言った。「あたしは金魚を買ってからそちらへ行って、ブライアーはバレエ教室のハロウィンパーティは欠席するってことですよね」

「ええ」アリックスは決断した。そして、口に出して考えはじめた。「そのほうが、ブライアーに夜じゅう金魚について質問攻めにされるよりましだと思うの。それに、まだ衣装も着ていないから、パーティのことは忘れてると思うわ。あしたトリック・オア・トリートをするから、ハロウィンはじゅうぶん楽しめるはずだし」

　確信はなかったものの、電話の向こうの通りの喧噪（けんそう）のなかでエミラが笑った気がしたが、ジョークを聞いて笑ったふうではなかった。「もちろん、魚の代金は払うから」アリックスは言った。

「ああ、いいえ、いいんです、四十セントくらいですから。だいじょうぶです。じゃあ、あとで……どれくらい遅れるかわからないですけど」

「ありがとう、助かるわ」

「いえ」

「きょうは六時であがっていいから」

「どうも」

「でも、時給はもちろん七時までで計算する」

「はい」

「じゃあ、よろしくね、エミラ」アリックスは会釈して電話を切った。

レイニーからのメッセージが届いていた。**ラモナとスザンヌも今夜いっしょに行っていいかしら。ふたりとも女の子がいるし、楽しい人たちよ。もしふたりだけのほうがいいなら遠慮なくそう言ってね！**

アリックスは首の後ろをこすって思った。〝冗談でしょ〟。そして両手で返事を打った。**多ければ多いほど楽しいわ！**

エミラは十二時三十分にやってきた。階下で出迎えたアリックスはつい、〝買えた？〟とばかみたいな顔をしてしまい、たちまち後悔した。エミラはいっさい隠す様子もなく、無言で金魚の泳ぐビニール袋を差し出した。最初の金魚をどこで買ったのか知らなかったが、おそらく丸々とした金魚が何百匹もひしめいている、超満員の水槽を置く店なのだろう。どれがいいかは選ばせてもらえなかったにちがいない。新しい金魚は初代のスプーンズよりも小さく、尾びれに黒い斑点がついていたが、アリックスはただ「助かったわ」と言って息をついた。「ありがとう」そして、袋をセーターの脇に入れ、階段をあがってすり替えにいった。

エミラが怒っているのではないかと不安になるたび、アリックスはいつも同じ思考に舞い戻った。〝ああ、ピーターがニュースで言ったことをとうとう聞いてしまったのかも？　いいえ、そんなはずはない。エミラはいつもこんな感じよ、そうでしょう？〟。アリックスが手を洗いおえたとき、エミラが二階へあがってきた。キャサリンがエミラを見て声をあげても黙ったままで、ブライアーがエミラを指さして「ミラはズボンがすき」と部屋のみなに宣言したとき、ようやく笑みを浮かべた。アリックスは手を拭きながら、タイルの床で足の親指をそっと鳴らした。エミラはほんとうに魚のことであんなにいい怒っているのだろうか。お使いに行かせたことが気に障ったのだろうか。むしろ、ちょっとした息抜きになったはずなのに。一度ブライアーのバレエ教室についていったことがあるが、退屈でうんざりさせられたし、ほかの母親たちはこちらが落ち着かなくなるほど熱心で、三歳のわが子は将来バレリーナになるのだと確信していた。一方のブライアーはというと、かかりつけ医からバランス感覚や人の話を聞く能力を育てるために参加を勧められたにすぎなかった。エミラが時間外まで残ってワインを飲んだ日からまだ一週間だったが、おしゃべりをして楽しい時間を過ごしたことや、いつも子どもの話しかできないわけではないこと、自分たちが友達になれるかもしれないことについてのひそやかな暗黙の了解は消え、以前の堅苦しい忍耐が戻ってきてしまっていた。エミラはブライアーと並んで床に座り、〈彼女に言葉を〉のポロシャツの襟を直していた。

アリックスはキャサリンを抱きあげ、抱っこ紐に入れた。ブライアーが魚やパンダを見るのに使っているキッチンのパソコンを何度かクリックして、近くの公園でハロウィンのドッグパレードが行われるのを見つけ、場所と時間をエミラのためにメモした。「ふたりでこれを見にいったらおもしろいんじゃないかしら。もちろん気が進まなければいいんだけど。じゃあ、楽しく過ごしてね、ブリ。きょうはワンちゃんをたくさん見られるかもよ」

エミラのイヤリングをじっと見ていたブライアーが顔をあげた。「ワンちゃんが、おうちにくるの？」

「いいえ、公園よ。いい子ね」

「ワンちゃんが、そこのおうちにいるの？」

「ちがうのよ、ブリ」

「ワンちゃんのママが、まいごになったの？」

「愛してるわ、楽しくね！」アリックスは階段を駆けおりた。

玄関で、小部屋のドアを閉めると、片手でキャサリンのブーティを履いた足を押さえながら、もう片方の手でバッグの肩紐をつかんだ。いつものように、充電器の上でエミラの携帯電話が点滅していた。

キーナン&ケル：　バレエ教室のハロウィンリサイタルだか発表会だかがうまくいくといいな。きみやあの子（なんて名前だっけ？）がこの日のためにどれだけ練習してたかよく知ってる。本番で出しつくせ。健闘を祈る。がんばれ。

玄関ドアに手を伸ばしたとき、壁にかかっているエミラのバッグで何かが光った。垂れ蓋の内側に、黒いきらきら光る猫耳のヘアバンドが入っていた。まだ値札がついたままで、六ドル九十九セントとあった。

ピーターから、レイニーとの約束はまだ予定どおりいきそうかと確認のメッセージが来た。アリックスはすでに二回日程を変更していたので、今夜こそは、これまではほんとうに忙しかっただけであること、夫とそのキャリアを支えるつもりがあること、そして、レイニーとそれほど馬が合わないわけではないことを証明しなくてはならなかった。アリックスは花とハロウィンの塗り絵の本、炭酸水とパンとナッツとチーズを買った。ベッドの隣に置いてあるベビーバスケットでキャサリンが寝ているあいだに、子ども部屋の支度をして、寝袋と枕を並べた前にiPadを置いた。エミラがブライアーと公園にいるあいだに電話をかけてキャサリンが寝ているうちに話をすることや、エミラがブライアーを早めに入浴させているときに顔を出すことも考えたが、自分の家の二階をさらに気詰まりな空間に変えてしまうかもしれないという怖さが先に立って、エミラとの状況を打開する試みには踏み出せなかった。

午後六時にレイニーとスザンヌとラモナが到着したとき（レイニーは四歳のベラを連れていて、スザンヌはヨガマットを持参していた）、アリックスは自分の判断が正しかったことを確信した。時を遡れるとしても、やはりブライアーにほんとうのことを話すより、金魚をすり替える努力をするほうを選ぶだろう。何度も約束をキャンセルしたあとなので、悲しみに沈んだ質問の虫の存在なしに、いつも以上に手厚くレイニーをもてなさなくてはと感じていた。

二歳のとき、三輪車で股にあざができたことを知ったブライアーは、その診断結果を遊び場に居合わせた人たちや〈J・クルー〉の店員、親子絵画教室の生徒三人にひとりひとり説明してまわった。〝耳あか〟〝障害のある〟〝結膜炎〟〝中国人〟という言葉を知ったときも同じことをした。そうしたブライアーの誰かれかまわぬ社交性に加えて、ベラ・サッカーの全体的なお姫さま感という問題もあった。ベラの頬はもとからピンクに染まっていて、茶色の髪は――異例なほどの量があり――かわいらしくおろされて肩の上でカールしている（アリックスはベラとその豊かなたてがみを見るたび、高級デパートの〈ブルーミングデールズ〉でグループで買い物をしたり、黒いベビーカーを押して地下鉄に乗ったりしていたニューヨークの東方正教会の女性たちを思い出した）。アリックスが身をかがめてベラに来てくれてありがとうと言うと、ベラはおじぎをして言った。「どういたしまして、マアム」ベラはストライプのパジャマを着ていて、その襟にはアイロンがかかっていた。

エミラとブライアーが手をつないで二階からおりてきたとき、すてきな家ね、とスザンヌがアリックスに声をかけた。レイニーがうなずいて言った。「完璧じゃない？」ベラが大きな声で言った。「こんにちは、ブライアー」そして一歩前に出て、仰々しくブライアーを抱きしめた。

「ブライアーは朝からずっと楽しみにしてたのよ」アリックスは言った。「ブリ、ベラにお部屋を見せてあげたら？」

紫のレギンスと、胸にニューヨークキャブの絵がついた白いTシャツを着たブライアーは（エミラはもっとかわいいパジャマを着せられなかったのだろうか）、ベラからあとずさって困惑したように口を開け、二本の前歯をあらわにした。そしてアリックスを見て〝これは知ってる子？〟という顔をしたあと、エミラを振り返って〝やらないとだめ？〟という顔をした。

「みんなまだ二階へ行ったことがないのよ、ブリ」エミラが言った。「案内してあげなきゃ」

ベラが先に立って階段をのぼりはじめ、ブライアーがあとに続いた。レイニー、ラモナ、スザンヌはエミラに挨拶をし（レイニーはまた会えてうれしいと付け加えた）、子どもたちを追って二階のキッチンへ向かった。アリックスは手すりをつかんで声をかけた。「すぐに行くから」

エミラは携帯電話を上着のポケットにしまった。アリックスが買い物から戻ってきたときには携帯電話にメッセージはなく、〈カワイイ子はクソだ〉という曲名だけが表示されていた。エミラは壁からバッグをとり、〈彼女に言葉を〉の白いポロシャツを脱いでバッグのあった場所にかけた。

「それはこちらで受けとるわ」アリックスは手を伸ばした。「週末にまとめて洗濯するから。あの、エミラ……」アリックスは言った。「あなたとブリがきょうバレエに行けなくなって、申し訳なかったわ」

エミラがまったく気にしていない可能性もあった。エミラにはエミラの人生があり、家族がいて、友達がいる。けれども、エミラに関しては万全を期しておいて損はない、とアリックスは自分に言い聞かせた。謝るくらいなんでもない。

エミラは頭を振り、忘れていたとでもいうようにしかめ面をした。「ああ、いいんです。おっしゃっていたとおり、ブライアーは覚えてませんでした」

アリックスは頭に手をやり、まとめた金髪を整えなおした。「とにかく、言っておきたいのだけど……あなたとブライアーには、ふたりで楽しく過ごしてもらいたいと思ってるの。子どもに付き合うのがときどきひどく退屈なのは重々承知してるから、たまにはちがうことをしたいと思ったら遠慮なくそう言ってね。映画とか、カーニバルとか、なんでも……言ってくれれば気分転換に必要なお金を置いていくから」

エミラは壁に指先をつき、バランスをとりながら靴を履いた。「わかりました。ありがとうございます」

二階から、シャンパンを開ける音がしてスザンヌの声が聞こえた。「おっと！　開けるの苦手なのよね」レイニーが娘に「わからないわ、スイートハート、ミセス・チェンバレンが戻ってきたら訊いてみましょう」と言っていて、ブライアーがラモナに金魚のしっぽに水ぼうそうのぽつぽつができたと説明している。アリックスは壁にかかった客たちの上着やバッグをちらりと見た。キャメル色のコーチのバッグの後ろに、黒いベロアのジャケットがあった。その背中にはピンクと白の筆記体の文字で〝プランクが先、ワインはあと〟と書かれている。そのフレーズと、それに使われているピンクのラインストーンの文字の何かが心に引っかかり、ふと気づいた。ベラ・サッカーとエミラだけは、名前で呼んでくれと言ってあるのに自分をミセス・チェンバレンと呼ぶ。

「今夜は何かすてきな予定があるの？」アリックスはエミラに尋ねた。

「ええと、まあ――」エミラはレザージャケットの下から髪を引き出した。「――友達のショーニーの家に集まるだけですけど」

一瞬、アリックスはエミラの携帯電話に裏切られた気がした。このひと月で、知らないふりをするまでもなく知らなかったはじめてのエミラの予定だ。アリックスはエミラのところどころ剝げた黒い爪がドアノブに伸びるのを見守った。

「ザラもいっしょなんでしょう」

「はい。ザラも来ます」

「よろしく伝えてね」

「伝えます」エミラが立ち止まった。一瞬見つめ合ったあと、エミラがアリックスの後ろポケットの封筒を指さした。「それは、あたしの？」

「ああ、いけない、そうよ。ごめんなさい」アリックスは封筒をとって頭を振った。「長い一週間だったから」

エミラは封筒を受けとってバッグの奥にしまった。「いいんです。じゃあ、また」

玄関ポーチの急な階段に出ると、エミラは四本の指をひらひらと振った。エミラが出ていったあとも、アリックスはなかなかドアを閉めることができなかった。二階で誰かの声がした。「ワインの時間よ！」別の誰かが言った。「女子の夜よ！」イヤホンをはめるエミラの後ろ姿を見つめながら、アリックスは思った。〝ミラ、わたしを置いていかないで〟

10

四回のノックのあと、もう一度ノックしようとしたとたん、ショーニーのアパートメントのドアがいきなり開き、エミラは思わずのけぞった。握った両手を鎖骨に当てて、ショーニーがその場で跳びはねながら叫んだ。「やった、やった、やった！」

ショーニーの髪が顔まわりや開いた口の前でコイルのように弾んだ。ソファで、ザラが両手を突きあげて声援を送っている。「ショー・ニー、ショー・ニー……」胸に〝BU〟と書かれたグレーのスウェットシャツを着たジョセファが、調理中のグリルドチーズから顔をあげて言った。「ヘーイ」

エミラはなかに入った。「待って……やったって、何？」

「あなたがいま見てるのは……」ショーニーが居間へ入っていき、エミラはキッチンカウンターにバッグを置いた。「〈ソニー・フィラデルフィア〉のいちばん新しいアソシエイト・マーケティング・スペシャリストよ」

　エミラはまばたきをした。「うっそ」

「ミラ、自分用のオフィスをもらえるのよ」体が床から浮きあがるのを押さえるかのように、ショーニーは首の後ろをつかんだ。まだ仕事服――グレーのペンシルスカートとベビーブルーのボタンダウンシャツ――を着ていて、それは大人になったら着るのだとエミラが思っていた服そのものだった。「年俸五万二千ドルよ」ショーニーは言った。「自分のオフィスももらえる。まあ、もうひとりの子と共用だけど。でも、それでもねえ！」

「すごい」エミラは喜んでいるふうに見える顔をなんとか作ろうとした。「やったね」エミラの葛藤にショーニーは気づかなかった。ソファの横で、踊りはじめた。

「ゴー、ショーニー、きょうはあんたの誕生日」紺色の医療着姿のザラが、ショーニーの成功を祝って歌いはじめた。ショーニーは膝に手をついて身をかがめ、「イエイィェー」と歓喜の合いの手を入れた。

「新職ゲット」

「イエイェー」

「オフィスもゲット」

「イエイェー」

「年金ゲット」

「イエイェー」

「やったね、ガール」

「イエイェー」

キッチンからジョセファが尋ねた。「エミラ、何か飲む？」

ザラが二拍子で手を叩くたび、ショーニーがさらに深く身をかがめていくのをエミラは見つめた。「お酒ならなんでもいい」

寝室がふたつあるショーニーのアパートメントには、煉瓦の壁が剝き出しになったキッチンがあり、窓の外に非常階段がある。ジョセファもここに住んでいるが、みなが〝ショーニーの部屋〟と呼ぶのに抗議したことは一度もない。部屋はショーニーの持ち物があふれているし、ショーニーの父親が保証人になっている。学生寮を思わせる二十代の若者らしさ――テレビ台から延びる絡み合ったコード、イケアのベストセラーのソファ、冷蔵庫で場所の取り合いをしている最近撮ったたくさんの写真――にもかかわらず、ショーニーの部屋には大人の雰囲気が保たれているとエミラは感じていて、ショーニーの新しい仕事にもそれは言えた。どうやらショーニーの幹部が帰り際にショーニーを呼び出したらしい。ショーニーの仕事ぶりに満足していることを告げ、楽しく働けているか尋ねて、昇進を提示したのだ。サウス・フィラデルフィアに立つ高層ビルの七階で、ショーニーは上司たちとプラスチックのコップに入れたシードルで乾杯しながら、本人言うところのむせび泣きをしたという。それは、エミラの友人のなかで最後まで親の健康保険に入っていたショーニーがそこから抜け出した瞬間だった。

エミラはジョセファからワインのグラスを受けとった。まな板の向こうのジョセファはサンドイッチにナイフを入れ、下からはみ出たバジルの葉を口に入れた。今夜はネットフリックスを見ながらワインを飲み、気分次第で同じ通りにある店からタイ料理をテイクアウトする予定だったので、エミラはジョセファのサンドイッチを見て少し面食らった。そして、しばらくかかって、この新たな情報が頭に入ってきた。年俸五万二千ドル？

「それで、きょうは何を見るの？」

「え？」顔をあげずにジョセファは半分に切ったサンドイッチを皿にのせ、指についたパンくずをなめとった。「今夜は出かけるの」ジョセファは言った。「これ、ひと口食べる？」

「ううん、いい。いつの間に出かけることになったわけ？」

「ショーニーが札束の雨を降らしそう」ジョセファは背後を指さした。そのとき、コーヒーテーブルにショーニーが飾りとして撒いておいたプラスチックの紅葉をザラが集め、踊っているショーニーにふりかけた。「お尻を鳴らして」とザラが歌い、葉っぱを一枚、ショーニーのウエストバンドと激しく揺れている尻の隙間に差し入れた。「もし服がいるなら」ジョセファが言った。「わたしのを着て」

「うん、そうだね」エミラは髪を片方の肩に寄せた。「どうしようかな。なんだか疲れちゃって」嘘ではなかったけれども、月初がどうしようもなく迫っているのも事実だった。二日後には家賃を支払わなくてはならず、そうしたら白い封筒の中身はすっかりなくなる。

「え？」ジョセファは自分のグラスにワインをなみなみとついだ。「金曜はベビーシッターしかしてないんじゃなかった？」

エミラは両手でグラスを包んだ。ジョセファはショーニーにはそういうふうに言わない。〝ザラ、きょうは看護師しかしてないんじゃなかった？〟ともけっして言わない。学費を親に払ってもらって学校へ行く身のジョセファは、平日を構成するにふさわしい中身について、厳格な考えを持っている。とはいえエミラは、やらずにすめばうれしかった仕事の弁護をするつもりはなかった。「まあね、でも……いろいろあって」

「ふうん。わたしはきょう大物のテストがあって、たぶんやっつけてやれた気がしてる」ジョセファは十字を切ってから皿を持ちあげた。「だから、思いっきりはめをはずすつもり」

エミラは言った。「そう。よかったね」しかし、自分の寝室へ入っていくジョセファについていくことはしなかった。

出かけるのは気が進まなかったものの、それ以上に、ザラが自分抜きで出かけると思うといやでたまらなかった。考えすぎだとわかっていたけれども、三人だけで出かけたら、ザラはエミラが親友ではないことに気づくかもしれない。むしろ、四人が夏の金曜に南国旅行に出かけたり、ジェルネイルの割引日に繰り出したり、スティレットヒール・ワークアウトのようなクラスへ行ったりしないのは、エミラのせいだと気づくかもしれない。自分も大学のスウェットシャツ（あるいは医療着や〝仕事服〟のボタンダウンシャツ）を着て、節目節目にお祝いをしたり、誘いを断って家にいる正当な理由を持ち出せたりする立場になりたかった。

　エミラは居間へ戻り、ショーニーのスタジアムジャケットを腕にかけて持っていった。そして袖から糸くずをつまみとって言った。「ねえ、忘れないうちに返しておくね」

「あら、貸したんだったっけ」ショーニーはかわいらしく顔を掻き、ジャケットを寝室へほうった。もう一方の手は、携帯電話を耳に当てていた。「というか、また着てもいいわよ。今夜はあたしがおごるから。トロイを呼んでお財布になってもらおうと思ってるの。ほらミラ、あたしのクローゼットを見てみて。好きなのを着てよ」ショーニーの寝室で、ザラが携帯電話をスピーカーにつなぎ、ヤング・サグの曲を流しはじめた。「ベイビー」ショーニーははじまった曲に張り合って携帯電話に叫んだ。「ねえ、あなたも今夜あたしたちといっしょに出かけましょ」

　ザラはショーニーのクローゼットを漁りはじめ、隣の部屋でもジョセファがクローゼットを掻き分けはじめていた。エミラは続き部屋のバスルームへ入り、ドアを閉めた。

　洗面台の上で、友達ひとりに対して持つべき応援の気持ちには容量があるのだろうかと考えた。もしあるのなら、ショーニーはその量を超えようとしていた。毎週のように何かしら祝いごとがあった。ショーニーがインターンの座を射止めたのはそれほどすごいことでもないのでは？　ショーニーの新しい彼氏はそれほどキュートでもないのでは？　ショーニーの笑顔に夢中の年上の彼がみんなにお酒をおごってくれるのはそれほど最高なことでもないのでは？　そして、何より問題なのは、なぜミセス・チェンバレンはブライアーに嘘をつかなくてはいけないのかだ。まるで、真実に対処できないかのように。

エミラのレギンスのふくらはぎには、午後に公園でのしかかってきた犬の白い毛がついていた。公園にはセレブや野菜の仮装をした犬たちがいて、子犬たちは体から帽子やケープをはずそうともがいていた。ブライアーはあちこち指さしては、目に見えている以上にたくさんの犬がいる、前に見たことのある犬もまだここにいると叫んでいたが、ときおりエミラを見あげて、部屋に入ったとたんに何をしにきたか忘れてしまったような顔をした。

ミセス・チェンバレンに対する苛立ちが、エミラの心に刻まれたタッカー家の道徳規範（〝何かをはじめたらやりとげろ〟）によるものなのか、それともブライアーといっしょに仮装しそこなったことに関係しているのかはわからなかった。あるいは、ミセス・チェンバレンがすばらしい母親としてふるまうのを見てきて、彼女がすばらしい母親とはいえないふるまいをするときは、実際にそういう人だからではなく意図してそうしているのだとわかってきたことのほうが大きくかかわっているのかもしれない。

以前、火曜の朝に、郵便局でミセス・チェンバレンとブライアーとキャサリンを見かけたことがあった。エミラは声をかけずに、ミセス・チェンバレンが複雑な抱っこ紐（ひも）にキャサリンを慎重に入れながら、ブライアーと歌を歌っているのを見ていた。ブライアーは郵便局の照明や小包や人々に気をとられて興奮していた。しかし、ミセス・チェンバレンは「ここから動かないでね、お姉ちゃん」と声をかけただけでブライアーをそばに引き留め、キャサリンにバスのタイヤが回転するところを見せたり、できるだけ高くジャンプしてみせたりしていた。ミセス・チェンバレンはそのすべてをしゃれた高そうなジーンズ姿でこなしていた。

エミラを悶々(もんもん)とさせているのは、ミセス・チェンバレンには母親としての能力があるとわかっていることだった。ミセス・チェンバレンはキャサリンが泣きそうになるとすぐに気づく。ブライアーに金魚を見せるときには皿ではなくカップを使う。ブライアーがベビーカーのシートベルトのボタンをうまく押せたときや、キャサリンがバイバイに似た手の振り方をしたときには心からほめる。けれども、そういうことをするのは、そうしたいと思っているときだけだ。キャサリンが大きくなって、いっそうかわいらしく、それでも物静かなおとなしい子に育つにつれ、そういう瞬間がどんどん少なくなっていることにエミラは気づいていた。

ほかには？　エミラはズボンをおろして便座に腰かけながら考えた。レイニー・サッカーは実のところ、ものすごくいい人だ。誕生日パーティでは二度手伝いを申し出てくれたし、ポロシャツの襟のタグが出ていたのをたくしこんでくれた。確かにかなりずれていて笑い方が妙で化粧が濃すぎるけれども、客が来るからといってはじめて飼ったペットについての真実を子どもに告げないというのは、奇しくも、きわめてレイニー・サッカー的なやり方に思える。

誰かがドアがノックして、エミラは答えた。「いまおしっこ中」

ドアの向こうでザラが言った。「オーケー」しかし、かまわずなかに入ってきて、ドアを閉めると洗面台に腰をもたせかけた。「シャワーカーテンのレールからぶらさがってるかと思った」

それはエミラのいちばん好きなバージョンのザラだった。肩にかかる編んだ長い髪。紺色の医療着。白い滑り止めのついたオレンジ色の靴下。金曜にザラを見ると、家に帰ってきたように思える。雇い主や、〈ウォルグリーン〉でばかげた猫耳を無駄に買ったことへの苛立ちに加えて、エミラは自分でも子どもっぽいと思うものの、親友をほかの友達と共有しなくてはならないことへの反発を感じた。

ザラには妹がふたりいて、ひとりは拒食症に、もうひとりは鬱に苦しんでいる。どちらも黒人は〝ならない〟とエミラの母親が思っている症状だ。ザラの活力やユーモアや機知以上に、エミラが何より大切に思っているのは、家族や患者、そしてエミラ自身を常にありのままに受け止めるザラの忍耐力だった。ザラは子どものころから看護師が自分の天職だと知っていたにもかかわらず、エミラのことも、エミラが将来何をしたいかいまだにわからないでいることも、けっして見くだざない。それどころか、クロークのチップをよく肩代わりしてくれて、どういうわけかジョセファがそのことを大いに怒っている。ときどきこっそり送金アプリでエミラの安カクテル代や席料をおごってくれるし、エミラの体調が悪いときには電話やメッセージで症状を聞いてくれる（詳しいアドバイスをくれることもあるし、たぶん気のせいだと言うこともある)。エミラはザラの友情を疑ったことはないけれども、ショーニーやジョセファは、ザラに友情だけでなく最初の一杯も差し出すことができる——自分は前菜を食事代わりにすることもままあるというのに。

エミラは自分の尿の音を聞きながら肩を落とした。「ごめん。きょうはひどい一日だったから」

「何があったのよ」

エミラは膝に肘をついた。何を言えばいいだろう? 〝週に二十一時間いっしょに過ごしている女の子がまちがいなく気づきはじめてるの。日に日に、いちばん愛している相手に無視されているという気持ちを強めてるのがわかる。考えるのが好きなすばらしい子で、いろんなことや答えを知るのが大好きなだけなのに、どうして実の母親がそれを面倒くさがるの? あたしのバッグにはどれも、底に古い紅茶のティーバッグが入ってる。ときどき財布を出すと、アールグレイやジャスミンの茶葉がカウンターにこぼれて、この仕事を辞めないといけないという気持ちと、そんなことできないという気持ちが湧きあがるの〟。こういうとき、気をつけないと——金魚や紅茶のようなささいなことでザラの気分を落ちこませると——ザラの忍耐力が尽きてしまうのではないかとも感じてしまう。「ううん、たいしたことじゃない」エミラは言った。「今度話すね」

「そう」ザラは体を折って小声で言った。「でも、ちゃんと自分を抑えて、ショーニーのために明るくふるまわなきゃ」

エミラは目を閉じた。「きょうのショーニーは舞いあがってる」

「あの子が舞いあがってるのはいつものことでしょ」

エミラは右目を開けて、ザラの反応をうかがった。「トロイのこともあんまり好きになれなくて」ショーニーの恋人は、集まりにやってくると――大いにおだてたり餌を撒いたりしないかぎり、めったに来ないのだが――いつもクラブやバーでテレビの見やすい席に座ろうとする。エミラが話しかけると、バスケットボールの試合を見ながら半分だけエミラのほうに目を向ける。そして、どんな言葉にも「だよな、だよな」と答える。

「ねえ、みんなトロイのことはきらいだよ」ザラは小声で言った。「あんただけじゃない。わかった？」

エミラは唇をすぼめ、息を吐き出した。「あたし……」エミラは言った。「新しい仕事を見つけなきゃ」

「ふん……当たり前でしょ」ザラは笑った。「あんたは疲れるとすーぐ落ちこむんだから。けど、新しい仕事を見つけるか、いまある仕事を続けるか、どっちかしかないの。だって来年はあたしの誕生日にみんなでメキシコ旅行に行くんだから。あたしは全員で行きたいの」ザラは〝全員で〟と〝行きたいの〟のあとで手を叩いた。

ザラが話すあいだ、エミラはトイレットペーパーをたたんでいた。「わかってる、わかってる」エミラは言った。けれども、ジョセファやショーニーやザラとちがって、自分には休暇や春休みはない。働いていないときには給料がもらえない。時給がホテル代やウーバー代（家賃や交通カードではなく）に消えるうえ、旅行中は毎日貯金が減っていくし、しかもザラは五日間の旅を約束させていた。

「じゃあ、こうしよう」ザラは言った。「いつがいいか言ってくれれば、みんなでテレビの前に集まって、あんたが仕事の応募書類を書くのを手伝う」

エミラは唇を尖らせた。「じゃあ、今夜とか？」

「ほら、だめだってば」ザラはまた声を落として言った。「気を取りなおして、ショーニーのために陽気にふるまうの」

「はい、はい」エミラは立ちあがってトイレを流した。

洗面台で手を洗っていると、週末のファーマーズ・マーケットでショーニーが買ってきたオーガニックの石鹼の香りが顔まで立ちのぼってきた。エミラの後ろでザラが携帯電話を取り出して、エミラの腰に腰を押しつけて寄りかかった。こちらをあまり追い詰めないようにし、友達を思って言っていることを伝えようとする、ザラらしいやり方だとエミラは知っている。

「ほら、こういうときにインスタグラムが便利なんだってば」ザラは言った。「直接会わなくても、いい顔ができる。見てて……」ザラはエミラにも見えるよう画面を傾けた。平坦な声で、入力する単語や記号を読みあげる。「嘘でしょ、ショーニー。やったね。エクスクラメーションマーク、星の絵文字、黒人の女の子の絵文字、ドル袋の絵文字」そして、エミラに画面を見せながら投稿ボタンをタップした。さらに、ショーニーの写真――ソニーのビルの前でジャンプしている写真――に〝いいね！〟をつけて、小さなハートマークを赤くした。「これでよし。ね？　あたしたちには文明の利器がある」

エミラはバスルームから出ると、ショーニーの腕をつかんで言った。「一杯飲もうよ」キッチンへ行き、非常階段でバジルやミントを育てている開いた窓のそばに立って、グラスを傾けたあとジョセファがくし切りにしておいたライムをかじって顔をしかめた。

「ショーニー、おめでとう」エミラは言い、手についた塩をなめた。「ほんとにすごいし、ショーニーならやっていける」

ショーニーはうれしそうに唇をすぼめた。そしてエミラに抱きついて言った。「ありがとう、エミラ」

会話の途中にハグをする意味がいまだによくわからないものの、きょうはショーニーの夜なので、エミラはしっかりと抱きしめ返した。ショーニーの髪からは、〈ビューティフリー・ミックスト〉とか〈ハーフ&ハーフ〉といった名前のクリームのにおいがした。エミラが体を引いても、ショーニーは顔を寄せたままだった。

「ここだけの話……」ショーニーはジョセファの寝室のドアを見ながら言った。「まあ、ジョセファももう察してるとは思うけど。あたし、寝室がひとつかワンルームの部屋を探そうと思ってるの」

「え、ほんとに？」エミラは驚き、嫉妬を感じた。そして思った。〝それっていま話さないといけないこと？　だって、そうだとしても、いまはそんな話を聞く心境じゃない〟

「ここの暮らしは気に入ってるけど……」閉まったドアの向こうからジョセファが妹と電話で話している声が聞こえるにもかかわらず、ショーニーは小声のまま言った。「でも、そろそろ出ていく頃合いだと思うの。でね、ここが大事なところなんだけど、あなたにあたしの部屋を使ってもらいたくて。これからも気兼ねなく顔を出しに来られる人に譲りたいから。当然ジョセファ以外で」

エミラはいまテンプル大学時代のクラスメイト（大学院生で水曜から日曜までは恋人の部屋に泊まる）とふたりでエレベーターなしの五階にある小さな部屋に住んでいて、家賃はひとり七百六十ドルだけれども、年明けの二〇一六年からは八百五十ドルに値上がりする。ツインベッドで、ガスコンロは片方しか火がつかないが、いまのところはなんとかなっている。ショーニーの部屋は、あらゆる面でずっと条件がいい。近所にコーヒーショップがあり、寝室の窓はコンクリートの壁ではなく空に向かって開いていて、場所もケンジントンではなくオールド・シティだ。とはいえ、立地とは関係なくショーニーの部屋をショーニーの部屋たらしめているものがたくさんあって、それはショーニーとともに消えてしまう。ショーニーの父親が料金を払っているケーブルテレビ。壁に飾られたいかにも商業的な額入りの写真（橋、ひまわり、ニューヨークのスカイライン）。アルファベット順に瓶が並んだスパイスラック、冷蔵庫にかけられた花柄の鍋つかみ。寝室にはシステムステレオがあって、居間にはレコードプレーヤーがある。エミラはといえば、ルームメイトが恋人のところに行かない日には、〝携帯電話ボウル〟と呼んでいるボウルに携帯電話を入れて、ふたりでキッチンで音楽をかける。ボウルを冷蔵庫の上に置くと、音がいちばんよく響くのだ。

「すごくいい話だけど」エミラは言った。「家賃はいくらなんだっけ？」

「なかなか悪くないのよ」ショーニーは首を振った。「ひとりたったの千百五十ドル。それと公共料金。格安でしょ。あ、トロイから電話だ。ベイビー、もしもし」

ショーニーの部屋から、ザラが細身の赤いドレスを体に当てて出てきた。「これを着てみる」ショーニーはザラに手を振り、電話に向かって言った。「ちょっと、ノーは受けつけないから」そして、電話機を耳と肩ではさみ、居間でブラウスのボタンをはずしはじめた。「ねえ、いまから写真を一枚送るから。それでもあなたがノーって言うか聞きたいな」

エミラは残っていたワインを飲み干した。

「ザラ、あたしの写真を撮ってくれない？」ショーニーは自分の寝室へ入っていった。

「ねえ、なんでここまでしてトロイに懇願しなくちゃいけないわけ？」ザラは言い、赤いドレスをショーニーのベッドにほうり投げた。

「ちゃちゃっとブラを替えるから、待ってて」

エミラはため息をついた。バッグから携帯電話を取り出し、壁に手をついてキッチンの窓から這い出した。非常階段の上で両肘を抱え、鉢植えのハーブを倒さないように気をつけながら脚を組む。二回目の呼び出し音でケリーが電話に出た。

「やあ、どうした？　静かなところに移動するから、ちょっと待ってて」

外は寒かったけれども、上着をとりに戻る気にはなれなかった。電話の向こうから、アース・ウィンド・アンド・ファイアーの曲と男性たちの話し声が聞こえた。エミラがケリーに電話したのはこれがはじめてだった。

「やあ、どうしたんだ？」

「急にごめんね」エミラは言った。「忙しそうなのに」

「いや、会議の最後のイベントに出てるところだ」ケリーは言った。「システム屋が集まってロングアイランド・アイスティーを飲んでるだけだよ」

「うわ、そうなんだ」

「何かあったのか？」

「別に何も」エミラは身じろぎをして、足もとの階段の格子が靴下でできるだけ覆われるようにした。アパートメントの壁に寄りかかり、歩道を見おろすと、配達員が建物の入り口のブザーを繰り返し鳴らしていた。「ごめん、おもしろい話は特にないんだけど、きょうはひどい一日だったから」

「なんてこった」ケリーは言った。「ぼくもだよ」

「そうなの？」

「最悪だった。でも、まずはきみの話をしてくれよ」

エミラはミセス・チェンバレンのことやスプーンズのこと、午後の初っ端から十代の店員に死んだ魚の写真を見せるはめになったことを話した。ハロウィンパーティに行けなかったこと、ブライアーをバレエ教室へ連れていく日々が終わってしまったことを伝えると、ケリーは言った。「そんな！〈ルル〉のハロウィンパーティがなしだなんて！」

エミラは笑った。「猫耳とかいろいろ持っていったのにね。ただ、納得がいかないのは、娘に話をしたくないっていうだけでミセス・チェンバレンがブライアーにパーティを欠席させたこと」

「まあ、娘をホットドッグに仮装させるチャンスを逃す母親なんて、ぼくには精神異常者に思えるね」

「だよね。ありがとう。それで、いまは――」エミラは声を落とした。「――ショーニーの家に来てるんだけど、ショーニーはすごい昇進が決まったの。だからいまショーニーは舞いあがってて、あたしも喜ぶべきなのはわかってるんだけど……顔にパンチをお見舞いして、ふて寝したい気分なんだ」

「落ち着けよ、殺し屋くん」ケリーは言った。「彼女に一杯おごってやりな」

エミラは手すりにつかまった。「じゃあ、今度はそっちの番」

その日、ケリーはジェシーという名前のＩＴリーダーに挨拶をした。本物のジェシーは女性だったが、ケリーはジェシーとチームメンバーの目の前で、彼女の男性アシスタントに挨拶してしまった。さらに、サラダドレッシングが目に入って、失明したかと二分あまり不安におののいた。そのうえ、ケリーはクリーブランドの街をきらっていた。

「でも、あしたの朝早くに帰れる予定だ」

「そう」部屋のなかで、ショーニーとザラがジョセファを呼んでいる声が聞こえた。ジョセファが面倒くさそうな声で「何？」と答えた。かがんでキッチンをのぞいてみると、まだこちらを気にする者はいなかった。「もう仕事に戻っていいよ。ごめんね」エミラは鉢を避けて顔をしかめた。「妙な電話だったよね、わかってる」

「なんで妙なんだ？　なあ――これから出かける？」

「うん、出かけないといけないみたい」

「じゃあ、それが終わったらぼくのベッドで寝るといい」

エミラは笑って言った。「え？」

「ドアマンに電話して、きみが行くと言っておくよ。ぼくの部屋で寝たらいい。あしたいっしょに朝食をとろう」

これはこれまで自分に起こったなかでいちばん大人な出来事だ、とエミラは思った。

「でも、だめだよ」エミラは言った。「ケリー、それは無理」

「だめな理由なんてないだろう」ケリーは言った。「なんでも好きなものを盗み出す、うってつけのチャンスだぞ。いまからフロントに電話する。いいだろう？」

願ってもない話だった。「うーん……」

ケリーは言った。「どういう意味だい、〝うーん〟って」

窓の内側でザラが叫んだ。「だめだめ、もっと肩の力を抜いて！」エミラは暗い雲を見あげた。「ちょっと考えさせて」

「おいおい、エミラ」ケリーは笑った。息を吸う音がして、ケリーは続けた。「ぼくといっしょにいたくないのか？」

エミラは額に手を当て、口もとをほころばせた。

キッチンへ這って戻ったときには、ケリーから新しいメッセージが届いていた。**フランクにきみが行くことを伝えた。身分証を持っていってくれ。**エミラがもう一杯ワインをついでいると、ザラの声が聞こえた。「セファ、もっと近くに寄って」

エミラはショーニーの寝室のドアを開けた。ショーニーが上半身裸でベッドに膝立ちになり、片腕で胸を隠して、もう片腕を脇に垂らしている。ジョセファがデスクランプをショーニーの頭上に掲げながら言った。「もっと高いところから撮ったほうがいいんじゃない、Z」ザラは椅子の上に乗って、ショーニーのｉＰｈｏｎｅを構えた。

「待って、エミラにやってもらおう」ザラはエミラに携帯電話を投げた。「あたしは下から胸を持ちあげとく」

11

体重が妊娠前から八ポンド増えて減らなくなっても、アリックスは気にしなかった。ピーターと三週間セックスをしていないことにも気づいていなかった（公正を期して言えば、ピーターのほうも気づいていなかった。いま降っている大雪の報道で、とんでもなく長いあいだカメラの前に座りつづけているからだ）。執筆の進捗や休暇中に読める章があるかを確認する編集者からの電話やメールも、すっぱり無視してはばからなかった。いまはすべてを中断させてかまわない。レイチェル、ジョディ、タムラが感謝祭にフィラデルフィアへやってくるからだ。さらにそのあと、アリックスは三人といっしょにニューヨークへ戻ってそこで五日間を過ごす。クリントンキャンペーンからとうとう連絡が来て、女性運動のイベントに参加しないかと誘われた。ニューヨークへ戻るのは八カ月ぶりで、キャサリンにははじめての訪問になる。そして、アリックスが家の玄関で手袋と帽子をとったとき、エミラの携帯電話が光って画面上部にメッセージが表示された。**残念ながら、お客さまのご予約されたＷＸ１４９２便が欠航となりましたのでご連絡いたします。**

外では雪が激しく吹きつけていて、地面に積もることなど想像もできないほどだった。けれども実際降り積もって、車や木を埋もれさせ、商店のドアをバタンと閉ざしては読み古した本のように開きっぱなしにさせていた。チェンバレン家の玄関ポーチの最上段はこの三日間、泥と氷のたまり場と化していた。アリックスはウーバーとタクシーを使ってなんとかまだ水泳教室へ通っていたが——プールにいるのはアリックスとふたりの娘だけということもよくあった——それはアリックスの忍耐力と家遊びのレパートリー（〝ママの携帯の写真を見ましょう〟ごっこや〝毛布に潜りましょう〟ごっこ、〝本棚の本を全部出して、またしまいましょう〟ごっこ）がいまにも切れかけていたからだった。けれどもあしたは感謝祭で、今年の感謝祭はいつもとはちがうものになる。

三週間前にブライアーの金魚が死んでから、アリックスとエミラの関係は前とは変わってしまっていた。ある月曜に、うちでは食べきれないから余ったクッキーを持って帰ってとアリックスが提案すると、エミラはそれを断った。ある金曜の夕方に、アリックスがワインを一杯勧めると、エミラは「けっこうです、でもありがとうございます」と答えた。この関係の変化はアリックスを悩ませ、ベビーシッターのことに思いをめぐらすとは想像もしなかった日常のさまざまな場面でふと意識に忍びこんできた。書店にいるときにエミラは何時に寝るのだろうと考えたり、キャサリンに授乳しているときにエミラは《プリティ・ウーマン》を見たことがあるだろうか、問題作だと思っただろうかと考えたりした。〈アンソロポロジー〉の店内でエスカレーターに乗っているときに、エミラはザラに自分のことを話しただろうか、ザラはやみくもに同意したり反発したりするタイプだろうかと考えた。

さらにアリックスは、さしたる理由もないのに、気づくとエミラを意識して生活に修正をかけていた。買い物をすると、すぐに服やそのほかの品物の値札をはずして、自分がいくら使っているかをエミラに知られないようにした。エミラはそんなことに興味を持ったり質問をしたりするタイプには見えなかったけれども。本や雑誌を開きっぱなしで置いておくこともしなくなった。エミラがマリエ・コンドウの本を見て、〝ハードカバーの本を買ってほかの高価な品物を捨てる方法を学ぶなんて、どれだけ贅沢な暮らしをしているんだろう〟と考えるのではないかと不安だった。ときにはエミラの前で、夕食に残り物を食べるつもりだというふりをすることもあった。実のところは、〝スシを注文しよう。ピーターに何が食べたいかメッセージを送って訊いてみよう。残り物を食べていったい何を証明するつもり?〟と思っているのに。しかしそれでも、エミラがドアを閉めるのを待ってパソコンに向かい、ピーターにいつものメニューでいいかを尋ねて、〈シームレス〉のサイトから料理を注文した。

最初のころは、とうとうエミラがアカウントを作成したのではないかとインターネットやインスタグラムを検索していたが（こんなことをするのは子どもたちの安全を守るための用心なのだと自分に言い聞かせた）、最近は自分のインスタグラムのアカウントをエミラになったつもりで新たな角度から眺める癖がついていた。自分の投稿をゆっくりとスクロールして、エミラならどの写真をクリックするだろうと考えた。エミラはおくびにも出さないし、出すわけもないのだけれども、アリックスのことを裕福な白人の典型と考えている節があった。アリックスが鼻持ちならないアッパー・イースト・サイドの母親たちの多くをそう思って、親友たちといつもできるだけ避けていたのと同じだ。けれども、エミラがチャンスを与えてくれて、もっと深いところまで自分をよく見てくれれば、きっとちがうふうに考えるようになるだろう。

アリックスの考える〝ほんとうの自分〟を示す事柄に、エミラが気づいてくれることを夢想した。アリックスの親友のひとりも黒人であること。アリックスの新しいお気に入りの靴は〈ペイレス〉で買った十八ドルのお買い得品であること。トニ・モリスンの作品をすべて読んでいること。友達グループのなかではアリックスとピーターの収入がいちばん低く、いつもファーストクラスを使うのはタムラであること。アリックスはそうした情報をさりげなく投下しようとしては失敗していたが、あしたこそは、思いどおりに事が運べば、エミラは直接それを目にすることになる。

レイチェルとジョディとタムラは感謝祭の朝にフィラデルフィアへの列車に乗る予定だ。レイチェルは感謝祭をひとりで過ごさずにすむのを喜んでいて（ハドソンは父親と過ごす）、タムラは娘のイマニとクレオを連れてくることになっており（夫は東京に出張中）、ジョディは家族全員を連れてくる（夫のウォルター、四歳半の娘プリューデンス、一歳の息子ペイン）。感謝祭にあたって、三人の親友たちがまだ一度もキャサリンに会っていないことにアリックスは気づいた。キャサリンはもうすぐ七カ月になる。もうそんなに時間がたったのだろうか？キャサリンは日に日に自分に似てくる。あまりに扱いやすくて愛らしく、這いまわる心配もないので、ブライアーが躁病ではないかと思えてくるほどだ。親友たちは、アリックスが伝統的なマーフィー家の感謝祭の準備をして、田舎風の飾りつけをし、こっくりした秋色のふわふわしたタートルネックを着て、〈ピンタレスト〉のサイトを参考にグッズやランチョンマットを手作りし、〈メイシーズ〉の感謝祭パレードの映像を繰り返し流すのではないかと冗談を飛ばしていた。しかしアリックスは、その冗談を逆手にとって、皮肉なテーマとして採用することにし、いまや実行のときが訪れるのを首を長くして待っていた。

　飲み物を配ったり、コートを預かったり、料理を出したり、皿を片づけたりしてもらうために、ケータリング担当をふたり頼んだ。家の一階をカボチャやヒョウタン、麦の穂、ドングリでいっぱいにし、タイル敷きの玄関ホールに置くレンタルの大きなダイニングテーブルと、その上に吊す七面鳥のピニャータを用意した。四種類のパイを置いた小さなテーブルの上には、赤い撚り糸で茶色のクラフトペーパーの短冊をさげて、客たちに自分の感謝していることを書いてもらえるようにした。当日が来るのを考えるだけでうきうきした。大好きな三人の親友、感謝祭の陳腐なお決まりの品々と大量の赤ワイン。ただ、エミラもそこに加わることを思うと、首もとまでが赤く染まった。

　最後の買い出し品（パン、ピンクソルト、バター、クッキー生地、炭酸水）を抱えて、アリックスは言った。「ただいま！」そして、エコバッグをカウンターに置いた。キャサリンが部屋の真ん中でバンボに座り、毛布によだれを垂らしている。ブライアーが窓際の椅子の上に立って外の通りを指さしていて、エミラがその腰を支えていた。

　ブライアーが言った。「ママ？　まどが、あたしのゆびを、かんでる」

　エミラが振り返って言った。「こんな天気のなか、よく外に出られましたね」

〝大雪さまさまだわ〟とアリックスは思った。この数日、天候のおかげでエミラとの会話が増えていた――〝ブライアーに手袋をはめさせますか〟〝雪でも絵画教室は開いてますか〟〝エミラ、家に帰るのに傘を貸しましょうか〟といった具合だ。アリックスは自分の行動に目をくるりとまわした。「無謀な、ちょっとした自殺行為だったかも。きょうはあなたを来させるべきじゃなかったわね」

「いいえ、いいんです。今週来るのは二日だけですし」エミラは言い、ブライアーを振り返った。

「しばらく会えなくなるね、B」

　それを聞いたブライアーは上の前歯を突き出した。「だめ」抗議する。「だめ、あうの」

「いつもは週に三回会ってるでしょ？」エミラは説明した。指を三本立てると、ブライアーがその指をつかんだ。「でも、今週は感謝祭だから、二回しか会えないの」

エミラが薬指をさげると、ブライアーはむっとしたようだった。「だーめー」頭を振る。

「あうの、さんかい」

「でも来週は毎日会えるよ。すごくない？」

「来週はおかげさまでほんとうに助かるわ」アリックスは言った。冷蔵庫の扉をすばやく開けると、風を切る大きな音がした。「エミラ、こんなこと言いたくはないけど――」顔をしかめる。「――でも、今夜のフライトの確認をしたほうがいいかも」

「そうですか？」

「念のためにね」アリックスは冷蔵庫のなかの保存容器や皿を並べ替えはじめた。「そこのパソコンを使っていいわよ」

これは残酷な仕打ちだろうか？ 助演女優賞のオスカー像を狙いながら、エミラが欠航を知るのを待つのは。別にかまわないはずだ、埋め合わせはするのだから。エミラが感謝祭のテーブルをいっしょに囲むかもしれないと思うと、まさしく気分が舞いあがった。急に、十一月の第四木曜日はただの祝日ではなくなった。ついにエミラを家族にできる四時間（できれば五時間か六時間）になるのだ。ディナーの席で、マルベックのワインやヤムイモやキャンドルの光やパイを前にしながら、〈マーケット・デポ〉の夜のことは忘れていないと伝えよう。毎日何度もあの夜について考えていることや、緊急の用事でもこんな雪の日でも、エミラがベビーシッターではなくなっても、あのスーパーには二度と行かないことを伝えよう。エミラがパソコンの前に移ってクリックをしはじめ、そのあいだアリックスは、ザラの家族がいるのがフィラデルフィアではないことを祈った。

エミラがテーブルに両肘をつき、頬を押さえて言った。「うわ、嘘」

「あら、まあ」アリックスは冷蔵庫の扉を閉めた。大げさすぎないように、でもほんとうに心を痛めているように見えなくてはいけない。「エミラ、なんて言ったらいいのか。残念ね。なんだかわたしのせいみたいに感じちゃう」

エミラは画面を見つめたままだった。下唇を噛み、ブライアーが隣の椅子に這いあがってくると、深く息を吸いこんだ。「いえ、すみません。ちょっと母に電話してきていいですか？チケットは両親にとってもらったので、このあとの便について何か知ってるかもしれません」

「もちろんよ。ブライアー、椅子からおりて」

ブライアーが言った。「ママ、ミラのおみずにさわっちゃだめ」アリックスはブライアーを床におろして言った。「わかったわ、触らない。教えてくれてありがとう」

エミラが二階に戻ってきたとき、アリックスは静かに音楽をかけていた。ポーラ・コールの歌声が低く流れるなか、雪だるまもときどきお昼寝しないといけないの、とブライアーが話していた。アリックスがキャサリンを抱きあげると、キャサリンは胸に顔をすりつけた。エミラは窓枠に腰をおろした。

「どうも気づくのが遅かったみたいです」エミラは言った。「予約できるいちばん早い便はあしたの夜で、それじゃ帰省する意味がありません」

「ほんとうに残念ね、エミラ」アリックスはキャサリンの体の向きを変え、後頭部を自分の胸にもたせかけた。ブライアーがエミラのそばに歩いていき、エミラの膝を叩きはじめた。「でも、空港で知るよりはよかったんじゃない？」

「そうですね、夏に帰省したので、まあ、しかたありません。ほかにどうしようもなさそうだし」

「エミラ」前に抱えたキャサリンを揺らしながら、アリックスは窓際にいるエミラに歩みよった。「いちばんの望みではないのはわかってるけど、でもあなたがうちでいっしょに感謝祭を過ごしてくれたらうれしいわ」

「え？　いえ、そんな」エミラは首を横に振った。

「いいの、だって、ミラ？」ブライアーが割りこんで言った。「あたし……あたしは、ミラの、いちばんでしょ」アリックスは内心でつぶやいた。〝いいわよ、ブリ、でかしたわ〟

エミラは笑った。「ええと、それには反論できないな」そして腕を伸ばしてブライアーの両脇をすくいあげ、体の向きを変えさせて膝に乗せた。「すごくうれしいんですけど、あたしはだいじょうぶですから」

「エミラ」アリックスはキャサリンを揺すりつづけ、そのしぐさで声がいくらか冷静になることを祈った。懇願ではなく、親切な提案に聞こえるようにしなくてはならない。「スーパーはどこも大混雑よ。それに、二十代のころ、感謝祭に中華料理のテイクアウトをしたことがあるけど、満足にはほど遠かった。気が滅入ったし、嘘じゃなく、ほんとに顔が吹き出物だらけになったわ」それでも、いやなにおいのする介護施設で両親と過ごすよりは千倍ましだったが、それはまた別の問題だ。「ニューヨークから親友が三人来ることになってるの。食べ物はたっぷりあるし、来てもらえたらうれしい」

ブライアーが指を六本立てた。「こーれ、なんぼん？」

エミラはブライアーの手に触れて言った。「六本。ミセス・チェンバレン、ほんとうにありがとうございます。でも、ボーイフレンドもここから動けなくなったみたいで」携帯電話をちらりと見る。「フロリダの家族に会いにいく予定だったんですけど、彼のフライトも欠航になったって」

それなら、なおさら好都合だ。

「いっしょに来ればいいじゃない」アリックスは言った。「彼も連れていらっしゃい。木曜の四時よ。それから、当日はベビーシッターはしなくていいから。おむつ替えも何もなし。あなたたちはただのお客さまよ」

エミラは息を吸いこみ、考えているようだった。

「あしのゆび、ぜんぶたべたら、どうなるとおもう？」ブライアーがエミラを振り返ってささやいた。「そしたらね、ミラ？　ゆびがもう、なくなっちゃうの」

エミラは携帯電話のメインボタンを押し、笑みを浮かべて言った。「彼に訊いてみます」この午後二度目にアリックスが祈るなか、エミラはもう一方の腕をブライアーの腰に巻きつけた。「B、ここでいっしょに七面鳥を食べてもいい？　足の指を食べるのはあんまり好きじゃないの」エミラの耳には銅板でできた正方形のイヤリングがついていて、ブライアーは返事をせずにそれに触って言った。「こーれ、あけたい」

「これは開かないの、ママ」エミラはメッセージを打ちながら言った。その愛称を聞いてそわそわしながらアリックスは思った。〝お願い、お願い、どうかあした来て〟

エミラはブライアーを見て尋ねた。「今週、いっしょにパイを食べにきてもいい？」

「いいよ」ブライアーは言った。「でも、じっこしか、たべちゃだめ」

「十個だけ？　まあ、しかたないか」エミラは携帯電話に目を向けた。そして、アリックスを見た。「彼もぜひ来たいそうです」

アリックスは冷えた頰骨を両手で覆いたくなったが、キャサリンを落とさないよう必死に我慢した。

「聞いた？」アリックスはキャサリンの耳にささやいた。「ミラも七面鳥を食べにきてくれるって！」

「いい？」エミラは手を伸ばしてキャサリンの足を握った。「感謝祭に遊びにきてもいい？」

そのとき、キャサリン・メイ・チェンバレンがエミラを見て言った。「あい」

エミラとアリックスは息をのんだ。アリックスは顔が紅潮し、目の端に涙がにじむのを感じた。キャサリンを自分のほうに向かせ、顔を目の前まで持ちあげた。「いま、〝はい〟って言ったの?」アリックスは尋ねた。「ミラに〝はい〟って言ったの? ブライアー、妹の声が聞こえた?」

「ママ?」ブライアーは言った。「ミラの……イヤリングのしゃしんとって。しゃしんとろうよ」

エミラはブライアーの体を揺らした。「あなたの妹がいま〝はい〟って言ったのよ、お姉ちゃん」

「もう一回言える? だめ?」アリックスは唾を飲みこんだ。キャサリンがにっこりし、アリックスは小さな体をきつく抱きしめた。そして、喜びに頭を振りながら言った。「エミラ、帰っていいわ」

エミラは笑った。「え?」

「外はひどい雪だから、もう帰って。感謝祭で会いましょう」

「でも、先にブライアーをさっとお風呂に入れてきます」

「いいえ、いいの。ミラ、早めに帰って」娘がはじめてしゃべったという事実、そしてもうすぐ来る日のことを思うと、温かいものが湧きあがって部屋からあふれ出しそうだった。あと少しでもエミラがここにいたら、〝愛してる〟と口走ったり、エミラはこの子たちのベビーシッターをするのを楽しいと思っているか、自分のことを何歳だと思っているかを訊いたりしてしまいそうだった。「そうだ」アリックスは言った。「ちょっとだけ待って」

アリックスはキャサリンをバンボに戻し、いちばん下の抽斗から〈ホールフーズマーケット〉の袋を取り出して冷蔵庫を開けた。水のボトル二本と冷凍のトルテッリーニ、スープ缶、チリの缶詰、ブライアーの動物クッキー、赤ワインのボトルを袋に詰めこむ。

エミラがキッチンに来た。「待ってください、ミセス・チェンバレン、これはなんですか」

「あなたのよ」アリックスは袋をエミラの腕に押しつけた。「家にも食べ物はあるでしょうけど、いまスーパーで見つけられるものよりこっちのほうがましなはずよ」

「こんなに……」エミラは袋を抱えなおした。「ほんとうに、すごく助かります」

「ひとつだけ、いいかしら――」アリックスは満面の笑みを浮かべた。「――木曜日は思いきりお腹を空かせて来てね。それから、エミラ、ほんとうにベビーシッターとして呼ぶわけじゃないから。家族として遊びにきて。いい？」

エミラはわずかに唇を突き出し、とても若く見える表情を浮かべた。そして、レギンスの後ろを引きあげて言った。「わかりました」

12

感謝祭の日、午後四時六分に、エミラはベージュのフェイクスエードのブーツでタクシーから降り立った。腕の後ろにケリーの手が添えられるのを感じながら、エミラはチェンバレン家の門へと続く足跡が雪の上に残っていることに気づいた。きょうになってから雪がやむのははじめてで、頭上の裸の木々や電線や窓台には高さ一インチの雪がこんもりとのっている。門の留め金に手をかけたところで、ふと足を止めた。もう片方の手には紫と黄色のパンジーの花束が握られている。寒さのせいで、息が白くなっているのが見えた。

「ねえ、合い言葉か何かが必要？」エミラは言った。

ケリーはポケットに両手を突っこんで、エミラに倣って声を低くした。「合い言葉って、なんの？」

「ほら……」エミラは赤くなった。「居心地がよくなくて、早く帰りたくなったときのために」

「ああ、なるほど。じゃあ……〝もうここにはいたくない〟ってのはどう？」

エミラはケリーの胸を小突いて門を開けた。「ちょっと、ふざけないで」

「だいじょうぶだよ。ここに来られてわくわくしてる」ケリーは言った。「高級ワインを期待してるけど」

「その点は保証つき」

階段をのぼりきったところで、エミラは鍵を取り出したが、きょうは普段とはちがっていた。早くも家のなかから女性たちの声や、きちんと文章でしゃべれる子どもたちの声が漏れ聞こえている。ケリーがエミラの隣に立った。休日スタイルもすてきで、黒っぽいジーンズに赤いセーター、黒い膝丈のコートという恰好だ。この二十四時間、ケリーのアパートメントでいっしょに過ごして、何度もセックスをし、B級映画を何本も見て、料理を配達してもらい、想像したこともなかったほど大人になった気分を味わっていた。ケリーを見あげてエミラはささやいた。「自分の鍵を使うのは変な気がする」

「そうだな……」ケリーはドアベルに指をかけた。「これを使うか？」

エミラが「うん」と言うと、ケリーがボタンを押した。ふたりでその場にたたずみ、エミラは息を詰めた。

「なあ」ドアベルが鳴ると、ケリーはエミラの腰に手を置いた。「ボスの名前はなんていうんだっけ?」

「ミセス・チェンバレンよ」

「ぼくもそう呼べばいいのかな? ファーストネームも教えてくれ、念のために」

「うーん……ええと——」エミラは編んだ黒い髪を片方の肩に寄せた。「——エリックスかな?」

「エレンとか?」

「ううん」エミラはケリーの肩に頭を預けた。「アレックスなんだけど、ちょっとちがってて。そう、アーリックスみたいな?」

「エミラ」ケリーがにやりとした。「なんだってそんなことも知らないんだよ」

「知ってるけど、普段は使ってないだけ。いつもミセス・チェンバレンって呼んでるから。しーっ」

ふたりは居住まいを正し、話をやめて待った。

張りつめた静寂が続き、ケリーはふたたびエミラのほうにかがみこんだ。「ヨーロッパ人か何かなのか?」

「さあ。そうかも?」

「〝そうかも〟ってどういう意味だ?」

「ああもう、ケリー。知らないけど、とにかく彼女は白人」

ケリーはうつむいて笑いを噛み殺した。「オーケー、お嬢さん。誰かが出てくる前にキスをさせてくれ」

エミラがケリーにもたれかかり、彼のまつげが顔に近づいてくるのを感じたとき、ドアが開いて、ふたりはすばやく離れた。

「エミラ、来てくれたのね！」ミセス・チェンバレンは金髪の先端をカールさせていて、それがドアを開けたときの風で揺れていた。キャンドルの煙とパンプキンパイとブランデーのにおいがいっしょに漂ってきた。

エミラは言った。「こんばんは、ミセス・チェンバレン。お招きいただいて――」しかしそのとき、ミセス・チェンバレンが恐怖と驚きの混じり合った声をあげた。「嘘」磨きあげられたガラスのドアに突っこみかけた人を思わせる声だった。

エミラの見つめる前で、ミセス・チェンバレンの顔に、予定どおりに物事が進まないときや夜にエミラが読み聞かせをしようとしたときにブライアーがするのと同じ、葛藤の表情が浮かんだ。ドアノブに手をかけたまま、ミセス・チェンバレンは凍りついていた。殴られると思って身をすくめているか、すでに殴られて立ちなおれずにいるかのようだった。

はっと目が覚めたようにケリーが二回まばたきをし、言った。「アレックス？」

PART 3

13

アリックスは鏡で自分の姿を確認した（思いきりざっくりとしたオートミール色のセーターにタイトなジーンズ、茶色のブーツという装いだった）。そして、抱っこ紐（ひも）に入れたキャサリンと階段をおり（タムラに「彼女が来たみたい」とささやいた）、玄関のドアを大きく引き開けたとたん、あとずさって十五年前に引きずりこまれた。すぐ目の前に、大人と高校三年生の両方が立っていて、その両方を体現する人物が「アレックス？」と言っていた。自分のことを知っているかのような口調で。

そこに、ベビーシッターの隣に立っているのは、ウィリアム・マシー高校の二〇〇一年の卒業生、ケリー・コープランドだった。アレックス・マーフィーのはじめてのあれこれ（フェラチオ、セックス、〝愛してる〟、失恋）、そのあいだのありとあらゆる心許なさがそこにあった。自分の家の玄関ポーチにケリーがいるという信じがたい状況に加え、ケリーが自分の名前を口にした声音がアリックスの頭を一瞬真っ白にした。〝アレックス〟。不機嫌で単調で、長いこと忘れていてカビが生え、そのカビにもカビが生えはじめた野菜を冷蔵庫の奥深くに見つけたような声だった。心臓がやかましく脈打つなか、アリックスは思った。〝嘘よ、ありえない〟。けれどもふたりはいつまでもそこに立っていて、今度はこう思った。〝やめて、やめて、やめて、やめて、やめて〟

エミラは短く笑い、言った。「待って、どういうこと?」アリックスからケリーに目を動かす。

キャサリンが寒さに身をよじり、アリックスは言った。「ええと、どうぞ、入って……寒いから」

エミラとケリーがなかに入り、アリックスはドアを閉めながら思った。〝ケリー・コープランドがわたしの家にいる〟。玄関ホールに通じるドアを抜けると、そこには大好きな人たちがそろっていて、そのまわりでは何日か前にトランクいっぱいに買ってきた感謝祭のお決まりの飾り物がばかげた七面鳥のピニャータの下でぎらついていた。両親がボルドーレーン一〇〇番地にやってくる客のために買っていた派手派手しい飾りにそっくりで、アリックスは一瞬、〝急いだらどれくらいでこのごみを全部捨てられるだろう〟と考えた。こんなふうになるはずではなかったのに。これは〝ジョーク〟のはずだったのに。

「彼女がすてきなエミラ?」ジョディがベージュのポンチョを肘の下で揺らしながら近づいて

きた。「会えてうれしいわ。あたしはジョディ」

「緊張しないで」続いてレイチェルがエミラを抱きしめた。「ずっと前からあなたを知ってるみたいな気がしてるのよ。こんにちは、彼氏さん。あたしはレイチェルよ」

「ケリーです。お会いできて光栄です」

〝やめて、やめて、やめて〟

タムラがいつものごとく堂々と威厳たっぷりに階段をおりてきた。このショーの舞台監督であるかのようにエミラに向かって腕を広げ、言った。「エミラ？　いらっしゃい」タムラがエミラを抱擁しているあいだにアリックスはジョディと目を合わせようとしたが、失敗に終わった。「感謝祭おめでとう。あなたの飲み物をとりにいきましょう」

女性三人がエミラを連れてバーへ向かい、バーテンダーがエミラに赤と白とどちらにするかを尋ねた。何度もケリーのメッセージを読んだ玄関の小部屋のすぐ外に、アリックスはキャサリンとケリーと三人で取り残された。キャサリンが脚をばたつかせ、足から引き抜いた靴下を嚙（か）みはじめた。人生ではじめて、アリックスはキャサリンを胸にくくりつけていなければよかったと思った。

「あなたは……」何を言えばいいのかも、どこに手をやればいいのかもわからなかった。「全然変わってないわね」

実際、ケリーは胸が痛くなるほど変わっていなかった。相変わらず背の高さには息をのんでしまうし、手は異様なくらい大きい。彼がエミラの恋人。キーナン&ケル。エミラが地下鉄で出会った相手。今夜会うのが楽しみだよとエミラに言った相手。

「ありがとう」ケリーは十二人がけのテーブルの上のシャンデリアと、床から吹きあがる暖房の風でかすかに揺れている赤と茶色の七面鳥のピニャータを見あげた。そして、この夜についで思いをめぐらす顔をしたあと、言った。「きみもまったく変わってない」

「え?」

しかし、ケリーが返事をする前にピーターが近づいてきて、フットボールの開幕試合のようにケリーに手を差し出した。微笑んで言う。「ピーター・チェンバレンです」テレビに出ているときと同じ口調だった。

ウォルターが自分以外唯一の男性客の登場に顔を輝かせてピーターに合流した。ほかの男子は赤ん坊のペインだけで、いまはぐっすり眠っている。レイチェル、ジョディ、タムラはグラスを手にエミラを質問攻めにして、エミラの答えにいちいち熱心にうなずいている。アリックスはキャサリンを胸からおろし、やわらかなアーチから月や星がぶらさがっているベビーサークルのなかに座らせた。階段を半分あがったところでジョディに目配せし、手すりの上から声を出さずに〝こっちに来て〟と唇を動かした。

二階のキッチンは静かだった。カウンターの上にヤムイモやマッシュポテトやパンが並び、ガスコンロの上では水滴のついたアルミホイルの蓋の下でアスパラガスが温められている。アリックスは子ども部屋の隣に置いてある赤ワインのケースをまたぎ、狭い洗濯室のドアを開けた。ニューヨーク基準ではちょっと大きめのクローゼットというべき部屋だ。ジョディの足音がカーペットの上から木の床に変わったのを確認し、アリックスは手を伸ばして親友を洗濯室に引きこんだ。

「ちょっと、ハニー、何してるのよ?」

アリックスは「しーっ!」と言い、頭の上の紐を引っ張った。カチリと音がしてひとつきりの電球が四角い狭い空間を照らした。これからケリーの名前を口にすると思うと、心臓が二倍速で脈打ちはじめた。「聞いて」アリックスは言った。「下にいるあの人」ジョディの肩に手を置く。「あれがケリー・コープランドなの」

「ええと……」ジョディは微笑んだ。「あれがって、誰のことかわからないんだけど」

「エミラの恋人よ。高校のときにわたしのヴァージンを奪ってわたしを捨ててみんなにわたしの住んでいる場所を言いふらしてわたしの人生を台なしにしたのが彼なの」

客用タオルやおむつや洗濯用洗剤や非常用バッテリーを置いた棚の下で、ジョディは緑色の目を見開いた。「冗談でしょ」

「ジョディ、わたし……」アリックスは上下に並んだ洗濯機と乾燥機にもたれかかった。「どうしたらいいのかわからない」

「いま知ったの?」

「たったいまよ」

「あのふたりはどれくらい付き合ってるの？」

「さあ、二カ月くらいだと思う」

「二カ月!?」

アリックスが「しーっ」と言ったとき、レイチェルの声がした。「もしもし？」

アリックスはドアを開け、レイチェルはワインのグラスを持っていて、アリックスの見たところ、二杯目を飲んでいるようだった。まだ夜ははじまってさえいないというのに。

「ふたりで悪だくみ？」レイチェルはレイチェルを引き入れた。

ジョディはレイチェルの腕をつかんだ。「アリックスはエミラの恋人を知ってるのよ」

「どこで知り合ったの？　初対面だと思ってた。彼、キュートね」

アリックスは顔を手であおぎ、そのあいだにジョディが説明をした。事情をのみこんだレイチェルは言った。「元恋人があなたのベビーシッターと付き合ってるってこと？」ジョディがレイチェルの口を塞ぎ、アリックスは言った。「しーっ！」

「ごめん、ごめん、でも待って……」レイチェルはジョディの手をどけた。「あれがあなたの言ってたくそ野郎なの？」

アリックスはうなずき、腹に手を当てた。「息ができなくなりそう。ああいや、彼がここにいて、わたしはまだこんなに太ってる」

ふたりがひそめた声で言った。「太ってない！」

ジョディがレイチェルの肘を叩いた。「タムラを呼んできて」そしてアリックスに言った。

「さあ、頭をさげて、膝のあいだに入れて」

アリックスはうろうろと歩きまわりたい気分だったが、この小部屋に友達ともっているいま、あたりは電球や掃除用ワイパーのリフィルやもつれた延長コードを突っこんだ布バスケットで足の踏み場もなかった。今回の鉢合わせがこの十五年間ケリー・コープランドについて夢想していたものとはまるでちがうという現実が迫ってきて、肺が押しつぶされそうだった。体重はキャサリンが生まれる前よりもまだ八ポンド多い。いまの家の状態はこれまで目指してきたモダンで物を極力減らした住まいとはほど遠い。おまけに、あちこちに赤ん坊がいて、かわいらしく寝ている子ばかりではなく、ブライアーのような質問魔やプリューデンスのようなおてんば娘、タムラの娘たちのようなこれみよがしにも思えるほど行儀のいい子もいる。こんなはずではなかったのに。結婚し、母親になり、大きくキャリアを変化させるあいだもずっと、大人になったケリー・コープランドにどう再会するか、というよりむしろ、ケリーが自分にどう再会するか、理想的な状況についていろいろ夢想してきた。ありきたりなシチュエーションもあったが（豪華なパーティの帰り道に彼を見かけるとか、ハイヒールを履いて空港にいるときに彼に出くわすとか）、詳しい設定を肉づけするのにシャワーを浴びたり地下鉄に乗ったりするあいだずっと考えつづけてしまうほど込み入ったシチュエーションもあった。

そうした込み入った夢想のひとつでは、ケリーはニューヨークに旅行に来ていて、ロンシャンのトートバッグを持って写真を撮りまくる小柄なブルネットの恋人を連れている。電車を乗りまちがえて苛立たしい朝を過ごしたあと、ふたりはユニオン・スクエアのファーマーズ・マーケットに着いて、そこでアリックスと鉢合わせる。かわいらしいぼさぼさ髪の小さなブライアーを抱っこ紐で抱えたアリックスは、先にふたりを見つけて、サングラスを頭の上にあげる（「ケリー？　まあ、ひさしぶり！」）。そして、ケリーの恋人はすぐにアリックスになつき、アリックスはふたりにカクテルが手頃な値段で飲めるお勧めの屋上バーを教える。そして手を振って（「楽しんでね！　いい旅を！」）、こちらから先に歩み去る。アリックスは白Tシャツに赤いリップといったクラシカルな恰好をしている。

ケリーのほうがアリックスの未来に入りこんでくることも夢想した。まだ最初の本を書きおわっていないが、たぶんそのうちに二冊目も書き、今度は少女向けの本を出版する。四十六歳の（願わくは小太りで髪の薄くなりはじめた）ケリーが娘を連れて、八十六丁目の書店〈バーンズ&ノーブル〉でサイン会の列に並んでいる（ふたりはアレンタウンからはるばる車でやってきて、アストリアにある駅の近くのホテルに泊まっている）。アリックスは本を開いて、ファンの娘のために扉にサインをする。そしてケリーを見あげたあと、にっこりして言う。「わたしがあなたのお父さんと知り合いだって知ってた？」

それなのに、彼はここにいる。太ってもはげてもいない、高校生活を台なしにしたあの夜を彷彿とさせる姿で。そのうえ、ここにいるだけでなく、ケリー・コープランドがエミラと付き合っている？　わたしのエミラと？　ケリーがエミラを知っていること自体が信じられなかった。ケリーはエミラがどういうときに怒るかを知っているのだろうか。エミラの髪に触るのを許されているのだろうか。ザラはふたりのことをどう思っているのだろう。認めているのだろうか。そのとき、青くさいと自分でも思わずにはいられない考えが頭に浮かんで、アリックスは額に手を当てた。〝なんてこと、ケリーとエミラはセックスをしているんだ。いっしょに。ふたりで〟

二歳半のクレオを腕に抱いて、タムラが洗濯室のドアを開けた。その後ろからレイチェルが入ってきて、部屋は定員いっぱいに達したようだった。タムラが小声で「いったい何を……」と言ったとき、クレオが上を指さして言った。「あかり。メミー、あち、あち」

タムラは言った。「そうね、触っちゃだめよ」

ジョディがアリックスの背中をゆっくりと円を描きながらさすった。「いい、タム？　こういうことなの」

話を聞きおえて、タムラはうなずいた。「なるほどね。アリックス？　顔をあげて」アリックスは体を起こしたが、顔が赤くなり、頭がうずいていた。「高校のときの話でしょ。大昔のこと。だいじょうぶよ」

「昔のことだっていうのはわかってるの！」ケリー・コープランドに関しては、だいじょうぶと思えるにはほど遠い心境だった。アリックスは両手でクレオの耳を押さえて言った。「もしあなたの元恋人がいまシェルビーと寝てたら落ち着いていられる？」

タムラはしばらく考えてから言った。「なるほど。わかった」

クレオが両手で目を押さえてみなに尋ねた。「クレオはどーこだ？」

「なんだってこんなことに？」アリックスは誰にともなくつぶやいた。

「ねえ、顔が真っ赤よ」レイチェルが言った。「赤みを引かせないと」

ジョディの母性はクレオを無視できなかった。クレオの脇腹をくすぐって言った。「見つけたわよ、いい子ね」階下で子どもがひとり泣きはじめ、ジョディはタムラを見た。「あれはうちの子かしら、それともあなたの？　うちの子の気がする」

「さあ、こうやって閉じこもってるのはまずいわ。ここから出ましょう」タムラは言った。「いい、とにかく落ち着いて。彼と同じ高校に行ったけど、それだけだってふりをするの」タムラはさらに続けようとしたが、顔の向きを変えた。クレオを見る。「うんちした？」子どもを持ちあげてお尻のにおいを嗅ぎ、言った。「してない、だいじょうぶ」

この行動を見てアリックスは愕然（がくぜん）とし、〝ああ、わたしの親友はみんな芯まで母親なんだ〟と思わずにはいられなかった。たくさんのことに一度に愛を感じたり困惑したりできる自分が不思議だった。たとえば、三人の年齢や状況（レイチェルは離婚歴二回の三十五歳で、ジョディは母親の鑑（かがみ）のやはり三十五歳だ。タムラはほかのあらゆる面でも威厳があるけれども、もうじき四十歳になる)。急に屈辱的に思えてきた数字もある。夫の身長(アリックスと同じ五フィート十インチ)、産後の体重(百四十一ポンド)、そして何より、ゆうべベッドに横たわってあすの感謝祭のテーブルにアフリカ系アメリカ人の客が何人いるかを頭のなかで数えて悦に入っていた数字。そのとき数えたのは全部で五人だった。

レイチェルが頭を振った。「ぶちのめしてやりたいわね」

ジョディが言った。「〈ディス・アメリカン・ライフ〉のラジオでこんな話を聞いた気がする」

タムラがうなずいた。「どの話を言ってるのかわかるわ」

ジョディが尋ねた。「ピーターに話すつもり?」

この話を聞かされても、ピーターは今夜をどう乗り切ればいいのかわからないだろう。ピーターにはいつものように愛嬌を振りまいて、ケリーを存分にもてなしてほしかった。アリックスは言った。「今夜は黙っておく」

レイチェルが一拍おいて尋ねた。「エミラには話すの?」

それを聞いてアリックスは考えこんだ。タムラを見る。「タム、どう思う?」

「今夜は誰にも何も言っちゃだめ。いい?」タムラはアリックスとほかのふたりにきっぱりと言った。「どうせ、エミラとケリーもいまごろわたしたちと似た会話をしてるはず。でも、いい? エミラはわたしに任せて。ケリーのことはピーターとウォルターがもう引き受けてくれてるし。あなたは彼といっしょの高校に行っていたけど、それだけ。すごい偶然。奇遇よね。以上」

「わかった……ただの偶然ね」アリックスはセーターの襟もとに手をやって、汗ばむ脇の下とセーターのあいだに隙間を作った。

「それにしても、残念よね？」レイチェルがまたワインを飲んだ。「ふたりに子どもがいたら、さぞかしかわいかったでしょうに」

14

ミセス・チェンバレンが玄関のドアを開けた瞬間、エミラは笑い声を抑えなくてはならなかった。ミセス・チェンバレンの顔には、はじめて会ったときと同じような困惑が浮かんでいた。五カ月前、エミラはミセス・チェンバレンがドアを大きく開けて、頭のなかで作りあげていた人物の実像を目の当たりにする瞬間を見ていた。なんと！　そこにいたのは想像していたよりもずっと肌の色の濃い人物だった。ミセス・チェンバレンはエミラの姿にとまどうあまり、謝りさえし（「ごめんなさい、はじめまして。かわいらしいかたね！　どうぞ入って」）、感謝祭に現れたケリーに対する反応もそれとそっくりだった。しかし、エミラが謝罪の言葉を待ちかまえていたとき、ケリーがミセス・チェンバレンをアレックスと呼んだ。エミラの訳知り顔のくすくす笑いは落ち着かない笑い声に変わり、ミセス・チェンバレンは顔をゆがませた。どういうことなのか理解する前に、エミラは感謝祭のワンダーランドへ引きずりこまれ、そこでは三人の母親たちが待ち受けていた。女性たちは赤ワインのグラスをエミラの手に押しつけ、どこの出身か、どこの学校に行ったのか、〈ブラッキッシュ〉というシットコムを見ているかを尋ねた。見たことがないと答えると、タムラにがっちりと腕をつかまれた。「まあ、エミラ、見なくちゃだめ。ものすごく重要な番組なんだから」

三人がみな二階へ行ってしまうと、エミラはブライアーが居間でチェック柄の窮屈そうなドレスを着て小さな女の子ふたりの隣に座っているのを見つけた。ひとりは明るい赤毛で、もうひとりは短いアフロヘアを花柄のヘアバンドで後ろに押さえている。エミラはブライアーの肩を叩いた。「ハイ、おちびちゃん」

ブライアーは立ちあがった。真顔でエミラの首に抱きついた。「おうちで、ひらひらのくつをはくの、きらい」

「あたしの友達に会いにいかない？」

ブライアーはうんとは言わなかったが、エミラはブライアーを抱きあげて、ピーターとケリーともうひとりの男性が話をしている玄関ホールへ戻った。

「これ……これ、あたしの」ブライアーはエミラの知らない男性に言った。「あたしのともだち」

「これはこれは」男性は言った。頬が高く、肩幅が広くて、白いセーターに渦巻き模様のニット帽をかぶったその姿は若いサンタクロースを思わせた。「会うのははじめてだね。ウォルターだ。妻のジョディにはもう会っただろう。ここにいる赤毛の子は全部うちのだ」

「エミラです。お会いできてうれしいです」エミラは微笑んだ。「ねえ、B。こちらはあたしの友達のケリーよ。ご挨拶して？」

ブライアーはエミラの首筋に苦しそうな角度で顔をうずめた。ほとんど顔を逆さまにしながらケリーを見ている。指を二本突き出して、ブライアーは言った。「あたし、さんさい」

ケリーはブライアーのほうを向いて言った。「ほんとに？　ぼくも三歳だ」

ブライアーはケリーをじっと見て、にっと笑った。「うそー」

「年の割には大柄なんだよ」ケリーは言った。「まあ、正確には三歳と半年だけど」エミラは唇をぎゅっと引き結んで、にやけそうになるのをこらえた。ケリーは子どもの相手をするのがほんとうにうまい。初対面の相手を楽しませて打ち解けるまでの筋書きを用意してあるのだろう。しかしそのとき、タムラが階段をおりてきて、ジョディ、レイチェル、ミセス・チェンバレンも続いて現れ、ケリーはその流れを中断させた。そして、エミラの背中に手を当てて言った。「ちょっと話せる？」

「うん？」エミラは言ったが、タムラがふたりのアイコンタクトをさえぎった。

「ブライアー、きょうは相棒が来てくれてよかったわね。エミラ、キッチンでちょっと手を貸してくれない？」タムラはクレオをジョディに預けて、二階へ戻りはじめた。その問いかけはもはや命令に聞こえ、歩きながら振り返る物腰からは、エミラがすぐについてくると確信していることがうかがえた。

エミラはブライアーを床におろした。「すぐに戻るね」

二階のキッチンのテーブルには、これまでエミラが見たことのない豪華な銀器が並んでいて、そばに布ナプキンの山があった。「この銀器を急いで包むのを手伝ってもらいたいの」タムラは言った。「やり方はわかるでしょう」

エミラは「はい」と答えたものの、何もかもが奇妙に思えた。銀器をナプキンで包むやり方など知らなかったし、ナプキンの乱雑な置かれ方は、ミセス・チェンバレンらしくなかった。ミセス・チェンバレンは客が来る前にこの作業を終えていたはずだ。タムラがそれをわざと崩して、ふたりで話をする機会を作ったのだろうか。どうせこれから全員でディナーをとるというのに？　下を向いたエミラは、そこに見えたのが月水金にいつも着ているだぼだぼの白いポロシャツではなく、自前のオリーブグリーンのワンピースだったことに、なかばぎょっとした。

タムラがまずナイフを置き、エミラはその手順を真似した。最初のひと組を包みおえて籐のバスケットに入れると、タムラはエミラの編んだ髪の先を軽く引っ張った。「ねえ、この下はどうなってるの？　自然にしておくのは気が進まないみたいね」

「え？」エミラは笑った。どうでもいいというよりも、居心地の悪さから漏れた笑いだった。これまでいくつかのイベントで、世事に疎い主催者に善意からほかの黒人の客を話し相手にあてがわれたことがあったけれども、タムラは自らの意思で近づいてきたように見える。エミラはショーニーの部屋で〈バチェロレッテ〉のある回を見たときのことを思い出した。そのなかで、〝地元デート〟中に白人女性の父親がテレビ用のディナーの席で立ちあがり、相手の男性に男同士の話をしようと提案する場面が四回出てきた。その場面を見るたびに、エミラはますますひるんだものだ。「よくわかりません」エミラは言った。「長くしておくのが好きなんだと思います」

「わたしが娘たちの髪に何を使ってるか聞きたい？」タムラは腰を伸ばして、指を折りながら材料をあげた。「ココナッツオイルと水とグレープシードオイルをスプレー容器に入れて、週に一回それをかけて櫛（くし）で梳（と）かすの。ほんとうにそれだけでいいのよ。あなたの地毛はどれくらいの長さがあるの？」

エミラはあとずさりしそうになった。ナプキンの隅にひだを寄せて折るために両手が塞がっていることが急にありがたく思えた。この質問を聞いたらザラがどんな反応をするかが目に浮かんだ。きっと目を見開いて、〝その人があんたに何を聞いたって？〟と言うだろう。「ええと」エミラは茶色の目を下に向けたまま言った。「たぶん顎くらいです」

「そう、すごいじゃない！」タムラはほめそやした。「ぜひとも髪をカールさせているあなたを見たいわ」

「メミー？」イマニが階段の上に現れ、エミラは空気が肺に戻ってきたように感じた。エミラは少女のほうを向いて言った。「こんにちは。まだ会ったことがなかったよね」そして、銀器をすべて包みおえるまで、イマニに妹を持つことについて質問をしつづけた。

一階に戻ると、銀器のバスケットをテーブルに置いたあと、バスルームに向かう途中のケリーをつかまえた。「ごめん、なんだか変なことになっちゃって」エミラはささやいた。「だいじょうぶ？」

ケリーは言った。「ああ、まあね」そして、「携帯電話を見てくれ」と付け加え、バスルームに入ってドアを閉めた。

玄関ホールへ行くとブライアーが寄ってきて、エミラはブライアーを抱きあげた。そしてそのまま玄関の小部屋へ向かい、コートやマフラーを掻き分けて自分のバッグを取り出した。

「プリューデンスは、おっきなねこを、かってるの」ブライアーが言った。

「そうなの？」エミラはメッセージの画面を開いた。「なんていう名前？」

ケリーからメッセージが三通届いていた。ブライアーが猫は名前を選ばないのでママが選ぶのだと説明するのを聞きながら、エミラは中身を読んだ。

最初のメッセージはこうだった。**きみのボスはぼくの高校時代の恋人だ。**

ふたつ目は、**ファーストクラスにしか乗らないあの子だよ。**

三つ目にはこうあった。**もうここにはいたくない。**

15

ジョディは娘のプリューデンスの隣に座るはずだったが、プリューデンスはたちまちレイチェルを大好きだったことを思い出していまやほろ酔いのレイチェルのそばに行きたがり、母親に懇願して席を交換してもらっていた。ピーターとキャサリンはテーブルの上座につき、その隣にウォルターとペインが座っている。アリックスの隣で、ブライアーがハイチェアのベルトをいじっていた。アリックスの向かいにいるエミラが、プラスチックの本体のまわりに金文字で〝感謝を伝えよう！〟と書いてあるぴかぴかのカボチャに手を伸ばした。「これ、すごくいいですね」エミラは言った。

「ああ、それは……」アリックスは椅子の上で髪を背中に払った。説明しようとしたが、それはこの一時間に言おうとしたほかのすべてのことと同じくもっぱらケリーに聞かせるための説明で、従ってうまく言葉が見つからなかった。ケリーはエミラの隣で、向かいにいるブライアーにウィンクをしていた。「それはジョークみたいなものなのよ」アリックスは言った。「でも、ばかみたいよね――」

「エミラの言うとおりよ、A」ジョディが割りこんで、助け船を出した。「これはとってもかわいい。ねえ、プリュ？」ジョディは左側を向いて、娘と目を合わせた。「ミス・レイチェルの隣に座るのは特別なんだからね、お行儀よくするのよ、ね？」

プリューデンスはジョディにそうやって当てこすられたときにいつもする、ずるい顔をした。レイチェルがプリューデンスとハイタッチをして言った。「あたしたち独身女はこっちで楽しくやってるから。ね、クレオ？」

二歳半のクレオは首を横に振った。「ううん、だいじょぶ」

ピーターがアリックスに目を向けつつ、全員に言った。「何かお祈りをするべきかな？」

ウォルターがテーブルの反対側の端にいる娘に向かって顎をあげた。「プリュがお祈りできるよ、なあ、プリュ？」

ジョディがつぶやいた。「ああ、もう」

「それはいいわね」アリックスは言った。「お願いできる？」

プリューデンスはこれからとびきり行儀の悪いいたずらをするかのように、テーブルの面々を見まわした。そしてテーブルの上で手を組んで、くすくすと笑った。「ショクジとケンコウとしあわせなまいにちに、シュへのカンシャとサンビをささげます。まわりの人につくし、シュのあいにむくいます。アーメン」

大人たちが「アーメン」と唱和し、ウォルターが言った。「よくできたぞ、プリュ」

タムラが身を乗り出した。「幼稚園で習うの？」

ジョディがスイートポテトの皿に手を伸ばした。「その話はさせないで」

アリックスはみなに料理を勧め、ナイフやフォークが皿や鉢に当たる幸せな音が天井まで響きはじめた。

聞こえてくる、すべてはアリックスの思い描いていた感謝祭そのもので、そのことがこの夜をいっそう居心地悪くしていた。客たちは心地よさげにうきうきとした様子でシャンデリアの光に包まれている。正面の窓の外では雪が激しく舞っているが、寒さはここには届かない。玄関ホールはダイニングルームに早変わりし、ベリーとブラウンシュガーと焼けたパイ皮と燃えるキャンドルの混じり合ったにおいが漂っている。ブライアーがアリックスの取り分けてやった皿の上の料理をひとつひとつ指さして尋ねた。「ママ？　ママ、こーれ、あつい？」ペインがウォルターの膝の上に立ち、おしゃぶりを握りしめてかわいらしく跳びはねている。レイチェルがストロベリー味のリップクリームをプリューデンスの小さな唇に塗ってやり、ジョディが娘に促した。「なんて言うの、プリュ？」イマニがそれを見て興味を引かれた顔をすると、タムラが眉を持ちあげて言った。「それは考えるのもだめ」耳に入るものは何もかもがアットホームでやさしくて日常そのものだったけれども、目の前には大事なベビーシッターのエミラがいて、テーブルの上から見るかぎり、ケリー・コープランドの手はエミラの左膝に置かれているようだった。スプーンでアスパラガスをブライアーに取り分けながら、アリックスはエミラを見ないようにして考えた。〝どこまで聞いているのだろう？〟。ふと会話が途切れた一瞬に、ピーターがエミラとケリーを見て尋ねた。「それで、きみたちはどうやって出会ったんだい？」

ケリーとエミラは互いに答えを譲り合い、その無言のやりとりを見たアリックスは椅子の上で身じろぎした。「地下鉄で会ったのよね、ハニー」ブライアーの七面鳥を切り分けながら言った。「そうでしょう？」

「ええと……」ケリーはワイングラスに手を伸ばし、最後の瞬間に水のグラスをつかんだ。

「それは……正確とは言えないかな」

「その」エミラはケリーを見た。「まったくのまちがいではないけど」

「おお」ウォルターが声をあげた。「ほんとうはどんなふうだったんだ、ケリー。ほら、話してくれよ」

テーブルの反対側の端で、プリューデンスがプラスチックのカップに入った牛乳にぶくぶくと息を吹きこんだ。ジョディがプリューデンスをにらんで小声で言った。「プリューデンス？ワンアウトよ」

「いや……うーん……」逡巡（しゅんじゅん）するケリーはひどく魅力的で、アリックスは膝に視線を落とさずにはいられなかった。「話していいものかどうか」

「あら、やだ」レイチェルが言った。「一夜の関係だったのね」その考えが大いに気に入ったらしく、隣に四歳児ふたりと向かいに二歳児ひとりがいることもおかまいなしに、レイチェルは興奮した。「恥ずかしがらないでいいのよ、エミラ。みんなそんな時代があったんだから。このふたりも一夜かぎりの関係で出会ったのよ――」フォークでウォルターとジョディを指し示す。「――それがいまどうなってるか見て」

口いっぱいにマッシュポテトを入れたまま、ジョディが言った。「何を言い出すのよ、レイチ」ウォルターが言った。「まったくだ、まったくだ！」

「そうじゃありません」ケリーが言った。アリックスは口のなかのものを飲みこんだ。ケリーはエミラを見つめている。エミラは皿の上をじっと見つめていた。ケリーは七面鳥の脚を切り分けるのをやめて言った。「エミラとは、〈マーケット・デポ〉で会ったんです、警備員につかまっていたときに」

口があんぐりと開き、アリックスはすぐにそれを閉じた。みながその情報をのみこむあいだに、プリューデンスが片側が溶けて黒くなったマシュマロを掲げた。イマニにささやく。「これ、うんこみたい」

タムラが身を乗り出して、エミラとケリーを順に見た。「あなたもあそこにいたの？」

「はい、あの出来事を目撃して、携帯電話を取り出したんです」

「ちょっと待った、嘘だろう」ピーターが椅子に身を沈めた。左腕に抱かれたキャサリンが目を覚ましかけて動きはじめた。「思い出したぞ」

レイチェルが鼻を鳴らした。「あらら」

「すみません」ケリーはピーターに言った。「ぼくのことは覚えていないだろうと思ったので。あなたにはほかに心配することがあったから」

「きみは携帯電話を掲げていた」ピーターは言った。「録画していたんだ」

「動画があるの？」タムラが尋ねた。〝やっぱり〟という顔でアリックスを見る。

「ええ、はい。でもいまはエミラが持っているので。すみません」ケリーは短く笑った。「感謝祭にふさわしい話題じゃないですよね。〈ティンダー〉とかのマッチングアプリで出会ったと言っておけばよかった。ごめん」今度はエミラに謝った。

アリックスはテーブルの向こうのエミラを見つめながら、自分の主催するパーティで自分が招かれざる客になった気分に陥っていた。裏切られたという思い（〝なぜ実際に会った場所を言わなかったの？　なぜ地下鉄だなんて言ったの？〟）はすぐに、背中を刺されたような新たな困惑（〝なぜあの夜ピーターに電話をかけたの？　なぜわたしにかけてこなかったの？〟）に変わった。

エミラはイヤリングの位置を直したあと、フォークをまた手にとった。「ううん、だいじょうぶ。でも、ほんとうにその何日かあとに地下鉄で会ったんです」エミラは請け合った。「それから……付き合うようになって」

「いやいや、ケリー、きみがここにいてくれてうれしいよ」ピーターが言った。「それに、あの夜からひとつでもいい結果が生まれたことにほっとした。エミラ、あのフランチャイズを訴えなかったなんて、きみはまさしく聖人だよ。動画があるならまちがいなくやれただろうに」

ウォルターがグラスを持ちあげた。「まったくその、そのとおり」

「いいえ、とんでもない」エミラは首を振った。「あの動画が表に出たら死にたくなります。自分でもまだ見てません」

「あたしもきっと同じことをするわ」ジョディが言った。

「それで、その……」エミラは話を変えた。「おふたりはどうやって出会ったんですか、ミセス・チェンバレン？　まだ訊いたことがないと思うんですけど」

「つまり」ピーターが言った。「アリックスがどうやってわたしに迫ったかということだね、わたしの行ったなかでいちばんひどいバーで」

アリックスは無理やり笑った。「〝迫った〟っていうのは寛大な言い方ね」

「ママ」ブライアーが言った。「パイをあけたい」

アリックスは娘を静かにさせた。「パイはあとでね」

ピーターが話をはじめた。何度も聞いてきた話だったが、いまほど腹が立ったことはなかった。この夜じゅう夫に愛を感じたり苛立ったりを繰り返していて、出会ったときの話を聞くあいだも、〝美女〟のアリックスがカウンターの向こうから手を振ってビールをおごってくれたという説明に気をよくし、緊張していたようでそのビールをアリックスが自分で飲んでしまったという言葉に苛立った。ケリーがすぐそばに座っているのを意識して、攻撃的な気分と防御的な気分を行ったり来たりした。ピーターが話しおえたときには、こう思った。〝そうよ、ケリー、いまのわたしはビールを飲むの。一度ならず何度もセックスをしてきた夫といっしょに〟

タムラがアリックスを見て言った。「それって、あなたがハンター大学で働いていたころ？」「そうよ」アリックスはうなずいた。あのバーが出していた一ドルぽっきりのまずいスペシャルドリンクのことや、当時は収入が年に四万ドルもないくらいだったのでそのドリンクがありがたかったことについて語ろうとしたが、一瞬だけ間が空いたのを質問のチャンスと捉えたらしく、ケリーがいくぶん大きな声で言った。「それで、いまは何をしてるんだい、アレックス。歴史の本を書いてるとエミラから聞いたけど。そうなのか？」

レイチェルが言った。「歴史の本？」ピーターが言った。「それこそ寛大な言い方だな」

エミラが怪訝（けげん）な目をしてアリックスを見た。

顔と首が熱くなり、セーターを着替えておけばよかったとアリックスは後悔した。頭を左右に振り、ワインのグラスを持ちあげる。「ブリ、ちゃんと座って」そして、続けた。「ええと、その――」ワインをひと口飲んだ。「――わたしのちょっとした歴史の本なの」〝わたしの〟

と言いながら胸に手を当てたとき、〈マーケット・デポ〉の次の朝にエミラをハグしたことを思い出した。あのときのエミラは、ハグを返すかわりに、声がよく聞きとれないというようにただ身を寄せていた。「ハーパーコリンズ社から出すんだけど、ビジネスをはじめてから書いて返事が来た手紙のなかで、出来のいいものを収録するつもりなの」

「それは内容の半分しか言い表してないわね」タムラがエミラのほうを向いた。「アリックスのインスタグラムとか、アリックスがかかわってる活動について見たことがあるでしょ」

「ああ、いえ」エミラは笑みを浮かべた。「インスタグラムはやってないので」

「ちょっと！」タムラは大げさに驚いてみせた。「あなたを時代に追いつかせないと！」

「インスタグラムをやってないの？」アリックスの隣にいるジョディは本気で驚いたようだった。「信じられない。プリューデンスでさえやってるのに」

エミラが言った。「ほんとうに？」

「更新してるのはわたしだし、非公開だけどね」ジョディは請け合った。「でも、遠くの親戚には喜ばれてる」

「そうすると、ビジネスの歴史みたいなものなのかい」ケリーは追及の手を緩めなかった。アリックスはケリーが何をしようとしているのか理解していたものの、ディナーの席で、友人やエミラを前に抗戦するわけにはいかなかった。

「まあ」アリックスは言った。「そういうことね」

「ビジネスはいつからはじめたって?」

「そうね……二〇〇九年だから——」

「ああ、そうなのか」ケリーはテーブルの向こうでにやりとした。「じゃ、ささやかな歴史だな」

「ねえ、あたしたちが知り合ったのはいつだった?」ジョディが割りこんだ。「二〇一一年?」

「レイチェル、あなたがあのころベテランママだったなんて信じられないわね」タムラが言った。

「知ってることを全部、あなたがたメタクソママに教えてあげたのよね」レイチェルが言った。イマニとクレオが母親を見て、言ってはいけない言葉が使われたのを確認しようとした。タムラはそれを受けて首を横に振り、人差し指を唇に当てた。

「さあ」ピーターが言った。「乾杯をしたいな」

アリックスは舌打ちしたい気持ちと感謝したい気持ちを同時に感じた。ピーターは物事を穏便にこなすのが得意だが、すべてがテレビ番組のエンディングに見えてしまう。重さ百四十一ポンドの全身で、アリックスはこの夜を早く終わらせたいと願っていた。

「アリックスにとって、友人たちと離れ離れになるのが容易なことではなかったのは承知している」ピーターは言った。「それに、信じてもらえるかどうかはともかくとして、わたしもみんなに会えなくてほんとうにさびしかった。アリックスが本を書いたりビジネスを広げたりしていくうえで、きみたちをどれだけ頼りにしてきたか、きみたちがどれだけアリックスの支えになり、アリックスの人生を楽しいものにしてきてくれたかはよくわかっている。そしてエミラ、いまはきみもそうした友人のひとりだ。今夜、すばらしい女性たちが大勢集まってくれているいることをうれしく思う。いや、むしろ感謝していると言うべきかもしれないな。では、きみたちに乾杯」

全員がグラスを掲げ、乾杯と声を合わせた。ブライアーはなんとかひとりでフォークにサヤインゲンをのせることに成功した。ブライアーがそれを掲げてウォルターに見せると、ウォルターは言った。「でかしたぞ」

16

乾杯でエミラを言葉も出ないほど困惑させたあと、ピーターはキャサリンをミセス・チェンバレンに手渡し、みながグループに分かれて話しはじめた。ウォルターがケリーに、そもそもネット中立性とはいったいなんなのかと尋ねた。ジョディが「この子は信じられないほどあなたそっくり」と言い、ミセス・チェンバレンが「わたしたちの赤ちゃんの写真を並べて見ましょうよ」と言った。ケリーの向かいで、ブライアーが誰にともなく言った。「あたしのおなか、それ、すきじゃない」

ディナーのあいだにケリーは二度エミラの膝をぎゅっとつかんだが、それで何を伝えようとしているのかエミラにはわからなかった。まだ付き合いはじめたばかりなのだ。出会いについてどう説明していたか事前に話しておかなかったこと、ついたのも忘れていた嘘のことを怒っているのだろうか。ミセス・チェンバレンが地下鉄で出会ったと作り話をはじめて、あのぞっとする夜のことを隠そうとしたと思っているのだろうか。だからあんなふうにミセス・チェンバレンの仕事や本について失礼な態度をとったのだろうか。それに、なぜミセス・チェンバレンは歴史の本だなんて明らかな嘘を言ったのだろう。月曜と水曜と金曜にミセス・チェンバレンが急いで出かけていくたび、きっと図書館へ行って埃（ほこり）っぽい大きな参考書と付箋を並べ、ひょっとしたら拡大鏡も使っているのだろうと思っていた。それなのに、手紙の書き方の本？　カリグラフィーか何かだろうか。〈バーンズ&ノーブル〉のセール本コーナーや、〈マイケルズ〉で画材を買うレジ待ちの列で見かけそうな種類の本に思える。けれども、そうしたことや、ケリーとミセス・チェンバレンが自分とは関係のないところで知り合いだっただけでなく付き合いさえしていたという信じがたい事実について、深く考える暇はなかった。右側に座っているタムラが、エミラの仕事や今後の人生の展望についてひっきりなしに質問しはじめたからだ。

「じゃあ、テンプル大学に行ったのね……」タムラは言った。

「はい」

「それからタイピングを学んだ」

「そうです、それがいまのもうひとつの仕事です」

「もし大学院に進むことを考えてるなら、いまなら次の秋の願書提出に間に合うわよ」

　自分が大学院に行きたがっていると誰かがタムラに言ったのだろうか。これまで誰にも進学を勧められたことなどなかった。大学に行ったのはやりたいことを見つけるためで……大学院はそれができた人が行くところなのでは？　エミラの目は、妙に静かなブライアーから、イマニの頬をつねっているプリューデンスへと動いた。イマニはプリューデンスに遠慮してくすくすと笑っていた。エミラが小さいとき、白人の女の子がしても叱られないことがたくさんあるという事実にまだとまどっていたころに、よくしていた笑い方だった。ジョディが「もしママがあなたの顔をつねったらうれしい？」と言っていて、プリューデンスが「うん、うれしいよ」と答えていた。

「テンプル大学での成績平均点はどうだったの？」タムラが尋ねた。

「ええと……あまりよくなくて」エミラはフォークとナイフを皿の横に置いた。「三・一くらいです」

「ふむ。なるほどね」タムラはゆっくりとうなずいた。「じゃあ、大学院は選択肢に入らないかもしれないわね。でもね、エミラ。あなたが驚くような道がほかにもたくさんあるのよ。わたしの義理の妹はホテル経営の修了証書がもらえるプログラムを受講して、いまは寝室が五つある家に住んで年に十万ドル以上稼いでる。サ、ク、ラ、メ、ン、トでね。信じられる？」

ブライアーがひとつしゃっくりをし、頬が赤らんだ。

「それはすごいですね……」エミラは言った。膝の上のナプキンで手を拭き、テーブルの反対側に向かって言った。「ブライアーはだいじょうぶですか？」

しかし、ミセス・チェンバレンはキャサリンをジョディに抱かせて、キャサリンにまた〝はい〟と言わせようとしていた。エミラの隣では、ウォルターとケリーとピーターがペンシルヴェニア州立大学の新しいフットボール部コーチやその六年契約について議論している。ブライアーの目つきがさらにうつろになってぼんやりとし、エミラはブライアーとふたりで〈マーケット・デポ〉へ行った夜と同じような気持ちになりはじめた。まわりに人がたくさんいるのに、ふたりきりのような気持ちに。エミラは言った。「B、だいじょうぶ？」ブライアーは母親の腕を叩いた。「ママ」

「ママはいまお話をしてるの、ブリ。まだお皿にニンジンが残ってるわよ」ミセス・チェンバレンはキャサリンのほうに向きなおって言った。「ほら、いい子ね。〝はい〟って言える？」

タムラがさらに体を寄せてきた。「知ってるかどうかわからないけど、アリックスにはつてがたくさんあるのよ。実のところ、ピーターにもね」タムラは長い指をエミラの腕に置いた。「ふたりともあなたをかわいがってる。あなたの望むプログラムに入れるように力を貸してくれるはずだし、インターンシップでも授業でも、あなたのやりたいことのためにスケジュールも調整してくれるはず。あなたはいくつなの、ハニー」

ブライアーがまたしゃっくりをした。エミラは言った。「二十五歳です」

「なるほど。がんばらないといけないわね。あなたの将来の目標はどんなこと？」

「ええと……」エミラは椅子の上で身じろぎした。胸もとに移動していたネックレスの留め金を、首の後ろに戻した。「まだよくわからなくて」

「ほらほら、話してしまいなさいよ」タムラは促した。テーブルの向かい側で、ブライアーが眠りに落ちかけているような、パニックになりかけているような顔をしている。「あした目が覚めて」タムラが言った。「なんでも好きなことができるとしたら、何をしたい？」

エミラの横で、ウォルターが言った。「優勝するには、あのコーチはもっとうまくやらないといけない」レイチェルがキャサリンを見て言った。「こんにちは、ミニ・アリックス」ジョディがプリューデンスを静かにさせて「プリューデンス？　それでツーアウトよ」と言い、エミラは思った。タムラの質問に正直に答えたとしても、誰も聞いてなどいない。かわいらしく顎に手を当てて、〝将来の目標が決まっていたら、いまこんな席に座っていると思います？〟と言ったってきっとだいじょうぶだ。しかしそのとき、ブライアーがえずきはじめた。とても高価だとわかっているナプキンをつかんでエミラがテーブルの反対側にダイブし、ブライアーの口を覆おうとしたとき、ジョディが真っ先にそれに気づいて叫び声をあげた。

17

　ずっと昔、十代のアレックス・マーフィーのドアを閉めきった寝室で、ケリーは兄か経験豊かな友達に指南されたにちがいないあらゆることをした。しかし、そうした指南の存在が明らかでも、ケリーがそういうことを自分にしているという栄誉このうえない事実はまったく色あせなかった。ケリーは買ったばかりのコンドームを披露した。痛くないか、だいじょうぶかと気遣った。ベッドのシーツがとても上等なので、タオルを敷いたほうがいいかと尋ねさえした。事は二曲ぶん（〈ア・ロング・ディセンバー〉と〈カラーブラインド〉）の時間で終わったが、アレックスはケリーに夢中だったので、安堵（あんど）と感謝のため息をついた。〝何が起こっても〟と自分に言い聞かせた。〝このことは一生忘れない〟。結婚すると思っていたわけではなかったが、恋の熱情は危険で激しかった。

　いま、大人になったアリックスの家の居心地のいい空間のなかで、その熱情は実のところ消えていなかったかのように感じられた。ふたたび火がついたのか、もとからあったものがこの状況によって勢いを取り戻したのかはなんとも言えなかった。

　アリックスの目の前で、ジョディが手を口に押し当てた。エミラの体がスローモーションにもすばやくも見える動きでテーブルの上を飛び、アリックスは椅子の上でひるんだ。さらなるスローモーションでケリーが椅子から立ちあがり、腕を伸ばして、バターナッツカボチャのほとんど空の深鉢や冷めかけた七面鳥の皿のすぐ上でエミラの腰を抱えた。混乱のなかで、わが子がディナーの席で嘔吐（おうと）しているという事実がすぐにはのみこめなかった。ただ茫然（ぼうぜん）と、かつて高校の代表チームの試合や練習試合のあとに自分の顎を上向けたのと同じ手を見つめた。ほんの数カ月ではあったけれども、人生のいっとき、ケリーはアリックスの心を揺り動かし、その手でアリックスを落ち着かせた。「ほら、ほら、ほら」かつて、女子のロッカールームの外でケリーは言った。「じっとして、きみをもっと好きにさせて」

　そしていま、感謝祭の日に、アリックスの家で、ケリーの手がエミラのウエストにまわっている。アリックスはとっさにケリーの手をエミラの腰から引きはがしたくなった。そのしぐさが示す性的な親密さのせいだけではない。玄関のドアを開けようとして地下鉄のカードを出してしまったり、小学三年生のときの担任の先生を〝ママ〟と呼んでしまったりするのと同じ奇妙な肉体の記憶のせいで、気づくとアリックスはケリーの手首をエミラから払いのけそうになっていた。ほとんど毎日使っている声としぐさで、こう言おうとしていた。〝だめ、だめ、だめ。触らないで、それはママのよ〟

　ジョディがアリックスの腕をきつくつかんだ。その力の強さから、はじめてつかんだのではないのがわかった。現実に立ち返ったとたん、ブライアーが泣き出した。ジョディが「アリックス、ハニー、抱きしめてあげて」と言ったとき、アリックスは一瞬、エミラのことを言われたのかと思った。

18

ブライアーの顔は嘔吐物でいっぱいのナプキンの下でゆがんでいて、エミラはこの子がめったに泣かないことを思い出した。テーブルにダイブしたこと、料理の上に落ちそうになったのをケリーが力強い手でつかまえてくれたこと、テーブルの向こうの小さな顔がショックと困惑で泣きそうになっているのを見たことで、心臓が激しく脈打っていた。エミラは嘔吐物を手のひらのナプキンで受け、顎から上に向かって鼻までぬぐいあげた。顔の前から物がなくなると、三歳児は泣き叫びはじめた。

タムラが「ああ、大変」と言い、ピーターがタオルをとりに走っていき、プリューデンスが「うえー！」と言い、レイチェルが笑った。「パーティ粗相ね」

ようやくミセス・チェンバレンがまばたきをした。「ああ、なんてこと」

ミセス・チェンバレンはブライアーを抱きあげようとしたが、エミラはそれを止めた。「それより、ハイチェアのベルトをはずしてくれませんか。あたしが抱きあげます」切迫した口調に、ミセス・チェンバレンは素直に従った。エミラは言った。「B、立ってくれる？」そしてブライアーを持ちあげて、抱きかかえた。ブライアーの顔から吐いたものと涙が滴っていた。

ミセス・チェンバレンが言った。「ああ、エミラ、そんなことまで――」

「いいえ、だいじょうぶです。連れていきますね」エミラは階段をあがり、ピーターとバーテンダーがペーパータオルと洗剤を持っておりてくるのとすれちがった。キッチンに着いたとき、ウォルターの声が聞こえた。「たいしたもんだ！」

二階のバスルームで、エミラはブライアーを便座の蓋に座らせてドアを閉めた。ブライアーは膝をすりむいたり風船を割ってしまったりした子どものように、不安そうにしゃくりあげていた。心のなかではずっとこんなふうに泣いていて、いつもはそれを抑えこんで泣かないでいたのではないか、そう感じて心配でたまらなくなった。

「ほら」エミラはタオルをとって洗面台の湯で濡らした。「ほら、ママ、だいじょうぶ。あたしを見て」数秒おきに大きくあえいで体を震わせているブライアーの口と首をぬぐった。「ごめんね。吐くのは楽しいことじゃないよね。でもほら、全部受け止めたと思う。ドレスはきれいなままでしょ」

ブライアーは声を詰まらせながらドレスの裾に触った。「ちくちくする」

「そうだね」エミラはブライアーの指を持ちあげて、一本ずつタオルで拭いた。「このドレスはあたしもあんまりお気に入りじゃないかな」

「あたし――あたし……」ブライアーは息が落ち着いてから、空いているほうの手で天井を指さした。「キャサリンがおきにいりなの、いや」

エミラは動きを止めた。タオルを洗面台の縁にかけて、上体を起こした。「いまなんて言ったの？」

「あたし――キャサリンがママのいちばんちっちゃいおきにいりなの、やだ。やなの」ブライアーはすでに泣きやんでいて、しっかりとした声には、自分は正確に説明できているし、これが実際に自分の感じていることなのだという確信がこもっていた。

エミラは唇を引き結んだ。「B、聞いて」言葉を探しながら、ブライアーの両膝に手を置いて思った。〝なんて小さい膝なんだろう〟。「ねえ……お気に入りのアイスクリームってあるでしょ。お気に入りのシリアルとか。でも、考えてみて。家族はみんな同じじゃない？　ブライアーには家族がいるでしょ？」

ブライアーは指を口に入れた。「うん」

「ママがいるでしょ？」

「うん」

「パパも」

「うん」

「妹も？」

「うん」

「そう、それがブライアーの家族。そして、家族のあいだでは、いつだってみんな同じなの」

ブライアーは肩に触った。「なんで？」

「ええと……」

エミラの家族では、妹のジャスティンが明らかなお気に入りだったけれども、エミラは弟のアルフィーのいちばんのお気に入りだったので、不公平だとは思わなかった。母親はクリスマスのプレゼントのことになるとアルフィーをひいきし、父親は誕生日や電話に関してはエミラを優先した。エミラがそのことに気づいたのは高校に入ってからだったが、ブライアーはわずか三歳という年齢で早くも気づきはじめている。便器に座った小さな子を見つめていると、巨大なボートを海へ押し出す気分にさせられた。この状況は自分の手に余るとうなだれながら、エミラは言った。「それはね、家族はそういうものだから。家族のあいだにいちばんはいないの」

ミスター・チェンバレンが二回ノックをし、ドアを細く開けた。ブライアーは父親を見て、顔をしかめて言った。「ハイ」

エミラが一階に戻ったときには、バーテンダーたちが皿を片づけていて、みなは居間でデザートを食べていた。ケリーは芝居がかった態度で自分の皿を二階のキッチンのシンクへ運んだり、雇われた女性ふたりを手伝ってダイニングの椅子をテーブルに戻したりしていた。甘いストロベリー・ルバーブ・パイを何口かかじったあと、プリューデンスがもっとホイップクリームがほしいとごねはじめた（エミラから見るとこれは三つ目の無作法で、スリーアウトだった）。クレオも泣きはじめたとき、レイチェルが立ちあがってジャケットを着た。町で男友達と会う約束があるので何時間か出かけてくるという。レイチェルはブライアーの鼻をとんとんと叩き、「行ってくるね」と言って玄関へ向かった。エミラはその機をつかんでケリーの腕をきつく握った。「あたしたちもそろそろお暇します」

ぎこちない別れの挨拶を交わしてチェンバレン家を出ると、映画館を出たら外が暗くなっていて、すっかり時間がたっていたことに気づくあの感覚に襲われた。足の下で雪が鳴り、エミラはケリーの隣に立ってウーバーが来るのを待った。ピンクのTシャツと白い寝間着のレギンスを着たブライアーがピーターに抱かれて玄関ポーチから手を振っていた。エミラは手を振り返して唇を動かした。〝またね、おちびちゃん〟。ウーバーの車内では、ケリーもエミラも黙りこんでいた。

ケリーは窓の外を見つめて顎をこすっていた。沈黙が続くにつれ、エミラにはケリーが電車の車内で遅延に文句をつけるタイプの人間に思えてきた。電車が遅れて困っているのは自分だけで、ほかに迷惑を被っている者はいないと思いこんでいるような客がどんな車輛にもひとりはいるものだ。そういう客は時間がたつに従って、ますます苛立っていく。遅れそのものではなく、上の人間と話せないことが気に入らないのだ。きらきらと光る雪のなかを車が走っていき、エミラは付き合い出してからはじめて、ケリーがひどく白人的な態度をとっていると感じた。

アパートメントに着く前に、ケリーは一本手前の通りで運転手に停めてくれと頼んだ。そしてエミラに「締めにもう一杯飲みたい」と言い、車のドアを開けた。

ケリーのあとについて、エミラはバーに入った。ショーニーがおもしろがりそうなバーだった――とりわけ感謝祭の夜九時に入るのであれば。薄暗いカウンターに白や黒の顎鬚(ひげ)を生やした白人の男性が三人いて、奥の板張りの部屋には誰もいないビリヤード台があった。ひとりは料理――チキンと何か緑のもの――を食べながらレジの上の壁にかけられたテレビに目を向けていた。奥の長い壁にはジョン・ウェインやペンシルヴェニア州のナンバープレートやセピア色のカウボーイの写真が飾られている。フォークミュージックが流れていて、それを掻(か)き消すように、大きなテレビ画面で審判がホイッスルを吹いて黄色い旗を振っていた。エミラはコートを脱いで、壁にかけられた長角牛の頭蓋骨の隣に引っかけた。

ケリーはバーのスツールに座り、ビールを注文した。エミラは飲み物を断った。早くケリーのアパートメントに、ケリーのベッドに戻りたかった。この夜のぎこちない雰囲気を笑い飛ばすことはもう絶対に無理なのだとはまだ思えなかった。今夜知った事実に動揺していないとは言えなかったけれども――ケリーが片足をフットレストに置き、もう片方を泥で汚れた床についているのを見ながらエミラは考えた――結局のところ、自分であれ誰であれ、こういう事態に対してできることは何もない。高校時代など、遠い昔の話だ――かつて寝た相手のことであっても。大学時代に、エミラの当時の恋人の新しいルームメイトが以前に寝たことのある相手だとわかったとき、ショーニーは息をのんで言った。「どうする気？」エミラは笑って答えた。「たぶん、自分の人生を生きつづけるだけ」ジョセファは言った。「アーメン」

そういうわけで、エミラは立ったままでいた――そうすると目の高さが同じになって、エミラとしては好ましい力関係でいられた。背中で手を組みながら、次のひと言に今夜の雰囲気を変えられるかどうかがかかっているのを意識した。とぼけているけれども愛嬌（あいきょう）のある父親のような口調でエミラは言った。「少なくとも、料理はおいしかったでしょ？」

ケリーの表情は変わらなかった。

「エミラ、大げさな反応はしたくないけど……でもアレックスのところで働いてちゃだめだ」

エミラは笑わずにはいられなかった。ケリーの表情が崩れるのを待ったものの、そうはならず、エミラはカウンターの縁に両手を置いた。「オーケー、ケリー。確かに気まずいし、あなたがボスと付き合ってたことは変な感じがしておもしろくないけど、高校のときの話でしょ。そのために仕事を辞めると思う？」

「それだけじゃ……ありがとう、悪い」バーテンダーがケリーの前にビールを置き、ケリーは後ろポケットの財布に手を伸ばした。「元恋人ってだけじゃない。アレックス・マーフィーは……〝無邪気さを失った瞬間〟ってだけじゃなかった。彼女はよくない人間だ」

「でも、あたしはアレックス・マーフィーのために働いてるわけじゃない」エミラは肩からバッグをおろし、カウンターの下のフックにかけた。「ミセス・チェンバレンのために働いてるの。あなたはいまでもふたりで話をしたりなんだりしてるみたいにふるまってる」

ケリーがいまもミセス・チェンバレンにこだわっていると思うと、少しだけ興味深かった。ミセス・チェンバレンは——芯の部分は——すこぶる〝母親〟だ。〝ママが話しているときは顔を見なさい〟とか、〝もうひと口だけ食べなさい、いい子ね〟とか言ったりする。ノンフィクションの本を買ってきて、カバーをしおりにする。おむつをまとめ買いし、ひとりだと思っているときにはヘッドホンをつけてiPadで〈エレンの部屋〉を見ながら大声で笑う。ケリーとミセス・チェンバレンは年は一歳しかちがわないが、親という観点では立ち位置にかなり差があるように思えた。ケリーは高級なものをたくさん持っているけれども、子どもを持つのはレベルがちがう。エミラは冷静な口調を保ちながら言った。「どうしてそんなに気にするのかわからない」

「気にしてるわけじゃない。いいか……」ケリーはビールの泡に口をつけたあと、頭をさげてエミラに顔を近づけた。「エミラ……アレックスが夜の十一時にきみと娘をスーパーに行かせたことが、いまなら腑に落ちる。アレックスが家族のために黒人女性を雇うのはきみがはじめてじゃないし、きみが最後でもないだろう」

「だから……?」エミラは腰をおろした。茶化すつもりはなかったけれども、自分のまだ知らないことをケリーが口にするとは思えなかった。エミラはこれまでに何人かの〝ミセス・チェンバレン〟に会ってきた。みな裕福で世話焼きで、使用人たちにはことさら感じがよかった。ミセス・チェンバレンが友情をほしがっているのはわかっていたけれども、エミラに見せたような親切心を友達には示さないこともわかっていた。〝たまたま〟ふたつ注文してしまったサラダをひとつエミラに渡すとか、冷凍食品やスープ缶でいっぱいの袋を持ち帰らせるとか。ケリーがほのめかしている人種問題になりそうな過去について理解できなくはなかったものの、このミセス・チェンバレンのもとで働くのをやめても、別のミセス・チェンバレンのもとで働くことになるだろうと思わざるをえなかった。

ケリーは組んだ手を腿(もも)の上にのせた。「前にこれを話さなかったのはたぶん……いや、よくわからない。ぼくたちは付き合っているだけだし、ぼくが差別に敏感になろうとしているとか思ってもらいたくはないんだ。けど、高校のとき……アレックスは本物の豪邸に住んでた。尋常じゃなかったよ。そして、とんでもない出来事が起こった――アレックスがぼくに書いた手紙が別の人間の手に渡って、ある生徒のグループがアレックスがどこに住んでいるかを知ったんだ。ほんとうにカントリークラブみたいなお屋敷だったから、彼らはそこのプールへ行って泳ごうとしたんだけど、アレックスは警察を呼んだ。生徒のひとりはロビーという名前の黒人で、いまもぼくの友達だが、結局彼は逮捕された。そして奨学金をふいにした。一年間コミュニティ・カレッジに通わざるをえなくなったんだ。アレックスはロビーの人生をまるきり変えてしまった」

エミラは爪の端を嚙んだ。「その出来事があったとき、あなたもそこにいたの？」

「ああ。ぼくたちは付き合ってたからね。それが起こるまでは」ケリーは言った。「警察は呼ぶなとアレックスに言ったんだ。家に黒人の生徒が何人か来たからって白人の女子生徒が警察を呼ぶのかってさ。どうなるかは火を見るより明らかだ。でもアレックスは、一家が雇ってる家政婦を守ろうとしているんだという体を取り繕った」ケリーは言葉を切って、ビールをまた飲んだ。「アレックスは自分の家が裕福なのを恥ずかしがっているふうにふるまってたけど、いまもあのころと同じ暮らしをしてるし、いまも黒人女性を雇って家族の世話をさせてる。あのときのぼくは浅はかだったから――〝すごいな、彼女の家にはシアタールームがあるし、なんでも好きな料理を作ってくれる家政婦がいる〟って思ってた。でも振り返ってみると、本気でぞっとする。アレックスはその家政婦にべったりで、親友みたいにふるまってた。家政婦は登校前の髪のセットまでしてやってた。アレックスは、黒人に自分の世話をしてもらうことにも、黒人が押しかけたら警察を呼ぶことにも快感を覚える人間なんだ。ぼくにはとても……エミラ、きみはアレックスの支配下にいちゃいけない」

エミラは脚を組んだ。「ケリー……なんて言ったらいいのかわからない。これは仕事なの。ブライアーはいつもあたしといっしょにいる。それに、あたしも会うと毎回ブライアーの髪を梳かしてる」

「アレックスは高校四年だった。赤ん坊じゃなく」

「でも……よくわからない。妙なのはわかるけど――」エミラは説明しようとした。「――でも、家族みたいにふるまってもらうためにお金を払う人はいる。それが正当な取り引きじゃないってことにはならないでしょ」

「エミラ、これは話がちがうんだ。あの家で働いてた女性、彼女はユ、ニフォ、ーム、を着せられてた。最初のうちは同じポロシャツをよく着てるだけだと思ってたけど、胸に〝マーフィー〟って書いてあるのを見て……」

突然、耳に話が入ってこなくなった。ケリーが〝ポロシャツ〟という言葉を言ったとたん、エミラは視線を落とした。そして、きわめてミセス・チェンバレン的な、ひどく奇妙な声を出した。「はっ」

「おい……」ケリーは両手を生え際に当ててた。接戦の試合を見ているような顔だった。「エミラ」ケリーは言った。「きみにもユニフォームを着せているとか言わないよな」

エミラは雨漏りの染みがついた天井を見あげた。そして肩をすくめ、言った。「別に、何も強制はされてない」

「ばか言うなよ、エミラ！」

エミラは椅子の脇を握りしめ、カウンターの反対側の端を見つめた。今夜起こったすべてのことのなかで、この反応がいちばんエミラを愕然（がくぜん）とさせた。ケリーを揺さぶって言いたかった。〝やだ、やだ、やだ。あなたはケリーでしょ？　何もキャッチできない犬の動画をおもしろがる人でしょ？　町で見かけた鏡を写真に撮って、〝やあ、A・ミラ〟ってキャプションをつけて送ってくるし、あたしが一度も飲んだことがなくても毎回ベッドサイドに水のグラスを置いてくれる人でしょ〟。それなのに、いまのケリーは、この店でいいか確認をとってから席について注文をするべきだったたぐいのバーで、まわりの耳などないかのようにふるまっている。

「ちょっと落ち着いてよ」エミラは声をひそめて言った。

「やめるべきだ」ケリーは言った。「やめないといけない。あそこで働いてたらだめだ。くそ、なんでこんなことになったんだ？」

「オーケー……あたしはベビーシッターよ」エミラは座ったまま身を乗り出し、ケリーに顔を近づけた。親密な距離で話すことで、ケリーの声がトーンダウンすることを祈った。「仕事のときは別のシャツを着る。お絵かきしたり公園に行ったりするから。自分の服を汚さないために着る、それだけ。あなたが高校時代に訪ねた家のこととは関係ない」

「へえ、そうか」ケリーは子どもじみた目でエミラを見た。「じゃあ、それを着なかったことはあるのか？」

　エミラは口を閉じた。

「ポロシャツにはきみの名前が書いてある？　それともアレックスの名前か？」

小さな声でエミラは言った。「いまのあなたは石頭みたいにふるまってる」

「これは看過できない」〝看過〟と〝できない〟のところでケリーはカウンターを指で叩いた。グラスのなかの茶色の液体が二度揺れた。「ぼくが高校時代の色恋沙汰や恨みから立ちなおれていないとかいう問題じゃない。アレックスはそういう人間なんだよ。アレックスは黒人の使用人を自分の行動の言い訳に使う。彼女がよくない人間だというだけじゃなく、この状況が腹立たしいよ、きみには子どもの世話をする才能があるんだから！　きみはきみ自身の服を着て、きみにふさわしい人たちと働くべきだ。もう言わないと約束したのは覚えてるけど、きみがあのスーパーの動画を公にすればきっと——」

「ケリー？　やめて」ブライアーがごみ箱の蓋を開けてなかをちょっとのぞこうとしたときに名前を呼ぶのと同じ口調で、エミラはケリーの名前を口にした。「今度はあの動画をミセス・チェンバレンを辱めるために使おうっていうの？」

「アレックスは今回のことの落とし前をつけるべきだ。それに、きみにはきっとフィラデルフィアのもっと裕福な家から世話係の声がかかる」

「すてき、でもそんなことをしても満足するのはあなただけよ。給料はきっと変わらない。わかってるでしょ」

「それなら、ぼくは何をしたらいいのか教えてくれ」

「ケリー、ああもう」

「金でも、仕事でも、しばらく同棲したいでも、なんでも願いは叶えるよ」ケリーは指を立てながら項目をあげた。「何を言えば仕事を辞めてくれる？」

「いますぐこの最悪なバーから出たい」エミラはバッグをつかんだ。

「エミラ、待てよ」

エミラは高らかにヒールを鳴らしてコートをとりに向かった。ケリーが立ちあがってスツールが床をこする音がし、後ろから声が聞こえた。「待ってくれ、待ってくれ、待ってくれ。話し合おう」

バーの出口の小部屋へ通じるドアを開けると、そこはチェンバレン家の玄関にそっくりだったが、ここは暗くて古い煙草と汗のしみた靴のにおいがした。外に通じるドアは重く、肩で押し開けようとすると冷たさが伝わってきた。強風と雪が表側からエミラに対抗し、ドアは押し返されて閉まった。エミラは言った。「ああもう」

背後のドアからケリーが入ってきて、狭い空間にふたりきりになった。「なあ」ケリーは二本の指を鼻の付け根に持っていき、折れていないか確かめるような手つきでさすった。「ここで話を聞いてほしい。喧嘩はしたくない。ぼくが言いたいのは、ただ――」

「オーケー、まずはひとつ目」エミラはケリーに向きなおった。コートを腕にかけ、胸に引きよせた。「あたしがどこで働くべきか、働くべきでないか、指図しないで。あなたのオフィスにはカフェテリアがある。あなたは仕事にTシャツを着ていく。あなたのアパートメントにはドアマンがいる。ケリー、いい？　だから千パーセント黙ってて。あなたが〝アーリークス〟だかアレックスだかより上等だと思ってるならお笑い草だから。あなたはユニフォームがいるような場所で働くことなんて考える必要もないんだろうから、あたしがどうやって生計を立てようが口を出さないで。それから、ふたつ目。あなたはあそこでとんでもなく無礼だった！　感謝祭のディナーなのに！」

　ケリーは背後の壁に寄りかかり、黙りこんだ。エミラはまだ言い足りず、冷気と言葉に包まれるうちに、今夜の出来事がよみがえって思いがあふれてきた。「あなただってほかのみんなと変わらない」エミラは言った。「自分でコートをかけても、自分の食べた物をごみ箱に片づけても変わらない。あたしは今夜手伝いに来ていた女の人たちと同じ。あたしはあの人たちと同じで、あなたがあの人たちの仕事を少しばかり減らしたって、状況は何も変わらない。自分が空腹じゃなければほかのみんなも空腹にはならないと思って、自分のお皿の上の料理を全部食べるみたいなもの。あなたは自分を助けてるだけ。でも、それは問題の半分でさえない。あなたは物事の全体を見てないの。もちろんあたしは新しい仕事がほしい。まともな給料をもらいたいし、全部の服に子どもが吐いた染みがついてるなんていや。でも、あたしは……」〝ああもう〟とエミラは思った。ショーニーなら〝泣きそうなみっともない唇〟とでも言いそうな形に唇をゆがめ、ブーツを見つめた。爪先が解けた雪で濡れていた。「あたしはブライアーを残してなんていけない」

腹を殴られたかのように、けれども覚悟はしていたかのように、ケリーはたっぷり二秒間目を閉じた。

「週に二十一時間だけ、ブライアーは誰かのいちばんになる。それなのに、荷物をまとめて立ち去れっていうの？　そうしたらもう会えなくなるかもしれないのに……そんな簡単な話じゃない」声がひび割れた。エミラは頭を振り、膝をもう一方の膝に重ねた。ひどく長く思えるあいだ、ふたりはそこに立っていた。

「悪かった」ケリーは言った。「ぼくは――そういうつもりは……ぼくがしたのはまさしくそういうことだけど、そういうつもりじゃ……エミラ、ぼくを見てくれ。ぼくはきみに、ただ好きという以上の気持ちを持ってる」

コートを体に押しつけて、エミラはドアにもたれたまま凍りつき、鼓動がコートに吸いこまれるのを感じた。エミラは言った。「オーケー」

ケリーは唇を引き結んだ。ポケットに手を突っこみ、わずかに身をかがめてエミラの目をのぞきこんだ。「ぼくの言いたいことはわかってくれた？」

エミラはうなずいてブーツに目を戻した。小指で目をぬぐって顔をあげ、言った。「ああ、もう」

一時間後、エミラはケリーのベッドに座っていた。居間でケリーがフロリダの家族とスカイプをしていて、相手が両親、姉弟、祖父母、甥、画面にさまよいこんできた老犬と変わるにつれて、ケリーの声も変わるのに耳を傾けた。携帯電話を手にとって、自分用にリストを打ちこんだ。ケリーが別れの挨拶をするのが聞こえたあとで、光る画面を持ったまま居間へ移動した。部屋は暗く、素足に窓の外を舞う雪の影が落ちていた。

「言っておきたいことがあるの」

ケリーはパソコンを閉じ、回転椅子をまわしてエミラと向き合った。エミラは上半身だけ服を着て、両手で携帯電話を持っていた。

「辞めなきゃいけないのはわかってる」エミラは言った。「あそこにずっとはいられないことも……ブライアーを育てるのはあたしの仕事じゃないことも。でも、辞めるときは自分のタイミングで辞めたい。来週あたしは二十六歳になる」エミラは沈んだ笑みを浮かべた。「そうしたら……両親の健康保険から弾き出される。このままではいられないってしばらく前からわかってたけど、でも……自分で考えて決めたい」

「よくわかるよ」ケリーは言った。「それに、きみの誕生日のことは忘れてない」

「まだ続きがあるの」エミラはケリーを止めた。もう一度携帯電話を見る。「ふたつ目。〈マーケット・デポ〉の動画のことはもう持ち出さないで」

ケリーは後ろのデスクに両肘をかけた。

「つまり……こういうこと」エミラは言った。「あなたは黒人の友達が奇妙なほどたくさんいるし、ケンドリック・ラマーのコンサートに行くし、いまは黒人の恋人がいる……それはいいの。でも、わかってもらいたいのは……店で怒って大声を出す行為には、あたしとあなたではちがう意味があるってこと。たとえあたしの怒りが正当なものでもね。あなたは高校の友達の復讐をするためにあの動画をミセス・チェンバレンだかなんだかに突きつけたがってるけど、そんなことをしてもミセス・チェンバレンの生活は変わらない。変わるのはあたしの生活のほう。それに、あたしはあれを誰にも見てもらいたくない。仕事を探しはじめようとしてるいまは特に」

ケリーはゆっくりとうなずいた。「オーケー……ぼくは完全には同意できない」ケリーは言った。「あの夜のことはよく覚えてるし、きみの対応は誰にも想像もできないくらい冷静だったと本気で思ってるよ……だけど、きみの気持ちも尊重する。もう動画のことは言わない」

「約束してくれる？」

「約束する」

「オーケー、じゃあ、最後に……」エミラは片手を首に当てた。「二度とああいうバーにあたしを連れていかないで」

ケリーは眉を寄せた。それから顔を仰向かせ、自分が何をしたのか、なぜエミラがそのことをいま持ち出したのかを理解した表情を浮かべた。「わかった……あれも迂闊だった。でも、いちおう言わせてもらうと、あそこには前に二回行ったことがあるし、きみをわざと居心地の悪い場所に連れていったわけじゃない」

「そうかもしれないけど、でも、そこが問題なの。あなたはあそこを居心地がいいと思った。あなたにはいつも居心地がよかったから」

エミラとケリーは人種について話題にしたことがほとんどなかった。話し合いはすでにすんでいるようにいつも思えていたからだ。ケリーとの生活、共同名義の銀行口座を持って緊急連絡先を連名にして賃貸契約をする現実的な生活を考えるとき、エミラは目をくるりとまわして問いかけたくなる。〝あたしたちはほんとうにそうしたいの？　あなたの両親にはどう話すつもり？　あなたの両親がまだパソコンに映っているときにあたしが居間に入ってきたら、どう紹介する？　息子ができたら、息子を理髪店に連れていってくれる？　友達がどうしていいようと、電車のなかやエレベーターのなかで白人の女性に近づきすぎてはいけないって誰が教える？　警察に車を停められたら、すぐにゆっくりとわかりやすく車のキーをルーフに置くことは誰が教える？　娘ができたら、自分のために立ちあがらないといけないときと、よくわからない冗談を聞いたふりをしないといけないときがあることを誰が教える？　白人にほめられたら（「仕事熱心ですね、時間に几帳面で」）、気をよくしてばかりいてはいけないこと、白人はときに、時間どおりに来たうえで自分の考えをしっかり持っていることではなくて、時間どおりに来たことそのものに驚いていることを誰が教えるの？〟

「とにかく……」エミラは言葉を探した。「これだけ言わせて。〈マーケット・デポ〉の夜のことを話すとき、あなたはすごく怒る。でも、あの夜に起こったことであなたに腹を立ててもらう必要はない。腹を立ててもらいたいのは……ああいう出来事がこれからも起こりうるってこと。それから、店に行くのをやめるみたいなこともしてもらいたくない。ミセス・チェンバレンは〈マーケット・デポ〉には二度と行くまいとがんばってて、ほかの店はすごく遠いけどまあ人生ってそういうものだからって感じなの。でも、あなたにも同じことが言える。あたしのせいであなたに生活を変えてもらいたくない。あのバーにあたしなしで行きたいなら行けばいい。ただ、あたしたちはちがう経験をしてきてるってことを忘れないで。ジョン・ウェインは最低なことをたくさん言ったし、お酒を飲んでるときにあの男の顔は見たくない」

　ケリーは唇を突き出して、忘れるわけがないだろうという顔をした。「これからは気をつける」

「オーケー」

「ぼくにもひとつ言わせてほしい……」ケリーは言った。「きみが自力で仕事を見つけられないみたいにふるまったつもりはないよ。きみにはできると思ってる」

「わかってる……まあ、どうなるか見てみようよ。もしミセス・チェンバレンにクビにされたりなんだりしたときにはあなたの助けが必要になるかも」エミラは頭を振り、携帯電話をスリープさせた。「まあ、さすがにそんなことはしないと思うけど。来週ミセス・チェンバレンは金曜まで町を空けるから毎日ベビーシッターに行くことになってるし、あたしはそのぶんのお金がすぐにでもほしい」

「エミラ、ぼくがアレックスを少しでも知ってるとすれば、アレックスは絶対にきみをクビにはしないよ」

「あなたみたいに、あたしたちが付き合ってることが気に入らなかったら、するかも」

「まさか」ケリーは言った。「きみの落ち度じゃなく、向こうの都合できみを辞めさせるなんてありえない。おまけに、アレックスはいまや動画があることを知ってるしね。自分がきみを送りこんだ場所できみが理不尽な扱いを受けた証拠があることを」

「ケリー、あそこにはミセス・チェンバレンに頼まれて何度も行ったことがある。あたしの意思であそこを選んでたかもしれない。悪いけど、そういうふうに考えるのはあなたくらいだと思う」

「わかった、まあいい。でも聞いてくれ。新年には仕事探しをはじめたほうがいいと思うけど、いまのところきみの仕事は安泰だ。ぼくなら、辞めるまでしっかり稼ぎつつ、あの子に楽しい時間を過ごさせてやる」

エミラは腕を組んで床を見つめた。息をするたびしゃっくりをしていたブライアーの姿や、ほんとうのことを言うときにブライアーがいつもする、天井を指さすしぐさを思い出した。エミラは爪先を黒っぽい木の床に立てて言った。「それはおもしろい考え方かも」

ケリーはしばらく椅子を左右に回転させた。「なあ……バーできみに言ったことについて話したいか？」

エミラは下唇を噛んだ。ケリーは自分をとても大人になった気分にさせてくれるし、子どもっぽい反応を引き出しもする。ケリーが誕生日を覚えていてくれたことでエミラの心はいっぱいいっぱいで、きょうはLではじまる言葉には触れられそうになかった。「ええと、やめとく」エミラは笑みを浮かべた。「あたしのリストの項目は三つだったから。もう満足」

19

金曜の朝、アリックスは夫よりも先に目覚めた。まだ夫がここに、この家のこのベッドにいるのが不思議にも思えた。ゆうべの不穏な嫉妬の裂け目がピーターをのみこんで、アリックスの人生の方程式から消し去ってしまったかのようだった。けれどもピーターはそこにいて、ぐっすりと眠り、何も知らずに自分の脇の下に顔をうずめている。アリックスは横に転がって、ナイトテーブルに積まれた本やｉＰａｄ、金色のランプ、水着姿で手に持ったスイカを食べているブライアーとキャサリンの写真を見つめた。キャサリンは黄色のワンピース水着を着ているが、まだひとりでは座れないので、体を支えるピーターの腕が二の腕まで写っている。子どもたちは信じられないほど小さくて無垢(むく)で、下にｉＰａｄが置いてあるとなおさらそう見えた。ゆうべ家族が寝静まったあとにタブレットを持ってバスルームへ行き、二時間のあいだ検索したりスクロールしたりしては、見つかったケリー・コープランドの写真を見つめていたからだ。

ケリーのフェイスブック。インスタグラム。リンクトイン。勤め先。ツイッターはやっていないのを知って、アリックスはそっと寝室に戻り、携帯電話をとってきて、〈ベンモ〉の個人間送金アプリでケリーの送金履歴を探した。フェイスブックに写真機能が搭載されたときのことをアリックスは覚えていて——二〇〇五年だ——これほど熱心に閲覧するのはたぶんそれ以来だった。けれども十年がたったいまは、見るべきものがたくさんあった。この家に足を踏み入れたときにケリーが言っていたこととは裏腹に、少しも変わっていないのはケリーのほうだった。

ヨーロッパ旅行や祝日のパーティの写真を見ているうちに、ケリーの過去の恋人を全員見つけた。そして——なんとまあ——そのなかに白人はひとりもいなかった。全員を黒人と言っていいのかはわからなかったものの（ひとりには黒人の父親がいたが、確認できたのはそれだけだった）、みな人種がはっきりしない外見で、ティアラやらクリスティーナやら、ジャスミンやらガビィやらといった名前の持ち主だった。肌は明るい褐色で、髪はカールしていて黒く、額の生え際はきれいなVの字の形、名字はスペイン風だ。〈ブラック・ライヴズ・マター〉のデモ行進に参加したり、新しい非営利企業で働いたり、奇抜な音楽をかけながらスキンケアをするチュートリアル動画をインスタグラムにあげたりしている。ケリーの元恋人たちは全員、凝ったレシピのスムージーで朝をスタートさせていて——〝これって普通なの？〟とアリックスは思った——さらに探ると、ケリーはそのうちふたりを女王と呼んでいることがわかった

（二〇一四年に〝こちらの女王〟、二〇一二年に〝やあ、女王〟という呼びかけを見つけた）。もちろんいまはエミラとの付き合いに夢中だ。

けれども、元恋人たちはエミラとはちがっていた。彼女たちは情熱的で明るい褐色の肌をし、しゃれの効いたタイトルの個性的でカラフルなブログを書いている。きちんとした仕事に就いて休暇の写真をアップし、ひとりはインスタグラムに数千人のフォロワーを持っていた。ケリーが彼女たちをアリックスにしたように捨てたとしたら――評判を傷つけ、恋人より他人を優先し、人前でぞっとするほどもったいぶった台詞を吐いて別れを告げたとしたら――当然、易々と反撃しただろう。しかし、エミラはちがう。うまく説明できないけれども、クロデットがそうだったように、エミラもほかの人とちがっている。ふたりは特別な人たちで、どんな人にもおざなりに接してはいけないとはいえ、このふたりにはとりわけそういう態度をとってはいけない。高校のとき、ケリーはステータスを求めて、アリックスの犠牲の上にそれを手に入れた。ケリーはエミラから何を手に入れようと思っているのだろう。エミラと出会ったときのことをケリーは何度誇らしげに話したのだろう――とまどったふうを装って、話すべきではなかったと口にしながら。バスタブの縁に座っているアリックスの膝の上で、iPadが熱を持ち、膝を焦がしはじめた。

アリックスはバスタブの脇に手を伸ばし、携帯電話を持ちあげた。友人たちにメッセージを打ち、あしたは十一時ではなく十時に会いたいと伝えた。そしてiPadに持ち替えてレストランのサイトを開き、予約の時間を一時間早めた。

――――

「ああ、腹が立つ」アリックスはどさりと椅子にもたれかかった。テーブルの向かいでは、ブランチスペシャルの皿の上でジョディがコーヒーカップを両手に包んでいる。アリックスの左側では、レイチェルが卵にナイフを入れ、葉野菜のベッドに黄身を広げた。右側では、タムラが卵に塩を振っていたが、その目はアリックスにじっと向けられていた。「自分がひどくショックを受けてることが気に入らない」アリックスは言った。「それから、それが意外じゃないことも」

タムラが苦笑して、塩入れを置いた。「これでいろんなことがさらによく理解できたわ。ケリーには何かうさんくさいところがある」

「アリックス、気を悪くしないでほしいんだけど」ジョディが慎重に言った。「でも、よくわからなくて。彼があなたにしたことを誰かがあたしにしたら――悪ガキどもにあたしの家を教えて、あたしの大事な人たちを危険にさらしたら――あたしも怒ると思う。だけど、彼は人種差別主義者の正反対だともあなたは言ってたでしょ。彼は黒人を好きすぎるって」

「アリックスが言ってるのは――」タムラが割りこんだ。「――ケリーは黒人女性と付き合うだけじゃなく、黒人女性としか付き合いたくないタイプの白人だってこと」

ほおばったケールを嚙みながら、レイチェルが言った。「それって人種差別主義者よね」

「悪しき理由で黒人を極端に敬うのよ」タムラは続けた。「そうすれば、わたしたち全員がまったく同じみたいに思えるから。人格の多様性も特性も相違も何もないみたいにね。そして彼らは、そうすることが善人の証明になると思ってるの。黒人女性と付き合いさえする自分たちはとても立派で特別な人間なんだって。まるで殉教者みたいに」

アリックスが勢いよくうなずいたので、テーブルが軽く揺れた。「ケリーがやってるのはまさしくそれよ」アリックスは言った。「高校のときは、黒人のスポーツ選手たちが対象だった。ケリーのフェイスブックによると、いまは黒人女性。いまでも自分がいい気分になるために黒人をまわりに置いてるとしても、わたしにはどうでもいいことだけど……でも今回はその先にエミラがいる。これは、昔ケリーがわたしにしたこととはいっさい関係ないのよ」

「なるほど、ようやくわかった。あなたがゆうべあんなに動揺してたのも無理ないわね」ジョディはハッシュブラウンにナイフを入れた。「さっきまであなたがまだ彼に思いを残してるんだと思ってて、どちらにせよそれをどうこう言うつもりはなかったけど、そうするとまったく新しい次元の話になるわね」

「そう、全然ちがう問題なのよ。まったくの別問題」アリックスは言った。「もう一度言っておくけど、わたしがケリー・コープランドと付き合ってたこととはいっさい関係ないの」アリックスはケリーの名前を、引用符で括るべき神話か気まぐれな哲学のように発音した。「ただ、うちのベビーシッターのことが心配なのよ。ケリーはわたしの高校時代を叩き潰したし、少しも信用できない。そう、人は変わるものだって知ってはいるけど……でも、きのう彼が現れたとき……なんて言ったらいいのか。まず最初に〝なぜここにいるの〟と思って、そのあと思ったのよ。〝うちのベビーシッターをどうするつもり？〟って」

ジョディが片手を頬に当てた。レイチェルが皿から顔をあげて言った。「ぞっとしちゃった」

タムラはマグカップからミントのティーバッグを引きあげた。「まずいわね、これは」

「考えるだけで鳥肌が立つわ」アリックスは言った。「それに、彼がエミラにわたしのことをどう話したかは想像がつく」

「あえて言わせてもらうけど……」ジョディがまだよく理解していないのは明らかだったけれども、この話題について真剣に考えてくれていることがアリックスにはうれしかった。「彼に病的な執着があるとしても、それがもっと真剣なものに変わったという可能性はない？　ほんとうに、人は変わるものでしょ？　おかしいと言われてもいいけど……彼はエミラのことをほんとうに好きみたいに見えた」

その指摘はアリックスの耳を焦がした。

「世のなかには特定のタイプの女性に執着する女性ぎらい（ミソジニスト）も大勢存在するのよ」タムラが言っ

た。「自分の正しさを証明するために女性を利用するけど、自分を性差別主義者だとは考えない。女性をとことん物として見ているから。人は変わるっていうのは正しいけど……でも、彼は十二歳だったわけじゃない」

「そうだとしても、あたしたちに何ができる？」いつもと同じく、レイチェルが議論を新たな方向に転がした。「〝だって考えてみてよ。〝ねえ、あなたの恋人があなたのことを好きなのは、よくない理由のせいなのよ〟なんて誰かに言える？　あたしがそう言われたら、〝そんなわけないでしょう、余計なお世話よ〟って返すわね。彼と別れろとアリックスから言うのは現実的じゃない」そして、残念な事実のように付け加えた。「エミラは一人前の大人なんだから」

「でも、大人じゃないのよ！　エミラは……」とっさに言葉がこぼれ出て、友人たちだけでなくアリックス自身も驚いた。ケリーの手がエミラの腰をつかんでいた光景がよみがえり、顔がたちまち熱くなった。ケリーが送ったメッセージ。〝バスケットボールに興味ある？〟。動画のことを口に出すときにエミラに向けたまなざし。〝いまはエミラが持っているので〟。「エミラはまだほんとうに若いのよ」アリックスは言い、目が涙でにじみはじめるのを感じた。声がかすれた。「ケリーはエミラをいったいどうするつもりなのかしら」涙がひと粒ナプキンの上に落ちた。ケリーが自身のためにエミラを利用していると考えるより、ケリーがエミラをほんとうに愛していると考えるほうが、わずかに胸の痛みが大きい気がした。そう考えるだけで、頭のなかに鋭いブザー音が鳴り響いた。そして同時に、ケリー・コープランドについて話し合うという大義名分のもと、こうして友人たちとブランチを食べているいまが、フィラデルフィアに来てからいちばん幸せな時間かもしれないと思った。

タムラはナプキンを皿の横に置き、アリックスの背中に手を置いた。「外へ出ましょう」そう言って、椅子を後ろにずらした。「ほら、新鮮な空気を吸いにいくのよ」

店の前にはダウンパーカーにブーツという恰好のフィラデルフィアの人々が十人ほどいて、ポケットに手を入れてその場で足踏みしながら名前を呼ばれるのを待っていた。それを見てアリックスはニューヨークを思い出し、考えた。〝あと一日たったら、あなたはあそこにいるのよ〟。アリックスとタムラは通りを進み、水の滴る高架橋の下で立ち止まった。雪や氷が解けて橋から滴り落ち、アスファルトに水たまりを作っている。タムラのブーツがコンクリートを打つ足音がこだました。

「ごめんなさい。もう落ち着いたから。だいじょうぶ」風で髪が口に入り、アリックスはそれをつまんで引き出した。「エミラのことがとにかく心配で。高校時代のケリーはよくない人間だったし、年を重ねたいまはなおさら信用できない」

「それなら、エミラに話したほうがいいと思う」タムラは言った。「彼が昔あなたにしたことは伏せておくのよ。それは分けて考えないと。それに、もしあの手紙やあの夜のことを持ち出したら、それ以外の部分が彼を罰したいからそう言ってるように聞こえてしまう。だから、彼のこれまでの恋人についてあなたが知ってることを話して、彼が同じような付き合い方を続けてることを伝えなさい。誠実に話をして、〝わたしなら知りたいと思ったから〟と言うの」

「あなたなら知りたいと思う？」この質問の意図をタムラが理解していることをアリックスは確信していた。親友としてのタムラの言葉はそれだけでじゅうぶん重みがあるが、この状況では、黒人女性としてのタムラの意見はこれからの行動を決定づける。

タムラは唇を片側にひねった。「わたしが知りたいかどうかより、エミラが知るべきかどうかのほうが重要だと思う。そして、アリックス……」タムラは頭を振った。梯子（はしご）をのぼりきって屋根の上からご褒美のすばらしい景色を望んだ瞬間のように、深く息を吸いこむ。「あなたに出会ったことは、あの子にとってこれまでで最高の出来事だと思う。できるかぎりの方法を使ってあの子の人生に踏みこんでいくべきよ」

アリックスはポケットに両手を入れた。「どういう意味？」

「そうね……」タムラは〝いい知らせと悪い知らせとどちらを先に聞きたい？〟と問いかける顔をした。そして、ジャケットのファスナーを首もとまでしっかりとあげた。「わたしはエミラのことが好きよ。とても。エミラとブライアーの名コンビぶりときたら、すばらしいのひと言よ。見ていてほんとうに微笑ましいわ」

一瞬、アリックスにはこれがエミラへの見くびりなのか、ブライアーへの見くびりなのか、両方への見くびりなのか判断がつかなかった。

「でも」タムラはおもむろに言った。「あの子は迷子になってる。二十五歳なのに、自分が何をほしいのかも、どうしたらそれを手に入れられるかもわかってない。うちの子たちなら将来持つはずの、きちんとしたキャリアを作っていこうとする意欲がないのよ。エミラが悪いわけじゃないけど、だからって現実は変わらない。わたしが言いたいのは……この世にはケリーみたいなろくでなしがたくさんいるってこと。やつらがエミラみたいな子をつかまえたらどうなるかしら？　自分を見つけようとまだもがいている最中の子を？　そう考えたらエミラのことが心配になってきて。考えれば考えるほどああいう男とは早く手を切るべきだって思えてくるのよ。ケリーは別の誰かを使って自分を価値ある存在だと示そうとしてる。エミラはまだ自分をわかってないから、それを見破れてないの」

アリックスは頭を振り、片手を顔に当てた。そして、ふたたびかすれた声で尋ねた。「わたしはどうすればいい？」あっという間に涙があふれて、すすり泣きながらアリックスは思った。〝ああ、神さま〟。エミラがほんとうに自分のものであるように感じた。自分の思いはきっといい結果に結びつくはずだ。

「ほら、泣かないの」タムラが横からアリックスを抱きしめた。「わたしを見て。きっとうまくいくわ。まだ付き合いはじめて数カ月だし、指輪がはまってるわけでもない。エミラはあなたに心配してもらえてほんとうに幸運よ……でも、あなたは自分のことも大事にしないと」

「いいえ、わたしはだいじょうぶよ。ほんとうに」アリックスはポケットからティッシュを出して鼻の下をぬぐった。

「アリックス。言っておきたいことがあるんだけど、悪くとらないでね」タムラはアリックスの前に立って、アリックスの両肘を握った。「ニューヨークにいたとき、あなたはいつも〝前へ、前へ、前へ〟だった。物事が停滞していると、本来の自分でいられないように感じるから。いまみたいに」

アリックスは振り返ってレストランの日よけを見つめ、また涙がこみあげるのを感じた。自分が達成感を持てずにいる事実に容赦なく光を当てるタムラのことが憎くもあり、愛おしくもあった。「でも、どうすればいいの？」甲高い悲痛な声が出て、アリックスはさらに声を落とした。「ピーターはとても協力的だし、実際、家で仕事はしてるのよ。ただ、クリントンキャンペーンの仕事がもっとあるかと思ってたのに、来週のイベントがこの何カ月かではじめての仕事で。以前は自分のチームを持っていて、携帯電話は鳴りっぱなしだった……赤ん坊がいるからだというのはわかってるのよ。それはわかってる。あの子はとてもかわいいし、満足してる。でもいまは、ここで以前のような生活をするにはどうしたらいいのか、糸口さえつかめてない」

タムラは携帯電話を取り出した。「わたしに任せて」

アリックスはティッシュで鼻をかみ、ティッシュの下から尋ねた。「何をするの？」

「あなたをニューヨークに戻さなきゃ」タムラはメールを打つ手を止めずに言った。いつもやっているように、自分宛てにメモを送っているのだろう。「二秒ちょうだい」アリックスは待った。「ニュースクール大学で毎週火曜の夜に授業を受け持ってくれる人を探してる女性を知ってるの。あなたならぴったりだし、いままで思いつかなかった自分が信じられないくらいよ」

「タム、だめよ。ピーターをそんな状況に置くことはできない。とてもよくしてもらってるし、もとからこうする計画だったんだから。お互い納得してここに来たのよ」

「なら、利用するのよ、エミラを」タムラは歌うようにゆっくりと言った。「あなたが週に一、二回ニューヨークに出かけるのを止める人なんていない。あなたとエミラ、あなたたちはお互いを必要としてる。まちがいないわ。あなたは自由を必要としていて、仕事を猛烈にこなしていたころに戻りたいと思ってる。そしてエミラは？　あなたの家で過ごす時間が増えるほど好都合よ。わたしにこれをまとめる手伝いをさせてちょうだい」

ふたりぶんの空気を取りこむかのように、タムラは豊かな胸に大きく息を吸いこんだ。そのとき、アリックスは自分が泣きやんでいて、望みを行動に移す心の準備ができていることに気づいた。この瞬間が、これがほしくて、ずっと親友たちに会いたくてたまらなかったのだ。親友たちは、自分を本来の自分に戻す方法を心得ている。「ありがとう」アリックスは言った。

「お礼なんて必要ない。さあ、聞いて」タムラは携帯電話をポケットにしまい、にやりとした。「わたしたちはこれから店に戻って、ミモザを注文する。そしてあなたをニューヨークに連れ帰って、あなたに本来のあなたを取り戻させる。そのあとあなたはこっちに戻ってきたら、べビーシッターに知ってることを全部話して、彼女を守るために全力をつくすのよ」

20

月曜の朝、チェンバレン家は空っぽで、可能性に満ちていた。ミセス・チェンバレンとキャサリンは州外へ出ていて、感謝祭の訪問と今週ずっとブライアーの面倒を見ることについてピーターから熱い感謝を受けたあと、エミラはブライアーのハイチェアの隣に座っていた。エミラの手には、ピーターがカウンターに置いていった四十ドルがある。エミラは三歳児のほうに身を乗り出して言った。「きょうは何か特別なことをしようか」

はじめてエミラはブライアーを電車に乗せ、プレゼントと包装紙とリボンの袋を抱えた乗客に囲まれて移動した。通りに出ると手をつなぎ、さらに二ブロック歩いて、〈ハウス・オブ・ティー〉のドアを開けた。世界じゅうの茶葉が並ぶ壁の前にふたりがけの小さなテーブルがひとつあり、エミラはウェイトレスにいろいろなティーバッグをいくつかマグなしで持ってきてくれと頼んだ（ウェイトレスは「ええと、変わった注文ですけど、いいですよ」と言った）。

一時間以上、分厚い紫の上着を着て長靴を履いたブライアーは、ブライアーにしかわからない順番でティーバッグをテーブルの上や膝の上に並べて遊んだ。「これは、おちゃのあかちゃん」ブライアーはイングリッシュブレックファストのティーバッグを紹介した。「だめ、だめ、きみはまってて」カフェイン抜きのシナモンスパイスティーに言う。「それから、あなたはおねえちゃんなんだから、トイレにいかなきゃ」エミラは氷入りの水を飲みながらそれを眺めた。

　火曜にはそり遊びをした。雪の積もった緩やかな丘を何度かのぼっては滑りおりたあと——滑るあいだブライアーはずっと楽しそうに叫び声をあげていた——エミラがバッグに入れて持ってきたサーモスからココアを使い捨てカップについでやると、ブライアーはそれを飲みながら眠ってしまった。エミラはブライアーを起こして雪の上に寝そべり、手足を動かしてスノーエンジェルを作ったが、雪についた跡はかわいらしかったものの、それほど楽しくはなかった。ブライアーは雪に寝転がったまま、とまどった顔で言った。「ミラ、これはおとまりパーティじゃないよ。ね？」そして、家までずっとそりを引いて帰ると言い張った。

　水曜には、ザラが働いている病院の隣にあるショッピングモールへ行った。医療着姿で〈サブウェイ〉のサンドイッチのビニール袋をさげたザラが、サンタクロースとの写真撮影の列の先頭にいたエミラとブライアーのほうへ駆けてきた。ビロードのロープを乗り越えたザラは、エミラににやりと笑って言った。「あんたたち、いまから弾けなくっちゃ」その場をあとにしたとき、三人は上部に赤い文字で〝サンタとわたし！〟と書かれた三つの写真入り台紙を持っていた。一枚の写真にはサンタとくしゃみをしている最中のブライアー、もう一枚にはサンタとエミラとブライアーが写っていて、こちらは奇跡的に全員が笑みを浮かべていた。三枚目の写真にはエミラとザラとサンタが写っていた。サンタと膝を並べてエミラは脚を組み、両手を髪に差し入れて、トナカイのように大きく目を見開いて無垢（むく）な表情を浮かべている。ザラはサンタの前で、カメラに背中を向けて腰を落とし、膝に手を置いて横を向いていた（ザラはこの写真をインスタグラムにアップして、〝ホー、ホー、ホー、冬のお楽しみ（UP TO SNOW GOOD）〟とキャプションをつけた）。写真の隅に、ふたりを待ちながら小人に向かってサンタを怖いと思うことがあるかと訊いているブライアーの頭が写っていた。

　木曜には、ブライアーをニュージャージー州のカムデンへ連れていった。もう、どこへ行きたいか訊こうとも考えなくなっていた。エミラとブライアーはふたりでひと組で、ミセス・チェンバレンはここにはおらず、ブライアーは大の魚好きだった。アドベンチャー水族館に来ると、驚きの声が次々とこぼれて、ブライアーは口を閉じておくのが大変なほどだった。エミラは子どもであることのすばらしさを思い出していた。本で見たさまざまなものが、息をする現実の生き物として目の前を泳いでいる。ブライアーはカバやサメやペンギンやカメに目を見張った。そしてどういうわけか、奇跡のように水族館にサンタが現れて、挨拶をしたあとリサイクルについて話をした。ブライアーは「だれがサンタを、ショッピングモールからつれてきたの？」と何度も訊き、エミラは静かにしようねと言い聞かせた。

ガラスと水に囲まれた青い光の反射する通路を、エンゼルフィッシュやグッピー、ウナギ、海底に棲むサメを見あげながら歩いた。ブライアーは一方の壁のそばで立ち止まり、ネオンカラーの海藻や岩の前のガラスを小さな指を広げた両手でぺたぺたと叩いた。「ミラ、ほら、ほら、ほら」エミラはその隣にかがみこんだ。

「こらこら、いたずらっ子」エミラは言った。「ねえ、大好きよ」

ブライアーは鼻で笑い——鼻から何かを吹き飛ばそうとしているかのようだった——エミラの肩に頬をのせた。そのとき、ふたりのいる一画の照明が消え、閉館時間が迫っていることを知らせた。ブライアーは叫んだ。「ミラ、あたしがいない！」エミラはブライアーを引きよせて言った。「あたしには見えてるよ」明かりがふたたびついた。

バスに乗って、六時には家に戻ってきた。ブライアーは眠そうで、それはつまり、エミラは急がなくてはならないということだった。六時十五分までに夕食をテーブルに並べて、ブライアーが元気を取り戻してしまう前に、六時四十五分には入浴させたい。エミラはスクランブルエッグとトーストを作った。アボカドの半分をフォークでつぶしてトーストにのせるあいだ、ブライアーはキッチンの床で歌を歌いながら、ときどきシャツのステッカーのにおいを嗅いでいた（においのするものじゃないと教える勇気はエミラにはなかった）。ブライアーの仕切りつきキッズプレートの最後の区画には、鮮やかなオレンジ色の桃をのせた。何百回もそうしてきたようにふたりはキッチンテーブルに横並びに座った。

電子レンジの上の時計を確認し——六時四十六分だった——ブライアーの食事用エプロンの面ファスナーをはずそうと手を伸ばしながら、エミラは考えた。〝ちょっと待って。あたしもまだ、この時間を終わらせたくない〟

ブライアー本人も、最高に風変わりでかわいらしくて、知性とユーモアにあふれている。けれども、この仕事、幼い未完成の子どもの世話をするという営みには、自分が有能ですべてを把握していると思わせてくれる何かがあった。仕事をうまくこなせているといううれしい感覚、さらには、うまくこなしたいと思える仕事をしている幸運を喜ぶ気持ちがあった。ブライアーがいなくなったら、なんの意味もなくなる時間の指標がたくさんある。これから自分は六時四十五分にひとりきりでいるようになるのだろうか？　どこかでブライアーがお風呂に入っている時間だと思いながら？　いつか、ブライアーに別れを告げるときが来たら、自分の居場所を持つ喜びや、ルールを理解する達成感、次に何が起こるかを知っている安心感、自分のなかのわが家を見つける特権とも別れることになる。

子どもの世話をしながらそのリズムに身を委ねる心地よさがエミラは好きだった。おもしろい趣味を持たなくてはと気を揉む必要はないし、いまだにツインベッドで寝ているという事実もブライアーやふたりの計画にはなんら意味を持たない。ブライアーと過ごす一日一日は、手放したくない小さな勝利だった。七時は常に、ひとつの勝利だった。あなたのお子さんはここです。楽しそうで、元気ですよ。

PART 4

21

ニューヨークから戻るなり、アリックスはキャサリンを昼寝させ、ブライアーにｉＰａｄを持たせて、三階のバスルームですばやく夫と交わった。ピーターは仕事に出かける恰好をしていて、鏡に映った彼は、ベルトのバックルをアリックスの腿の後ろで鳴らしながら、恍惚の表情を浮かべていた。アリックスはその朝、列車に乗る前にマンハッタンでヘアカットとブローをしてもらっていたので、ピーターが後ろから突き入れるあいだ、金髪が弾むのをいい気分で眺めた。終わったとたん、エミラが到着して玄関のドアを閉めた音が聞こえ、アリックスはにやりとして唇に指を当てた。

ニューヨークは夏じゅうワークアウトをしていっそう美しくなった元恋人のようだった。この五日間、レイチェル、ジョディ、タムラと――ときにはキャサリンとふたりだけで――街じゅうを駆けめぐり、お気に入りの場所をすべてまわった。七丁目で雪のなか街灯の下に立ってコーンアイスを食べた。キャサリンに花柄の縁なしのニット帽を買った。そして十カ月ぶりにハイヒールを履いて、クリントンキャンペーンのイベントに参加した。ヒラリー・クリントン本人はいなかったが、何百人もの才気あふれる聡明でセクシーな女性たちが集まっていた。アリックスの乗った列車がフィラデルフィアの三十丁目駅に着くころには、ニュースクール大学のコミュニケーション学部の教授からメールが届いていた。**来学期についてぜひ話をしたいと思います。近々予定を決めましょう！**　アリックスはすぐに返事を送り、そのあとニューヨークで撮った将来のインスタグラム用の写真にキャプションをつける作業を続けた。これから何週間かニューヨークにいるふりを続けるのにじゅうぶんな数の記事がストックできていた。

「いらっしゃい！」ズボンを穿いたアリックスは階段を駆けおり、切ったばかりの金髪が肩の上で揺れるのを大いに楽しんだ。キッチンテーブルのそばで、エミラがブライアーの前にひざまずいていて、アリックスは胸が目もとまでふくれあがったように感じた。ああ、このふたりがどんなに恋しかったか！　おしゃべりで落ち着きのない娘と、その娘のために雇っている物静かで思慮深いベビーシッター。以前と何も変わっていないさまを目にするのはうれしいことだった。ブライアーはいまも手伝ってもらわないと手袋をはめられないし、エミラはいまも黒いレギンスの下に毛玉のついたネオンカラーの靴下を履いている。「一週間も会ってなかったなんて信じられないわ！」

　エミラが「ほんとうに。おかえりなさい」と言ったとき、ピーターが三階からおりてきた。

ジャケットに袖を通しながら、アリックスとブライアーにキスをする。ピーターが出かけてしまうと、あとには三人が残された。

「楽しく過ごせた？」

「はい」エミラは言った。「いつもどおりです」

アリックスは後ろを向いて、カウンターからコーヒーをとった。手にカップを持って振り返り、髪を耳にかけて言った。「エミラ」

ニューヨークに滞在したおかげで、四百人以上の女性を前に昇進希望の手紙を書くことについて話す技量があるのだから、エミラにケリー・コープランドの話をすることなどなんでもない、と思えるようになっていた。この五日間で自信を取り戻すことができ、会話のイメージも明確になっていた。想像していたよりも事はずっと簡単に運びそうだった。押しつけがましくなってはいけない。ただ事実を話す。そして、エミラにすぐ行動することを求めない。アリックスにも二十五歳だったときはあるし、これだけ時間がたっていても、ケリー・コープランドの影響力ははっきりと思い出せるのだから。とにかく、エミラを守らなくてはいけない。感謝祭は自分たちの関係の転換点になったけれども、アリックスがこの関係に望むものは変わっていなかった。エミラ・タッカーの擁護者として、月、水、金のみならず、エミラの人生に踏みこむのだ。アリックスはカップを口もとに近づけて微笑んだ。「少し話せないかしら」

「かまいませんけど」エミラは床から立ちあがった。「あの、きょうはいつもと予定を変えて、ブライアーを映画に連れていこうかと思ってるんです」

「映画！」アリックスは娘を見ておどけた顔をした。「楽しそうね」

「なんでこれは、ゆびがあるのに……」ブライアーはエミラの手袋を指さした。「あたしのは、ないの？」

「それはミトンだから。とってもあったかいの」

「ねえ、ブライアーの集中力はあまりもたないんじゃないかしら」アリックスは言った。「そんなに長いあいだ映画館でじっと座っていられるとは思えないわ」

「ええ、でも、前に教えてもらった昼間の親子鑑賞会に行こうと思っていて。だから明かりはずっとついたままだし、歩きまわってもだいじょうぶなんです」

「すてきね！」いま自分はほんとうに〝すてきね〟なんて言ったのだろうか。アリックスは大きな笑みを保ちつつ、内心いぶかっていた。〝なぜいま映画鑑賞会の話をしてるんだろう？〟。エミラとブライアーには家にいてもらわなくてはならない。そのためにキャサリンを早く寝かしつけたのだから。エミラと話すべきことがたくさんある。「親子鑑賞会にはぜひ行ってみたいと思ってるんだけど」アリックスは言った。「でも火曜だけだったような気がするの。ねえ、こうしたらどうかしら――アマゾンのパスワードを教えるから、代わりにここでのんびり映画を見たら――」

「ちょっと調べてみてもいいですか？」

エミラはいつも、パソコンを使っていいか許可を求める(〝電車が止まっていないか確かめてもいいですか?〟〝雨が降りそうか調べてもいいですか?〟)。けれどもいま、アリックスはエミラが慣れた様子でマウスを動かしたりキーボードを叩いたりするのを見ながら、大きく首を傾けた。エミラはさらに二回クリックをした。「完璧」エミラは言った。「上映は十二時四十五分からです」

「あら、よかったわね」

「場所を急いで自分宛てにメールしてしまいますね」

「ママ?」ブライアーが自分の金髪のポニーテールを握りながら呼んだ。「おさかなにはね、あしやしっぽのないのがいるんだよ? はじめっから、そうなの」

「そうよ」アリックスは言った。「エミラ、よかったわね。きっと楽しいと思うわ。でも、ちょっとだけ話をしてもいいかしら」

アリックスが見守るなか、エミラはメールの送信ボタンを押し、振り返った。「はい、なんでしょう」

この答えを聞いて、アリックスは自分を守るように腕を組んだ。なぜこんなにすべてが遠く感じるのだろう? いつか子どもたちがティーンエイジャーになったらこんなふうに感じるのだろうか。子どもが手もとから離れたがって、もう自分の子どもではないような気分にさせられるのだろうか。

「ええと……まず整理させてちょうだい」アリックスは言ったが、最後に小さな笑いが漏れてしまい、身をすくませた。もう一度大きく息を吸い、コーヒーをカウンターに置いて、エミラの映画の計画とこの一週間リハーサルしてきた会話とのあいだに間を作った。「感謝祭は楽しかったわね。あなたたちが来てくれてほんとうにうれしかった。でも……あなたたちもきっと、ちょっとぎこちなく感じたと思うの。とはいえ、何をおいてもまずは、あの夜のあなたの活躍にお礼を言わせて。もう伝えたのはわかってるけど、もう一度伝えたいの。あなたのおかげでほんとうに助かったわ」

「いいえ、当然のことをしただけです」エミラは言い、ブライアーを見た。「吐くのは楽しい経験じゃありませんから」

ブライアーは真剣な顔をしてエミラに言った。「あたし、はいちゃったの」エミラはうなずいて言った。「そうだね」

「それとね……」アリックスは両手のひらをあげてみせた。「ケリーとわたしが昔付き合ってたことはいっさい気にしないで」

エミラは笑った。「ええと、はい」そして一瞬窓のほうを見て、両手をダウンベストのポケットに入れた。「その……高校時代の話なんですよね？」

この返しを聞いて、アリックスはエミラが無意識にアリックスの年齢を計算し、大昔と位置づけたのではないかと感じた。足もとで、ブライアーが片足で跳ねながら言った。「ママ？

ハチはね、あたまのうえでたいそうされるの、すきじゃないの」

「そう、そのとおり」アリックスは気を取りなおした。「確認しておきたかっただけなのよ。でも……エミラ、ちょっと座らない？」

アリックスはブライアーを抱きあげてキッチンテーブルの椅子に座った。ブライアーはミトンのほつれた毛糸で遊びはじめた。エミラは「はい……」と言って、ひとつおいた隣の椅子に浅く腰かけた。ペンキが塗りたてでまだ乾いているかわからないという様子で、姿勢を正して座っている。

「ええと、その……」アリックスは口を開いた。「あなたたちはとても幸せそうで、あなたが幸せならわたしもうれしいんだけど……」

「しあわせなら、ね？」ブライアーが言った。「そしたら、こげこげボートを、おみせまで」

「あのころわたしが知っていたケリーは……」アリックスは気の重い知らせにため息をついた。「その、あまりいい人間じゃなかった」

主導権がアリックスに戻った。エミラが話に耳を傾けていて、これまでの退屈そうな拒絶がかすかな好奇心に変わりはじめているのを感じた。エミラが相手なのだから、それで御の字だ。

「エミラ、あなたは聡明な人よ」アリックスは続けた。「あなたがお付き合いに何を求めるかはあなた自身がいちばんよくわかってると思うし、人は変わるものだってこともわたしはよくわかってる。ただ……」アリックスはブライアーの髪を掻（か）きまぜ、後頭部にキスをした。「わたしとケリーのあいだに起こったことを話さないでいるのはよくないと思えるの。あなたにも同じ問題が起こるかもしれないと思うと、なおさらに」

「あの……」エミラは脚を交差させ、腿のあいだに両手をはさんだ。「あなたがたの別れ際が後味のいいものでなかったのは聞いてます……詳しいことは知りませんけど、でもいいんです。そういうことは起こるものだから」

〝ああ、じゃあ、ケリーは話してないのね〟とアリックスは思った。〝もちろん話すわけがない、自分がいけなかったのだと自覚してるんだから〟。「全体を聞いたのだといいんだけど」アリックスは言った。「ケリーとわたしは……長く付き合ったわけじゃないけど、でも……率直に言うなら……ケリーはわたしのプライバシーを侵害して、そのせいでわたしはクラスメイトからいろいろいやな目に遭わされたの。でももっと重要なのは、それがあなたにもかかわることなんだけど、ケリーは明らかに、アフリカ系アメリカ人やその文化に過剰な執着を持ってるのよ。詳細は省くけど……もしケリーがわたしのときのようにあなたを利用したら、わたしはとても耐えられない」

この一週間、タクシーのなかやシャワー中、そしてマスカラをつけている最中に心のなかで練習したとおりに、軽い調子で言えた。ほかの誰のためでもなく、エミラのために情報提供しているだけだという口調だったし、〝アフリカ系アメリカ人やその文化〟という言葉も、視野の狭い人たちとはちがって声をひそめたりせずに発することができた。そして、タムラの助言では、ケリーがあの手紙で何をしたかについては話すなと言われたけれども、ケリーがひどい仕打ちをした事実をほのめかすなとは言われなかった。アリックスはエミラがさらに聞きたがるのを期待した――ケリーがいつ、何をしたのか、言ったのか、自分なら聞きたくなる。しかし、エミラは脚のあいだに両手をはさんだままだった。頭を振って髪を背中に払ったあと、言った。「全部……十六年前のことなんですよね」

「ああ、もうそんなに前になるの？」アリックスは笑った。正確には十五年前だけれども、まあいい。「そうね、昔のことよね。こういう話をするのは、玄関で最初に彼を見たときのわたしの態度が少し失礼に見えたかもしれないから、その理由を説明するためでもあるのよ」アリックスは話を変えた。「彼を見て、最初はただ驚いた。でも、ケリーのことはよく知ってるから、彼がなぜあなたと付き合ってるのか、少し心配になったの」

エミラは体をこわばらせて床を見つめた。「さあ、どうでしょう……あたしだってけっこういかしてて、デートの相手としては悪くないと思ってるんですけど」

「ああ、エミラ、ちがう、ちがうの。そういう意味じゃないのよ」アリックスは右手の指をひらひらさせて、先ほどの言葉を追い払うしぐさをした。感謝祭の日の〝やめて、やめて、やめて〟という気持ちがふたたびこの家と胃に充満した。「わたしが見るに、彼はまちがいなくあなたに夢中よ。ただ、それが正しい理由からであることを確かめたいの」

「ああ……」エミラはため息をついた。「おっしゃってる意味はよくわかります。そういう男の人に会ったこともあるし。でも、ケリーにこれまでそういうことを感じたかというと、よくわかりません。あたしも高校のときにはすごくばかなことをやったし。そう、ほんとに恥ずかしいんですけど、アジア系の人はずる賢いと思ったり。〝うわ、だっさい（ゲイ）〟みたいなことも言ってました。どっちも不快でいやな態度で、自分がそんなことを言ってたなんていまでは信じられません。だから、その、話してくださったことには感謝してますけど、これまで何も問題がないのに、いまそういうことを騒ぎたてるのはちがう気がします」

アリックスも高校時代にはいろんなばかげたことを表現するのに〝ゲイ〟という言葉を使っていた。〝オリエンタル〟という言葉は大学まで使っていて、ルームメイトにやめたほうがいいと言われてやめた。一時期――誰かがインディアンと言われたときに――〝ビンディのほう、羽根のほう？〟と訊くのをおもしろいと思っていたこともあった。けれども、この件は話がちがう。なぜエミラにはわからないのだろう？　ケリーには黒人文化をひとくくりに偏愛する傾向があり、それは高校時代にはじまって大人になったいまでも健在だ。ケリーはいまも自分のしていることが不自然だとは思っていない。エミラがこの情報を拒絶するとは、ケリーはエミラに何を話したのだろう。高校時代、ロビーや仲間たちに対するケリーの崇拝ぶりは誰の目にも明らかで、常軌を逸していた。あまりに長いあいだ黒人に執着してきたせいで、執着が本物の愛に変わったのだろうか？　いまアリックスは自分がしていることを〝正しい〟と思っていたけれども、ルームメイトに〝ちょっと、オリエンタルなんて言っちゃだめよ、絨毯（じゅうたん）の話以外では〝とカップヌードルを食べながら言われたときに感じたのと似た感覚もどこかにあった。

アリックスは言った。「そうよね」そして、ブライアーを抱きよせた。「わたしが聞きたかったのはまさにそれなの。もし何も問題がないのなら、すばらしいことだわ。わたしはただ——

——」

「すみません」エミラは下唇の端を噛んで、ポケットから携帯電話を取り出した。そして、それを見おろしながら言った。「きょうの上映は一回きりなので、遅れないようにしたいんです」

「ああ、そうよね！」アリックスはブライアーを床におろした。立ちあがったとたん、めまいと喉の渇きを感じた。ブライアーが「エレメノピー」と歌っていて、アリックスはカウンターから携帯電話を持ちあげながら思った。〝どうしてわたしは……何をエミラは……いったい何がどうなったの？〟

「でも、かまわないですよね？」エミラも立ちあがった。テーブルの下でブライアーが何度も深くスクワットをしていたので、椅子に片膝をのせてしばらくそのまま待った。「めったにないことだし、奇妙なのはわかってます。ただ、はっきりさせておきたくて……気になさってはいないですよね」

一瞬アリックスは思った。〝もし気にすると言ったら付き合うのをやめるの？〟。けれども、ただ首を大きく振って言った。「ええ、まったく！」

「ミラ、みて！」ブライアーがテーブルの下から手を突き出した。「こーれ、あたしのナックル？」

「そうだね。指の関節はそこにあるね」

アリックスは身をかがめてブライアーの頬にキスをした。「あなたたちはほんとに仲よしね！」

エミラはジャケットを着たが、そのまま動かなかった。アリックスはテーブルの反対側で、インスタグラムにこの十秒間で三回目の更新をかけた。エミラはまだ立ちつづけている。ついにアリックスは顔をあげた。

「すみません……」エミラは言った。「ピーターはいつもカウンターにお金を置いておいてくれたので」

ほどなく、アリックスは窓辺に立って、ポケットに三十ドルを入れたエミラが上の娘と手をつないで通りを歩いていくのを見つめながら、自分もジャケットに袖を通した。子ども用のバスルームで、子ども用の歯ブラシや歯磨き粉やベビーローションの上に身を乗り出してリップを塗る。髪を肩の前に掻きよせたあと、鍵と携帯電話だけを持って玄関を出た。

玄関ポーチで深呼吸をしたと思ったら、雪の歩道に瞬間移動していたかのように、手袋がすでに手にはまり、ブーティのヒールがこつこつと音を立てていた。はじめてニューヨークから来たときにはフィラデルフィアはどこもかしこも同じに見えたものだったが、いまは地理を知りつくしていた。時刻は十二時十六分で、目的の場所へ行くのになんとか間に合いそうだった。エミラに届いたメッセージをずっと見てきたので、彼の職場も昼休みの時間も把握している（リッテンハウス・スクエア、十二時三十分）。

ボタンダウンシャツにピーコートを着た二十代や三十代の人々が、茶色のテイクアウトの紙袋を持って、数人ずつ固まって歩いていた。巨大なビルが並ぶこのあたりの歩道は広く、アリックスは氷と汚れに覆われた凍った噴水の縁にもたれて人々が通りすぎるのを眺めた。オフィスに乗りこんでいって、そこで話をしようかと一瞬考えた。彼が働いているのはきっと壁を明るい色で塗った好きな席に座れるタイプのよくあるばかげた現代風のオフィスで、プライバシーはあまり期待できないだろうが、それでもかまわなかった。いきなり姿を見せて動揺させ、落ち着き払った態度を見せつければ、きっとケリーは窮地に立たされたことを悟るだろう。ところが、時を待たずにケリーの姿が目に入った。職場から出てくるのではなく、足早に職場へ向かっているところだ。アリックスは体の奥がうねるのを感じ、妊娠に気づいたときと同じように、それを封じこめたい衝動に駆られた。しかし、そうはせずに背筋を伸ばして立ちあがった。そして、慌てることなくポケットに手を入れたまま歩いていった。

ケリーは青灰色のズボンに黒いコート、その下に何かしゃれたシャンブレーのシャツを着ていた。黒人の男性ふたりと連れだっていて、そのふたりもカジュアルながら高級そうな服装で、アリックスは薄笑いを浮かべて考えた。〝ああ、さすがね〟。アリックスの知らない誰かをそばにおいてケリーがいい気分になるのはかまわない。しかし、エミラを相手にそうはさせない。ケリーと連れのふたりは彩り豊かなオーダーメイドのサラダとフォークが入ったプラスチック容器を持っていた。ケリーがついにアリックスに気づき、この日二度目にアリックスはティーンエイジャーの母親になった気分を味わった。アリックスの目の前で、こちらに気づいたケリーは驚いた苦々しい顔をした。体全体で、〝ママ、ここで何してるんだよ、友達がいるのに。帰ってくれよ〟と言っているかのようだった。ケリーが歩みを緩め、アリックスはつかつかとケリーに近づいた。

「やあ、ここで何を――」

「話がしたいの。いますぐに」

ケリーの隣にいた男性ふたりは、病原菌でも見るかのようにアリックスから一歩あとずさった。

アリックスは隣のビルを指さした。「あっちに行きましょう」

全面ガラス張りのビルに入ると、明るいエレベーターホールへ向かうダブルエスカレーターが見え、その脇のロビーフロアにカフェと十卓ほどのテーブルがあった。フロア全体が青い光に染まっている。天井から大きくて異様なジェフ・クーンズの作品が吊りさげられていて、白いタイルの上に祝祭の浮かれた空気を吐き出していた。アリックスがふたりがけのテーブルが空いているのを見つけると、ケリーはアリックスの向かいの椅子を引いた。アリックスは息を整えなさいと自分に言い聞かせながら、手袋から指を一本ずつ抜いた。急に動くと体が痛むとでも言わんばかりだった。

「どうしたんだ、アレックス」ケリーはのろのろと腰をおろした。「なぜぼくの職場を知ってるんだ？」

「いらっしゃいませ！」ベリーショートのウェイトレスがテーブルに近づいてきた。「こちらが炭酸入り、こちらが炭酸なしのお水です。すぐにウェイターがうかがい――」

「すぐに出るんだ。悪いね」ケリーがウェイトレスをさえぎった。

ウェイトレスは「かしこまりました！」と同じ声の調子で言い、それでもグラスを置いて立ち去った。

「なぜいまわたしがここにいるのか、本気で訊いてるの？」アリックスの壇上モードのスイッチが入り、よどみのない明瞭な声が出た。しかし、心のなかはすっかりパニックに陥っていた。ほんとうに自分は、ケリーと会うと決めて二十分で行動に移してしまったのだろうか？　失敗だったかもしれない。けれども自分はいまここにいて、ケリーが続きを待っている。「わたしがここにいるのは懸念してるからよ、ケリー」アリックスは言った。ケリーにはなじみがないかもしれないとばかりに、〝懸念〟という単語を強調して発音した。

「きみが懸念してる？　へえ」ケリーは笑った。「何を懸念してるのか、ぜひとも聞きたいな」

ああ、ケリーはすてきだ。ろくでなしのふるまいをしているときでも。感謝祭のときもこんなに魅力的だったろうか？　先日は気づかなかったけれども、こめかみの髪に白いものがほんの少しだけ交じっている。アリックスは唾を飲みこみ、目の前の泡が弾ける水を見つめた。

「わが家のベビーシッターと付き合っておいて、わたしが口を出さないと思うのは虫がよすぎるんじゃない？」

「アレックス、待てよ」ケリーはサラダの容器をテーブルに置いた。「こっちだって、彼女がきみのところで働いてるのは気に入らない。だけど、きみとぼくが付き合っていたのはひと昔も前のことだし、彼女は自分の考えを――」

「ちょっと、これはわたしたちが付き合ってたこととは関係ないんだから、もう蒸し返さないで」ケリーにこれを言えるなんて。ブローしたての髪で、出産前より六ポンドしか増えていない体で、〝付き合ってた〟という単語を強調して言えるなんて――アリックスはこの機会を存分に楽しみ、塩辛くて生温かい言葉を噛みしめた。「実のところ、付き合ってたことと関係があればよかったと思うくらいよ。あなたとわたしは、ほかのみんなと同じように付き合って、別れることができたかもしれなかった。そうだったらよかったのに。でも、あなたにプライバシーという概念がなかったことや、黒人のスポーツ選手たちを人気者になるためのチケットとして見ていたことを考え合わせると、懸念を覚えずにはいられないのよ。あなたがスーパーでエミラの動画を撮って、そのあとエミラと付き合うと決めたことに」

火のにおいを嗅ぎつけたかのように、ケリーはアリックスを見た。「アレックス、今度は何を言ってるんだ？」

「まだ終わってない」アリックスは手のひらをケリーに向けた。「家族も同然の相手にあなたがいい顔をするのをわたしが黙って見てると思うなら、あなたはどうかしてる」アリックスは効果を狙って間を置いた。「高校時代と同じようにいまも黒人に執着していたいなら好きにすればいい。ただ、うちのベビーシッターを巻きこまないで」

アリックスはケリーの理解が追いつくのを待った。頭にきていたが、困惑したケリーの顔がどんなに魅力的かを考えずにはいられなかった。これほどきらっているのに、その相手からセクシーだと思われたいとは、いったいどういうことなのか。それも、どうやらレストランらしきこの派手派手しい場所で。そのとき、ウェイターがやってきてメニューをテーブルに置いた。前菜はどうかとウェイターが訊くと、ケリーが声を荒らげた。「ぼくたちは連れじゃない」ウェイターは言った。「か……しこまりました」

ウェイターが退くと、ケリーは両手をテーブルの端に押しつけ、口から息を吐き出した。

「よし、話を戻そう。いろいろ解明したいことがある」

なぜか、それを聞いてアリックスは炭酸水をその場にぶちまけたくなった。脚を組み、ケリーが前歯に舌を走らせて話し出そうとするのを見つめた。

「きみの高校最後の年はすばらしいものとは言いがたかったし、きみはまだそれを引きずってるようだな。だが、結局のところ、ぼくときみは別れた」そう言うと、ケリーはテーブルの上で手のひらを上に向けた。「それがすべてだ」

アリックスは首を振った。「これはそのこととはなんの関係も――」

ケリーはそれをさえぎった。「最後まで言わせてくれ。ぼくときみは別れた。それがすべてだ。そして、いまのきみは何度も別れを経験してるはずだから、別れるというのがどういうことかもう理解してるだろう。別れは双方にとってつらいものだ」

アリックスの頭には、ケリーが何を言っているのかぴんとこなかった。意味深長な言葉だったが――あとで逐一分析することになるだろう――どんな情報も受けつけることができなかった。ケリーは怒っているというよりただ疲れているように見え、アリックスはマフラーのなかに吐いてしまいたい気分になった。その一方で、ケリーはこちらがひとりならず、複数の恋人と別れを経験したという前提に立っている。それはつまり、ケリーがいまも自分のことを魅力的だと思っているという印なのだろうか。この状況で、〝じゃあ、あなたはいまもわたしのことをきれいだと思ってるの？〟と確かめるわけには絶対にいかないけれども。

「ぼくがきみに対して犯した罪はそれだけだよ」ケリーは続けた。「きみの意見がちがうことはわかってるし、なぜなのかは理解できないけど、これだけ月日がたってもきみは、あの夜警察を呼ぶ必要はなかったかもしれないとは思えないんだろうな？」ケリーはそう提議した。

「とはいえ、きみとぼくに関して言えば、あのときのぼくは十七歳で、ぼくたちは別れた。それがすべてだ」

アリックスは光を反射する艶やかな天井を見あげた。「もう一度言うけど、ここにはエミラの話をしにきたの」

「まあ、いいだろう。エミラに関しては……」ケリーはテーブルを見つめた。すべてをつなぎ合わせるのにいまだ苦慮しているようだった。「そう、率直に言って、〝執着〟という言葉がよりによってきみの口から出るとは驚いたよ……でもアレックス、ぼくはエミラのことが好きなんだ」

その言葉はまるで、ケリーがアリックスの胸に手を突き入れ、近くに寄りすぎた虫さながらに心を追い払ったかのようだった。

「確かに」ケリーは言った。「ぼくは高校のとき、黒人の生徒を白人の生徒よりずっといかしてると思っていたかもしれない。スポーツ選手やラッパーやきみみたいな金持ちの生徒のことを、ほかの生徒よりいかしてると思ってたのはぼくだけじゃなかったはずだ。でも、ロビーとぼくはいまも友達だ。ロビーの結婚式にも行った。どうやって友達になったかは関係ない。同じように、エミラにどうやって出会ったかも関係ない」

アリックスはとっさにこう思った自分がいやになった。〝結婚式？　なぜわたしはその写真を見てないの？　ああ、ロビーはわたしをブロックしてるってこと？〟

「それから、エミラとぼくのことだけど」ケリーは目に力をこめた。「誰も利用されてなんかいない。もっと重要なこととして、エミラは大人だ。だから、きみにとっては気に入らないとしても、エミラが誰と過ごすことを選ぼうが、きみの懸念する問題じゃない」ケリーは〝懸念〟という言葉を強調し、アリックスは凍りついた。

叫び声をあげて、この俗悪な仰々しい空間に声を轟かせたかった。〝よくもしゃあしゃあとそんなことを言えるわね？〟。アリックスは思った。〝わかってるわよ、わたしたちはもう終わってる。でも、わたしのベビーシッターにかまわないで。それから、わたしの頭がおかしいみたいに言わないで。わたしたちは一度は愛し合ってたのよ。ほかにどう反応すればよかったっていうの？　ほかにどうやってあなたに会いにくればよかったっていうの？〟。話せば話すほどケリーは冷静になっていき、ますます遠くへ行ってしまうように感じた。言葉にしなかった心の声をケリーに聞かせたかったけれども、高校最後の夏を台なしにした彼と和解して帰るつもりもなかった。ニューヨークがまだアリックスの血管をめぐっていた。自分の髪や肌が輝いていることをアリックスは知っていた。ケリーがなんの余波も受けずにこのテーブルを離れられると思っているなら、エミラがただ小遣いをねだったりピーターをファーストネームで呼んだりできると思っているなら、ふたりとも自分をとんでもなく見くびっている。

「つまり、それは……」アリックスは笑みを浮かべてみせた。「あなたがわたしに何をしたか、エミラには話してないってことね」

ケリーは両手で額を押さえた。「なあ、アレックス。ぼくはきみに何もしてなんか――」

「なんでも好きに信じてればいいわ」アリックスは言った。「でもエミラには、付き合っている相手のことを知る権利がある。あなたが言わないなら、あなたがわたしにしたこと、あなたの親友のロビーが逮捕されるはめになった原因のすべてを、わたしが話すから」

ケリーはしわがれた笑い声を漏らした。やりすぎただろうか？　タムラからは、ケリーのしたことをエミラに話すなとは言われたけれども、ケリーから話すように仕向けるなとは言われなかった。

「アレックス……」ケリーはため息をついた。「きみはぼくがエミラを利用していると考えてここに来た。だが、いましているのはぼくが受けとってもいない手紙の話じゃないか」

「関係してるのよ」アリックスは歯を食いしばりながら言った。「手紙のことは関係なくて、あなたは何もまちがったことをしていないなら、どうしてわたしに何をしたかをエミラに話していないの？」

「なぜきみは、きみがロビーにしたことを話していないんだ？」

「わたしがしたのは妹と家政婦を守ることだけよ」

「くそ、アレックス。まだそんなことを言ってるのか？　〝わたしの黒人ベビーシッターを守らなきゃ〟って？　念のため言っておくけど、ロビーの背丈はいまも五フィート五インチしかなくて――」

「ねえ」アリックスはさえぎった。「何があったかエミラに話してみたら？　ロビーがどうやってわたしの住所とゲートの暗証番号を知ったかを。そして、エミラに自分で判断してもらえばいい。エミラはもうしっかりした立派な大人なんだから、自分で考えられるはずよ」

ケリーはうつむいたまま、目だけをあげて言った。「きみがエミラの年を当てこすってるなら、喜んできみと旦那さんの年の差のことを指摘させてもらうよ」

このろくでなし、とアリックスは思った。ピーターの見た目が年の割に若いからといって、若く見えるわけではないことをアリックスはつい失念してしまう。けれども、話をそらす手には乗らなかった。「エミラには付き合っている相手について知る権利があるわ」

「いや、いいか、アレックス」ケリーはテーブルに片腕をついて身を乗り出した。「エミラには自分の服を着て働ける仕事をする権利がある。まずはそこからはじめたらどうだ?」

アリックスは椅子にもたれかかった。ダウンジャケットがつぶれ、空気が押し出される小さな音が聞こえた。「なんですって?」

「きみは自分のほうがロビーよりもひどい目に遭ったみたいにふるまってるが——それについて話すのはやめよう。もしきみがそんなにエミラを大切に思ってるなら、本人の好きな服を着させてやれよ」ケリーはあざけるように言った。「高校のときのぼくは物事をうまくやれなかったかもしれない。まだ十七歳で、浅はかだったから。だが、少なくともいまは、自分のために働く人たちにユニフォームを着させて彼らを所有物みたいに扱ったりはしない」

「何をばかな!」アリックスはテーブルの上の手を拳に握った。「あなたは自分が何を言ってるかわかってない。エミラから頼んできたのよ! だからわたしはポロシャツを貸したの!」

「いつも同じポロシャツを貸してるのか？　毎回？　ビジネスの世界ではそれをユニフォームというんだ」

「見当ちがいもいいところよ」マンハッタンで朝を迎えたときには、〝あなたの正体はわかってるのよ〟とケリーに言ってやる気まんまんだった。なのにいま、こうしてフィラデルフィアで、〝どちらがよりひどい人種差別主義者か〟ゲームをして攻めたてられている。アリックスは首を横に倒して鳴らし、テーブルの上で両手の人差し指を短剣のように伸ばした。「エミラは家族の一員よ。本人の意思に反して何かを無理強いしたことはない。エミラのことはあなたよりずっと前から知ってるし、エミラを守るためならなんでもするつもりよ」

「笑わせるなよ。聞いてあきれる」

「本気で言ってるのよ、ケリー。もしあなたが話さないなら――」

「アレックス、自分が何を言ってるのかよく考えろ」ケリーは低い声で鋭く言った。「きみは高校のときからまったく変わってない。そうとも、感謝祭の日にきみを見て思ったよ、なんでこんなことになったんだ、って。でも、これは起こるべくして起こったんだ。もちろんきみは、黒人を雇って子どもの世話をさせ、その土台の上で家族を成り立たせてる。きみがあれほど恥じていたきみの両親と同じようにね。そしてもちろん、エミラを真夜中に白人だらけのスーパーに行かせて、それでも何も問題は起こらないと思っていた」

「は！」アリックスは天を仰いだ。「今度はエミラが尋問されたのをわたしのせいだって言うつもり？　それこそちゃんちゃらおかしいわ」

「なぜだ？」

「だって、あの夜エミラがユニフォームを着ていたらあんなことは起こらなかったからよ、そうでしょ？」

アリックスの見つめる前で、ケリーはあんぐりと口を開けた。空中でポップコーンをキャッチしようとするかのようだった。鼓動が三倍速になり、アリックスは顔を手で覆いたくなった。いまの頭のなかを口に出したら、途切れ途切れの台詞になりそうだった。〝待って、ちがうの……つまり……だってあなたが……わたしが言いたかったのはそうじゃなくて〟

ケリーは立ちあがり、ジャケットのポケットを探った。「なんでもエミラに好きなことを話せばいい」

「ケリー、待って」

ケリーは二ドルをテーブルの上にほうった。

「ケリー」アリックスは座ったまま、自分がじっとしていればケリーも立ち去れなくなるのではと期待した。「わたしたち……エミラはわたしたちにとってとても大切な人になっていて、それで――」

「ああ、きみたちは家族みたいなものなんだろう？」ケリーはテーブルからサラダの容器を持ちあげた。「だからエミラを誕生日にも働かせてるのか？　お幸せに、アレックス」

ヘッドホンを持ってくることを思いつけばよかったとアリックスは嘆いたが、ケリーを頭から締め出すために何か曲を聞いたら、その曲を聞くたびに一生ケリーを思い出しそうだともわかっていた。足早に雪を踏み鳴らしながら家へ帰り着き、玄関前の階段をのぼった。そしてすばやくなかに入り、しっかりと鍵をかけた。

まっすぐにキッチンのパソコンの前へ行き、考えた。〝クリントンキャンペーンの誰かからメールが来ているかもしれない。出かけているあいだにあの感じのいい人が連絡をくれたかもしれない〟。ベビーシッターと親友にならなくてもかまわないのだ。家族がいて、仕事があればそれでいい。呼吸がいくらか落ち着いてから、画面の下部にあるメールのアイコンをクリックした。新着メールが四通、赤く表示された。

〈ソウルサイクル〉ジムの広告メールと〈メイドウェル〉のジーンズのセール通知のあいだに、アリックスの編集者の名前がふたつ表示されていた。「しまった」とアリックスはつぶやいた。原稿はかなり遅れていた。けれども、レイチェルによれば、そういう事態はよくあることで、エージェント側は著者から締め切りの延長を頼まれることを見越してスケジュールを組んでいるという。ましてや、自分には赤ん坊がいるのだから、大して期待はされていないはずだ。

一通目のメールの件名は〝ニューヨークにいるの？〟だった。
〝しまった〟とまたアリックスは思った。だからソーシャルメディアは時として怖いのだ。編集者をブロックしておくべきだっただろうか。いや、それはかえっておかしい。〝ケリーはエミラに何を話すつもりだろう？　そんなことを考えてはいけない。とにかくメールを読まないと〟

アリックス！

あなたと娘さんがプロスペクトパークにいるのを見たわ！　楽しんでいるようね！　休暇中なのはわかっているけれど、ぜひとも進捗を聞きたくて。締め切りを延ばさないといけないようなら、なおさらに。もう連絡をくれていたり、原稿の最初の五十ページを送ってくれたりしているのにわたしが見逃しているなら知らせてね。ハグとキスを　マウラ

よかった、これならそう悪くない。休暇はあっという間だったこと、家族でゆっくり過ごしたこと、最初の五十ページをできるだけ早く送ることを返事に書いて送信しよう。とにかく、原稿を最優先で書いてしまわなくては。難しいことはないはずだ。もちろん、ニューヨークでもお気に入りのカフェやレストランで執筆に励む予定だったのだが、ケリーやケリーの家族、高校の共通の友人たちのことを調べるのに忙しくて時間がとれなかった。それに、そもそも休暇中でもあった。

そのあと、アリックスはマウラの二通目のメールまでスクロールした。一通目の一時間後に送信されていた。


見てくれている？　アリックス、話し合いの予定を立てましょう。まだ原稿が送られてきていないので、心配になりはじめているの。特に、今回の場合、内容の大部分はもうできているようなものだから。本を書くのは大変な作業だし、小さなお子さんがふたりもいればなおさら大変なのはわかっているけれど、先に進む前に双方が同じページにいることを確認しておきたくて（ああ、なんて皮肉な慣用句なのかしら）。契約を修正するような事態は避けたいけれど、双方にとって最善の道をとりたいと思っています。近いうちに話をしましょう。

マウラ

〝契約を修正する〟？　前払い金を取りあげられるなんてことはありうるのだろうか。もう使ってしまっていたらどうなるのだろう。マウラの叱責は、友達の車でワインクーラーを飲んでいるのを母親に見つかって、助手席のドアを開けた母親に「アレックス、行くわよ」と言われたときのことを思い出させた。何日あれば五十ページ書けるだろう。あるいは三十ページでも。

全体の構成はもうできていたはずだ。きっとすらすらと楽しく書ける！〝ケリーはエミラに何を話すのだろう？〟

そのとき、声が聞こえた。スタンディングデスクに寄りかかって顎に手を当てていたとき、キャサリンがむずかる声がした。アリックスはカウンターを振り返り、モノクロのベビーモニターをつかんだ。ベビーベッドに横たわったキャサリンが、ベビー用寝袋を蹴りあげている。内臓すべてがせりあがって、耳のまわりにねじこまれたかのようだった。〝でも、ピーターがさっき……どうしてわたしは……だけどてっきりエミラが……この子をこんな……〟。アリックスは駆け出し、子ども部屋のドアを開けた。そこにはキャサリンがいて、いきなり開いたドアに驚き、泣きはじめた。アリックスはキャサリンを抱きあげて、激しく波打つ胸に押しつけた。キャサリンはずっと泣き叫んでいたのだろうか。何かを誤飲してしまったのだろうか。近所の人に泣き声を聞かれただろうか。きょうのことでキャサリンに心の傷を負わせてしまっただろうか。自分は、娘を家に置き去りにした。ひとりきりで。〝もし何かが起こっていたらどうするつもりだったの？〟

赤ん坊をひとりきりにしてはいけないのに。赤ん坊に何か起こるとは思えないけれども、親のほうに何かがあったらどうするのか。アリックスには歩いて家に戻ってくるあいだの記憶がほとんどなかった。車に轢(ひ)かれていたらどうなっていたのか。心臓発作を起こして倒れていたらどうなっていたのか。エミラとブライアーは映画に行っていて、そのあとも何時間かは帰らないだろう。そのあいだ、キャサリンはファスナーつきのフリースの寝袋に入れられて、ひとりきりにされるのだ。この五日間ずっと抱っこ紐で連れ歩いていた娘のことをどうして忘れたりしたのだろう。いったいどう言い訳するつもりだったのか。ケリーのせいで赤ん坊のことを忘れてしまった？　生まれたばかりの、早くも自分のレプリカのようにそっくりになってきた子を？　これほど激しく泣くのはいつ以来か、アリックスには思い出せなかった。ケリーに捨てられたときかもしれない。アリックスは手を口に押し当てて言った。「ほんとうにごめんね」キャサリンは落ち着いていて、耳もとで「ばあぁ」と小さな声をあげた。

アリックスはキャサリンをあやしながらキッチンへ戻り、テーブルのまわりを歩いた。三周目に、ちらりとパソコンの画面を見たとき、これまで開いたことのないタブに〝受信トレイ〟と表示されているのが目に入った。〝受信トレイ〟のあとにはEmiraCTucker@という文字が続いている。アリックスはキャサリンを右腕で抱きなおした。

彼の名前を打つのはとても簡単だった。〝Kell〟と打っただけでケリーのメールが表示された。二〇一五年九月の添付ファイルを見つけるのはもっと簡単だった。ふたりがやりとりした最初で最後のメールだったからだ。ファイルをダウンロードし、この春以来見ていない〝春のブログ記事〟というフォルダにドラッグした。動画の再生はせずに、ファイルをすばやく自分宛てにもメール送信し――これでコピーがふたつになった――送信済みフォルダのメールを削除して、エミラのメールからログアウトした。ブラウザの履歴を削除してから、新しく二回検索をして――〝冬の子どもの工作〟と〝オーガニックの歯がためビスケット〟――パソコンの前を離れて携帯電話を手にとった。

「もしもし、レイニー、いま忙しい？」アリックスは音を立てて鼻をすすり、声を震わせながら、ピーターとともにキャスターを務める女性に挨拶をした。そしてキャサリンの頬にキスをし、やさしく揺すりながら続けた。「ねえ、ちょっと力を貸してもらえないかと思ってるんだけど……でも、秘密を守れる？」

22

ピーチ色のネオンサインとアクリルのヤシの葉の下で、エミラは胸もとの大きく開いた黒いドレスと透け感のある黒いタイツを身につけ、プラスチックのティアラを頭にのせて座っていた。ここがエミラの〝お気に入りの店〟と思われることについてはほとんど気にならなかった。確かに、ＤＪはセンスがよくて、エミラ的に最高のレゲトンをかけているけれども、ブラウニー作りや昼の映画鑑賞会や冷蔵庫に入れてあるボックスワインと同じように、エミラはその安さゆえに〈トロピカーナ１８７〉を愛していた（一杯頼むともう一杯無料、レディースナイトの特別割引、三ドルのビール、六ドルのパロマカクテル）。ザラやジョセファやショーニーがそれぞれの誕生日パーティに選んだ店の半分もしゃれているとは言いがたかったものの、ドリンクもこの夜も、すこぶるご機嫌だった。

赤いソファのブースに、タイトなドレスを着てブロンザーを塗りたくった親友三人がエミラを囲んで座っていた。テーブルいっぱいにピニャコラーダとフィッシュタコス、パイナップルサルサ、プルドジャークチキンが並んでいる。何もかもが甘いマイタイやフライドココナッツシュリンプの香りを漂わせていて、聞こえてくる曲もいちいち最高だった。最後の誕生日プレゼントを開けると、いま使っている色あせてひび割れたケースに代わる新しい携帯電話ケースが出てきて、エミラは床からヒールを持ちあげて言った。「うわあ、ありがとう、Z」そして、黒い爪の端でパッケージを破り開けはじめた。

「もうこの古いほうは持ち歩かせないからね」ザラはエミラの携帯電話をつかみ、すりきれたピンクのラバーケースをはずしにかかった。「まったく、こんなにくたびれちゃって。あたしたちのブランドイメージには役立たないでしょ」

ザラは新しい艶消し仕上げの金色のケースをはめた。エミラはほかのプレゼント（ジョセファからもらったメタリックのイヤホンとiTunesのギフトカード、ショーニーからもらった光沢のある〝面接用シャツブラウス〟二着）をひとつの袋にまとめ、みなに宣言した。「次の一杯はおごるから」

ジョセファはストローから唇を離してがくりとうなだれ、ポニーテールを揺らした。「はい？　脳卒中でも起こした？」

ショーニーが笑ってナプキンで口の端を拭いた。「だって、ミラ、きょうはあなたの誕生日なのに！」

「まあまあ、ちゃちゃっとすませるから」エミラはウェイターを呼んでテキーラを四杯注文した。縁に銅色の砂糖をつけてパイナップルをひと切れ挿したグラスが届いた。

「じゃあ……」エミラは親友たちがそれぞれグラスを掲げ、あふれたテキーラを指からなめとるさまを見守った。一瞬、ブライアーが花の写真のにおいを嗅いで「おいしい」と言ったときのような気持ちになったが、その気持ちを脇に追いやって、話をしようと集中した。背筋を伸ばして、ベースやスチールドラムの音に負けないように声を張った。

「ええと、この何カ月か、あたしはちょっとばかり苛々して……お金に困ってた。そんなあたしに我慢してくれたみんなには、ほんとうに感謝してる。来年はいまとはちがう生活をはじめるつもりだし、前に進む手伝いをしてもらえてとっても助かった。セファ、履歴書を〝すてきな〟紙に印刷するのを手伝ってくれてありがとう」

「〝すてきな〟紙。そうよ、わが友(ミハ)」ジョセファは指を四回鳴らした。

「ショーニー」エミラはショーニーのほうを向いた。「求人の情報をメールしてくれてありがとう。毎日、日に何度も……登録解除できる日が待ちきれない」

「あなたが手伝ってって言ったんじゃない！」

「そしてザラ、添え状をいっしょに書いて、あたしがでくのぼうに見えないようにするのを手伝ってくれてありがとう」エミラは三人のほうへ身を乗り出した。「みんなありがとう……来週、正式に面接を受けられることになったんだ」

ザラとジョセファが同時に叫んだ。「やった!」ショーニーはこの知らせに舞いあがった様子で、興奮のあまり拍手もできなくなっていた。「うわあ、やった! エミラ、すごいじゃない!」

「オーケー、オーケー、でもそこまでね。仕事の話はもう終わり」エミラはグラスを持ちあげた。ほかの三人も続いた。

「二〇一六年のミラが仕事でばりばり活躍できますように」ザラが言った。「乾杯! 誕生日おめでとう」

エミラは胸に手を当ててグラスを傾けた。ジョセファが携帯電話を出して言った。「ミラ、笑って」エミラは唇を突き出した。「おお、いいね」ジョセファは写真をじっくりと見た。「ほんとにキュート。写真をアップするね」

その日の夕方にブライアーを家に送っていったとき、エミラはジャケットのポケットに残っていた十五ドルをミセス・チェンバレンに返さなかった。エミラのぶんの映画のチケットに六ドル五十セント(ブライアーのチケットは無料だった)、Sサイズのポップコーンに五ドル、そしてレッドベルベット・カップケーキに二ドル二十五セント使った。エミラとブライアーは白人の客と壁に飾られた額入りのレトロなチキンの絵とに囲まれたベーカリーでテーブルに向かい合って座り、カップケーキを分け合って食べた。

「ねえ、B、知ってる?」エミラはフロスティングを二回なめるあいだに言った。「きょうはあたしの誕生日なの」

ブライアーはそれを聞いて、興味を引かれたようにも、驚いていないようにも見えた。「オーケー。じゃあ……ミラは、おねえちゃんになったんだね」

「そう、お姉ちゃんよ」

「がんばったね、ミラ」

エミラは言った。「ありがとう」

エミラは実際、がんばった。その週、ブライアーとすばらしく楽しい時間を過ごし、新しい場所へ連れていったり（これまでショッピングモールを知らなかったのは確かだった）、〝興味深い〟〝警戒する〟〝えくぼ〟という言葉の意味を教えたりした。夜には保育の管理職の求人をグーグルで検索して履歴書を六通送り、さらに二通を直接持っていった。今度受けるのはポイントブリーズにある〈ボディワールド・フィットネス〉のフルタイムの保育責任者の面接だ。給料は安く、いまより時給が四ドル低いことは友人たちには話さなかった。履歴書を持っていったとき、消毒剤と嘔吐物のにおいのする、カラフルだけれども色あせた部屋を見るなり気落ちしたことも黙っていた（従業員のなかにエミラより何歳か若い女性がひとりいて、その女性が母親と男の子を追いかけて〝マグカップを忘れてますよ！〟と笑いながら声をかけていた。汚れた蓋つきマグを持って走っていく女性の姿を見て、エミラはなぜかひどく悲しくなった）。けれども、その日帰宅してから電話がかかってきたとき、とても興味がある仕事なのでぜひ来週の面接を受けたいと答えていた。エミラはケリーに話すのが待ちきれなかった。ケリーはけさアパートメントに花束を届けさせてくれて、ゆうべも日付が変わってすぐに**誕生日おめでとう**とメッセージを送ってくれた。いまは残業中だけれども、あとで合流して乾杯とダンスをすることになっている。

食事のあと、四人は窓のない地下のバーへ移動した。ショーニーのソニーの同僚たちが乱入し、ジョセファのクラスメイトも何人か顔を出して、テンプル大学の友達も来てくれた。ザラの同僚はひとりも来なかった。歓迎するとエミラが伝えたとき、ザラは言っていた。「ううん、呼ばない。いっしょに働くだけでじゅうぶん――勘弁して。でもケリーにはあのフェードカットの友達を連れてくるように言ってよ」

ケリーはそのフェードカットの友達と、ほかにふたりを連れてきた。ケリーが入ってきたとき、エミラは三杯目を飲みながらバースツールに座っていた。何もかもがとんでもなくおもしろく、現実離れして感じた。〝あたしに恋人がいる？　誕生日に？　それも、白人の？　嘘みたい！　やったね！〟。ケリーは人を掻き分けながら近づいてきて、横向きのままエミラを見て言った。「やあ、きみ、かわいいね」

エミラはにやりとしてキスをした。「きょうは誕生日だから」

「ほんとに？　それは大変だ。誕生日おめでとう」ケリーはさらりと言った。「それで……どう？　仕事はうまくいったか？」

「楽しかった」エミラは空のグラスをカウンターに置き、スツールを回転させてケリーと向き合った。「映画を見たの。それからもう一回映画を見て、カップケーキを食べた」

「映画を二本?」ケリーは子どもが楽しみすぎているのではないかと妙な心配をする父親の口調で言った。

「映画館はがらがらだったから、ずっとおしゃべりしてたの」ほんとうに特別な時間だった。映画館のシートに座ったブライアーはいつになく小柄に見えた。予告篇がはじまると、ブライアーは耳を押さえて、玄関の鍵をかけ忘れたような顔をしてエミラを見た。けれどもすぐに慣れ、一本目が中盤に差しかかったころ、エミラの腿を叩いてささやいた。「ほら、いっしょにすわってるからね。しーっ」

「だから電話したのに返事がなかったのか、お嬢さん」

「ああ、やだ」エミラはうなじに手を当てた。「ごめんね、ブライアーといるときは携帯電話を出さないようにしてるから。そのあとはショーニーのとこに行くのに急いでて……そうだ、それで思い出したけど――」ぺらぺらとしゃべる自分に酔っているのを感じたけれども、早く話さずにはいられなかった。「――あなたの高校時代の彼女が、きょうあなたのことを持ち出してきた」

ケリーはうなずき、両手を前ポケットに入れた。「ああ、そのことで話をしたかったんだ。ほかにもいろいろ話したいことがあるけど、ここではなんだから……」

「そう？　あたしは話させてもらうけど」エミラは言った。「ものすごく気まずかった。あたしが家に行ったら、ミセス・チェンバレンは〝あなたがケリーと付き合ってることはいっさい気にしてないって伝えておきたいの〟って感じで」ミセス・チェンバレンの口真似をして、穏やかながら押しの強い声を出した。「あたしのほうは、〝うーん、別に訊いてないけど、まあいいか〟って。ミセス・チェンバレンは高校時代のあなたに問題があったと言おうとしてて、あたしは〝そもそも大昔の話だし、それにあたしはもうすぐ別の仕事の面接を受けるんだから首を突っこまないで〟って感じで」

「ちょっと待った、なんだって？」ケリーはさえぎって言った。「別の仕事の面接を受ける？」

「言うのを忘れてた！」エミラは両手を頬の前に持ちあげた。「月曜に面接なんだ！」

実際以上にはしゃいで聞こえるように言った。けれども、高揚感を上乗せしたかいはあったようで、ケリーは言った。「ほんとうに？　エミラ、すごいじゃないか！」

「保育の管理職で、まだ採用になるかわからないけど。でも、福利厚生つきなの」

「そうだ、忘れてた。きょうから二十六歳なんだよな」いつ壊れるかわからないと言わんばかりに、ケリーはエミラの両肩に手を置いた。「保険からはずれてるあいだ、ヘルメットをかぶらせておくべきかな？」

エミラはケリーの手をどけた。「だいじょうぶ、まだあと三十日くらいはあるから」

「とにかく、おめでとう。それも、探しはじめたばかりなんだから、ほんとうにすごいよ……」ケリーは口を開けたまま、さらに何か言いたそうにし、エミラは思った。〝うん、あたしもただ好きっていう以上の気持ちを持ってる〟。「なあ、今夜は彼女たちと帰るなよ。いっしょにいよう」

「そうなの？」

「そうだ」ケリーは言った。「あとで話がある。でも、いまはやめよう」

「いい話？」

「うーん……」ケリーが唇を突き出し、エミラはときめきつつも不安に駆られた。ケリーは眉をあげて言った。「興味深い話かな……？　でも、きょうはきみの誕生日だ。一杯おごらせてくれ」

ほどなく、ザラ、ジョセファ、ショーニーがケリーのまわりに押しかけて、ハーイと挨拶し、横からハグをした。ザラがエミラの手のなかの金色のケースに入った携帯電話を指さした。「あなたの彼女をアップグレードしておいたんだけど、もう見た？」ケリーは笑った。「おお、ずっとよくなったな」エミラが「ふたりとも失礼じゃない？」と言うと、ザラも同じ表情を作って言った。「悪かったね、あんたを気にかけてるの」

「ケリー、いまわたしのインスタで、ミラが人気者になってるよ」ジョセファが携帯電話を見ながら言った。「二時間ぐらいで百五十も〝いいね！〟がついてる」

「ふうん、あたしたちが誕生日にプレゼントするべきだったのはそれなのかも」ショーニーが言った。「インスタグラムのアカウント」

ザラが言った。「なんて安あがりなプレゼントなのよ」

「心のこもったプレゼントよ、思い出に残るでしょ」

「誰も思い出作りになんて使わないってば」

「さあ、次の一杯はぼくのおごりだ」ケリーが全員に宣言した。注文を訊かれて、ザラとショーニーが叫んだ。「シャンパン！」

「あなたもシャンパン飲むでしょ？」ショーニーがエミラに尋ねた。「あなたの誕生日なんだから、拒否権はなし」

エミラに拒否権はなかったけれども、ジョセファは辞退した。顔をあげずに「今回はパスする」と言い、携帯電話の画面をスクロールしつづけた。

ショーニーが、カウンターでくっついているエミラとケリーの写真を撮ると言い張った。そのあと、退屈そうなバーテンダーが拍子抜けする音を立ててボトルの栓を抜き、シャンパンをグラス三つにつぎ分けるさまも写真に収めた。ジョセファが声をあげた。「Z、ちょっとこっちに来て」ザラがグラスを持って、カウンターを移動した。

「これ、とってもおいしい。ありがとう、ケリー」ショーニーが言った。「もうあたしの彼には会ってたっけ？　彼も今夜来るから、会ってくれなくちゃだめよ」

「きみの彼に？　まだだと思う。ぜひ会いたいな」

　エミラはショーニーの後ろから、声を出さずに唇だけ動かした。〝だめ、会っちゃだめ〟。しかしそのとき、ザラがエミラの腕をつかんで言った。「エミラ、血が出てる！」

「え？」エミラが言うと、ショーニーが叫んだ。「え、やだ！」

　ジョセファがエミラの顔をまっすぐに見た。「いますぐトイレに行って手当てしよう」

　バーテンダーにカードで支払いをしていたケリーが振り返って言った。「だいじょうぶか？」

「だいじょうぶ、あたしは看護師だから！」ザラはエミラの腕をさらに強く引っ張った。「すぐに戻る！」

　エミラはジョセファとザラに引っ張られ、押されてトイレへ向かった。「ちょっと、気をつけてよ」エミラが言うなか、ザラがエミラとショーニーを身体障害者用の個室に押しこんだ。ジョセファも入ってきて、鍵をかける。エミラは腕を見おろしたが、どこにも血は見えなかった。四回まばたきをして、考えた。〝うわ、あたしはきっと気絶するんだ〟

「なんにも見えないけど」

「怪我はしてない」ジョセファが携帯電話を取り出した。

「ちょっと、どういうこと？」ショーニーの左手には絆創膏が、右手には携帯用のネオスポリン軟膏のチューブが握られていた。ザラが「何やってんのよ？」と言うと、ショーニーは答えた。「血が出てるって言わなかった？」

エミラは全員を黙らせた。「オーケー、これはなんなの？」

ショーニーは応急手当て用品をバッグに戻した。ザラとジョセファが目を見交わすのを見て、
エミラは苛立った。ジョセファが片手でもう一方の肘を押さえた。

「ねえ、どういうこと？」エミラはもう一度尋ねた。「こんなのおもしろくない。ケリーが来てくれたばっかりなのに」

「オーケー」ザラが言った。「あんた、あの動画をアップした？」

喉の奥に、何か大きな丸い塊がつかえた。ザラがどの動画のことを言っているのかはわかっていたけれども、気づくとエミラは棒立ちのまま言っていた。「なんの動画？」

「気をしっかり持ってよ」ジョセファは打ち明ける覚悟を決めたようだったが、エミラの目を見ようとしなかった。白くネイルした爪で画面をタップし、スクロールしながら言った。「インスタにあげたあんたの写真に、コメントをつけた人がいたの。〝この黒人の子はあのスーパーの動画の女性？〟って。それで、〝え？〟と思ってグーグルで〝黒人　女性　スーパー　動画〟って検索したら……これが出てきた」

エミラは携帯電話を奪いとり、Oの形にあんぐりと口を開けた。三杯半飲んでぼんやりした視界に、画面に映った自分の姿が見えた。〈マーケット・デポ〉の精肉売り場で、カメラに向かって「ちょっと、さがってくれません？」と言っている。ブライアーは映っていないけれど

も、画面の下のほうに金髪がちょこんと突っ立っているのが見えた。それが目に入ったとたん、エミラの心の端が砕けた。

「嘘、嘘、嘘、嘘、嘘」エミラはステッカーやマジックや名前や数字だらけの汚い個室の壁にもたれかかった。目と心はいっきに酔いが醒めたが、手足や腰が追いつくまでには時間がかかった。頭の一部は、〝どうしてこんなことが〟と思うところまでたどり着かずに、こうしてトイレのなかと画面のなかに自分が同時に存在できるテクノロジーのすばらしさにまだ気をとられていた。別の世界の出来事のように、エミラはまた自分の声を聞いていた。ザラが自分の携帯電話を出して、ショーニーのためにその動画を再生していた。「なるほどね……」ショーニーが言った。「エミラ、落ち着いて」

「でも、どうして……」エミラはつぶやいた。「これはなんなの？　誰がこれを持ってるの？」

「そうよ、これはどこのサイトなの？」全部いたずらにちがいないという声でショーニーが言った。誰かがくだらない悪ふざけをしているだけだ、と。「ちゃんとしたサイトには見えない。動画はこれひとつきりなのかも」

ザラとジョセファがまた目を見交わし、エミラは床に落ちて濡れたトイレットペーパーの渦に携帯電話を投げつけたくなった。「ねえ！」エミラは問いつめた。いまや指が震えていた。

「ほかに誰がこの動画を持ってるのか教えてよ！」

「これはツイッターに投稿されてる」ジョセファが言った。「だから……みんなが持ってるみたいなもの」

「え？」

ジョセファが携帯電話に手を伸ばし、ページをひとつ戻してからエミラに返した。エミラはツイッターのアカウントを持っていないので、画面を左右にスワイプしようとした。ほかの三人がいっせいに言った。「下よ」

そこにすべてがあった。〝ベビーシッター中の黒人女性が逮捕されかける〟〝誘拐の疑いをかけた警備員を黒人女性がやりこめる〟〝仕事をしていただけの黒人女性がまたしてもトラブルに〟〝フィラデルフィアのベビーシッターが誘拐の罪を着せられる〟〝#黒人女性を信用せよ〟〝#わたしたちはどこでも自由に行ける〟〝向こう気の強い黒人女性が警備員の目を開かせる〟。あの動画の一部を切りとったクリップが、そうした文言を頭につけられて何度も繰り返し使われていた。〝運輸保安局に荷物が大きすぎると言われたら〟〝このトイレは常連客専用だと言われたら〟〝試着室には六点までしか持ちこめないと言われたら〟というキャプションの下で、エミラが叫んでいる。「本物の警官じゃないんだから、そっちこそ引っこんでてよ！」エミラは個室の壁に手をついて言った。「座りたい」

「うわ、だめ、だめ、だめ」ショーニーがエミラの肘をつかんだ。「ここで座っちゃだめ。あたしに寄りかかって」ジョセファがエミラの手から携帯電話をとり、ショーニーは冷たい空気をエミラの首筋に送った。

濃い色のフィルムを通して見ているかのように、すべてがぼんやりとしていた。エミラはこの汚いトイレにいながら、〈マーケット・デポ〉の冷凍庫が並ぶ通路にもいた。ブライアーを入浴させるチェンバレン家のバスルームにも、ブライアーを昼寝させる子ども部屋にもいた。

「吐きそう」エミラは言った。

ジョセファが一歩そばに寄った。「ミラ、誰がやったの？」

ザラも一歩近づいた。「これを誰に送ったの？」

「知らない……」エミラは唇を引き結んだ。「動画を持ってるのはあたしだけ」

「誰かが携帯電話を盗んだとか？」

エミラはジョセファに向かって首を振った。ボディバッグに手を入れ、新しい金色のケースに入った携帯電話を取り出した。傷ひとつないケースを見たとたん、泣きたくなった。画面を見ると、新しいメッセージが十二件、不在着信が四件あり、**誕生日おめでとう！** や**エミラ、これ、あんた？** といったメッセージが入り交じってプレビューに表示されていた。母親から**エミラ、すぐに電話してて**というメッセージが来ていた。妹からは**なんで電話に出ないのよ？**とある。エミラは壁に頭をもたせかけ、息を吸いこんだ。「どうしよう」

「ほら、しっかりしなきゃ」ジョセファが言った。「わたしを見て。携帯電話をハッキングされたの？」

「そんなのわかるわけない」

ザラが腰に手を当て、脚を肩幅に開いた。そして、ひとりごとのように言った。「ハッキングされたんなら、気づくはず」

「動画を誰かに送った？」ジョセファがさらに問いただした。「クラウドに保存してあるの？どこかのドライブとか、共有フォルダに？」

「知らない……」エミラの左目の端に涙がたまった。「その言葉の意味もわからない。誰も……誰も持ってないよ……あたし以外」

「でも、ケリーは別。そうでしょ？」ザラが声を大きくした。「ケリーが携帯電話で撮影したんじゃなかった？」

ジョセファが詰問をやめ、ほかの会話もやんだ。エミラが顔をあげると、ショーニー、ザラ、ジョセファがエミラの返事を待っていた。

出会ってからおそらくはじめて、エミラは親友たちから真剣に見定められているのを感じた。エミラはケリーのことは疑っていなかった。疑う理由などない。その代わりに、エミラ自身が疑われているように感じた。そして、自分が疑われる理由はいくらでもあったけれども――経済的に困っていて、きちんとした仕事がなく、大学を出てからの人生が行き詰まっている――それでも、ケリーだけは別だ。会社支給の携帯電話がなくても、有給休暇がなくても、〝.edu〟で終わる学生のメールアドレスがなくても、自分には誕生日を覚えていてくれて、毎週火曜にバスケットボールをして、いまもショーニーが手にグラスを持っているように、自分や友達にいつも飲み物をおごってくれる、信頼できる恋人がいる。自分のものとは思えない声で、エミラは言った。「ケリーは持ってない」

「絶対に？」ザラが尋ねた。

「あの夜に削除してた」

「まちがいない？」

「消してた。消すのを見てたもの。画面を見せてもらって、なくなってるのを確認した」

ジョセファはザラと同じ恰好（かっこう）で腰に手を当てた。「送信済みフォルダから削除するところも見た？」

個室の外から、ダンスフロアで女性のグループが再会の歓声をあげているのが聞こえた。ひとりが「いつ戻ってきたの？」と言い、別の誰かが「わあ、元気そうね！」と言っていた。

「エミラ」ジョセファが声を強めた。「ケリーは送信済みフォルダからも削除したの？　確かめた？」

「もちろん確かめてなんかない」エミラは頬がいまにも濡れそうなのを感じた。「あの夜は頭がぐちゃぐちゃだったから。でも、だからってケリーが持ってることにはならない」

「ねえ、ケリーはこんなことしないと思う」ショーニーが味方した。「きっと動画が残ってるのを忘れてて、それでケリーがハッキングされて——」

「でも、ケリーはIT業界で働いてるんでしょ」ジョセファが腕を組んだ。「彼が動画を撮って、写真フォルダにファイルがないのをあんたに見せたって言うけど、それはそれだけのこと。ファイルが存在しうる場所はほかにもごまんとある。ケリーはiPhoneの仕事をしてるんじゃなかった？」

エミラは言った。「ジョセファ……」大学時代に知り合ってから、愛称ではなく名前で呼んだのはこれがはじめてかもしれなかった。ザラを振り返ったとき、エミラはもう手遅れなのを悟った。ザラは意味深長な視線をすばやく向けたあと（〝あたしにそういう態度はとらないで。あんたがやらないならあたしがやる〟）、ドアの留め金を開けて個室から飛び出した。「Z、やめて！」エミラが叫んだとき、ジョセファもザラに続いて駆け出した。

音楽が先ほどまでより大きくなっていて、何組かのグループがフロアに出て踊っていた。ケリーはまだカウンターに座っていたが、友達ふたりがいっしょだった。ザラがケリーの腕に触れて言った。「ねえ、あたし、携帯電話をなくしちゃって。ちょっと呼び出してみてくれない？」

ケリーはポケットに手を伸ばした。「いいよ。番号は？」

エミラはザラの横に並んで小声で言った。「ザラ、やめて」

ケリーの友達のひとりが「やあ、誕生日おめでとう」と言い、もうひとりが「携帯電話をなくしたって？　あのカウンターの上にあるのはちがうの？」と言った。ザラもエミラも答えなかった。ケリーが四桁の暗証番号を入力するなり、ザラはその携帯電話をひったくってケリーに背を向けた。電話機の形に指を曲げたまま、ケリーは言った。「ザラ、なんなんだ？」

ジョセファがあいだに割りこみ、ケリーに片手をかざした。「まあいいじゃない。ちょっと落ち着いて」

ケリーは言った。「は？」そしてエミラを見た。エミラは息を詰め、体のなかの何もかもが泡立って渦を巻くのを感じていた。二十六歳になってシャンパンを飲んでいたカウンターを離れたら、戻ってきたときにはいまやインターネットじゅうに拡散されつつある動画の怒れる女性になっていたかのようだった。その場に立ちつくし、酔って混乱しながら、エミラは思った。〝ケリーはあんなことをしない〟。しかし次の瞬間にはこう思った。〝ああ、ケリーじゃありませんように〟。ケリーの携帯電話に何があるのかを、ザラが見つける前に思い浮かべようとしたけれども、頭のなかはぐちゃぐちゃで、いくつかの断片がなぜか浮かびあがってきた。論評欄に意見を書くべきだと言うケリー。フィラデルフィアのもっと裕福な家で働けると言うケリー。〝あいつをクビにしたくないのか？〟〝アレックスは今回のことの落とし前をつけるべきだ〟と言うケリー。どういうわけか、ブライアーもそのなかに交じっていた。映画館で手をつなぎながらブライアーは言った。「あなたはただのちっちゃなしちめんちょう、ハロー」

ケリーはジョセファからショーニー、そしてエミラへと目を向けた。唇をなめて言う。「いったいどうなってるんだ？」

「ちょっとだけ待って」ジョセファが言った。上半身をねじってザラが検索している画面をのぞきこみながら、片方の腕をエミラの前に伸ばしている。エミラが車の助手席に座っていて、急ブレーキをかけた直後だとでもいうような恰好だった。

ショーニーが後ろからエミラの腕をぎゅっとつかんだ。そしてうつむきながら言った。「ミラ、訊くのよ」

「訊くって何を？」ケリーが言った。「携帯電話を返してもらえるか？ 何が起こってるんだ？」

「ケリー……」エミラは天井を仰いだ。「あの動画をアップした？」

ケリーが自分と同じ反応をするのをエミラは見つめた。どの動画か、該当するのはひとつしかないと気づいている。さらに悪いことに、ケリーの友達のひとりが笑い声をあげ、グラスを手に立ちあがった。

「なんの動画だ？」ケリーは「いや」と答え、しかしそのあと言った。「きょうのケリーにはありとあらゆるドラマが起こるなあ」彼はエミラの脇を通りすぎ、もうひとりもあとに続いた。

「あたしたちが出会った夜の動画」エミラは語気を強めて言った。「あの夜の動画をアップした？」

「するわけないだろう。あの夜に削除した」

「ほんとうに？」

「もちろんだよ！」

ジョセファが自分の携帯電話を操作して、ケリーに画面を突きつけた。「じゃあ、どうしてこれがいま広まってるの？」

「おい、おい、おい、なんだよ、これは」ケリーは目を細めてまぶしい画面を見つめた。「なんてこった……どうして……いつアップされたんだ？」

「じゃ、あなたは動画を持ってないのね？」ショーニーの声は変わらずとても穏やかだった。

「あなたの携帯電話にも、パソコンにも、ほかのどこにも」

「あるわけないだろう。一度も見てさえいない。エミラ、なんてこった」ケリーはゆっくりとジョセファの腕をさげ、エミラに近づいた。「ぼくは絶対に……絶対にやってない」

エミラは息を吸いこんだ。「削除したんだよね？」

「ああ」

ザラが振り返ってジョセファの隣に顔を並べた。「ほかのどこにも保存してない？」

「もちろんない」

「そう、それならこれは何？」ザラは画面をみなに向けた。ケリーの携帯電話には、手で顔を隠したエミラが映っていた。その夜三度目に、エミラは疲れておびえている自分の声を聞いた。

「さがってくれません？」三度目ともなると、酔っ払って留守番電話にメッセージを吹きこんだり、ラジオを消されたあとにまだ歌を歌いつづけたりしている自分の声を聞いているかのようだった。ザラが動画を閉じると、ケリーの送信済みフォルダが表示された。エミラはケリーに目を戻し、思った。〝ほんと、最高の展開〟

「嘘つき」エミラはつぶやいた。

「ちがう、ちがう、ちがう、エミラ、待ってくれ」

そのあとは、〈トロピカーナ187〉を出る算段と破局のやりとりのそれぞれで混沌が続いた。ザラがショーニーにエミラの荷物をとってくるように言い、ジョセファがウーバーを呼ぶと申し出た。ケリーはエミラに待ってくれ、話を聞いてくれ、こちらを向いてくれと懇願しつづけたが、ザラはエミラの手をつかみ、子どものころや大学時代を思い出させるしぐさで人混みのなかを引っ張っていった。通りに出る階段でショーニーが追いついたが、エミラのコートとプレゼントを抱えたその姿は、パートナーをご褒美のショッピングツアーに連れ出した恋人を思わせた。外では雪が降りはじめていた。

〝あたしの恋人があたしの動画をリークした？〟エミラは積もったばかりの白い雪のなかで、ザラの手をさらにきつく握った。ケリーがまだ後ろに立っていて、「エミラ、待ってくれ」と言い、ザラがそれに答えて言った。「さがりなさいよ、いまあたしがさがる気はないから」ジョセファがひと足先に通りに出た。一台の車が停まって声をかけてきた。「やあ、きみがモリーかい？」ジョセファは言った。「わたしがモリーに見える？　さっさとどいて」

〝ほんとうにケリーはあたしにただ好きっていう以上の気持ちを持ってるの？〟。エミラはアスファルトの上に立った。〝あれをアップしたとき、ケリーはただ好きっていう以上の気持ちを持ってたの？　あたしがばかだったの？　誰にもう見られてしまったんだろう？　ああ、どうしよう〟。ミセス・チェンバレンにあの動画を見られると思うと、吐き気の稲妻が背筋を駆けあがり、肩甲骨のあいだにたまった。〝あたしはいま働いてるんです。お金をもらってて、きっとあなたより稼ぎはいいはず〟〝彼は年の行った白人ですから、みなさん安心するんじゃないですか〟〝何すんの、触らないでよ！〟。あれは、ミセス・チェンバレンが家と子どもたちから離れているときのエミラかもしれないのだ。ケリーが通りにおりてきて懇願した。「エミラ、話を聞いてほしい。頼む、こんなふうに行かないでくれ」エミラはケリーを見て考えた。〝あたしはブライアーにさよならを言うことになるんだろうか。自分で決めたのではないタイミングで〟

「セファ、到着予想時間は？」ザラが言った。

「デレクのホンダがあと二分で着く」

「エミラ、こっちを見てくれ！　ぼくはこんなことはしてない！」ケリーが言った。

「ああもう、ケリー、やめて！」雪のなかで震えながら、ついにエミラは言った。ショーニーがジャケットを着せかけようとしたが、エミラはそれを払いのけた。「こんなことをしたいと思うのはあなたしかいないでしょ」

「そうしたいと思うのと、実際に動画をアップするのはまったく別のことだ」

「へえそう、でもやっぱり、あたしがあの動画を公開すればいいと思ってたわけだよね？」ケリーが黙っているので、エミラは続けた。「図星でしょ。あなたはあたしがまったく別の人間になるのを望んでる。そう……あたしがケンジントンに住んでるのが気に入らなくて、あたしの部屋には一度も来たことがない」

「おい、おい、おい、きみが招いてくれなかったんじゃないか！」

「あたしが必死に保険に入ろうとしてるのに、保険に入ってないのをジョークにする」

「それはちがう。きみがジョークにしてるんだ！」

「あたしがベビーシッターを仕事にしてるのをいやがってる。それは、別にどうでもいい。でも、はっきりそう認めてくれたほうが気が楽」

ケリーは力なく腕を両脇に垂らした。「エミラ、いまだにベビーシッターをしてる自分をきらってる唯一の人間はきみだよ」

エミラは二歩あとずさった。

ザラから言われたのだったら、受け入れられたかもしれない。ケリーからでも、もう少し長く付き合ってからで、これほど酔っていないときだったら、受け入れられたかもしれない。それでもザラなら、〝いまだに〟という言葉を使って、エミラが大人になりきれていない事実に焦点を当てたりはしなかっただろう。とっくにほかの何かに踏み出しているべきであること、いまの仕事が十三歳の子でも任せてもらえる仕事であることを突きつけたりはしなかったはずだ。テキーラとシャンパンの靄（もや）のなかで、スカートの裾を引っ張りおろす自分の映像を目の当たりにして、しかもそれをケリーの送信済みフォルダから見て、エミラはケリーのドアマンのことや、ケリーが職場でもらってくるバスケットボールの招待券のことや、ケリーが自分の前でNワードを口にした、いまとなってはそう無害とも思えなくなった会話のことしか考えられなくなった。エミラはケリーを上から下までにらみ、唇を突き出して言った。「へえ、そう」

「待てよ、ぼくは絶対に――これは……」ケリーは大きく息を吐き出した。「エミラ、神に誓って、ぼくはやってない……でも、アレックスがやったんだと思う」

　エミラは笑った。「何、それ」ザラが、近づいてきたデレクのホンダのほうへエミラを引っ張った。ショーニーがSUVの助手席に乗りこみ、ジョセファが車の反対側にまわりこんだ。

「本気で言ってるんだ、エミラ。アレックスがやったんだよ。どうやったのかはわからないけど、きょうアレックスがぼくの職場に来て――」

「もういや、やめて！　ふたりしてこだわり合って、ばかみたい。ねえ、ほんとうはお金持ちで立派な仕事をしてて本を書いてるような人といっしょにいたいんでしょ？　なら彼女とよりを戻せばいいじゃない」エミラが車に乗りこむと、ザラが身を乗り出して後部ドアを閉めた。

　後部座席で、エミラは両頰を手で押さえた。ザラがシートベルトを締めさせて、ショーニーが膝にコートをかけ、ジョセファが言った。「携帯電話を貸して」ショーニーのアパートメントに着くころには、ケリーから二回着信があったが、携帯電話の新しい登録名は、〝出ちゃだめ〟に変わっていた。

23

土曜の午後、アリックスは安心できる速さと傍目に不愉快なほどおびえて見える速さとのあいだで、ふさわしい足どりを見つけるべく苦心していた。アリックスの調べたかぎり、エミラはこのアパートメントからすでに引っ越したのか、履歴書に書いてあった住所は別の人間の名義になっていた。けれども、エミラに前もって連絡はしなかった。訪問を断られたくない。タクシーの運転手には、二ブロック手前で車を停めてもらった。

ベビーカーよりもキックスケーターを持っていくほうがアリックスは好きだった。キックスケーターをどこかに置き忘れてしまっても、千三百ドルを失うことにはならない（武器として使うこともできる）。キャサリンを抱っこ紐で前に抱えながら、ブライアーが乗っているライムグリーンのキックスケーターのハンドルを支えた。ブライアーは必要はないもののかわいらしいヘルメットをかぶってストラップを留めている。アリックスは片手でブライアーを誘導し、もう片方の手に携帯電話を持って、グーグルマップを見ながら積み重なるように立ち並ぶアパートメントの前を進んだ。窓には白い格子がはまっていて、いくつかの窓の向こうに猫が寝そべっている。エミラのアパートメントがある建物――脇に衛星アンテナがふたつついている――は、いまは雪の薄い層に覆われているバスケットボールコートと道路をはさんで向かい合っていた。アリックスは左手と腰でブライアーとキックスケーターを持ちあげ、玄関前の階段をあがった。そして、〝5B〟と表示されたボタンを押した。

「はい？」

まちがいなくエミラの声で、機嫌のいい日ではなさそうだった。アリックスは身をかがめてインターホンに口を近づけた。

「エミラ？　アリックスよ。こんにちは。ミセス・チェンバレンです」

「ああ……どうも」

年嵩（としかさ）の黒人の男性が歩道を通りすぎた。ジャケットのポケットに手を入れた男性は、青い野球帽の下から、道に迷ったのかという目つきでアリックスを見あげた。ブライアーがまっすぐに男性を指さして言った。「あのひと、でんしゃのうんてんしゅさん」

「ハニー、しーっ。エミラ、突然なのはわかってるの」アリックスは言った。「あなたに渡したいものがあって……それと、ちょっと挨拶をしたくて」

ブライアーが男性に目を向けたまま言った。「ぽっぽー！」

重い沈黙のあと、エミラは言った。「あの……ブライアーもそこにいるんですか？」

男性は隣のブロックに着きかけていたが、ブライアーは口のまわりに手を当てて叫んだ。

「しまるドアに、ごちゅういくらさーい！」

「ブライアーもここにいて、お友達をたくさん作ってるわ」アリックスは言った。「でも、郵便受けはある？　ドアに入れていくだけでもかまわないの」

「いえ、いまおりていきます。ちょっと待っててください」

カチリと音がして不明瞭な通話が切れ、アリックスは体を起こした。

ブライアーは電車の運転手に見切りをつけ、母親を見あげた。「ママ？　ママ、ここ……ここになにがあるの？」目の前のドアを、手のひらで三回叩いた。

アリックスは親指をなめてブライアーの唇から乾いたヨーグルトをぬぐいとった。「これはね」アリックスは言った。「ちょっとした冒険なの。いい？」抗菌ジェルを取り出してブライアーの手に塗り、自分の手にも伸ばした。

ドアの窓越しに、階段をおりてくるシャンパンピンクのタオル地のスウェットパンツがまず見え、ついでエミラの全身が現れた。髪を黒いシルクのスカーフで包み、頭のてっぺんでまとめている。Tシャツの上にデニムジャケットを着ていて、週末の部屋着としては妙な選択に思えたけれども、これがただの週末ではないのも確かだった。化粧はしていない。エミラのまぶたは腫れてむくんでいた。

「どうも」

「急にごめんなさいね。こんにちは」

ブライアーが顔をあげて指さした。「ミラのかみ、ない」

「ええと、いらっしゃい」エミラはにっこりした。「髪はまだあるよ。包んでるだけ」

「失礼なのはわかってるの」アリックスは聖書に宣誓するかのように片手をあげた。「忙しいなら時間をとらせるつもりは――」

「いいえ、いいえ、どうぞ入ってください。四階ぶん階段をあがってもらわないといけないんですけど」

「それはかまわないわ。これをここに置いていってもだいじょうぶかしら?」

「うーん……」エミラは親指の爪の端を嚙(か)んでキックスケーターを見つめた。「ええと、あたしなら持ってあがります。あなたしだいですけど」

階段は埃(ほこり)とカビのにおいがしたが、五階まであがるとエミラのにおいが感じとれた。ネイルポリッシュ、レモン、人工的なココナッツ、湿った草の香り。エミラが玄関のドアを押し開けると、部屋のなかが見えた。アリックスは〝オーケー、ふう。きっとうまくやれるわ〟と思い、そのあと〝ああ、この部屋はなんだか物悲しい〟と思った。

エミラの部屋は、ほとんどの部屋が同じ間取りだけれども角部屋だけ少し広かったり窓がひとつ多かったりする、大学の学生寮に似ていた。廊下とキッチンの床には、木材に似せて皺(しわ)加工したリノリウムが張られている。冷蔵庫の上に鮮やかな赤の電子レンジがあり、冷蔵庫の扉に雑貨店の〈ベッド・バス・アンド・ビヨンド〉のクーポンが貼ってある。カーペットを敷いた居間には寝室に通じる開いたドアがふたつあって、アリックスは遠いほうがエミラの寝室だと見当をつけた。

　コルクボードに褐色の肌の女性たちの写真が留めてあり、押しピンのひとつにハロウィンの黒い猫耳のヘアバンドが引っかけてある。背の高いプラスチックのユニットシェルフに黒い服がたたまずにしまわれていて、ベッドメイキングをしていないペイズリー柄のキルトの上に黒いドレスが哀れに丸めてあり、ベッドの横の床に甘いミルクが少し入ったピンクのボウルが見えた。居間にはテレビと黒いイケアのコーヒーテーブル、黒いバタフライチェア、そして形の合わないカバーのかかった紫のソファベッドが置いてある（アリックスは以前にソファベッドに宛てた手紙をブログで書いたことがあった。その手紙のなかで、ソファベッドのことをアリックスの世代で最大のジョーク家具と紹介し、〝がたつくけれどもカラフルな枠にのった似非(えせ)ビーズクッション〟と評した。この投函(とうかん)されなかった手紙は冗談で書いたものだったが、エミラの居間の様子を見て、アリックスはいじめっ子になったように感じた）。

　しかし、エミラのソファに座ると、別のものに気づいた。ソファベッドの向かいの壁際に、大きな水槽が床置きしてある。蓋はなく、魚もいないが、十個ほどの鉢植え——シダ、ヤシ、チトセラン、オリヅルラン——が入っていて、緑の葉が伸びて縁からはみ出していた。あまりに意外で、アリックスはブライアーが水槽に駆けていくのを見て喜んだ。でこぼこのソファベッドとこのかわいらしいアクアリウムが共存しうることをブライアーが学べるといいのだけれど。

「水を持ってきましょうか」

「うれしいわ。ありがとう。ブライアー、触っちゃだめよ。ヘルメットを脱いだら？」

ブライアーは言った。「いいえ、けこです」そして、水槽を指さした。「おさかな、いないよ」

「でも、かわいい植物を見て、ハニー」アリックスは抱っこ紐をはずし、キャサリンの頭を膝に乗せて水平に寝かせた。「エミラ、すてきなアイディアね」

「ああ」エミラは冷凍庫の扉を閉めた。「実は、あたしたちの前に住んでた人が置いていったんです。重すぎて運び出せなくて……それで、そんなふうになってるんです」青いプラスチックの製氷皿から氷のキューブを割って出し、グラスに水道水をそそいだ。

「なんで……なんで、ここ、おさかないないの？」ブライアーが尋ねた。エミラはコーヒーテーブルに水のグラスを置き、バタフライチェアに腰をおろした。

「それは植物のための水槽だから。ちょっと変わってるよね」エミラは言った。「でも、昔はそこにも魚がいたんだと思う」

エミラがブライアーに説明しているあいだに、アリックスはキッチンの奥にある開けっぱなしのドアからバスルームをのぞいた。濡れたカラフルなブラが四枚、シャワーカーテンのレールからさがっていて、アリックスは思った。〝ああ、だからデニムジャケットを着てるわけね。なるほど〟。ブラを洗うというのは、落ち着かなくて気が立っているときに自分がやりそうなことに思えた。ブラのひとつからシャワーカーテンに二回水が滴り、どういうわけか、エミラとケリーはもう付き合っていないにちがいないとアリックスは確信した。

「あの、あなたをあまりびっくりさせなかったならいいんだけど」アリックスは切り出した。キャサリンが見慣れない天井をじっと見て、〝ダーダーダー〟と言っている。「ただ、ちょっと寄らせてもらって――」

「いえ、ええと、その……」エミラはアリックスをさえぎった。身を乗り出して、膝に肘をついた。「すみません……先に話してもいいですか？」

アリックスはキャサリンを肩にもたれかけさせ、長い脚を組んだ。ネットフリックスのレンタルDVDの封筒がコーヒーテーブルの下の棚に置いてあるのが目に入り、そのことと先に話したいというエミラの言葉とが相まって、エミラへの愛情が湧きあがるのを感じた。〝わたしはこの子が好きだわ〟とアリックスは思った。〝まだDVDを借りてるの？　あれはなんの映画だろう？　《プラダを着た悪魔》とか？　ああ、ほんとうにこの子のことが好き。エミラとわたしはきっとうまくやれる〟。「もちろん、お先にどうぞ」アリックスは言った。

「その……あの動画はもちろんもう見てますよね……みんな見てますから」エミラは言った。

「でも、言っておきたいんですけど、いつもはブライアーの前であんな口の利き方は絶対にしてません。つまり――友達なんかの前では別ですけど、ブライアーの前ではああいうふうには話さないし、ほんとうにあのとき一度きりだったんです。ブライアーを連れていかれるんじゃないかとかすごく不安で、つい大声になって子どもの前で使うべきじゃない言葉を言ってしまって」

ブライアーがコーヒーテーブルの下に手を伸ばし、赤地に白い文字で〝テンプル〟と書いてある水筒を引っ張り出した。「こーれ、あける」

アリックスは言った。「ブライアー、だめ、だめ」

エミラは手を振った。「ああ、空なので、遊んでだいじょうぶです。でも、その……ここにいらしたからには、きっともう心は決まってるんですよね。それはわかってます」脚のあいだに両手を差しこむ。「ただ、あたしの気持ちを言っておきたくて……それだけです」

前の晩、ピーターが寝たあと、レイニーから**アップされたわよ**というメールが届いた直後に、アリックスはバスタブに座ってiPadであの動画を五回見た。見るたび、エミラとはじめて会っている気分になった。エミラがあんなによくしゃべるのを見たのははじめてだったし、エミラのことをあんなにかわいいと思ったのも、あんなに聡明で鋭いと思ったのもはじめてだった。結末を知っていて、最終的に無事だったとわかっているのに、動画を見てエミラの声に恐怖がにじむのを聞くたび、ホラー映画を見ているかのように鼓動が速まった。気づくとこう思っていた。〝そうよ、エミラ、がつんと言ってやりなさい〟〝気をつけて、彼がすぐ後ろにいるわ！〟。けれどもたいていは、ただこう思っていた。〝信じられない、これはほんとうにほんの何カ月か前のことなの？　どうしてブライアーはあんなに小さいの？〟

ツイッターやくだらないウェブサイトにあげられたコメントは、ほとんどがエミラの行動を讃（たた）えるものだったが、なかにはそうでないものもあった。それは、エミラ本人があの九月の夜の行動を思い出すときに考えそうなことに思われた。

〝なぜ彼女は最初から警備員に子どもの父親と話をさせなかったんだ？　あれじゃ反抗しているも同然だ〟

〝悪いけど、彼女はベビーシッターには見えないわ〟

〝カメラの前であんな態度をとるなら、人目がないときに子どもの前で何を言ってることやら〟

しかしアリックスは、動画のエミラがしゃべるのを聞きながら、エミラの携帯電話に入っている曲の下品な歌詞を見たときに感じたのと同じことを感じた。愉快さと好奇心だ。ブライアーがエミラのような行動をすることよりも、ブライアーが自分のような行動をすることのほうがずっと恐ろしかった。ブライアーにエミラのようになってほしいか？　いい面についてはそのとおりだ。さらに重要なこととして、ベビーシッターには自分のために立ちあがれる人でいてもらいたいか？　〝百パーセントそのとおりだ〟とアリックスは思った。唇を引き結び、肩にもたせかけたキャサリンをやさしく揺すった。「エミラ、ピーターとわたしが怒ると思ってたの？」

エミラは顔をあげ、頭の後ろをさすった。しばらく泣いていたのは明らかだった。「その、ピーターのことを年が行ってるなんて言ったことは申し訳ないと思ってます。いつも親切にしてもらってるし、それほど年でもないのに」

アリックスは思わず笑い、キャサリンの靴下を引きあげた。「その言葉をピーターが聞いたら喜ぶと思うけど、ほんとうに気にしなくていいのよ。まず……わたしたちは大変な時間を過ごしてきた。あなたもわたしも。でもエミラ、あなたの気持ちがどこにあるかはよくわかってるつもりよ。ピーターもわたしも、あなたがうちの子たちの面倒を見てくれて、わたしたちがそばにいられないときにこの子たちを守ってくれていることにとても感謝してる。そして、あなたのこの子たちへの愛情に感謝しているのと同じくらい、あなたのひとりの人間としてのプライバシーも大事に思ってるの。だから、あなたがいまどんなつらい思いをしているか、想像してもしきれない」

エミラは脚をもう片方の脚に交差させて言った。「起こってしまったことはもう、しかたないですから」

「わたしたちは、あなたに少しも腹を立ててなんかいない」アリックスは言った。「その反対よ。あの夜のあなたの行動に感銘を受けたし、あなたがわたしたちの人生にかかわってくれたことに心から感謝してるの……念のために言っておくと、わたしも子どもたちの前で、言うべきでない言葉をたくさん言っちゃってる。だからそのことはほんとうに気にしないで。それでね……」アリックスはソファの反対側の端に置いていたバッグをとり、足のあいだの床に置いた。「話したいことがたくさんあるから、ちょっとだけ我慢して聞いてね。ブライアー、いい子ね、こっちに来て」

ブライアーが顔をあげて、ずれたヘルメットをかぶりなおした。アリックスは片手でキャサリンを支え、もう片方の手でバッグのなかを探った。そして、赤と白の撚り紐をかけた小さな四角い包みを取り出した。「エミラのよ、覚えてる？　エミラのところへ持っていって渡してちょうだい」

エミラは言った。「なんですか？」

ブライアーは包みを両手で持って、エミラのそばへ行った。「あたし……こーれ、あけたい。あたしがあける」

アリックスが「それはエミラのでしょ。いい子ね」と言うと、エミラが「じゃあ、手伝ってくれる？」と言った。

アリックスが見守るなか、ブライアーとエミラは小さな包みを開け、花が描かれた二〇一六年のポケットカレンダーを取り出した。エミラはとまどったように目を見開いたが、それでも言った。「わあ、ありがとうございます」

アリックスはキャサリンの髪を指で梳かしながら言った。「なかを見てみて」

その朝、アリックスはカレンダーの最初の六カ月のすべての月曜と火曜と水曜と金曜に、〝エミラ〟と名前を書き入れておいた。エミラが一月のページを開くと、ブライアーが花の絵を指さして言った。「こーれのにおい、いまかぐ」何かが飛び出してくるのではと身構える面持ちで、エミラは二月にページを進めた。

「エミラ、まわりくどいやり方になっちゃったけど……」アリックスは切り出した。「あなたにもっとうちに来てもらいたいと思ってるの」

エミラは三月のページを開いた。「どういうことかよくわからないんですけど」

ブライアーがヘルメットを叩いた。「ママ、こーれ、とりたい」

「こっちにいらっしゃい、手伝ってあげる」アリックスはエミラを見て微笑んだ。「そう……ママはすごい機会をもらったのよね？」片手でブライアーのヘルメットの留め金をはずしながら言った。「それで、ニュースクール大学で来学期から授業を持たせてもらえそうなの。毎週火曜の夜なんだけど、もちろんこの子たちを連れていくわけにはいかないし……だからあなたに面倒を見てもらえないかと思って。そうすると……」アリックスは人差し指を立てて数えはじめた。「月曜はいつもどおりに十二時から七時まで。火曜は十二時に来てもらって、その夜は泊まって水曜のお昼まで——あなた用の客室を用意して、必要な物はすべてそろえておくわ——そして金曜は、いつもどおり十二時から七時まで」

エミラはその提案にひどく驚いた様子で、急に貴重品だとわかって指紋で自分が触れた証拠を残したくないとでもいうように、カレンダーをおそるおそる持ちはじめた。「うわあ」エミラは言った。

「うちに来ていない日にタイピングの仕事をしてるのは知ってるし、その仕事にどれくらい熱意を持ってるのかわからないけど……ブライアー、ヘルメットのストラップはとっても汚いから口に入れちゃだめ、いいわね？　でも、ほかの仕事をやめてもらうからには、もちろんこちらの仕事をフルタイムにさせてもらうつもりよ。このスケジュールだと週に三十八時間だけど、列車が遅れたりしたときのために四十時間に増やそうと思うの。そうすれば健康保険に加入できるし、有給休暇なんかの福利厚生もつけられるわ……それから、夏の予定を書きこまなかったのは、あなたもどこかのタイミングで帰省するだろうと思ったからで、そこはこれから調整したいと……」アリックスは息をつき、笑みを浮かべた。二インチほどあがっていた肩がさがった。「いま話したことは全部、あなたのためにメモしておいたから。かなり長かったものね」アリックスは言った。「返事はいますぐでなくていいの。でも、もし何か質問があるならいま訊いてくれても……あらやだ……エミラ、あなただいじょうぶ？」

アリックスがこれまで見たなかでいちばん座り心地が悪そうな安っぽい椅子の上で、エミラは顔を手で覆って泣いていた。コーヒーテーブルにはティッシュがなかったので（リモコンがふたつと〈ベイビーリップ〉と書かれた何かの筒状のパッケージしかなかった）、アリックスはキャサリンを連れてバスルームへ行き、トイレットペーパーのロールをひとつ持ってきた。キャサリンを胸に抱えたままエミラの前にひざまずき、丸めたペーパーをエミラの手に押しつけて、しばらく手をそこに置いたままにした。

「いまは大変なときなのに、こんな話をしてほんとうにごめんなさいね」エミラの泣き顔があまりに恥ずかしげでぐちゃぐちゃだったので、アリックスもついもらい泣きしそうになった。

「これがいちばんいいタイミングだと思ったんだけど、あの動画の問題が落ち着いたあとでこれからの話をしたほうがいいのかも……」

しかし、エミラは首を横に振り、うれしいけれども疲労困憊（こんぱい）という顔で言った。「いえ、すみません。あの、すごくいいお話だと思います」

「ほんとうに？」思わず大きな声が出た。アリックスは口に手を当て、ポップコーンを思わせるスタッコ塗りの壁越しに隣近所にもいまの声が聞こえてしまったにちがいないと思った。

「引き受けてくれるの？　ああ、すごくうれしい。ほんとうにいいの？」

「はい、だいじょうぶです」エミラは笑った。「ぜひ……もっと働かせてください」

「ああ、最高の知らせだわ！　よかった、ほんとうによかった」アリックスは満面の笑みを浮かべた。「ブリ、聞いた？」ブライアーはヘルメットのストラップをお腹のいちばん太い部分に留めようと悪戦苦闘していた。「ブリ、来年はあなたとエミラでお泊まりできるのよ。すごいでしょう？」

「ミラ?」ブライアーはテンプル大学の水筒を持ちあげて、エミラに持っていった。「ミラ、ここ……ここにレーズンいれて、とっとこうよ。ね?」

エミラは言った。「すごくいいアイディア」

アリックスは体を起こした。「じゃあ、いいのね。新年から?」

エミラは両手の小指で目をぬぐった。「はい、それでかまいません」

「それまでに細かいことをいろいろ話し合って、全体を決めましょう。でも、最後にもうひとついいかしら」

そう言ったものの、話したいことはまだまだたくさんあった。エミラとの関係がじゅうぶんに育って、これからの人生をずっといっしょに過ごせるようになるのが待ちきれなかった。

〝あなたが恥ずかしがっている動画だけどね〟。アリックスは言いたかった。〝率直に言ってそれほど悪くないし、あなたがわたしの子をどれだけ愛してくれているかがよく伝わってくるわ。それと、あなたが使ってるこの水筒だけど、発がん性があるかもしれないから、ガラスかステンレスの新しい水筒を買いましょう。それから、たまたま作ったというこれ、鉢植えと水槽っていうのは抜群にすてきだし、あなたの直感は冴えてるわ。それから、ソファは高い買い物だけど、お金をかけるべきもののひとつだと思うの。あと、こういう服はクローゼットの必需品よ。あと、この料理は高級そうに見えるけど実際はそうでもないの。あと、これは片手で卵を割る方法。二十五セント硬貨とピンポン玉二個を使って練習するといいわ〟。いまはそうした話をするのにふさわしいときではないけれども、エミラがフルタイムで働きはじめればきっと機会があるはずだ。

「まだ事が起こったばかりで話し合う気になれないならそう言ってね」アリックスは言った。「でも、ピーターとわたしは、あの動画の件であなたの力になりたいと思ってるの」

ふたたび、エミラはイエスと言った。


――――


そうして、月曜の朝七時に、レイニー・サッカーとカメラクルーがチェンバレン家に到着した。タムラは列車に乗って、コーヒーとクロワッサンを手にやってきた。エミラはザラといっしょにそのすぐあとに現れて、レイニーに勧められた色の服二着（ミントとコバルトブルー）を持ってきていた。髪はストレートにして、アリックスがはじめて見る形にウェーブをつけてあり、目には太いアイラインを引いている。胸もとにはシンプルなゴールドのネックレスがさがっていて、それを見たアリックスは思った。〝よくできました〟

ローカルニュース初出演に備え、くすんだピンクのブラウスのボタンを留めながら、アリックスはタムラのほうを見て最後の確認をした。「わたしは正しいことをしたのよね？」そう小声で言って、髪を肩の前に寄せた。「ごめんなさい、でも……わたしは正しいことをしたって言って」

タムラは目を細め、大げさに自信たっぷりの表情を作った。「まあ、アリックス、そのとおりよ」タムラは言った。「百パーセントそのとおり。これはたぶん、エミラの人生に起こる最高の出来事よ」

24

ミセス・チェンバレンがドアを開けたとたん、エミラはザラがささやくのを聞いた。「うわ、すご」チェンバレン家の広さにはエミラもかつて驚かされたが、それだけではなく、きょうは居間にたくさんのライトやカメラが設置され、ピンクのあじさいを生けたガラスの花瓶がサイドテーブルに飾られていた。

「いらっしゃい、かわいいエミラ。もうしっかり目が覚めた？　まだだったらコーヒーをたっぷり用意してあるわよ。こんにちは、ザラ。また会えてうれしいわ」ミセス・チェンバレンはてきぱきとして、すっかり目が覚めているようだった。〝かわいい〟にエミラはふいを突かれたものの、いまは大変な週末を乗り越えたばかりなのであって、いずれミセス・チェンバレンの親愛表現にも慣れるだろうと自分に言い聞かせた。エミラとザラはダンキンドーナツのコーヒーを買ってきていたが、ザラは持ってきたものを下に置いて、タムラからコールドブリューコーヒーを受けとった。

レイニー・サッカーがエミラを居間に招き入れた。レイニーは白いナプキンを襟もとに差しこみ、腕を大きく前に伸ばして、メイクが自分の衣装につかないようにエミラを抱きしめた。そして、エミラの持ってきた服二着を受けとって「すてきね」と言い、それぞれの手に一着ずつ持った。「こっちでいきましょう」レイニーは鮮やかなコバルトブルーのワンピースを掲げた。「リップはほんのりピンクにして、チークはごくうっすらと。いい？」

「エミラ、子ども用のバスルームを自由に使ってね」ミセス・チェンバレンが言った。

その決定に参加したような顔でレイニーがうなずいた。「二十分後に会いましょう。本番は九時からよ、スーパースターさん」

エミラは自分も同じようにわくわくしようと努力した。ブライアーはどこにいるのか訊きたかったけれども――何を着ているのかとても興味があった――ザラといっしょに階段をあがった。ブライアーにはすぐに会えるだろうし、これからはたっぷりいっしょに過ごせるようになる。

子ども用のバスルームで、エミラは便座の蓋に座り、ザラに仕上げのパウダーを頬にはたいてもらった。「ねえ……」ザラがささやき、エミラはその息にコールドブリューコーヒーのかぐわしい香りを嗅ぎとった。「ここってなんだかプランテーションの雰囲気があるね」

「うん、まあね」エミラは目を開けた。コンパクトを持ちあげて、鏡で顔を確かめた。「あたしはこれから長い時間ここで過ごすことになるんだから、まあ落ち着いてよ。生え際をちょっと整えてくれない？」

　ザラは舌打ちをして言った。「産毛ブラシはどこ？」

　エミラは上体を起こして、洗面台に置いてある化粧ポーチのなかをのぞきこんだ。「そこにない？」ポーチをとり、膝に置いた。汚れたコンパクトやスティックをあちこちに寄せたあと、エミラは言った。「バックパックのなかだと思う」そして、ザラを見た。

　ザラは唇を尖らせた。「そうみたいね」

「下からバックパックごととってきてくれる？」

「うへえ、はい、はい」ザラはドアに手を伸ばした。そして誰にともなく言った。「仕事を手に入れたからって、あの子は自分をお姫さまだと思ってるみたい。まあいいけど」

　ドアを閉めて出ていくザラに、エミラは声をかけた。「ありがとう！」ひとりになると、立ちあがって洗面台の鏡を見つめた。お尻拭きのパッケージやベビーパウダーの容器の上に映っているのは、カメラに撮られるにはずっと望ましいバージョンの自分だった。フェイスブックやツイッターでいまだに広まりつづけている自分の姿よりもずっとましだ。

　週末のあいだ、エミラは〈マーケット・デポ〉の動画に対するコメントや投稿を検索せずにはいられなかった。おびただしい数の警察の暴力の動画や〈ブラック・ライヴズ・マター〉のデモ行進の動画のあいだで、拡散されつつあるエミラの動画はどこか……ユーモラスだった。

視聴者たちは、**ひどい話だけど死ぬほど笑った**とか、**ああ、彼女はわたしのヒーローよ**、などとコメントをつけて動画を拡散していた。エミラが腰に手を当てて警備員に怒鳴っている場面のスクリーンショットを撮って、途方に暮れた顔でカメラを見つめるブライアーの顔にクローズアップしていき、**＊レコードのスクラッチ音＊ おっと、これはわたしだ。きみはきっと、なぜわたしがこんな状況にいるのか疑問に思っていることだろう、**とよくある映画の登場人物紹介を模したミームのキャプションをつけた人もいた。**この子最高**とか**この子には災難だったな**とか**この子とベビーシッターの続篇がぜひ見たい**といったコメントもたくさんあった。拡散されればされるほど、深刻さが薄れていくようで、それは事態をさらによくも悪くもしていた。

　エミラは、多くの人がこうした軽い受け止め方をしたのにはいくつか要因があるのだろうと考えた。まず、今回の件では誰も傷つかなかった。ブライアーはあどけなくてかわいらしく、状況にただ退屈していた。そして、エミラのすばやい反撃ぶりが、その下にあった恐怖を見えにくくしていた。これは、人種差別を扱っていながら、血を見てその日一日を台なしにせずにすむ動画だった。自分とケリーが付き合っている――付き合っていた――ことを知ったらインターネット上の人たちはどう反応するのだろうとエミラは考えずにはいられなかった（この二日間にケリーから四回電話がかかってきていたが、エミラは全部無視していた。最後にかかってきた電話にはザラが出た。「オーケー、もうみんな落ち着いただろうって？ でも、まだあんたと話す気にはなれないの。こっちの気持ちの変化を尊重願いたいわね」）。

電話をかけてきたのはケリーだけではなかった。週末じゅう、エミラは携帯電話を充電器に置きっぱなしにしていた。一時間に一回はインタビューの依頼の電話がかかってきたし、〈ザ・リアル〉というトーク番組の出演依頼も来た。けれどもエミラはどの電話にも、ミセス・チェンバレンに教えられたとおりの台詞で応対した。「誰がかけてきても、現時点ではコメントはありません、と答えるのよ。それだけ言っていればいいわ」ミセス・チェンバレンは言った。「この状況は変えられる。約束するわ。こちらから打って出て、誤解されてることがあればすべて正すのよ。そうしたら、スポットライトが当たったときと同じで、あっという間に世間の目から逃れられる」

実のところ、この動画が世間の注目を集めるというケリーの見通しは正しかったものの、規模はケリーが想定していたものよりもずっと小さかった。動画がアップされてからの二日間に、エミラを雇いたいという留守番電話が三件残されていた。ひとつはこの町に住む裕福な黒人一家からで、三人の男の子の世話係を探しているとのことだった。ふたつ目はオンライン出版社からで、フィラデルフィアのベビーシッターの権利を守ることについて三回シリーズの寄稿をしないかという誘いだった。三つ目はいまの雇い主である緑の党の事務所からだった。火曜と木曜の上司であるベヴァリーという女性が三回電話をかけてきて、二回メッセージを残していった。「ここでもっと働いてもらえるか話し合いをしたいのだけど、どうかしら?」大金をはたいてすてきな紙の束を買い、幾晩も費やして添え状を書いたあとだったので、エミラは喜ぶよりも憤った。紹介状や文学の学士号よりも、拡散された動画のほうが人を有能に見せるとはどういうことなのか。とはいえ、もうどうでもいいことだった。仕事の口は必要ないのだから。エミラの両親は――ふたりがいちばん気にしていたのは動画のなかのエミラの服装のようで――エミラが職なしのうえにコートなしであることにパニックを起こしていた。「母さん、あれは九月の出来事だから」エミラは説明した。「それに、仕事ならちゃんとある。あたしは世話係なの」

感謝祭に招待されたときには、家族の一員になったようには感じられなかった。そういう気持ちになれたのは、ミセス・チェンバレンから契約書と納税申告用紙の1095フォームを受けとったときだった。二〇一六年は、時給こそ税金が引かれるのでいまより低くなるけれども、これまでで最高額の年三万二千ドルほどを稼げる。ショーニーが引っ越したあとの部屋に入るつもりはなかったが、今度警備員に呼び止められたときには、嘘をつかなくても自分は世話係だと堂々と言える。遊びに誘われたときにも、二十四時間のシフトがあるからと大手を振って断れるようになる。ブライアーの将来の幼稚園や、YMCAの水泳教室や、〈リトル・ルル〉の秋のバレエ教室では、緊急連絡先のいちばん上にエミラの名前と電話番号が載る。

そういうわけで、新しいキャリアと新しいインターネット上の人格が生まれかけているいま、バックパックを持って戻ってきたザラがドアを閉め、声をひそめて「ねえ、これはまずいよ」と言ったとき、エミラにはそれがばかげて現実離れしたしぐさに見えて、おもしろくささえ感じた。ザラはバックパックを床に置き、唇を引き結んだ。手を祈りの形に組んで、人差し指を唇に当てている。

エミラはバックパックに手を伸ばし、言った。「きっと底に落ちてると思うんだよね」

しかし、ザラは聞いていないようだった。右手で拳を作り、小さな円を描きながら振りまわしている。拳を口に押し当てたあと、ザラは声を落として言った。「ミラ、ふざけてるわけじゃない。あたしを見て」息をひとつ吸って、続ける。「もうここで働いちゃだめ」

エミラは笑い、生え際の産毛を整えるのに使う歯ブラシを持って立ちあがった。足もとにバックパックを置いたまま、洗面台に腰でもたれかかった。「何？」

「いますぐよく聞いて」

「聞いてる。いったいどうしたの？」

「いま下にいて……あんたのくそ重たいバックパックを持ちあげようと腰をかがめてたら、あんたのボスがバスルームに入っていく音がしたの」ザラは床を指さした。この真下に客用のバスルームがある。「荷物を持って戻ろうとしたら、あんたのボスが言うのが聞こえた。〝わたしは正しいことをしたのよね〟って」ザラは〝正しいこと〟を大いに強調して言った。「そしたらあの白人媚び（アンクルトム）のタムラが、〝百パーセントそのとおり〟って答えた。この動画はたぶんあんたの人生に起こる最高の出来事だって」

エミラは歯ブラシを両手で握りしめ、親指で白と青のブラシの毛を四回しごいた。歯ブラシをカウンターに置くと、小さな硬い音がした。「オーケー、でも……待って」エミラも同じように声を落とした。「ミセス・チェンバレンはこのニュースのことを言ったんだと思う――いまから撮影するこの動画のことを」しかし、そう言ったとたん、もしミセス・チェンバレンがそういう意味で言ったのなら、それはそれでひどいと気づいた。いまの自分の不安定な状況は常々意識していることで、他人に指摘されるまでもない。ザラの主張が示唆することはいっこうに頭のなかで形にならず、そのあいだ、エミラはひとつのことしか考えられなかった。〝ミセス・チェンバレンがあたしの陰口を言ってる？　信頼し合って契約をしたんだと思ってたのに〟

ザラは首を横に振り、人差し指を立てた。「ちがう、そうじゃないよ。ニュースに出ることについてはあんたがイエスと言ったんでしょ。あのスーパーの動画については言ってない。あの人が何かしたんだよ。ミラ……」ザラは言葉を切り、エミラの顔をまっすぐに見た。「あの人が動画をリークしたんだ」

「でも、そんなこと……」この告発自体もいやだったけれども、それ以上に、自分への愛情がより少ないのはケリーかミセス・チェンバレンかについてこれから話し合わなくてはならないことがいやだった。エミラは片腕を体の前で曲げて言った。「Z、ありえないよ。そもそもどうやって動画を手に入れたの？」

「わからない」ザラは言った。「いつも携帯電話を置きっぱなしにしてるの？」

「もちろん。でも、ミセス・チェンバレンは暗証番号を知らない」

「ここにパソコンを持ちこんだことは？」

「パソコンは持ち歩かない」

「じゃあ、あの人のパソコンであんたのメールをチェックしたことは？」ザラはバスルームのドアを指さした。「キッチンにある、あのでっかいパソコンで？」

エミラは片手を反対側の肩にかけた。八秒ほど、話しているあいだに度忘れした何か簡単な言葉を思い出そうとするかのように、表情が固まった。心は三日前に舞い戻っていた。二十六歳になった日、キッチンでミセス・チェンバレンと少しだけ話をした日だ。Gメールにログインして自分宛てに映画館の所在地をメールしたけれども、ログアウトしたかどうか覚えていない。覚えているのは、携帯電話の時計を見て、ミセス・チェンバレンが痛々しいほど練習したらしい会話を早々に切りあげさせてしまったことだ。そしてミセス・チェンバレンのお金をもらい、六時間後に、ご機嫌でべたべたになって愛をそそがれたブライアーを家に送り届けた。ケリーと別れるように勧めたり、さらには説得したりする機会をミセス・チェンバレンから奪ったせいで、あの二児の母親はこんな大仕事をしたのだろうか。でも、いま自分たちはうまくいっているのでは？　だからミセス・チェンバレンは自分を世話係として雇ってくれたのでは？　いえ、ちょっと待って……これが自分を世話係に雇った理由なのだろうか？　エミラは鼻から息を吐き出した。はじめて仕事のあとに居残ってミセス・チェンバレンとワインを飲んだときのことが急に頭に浮かんだ。ただでもらったという高級なワイン。近いうちにイベントがあるのかと訊いたとき、ミセス・チェンバレンはウィンクして言った。〝わたしの本が出版されたら、ね〟

エミラはザラに目を戻してつぶやいた。「最悪」

「オーケー、その話はあとまわしにしよう。とにかく、あんたのテクノロジーの知識はとことん問題ありだね」

「そっちが言ったんじゃない、ケリーがやったって！」エミラは小声のまま語気を強めた。腕を伸ばしてザラの肩を揺さぶると、思った以上に力が入ってしまった。「いったいどう考えればよかったわけ？」

ザラは大げさに体をまっすぐに戻した。「オーケー、あたしがまちがってた」ザラは両手の人差し指を立てて説明した。「モヒートを飲みすぎてて、結論に飛びついちゃったのかもしれない。でも、あたしはほんとうにあんたを守ろうとしてただけ。だから、あんたが新しい男を作ろうがケリーとよりを戻そうが絶対に何も言わないけど、でも――」

「しーっ、しーっ、わかった、わかったから」エミラはザラを止めた。ザラの声が大きくなりすぎていただけでなく、ケリーの名前を聞くのはまだつらかった。「ミセス・チェンバレンが言ってたのはそういう意味だっていうのは確か？」

「ほんとかって？」ザラはエミラと神の両方に誓うように天井を仰いだ。「さっきのはあたしが聞いたとおりの言葉だよ。それを聞いて受けとった意味もさっきのとおり」

明るい白いバスルームで、エミラとザラはじっと立ちつくした。ザラが唇を嚙んで言った。

「ねえ、ここで働いてちゃだめ」エミラは肩をあげ——話がうますぎるとは思っていた——またおろして言った。「わかってる」

「オーケー、じゃあ、行こう」ザラは言った。エミラの化粧道具をポーチに詰めはじめる。

「すぐに逃げなきゃ。あの人にはなんの借りもないんだから」ペンシルアイライナーの削り器から削りくずがこぼれ、ザラはそれを手早くすくい集めてごみ箱に捨てた。ザラとエミラがここにいた事実すらなかったことにしようとするかのようだった。

「待って、ザラ、やめて」エミラはザラの腕をつかんだ。このあとどうなるかが具体的に頭に浮かんだとたん、脈が激しく打ちはじめた。「仕事がなくなっちゃう」エミラは言った。「二週間前に退職願いを出すのとはちがうんだから。無職になるわけにはいかない」

ザラは上唇を吸いこんだ。「タイピングの仕事でしのげない？」

「しのげるなら、この仕事をしてると思う？」

ザラは黙って考えこんだ。親指で口もとを叩いている。「わかった。じゃあ、いますぐに次の仕事を見つけよう」

「え？」

「一時的な仕事を見つける」ザラはきっぱりと言った。「完璧な条件でなくてもいい。とにかくすぐ働ければ。この週末にどこから電話がかかってきたんだっけ？　まだどれも断ってはないんでしょ」

「まだ」エミラは言った。突然、ふりだしに戻ってしまった。インターネットを徘徊したり、〈クレイグスリスト〉をチェックしたり、通りにいる生意気な子どもたちを見ながら〝あんたたちをかわいく思えるようになる？〟と考えたりする日々を思うと、胸の奥がよじれて、肩が丸まった。エミラは深呼吸をした。「オーケー、ええと……世話係に雇いたいっていう家族から電話があった」

「だめ、だめ」ザラは人差し指を振った。「もう子守はなし。次は？」

「エッセイの依頼があった。あたしに書けるわけないのに」エミラは言った。「あと、緑の党のあたしの上司が、もっと長い時間雇いたいって」

「タイピングの上司？」

「そう、でも今度のは受付の仕事だけど」

「ふうん……やれそう？」

エミラは言った。「まあ……」退屈だろうけれども、できるだろう。そして、この状況では、新しい服を買わなくてもいいというのは最大のセールスポイントに思えた。あそこではみなジーンズで働いている。「うん、平和な職場だから」

「完璧。いま必要なのはそれだけだよ」ザラは言った。「一生の仕事ってわけじゃないし。いくらもらえるって?」

「言ってなかった」

外の廊下で、レイニーの声がした。「あと五分よ、おふたりさん!」

ザラは言った。「電話して訊いて」

エミラはかがんでバックパックから携帯電話を取り出した。こうなると、指示を出してくれる人がいることがありがたかった。便座の蓋に座って、ベヴァリーのオフィスの番号にかける。発信音が鳴りはじめ、ザラは化粧道具の片づけを続けた。「まだ引き受けちゃだめだからね。詳細を聞くだけ」ポーチのファスナーを閉め、バックパックに投げこむ。「落ち着いて。きっとうまくいくから、緊張しないこと」

五回目の呼び出し音でベヴァリーが出た。

「もしもし、ベヴァリー? エミラです」なるべく自然に話そうと努力しながら、声の響くバスルームでささやいた。「メッセージを聞いて、もう少し……詳しいことをうかがいたくて」

ベヴァリーはいまオフィスに来たばかりなのだと説明して、息が切れているのを謝った。そして、エミラがどんな大変な思いをしたか想像もできないと言い、ちょうどいまの受付係が学校に戻ってしまうので、ぜひエミラに後任を務めてもらいたいと続けた。そのとき、レイニーがドアを叩いた。

「もう最後の仕上げにかかっているかしら?」

ザラがドアノブに飛びついた。ドアと壁の細い隙間に顔を入れてにっこりしてみせ、「はい！　あと一分で終わります！」と言って、ドアをまた閉めた。

「少し待ってもらえますか」エミラは言って、ミュートボタンを押した。「週に三十五時間勤務で、時給十六ドルだって」

「え？　だめ、だめ」ザラは首を横に振り、自分の携帯電話を取り出した。「福利厚生をつけないですむようにそうしてるんだよ」

「ほんとに？」

「訊いてみて」

エミラは肋骨の下で肺の動きが速まるのを感じながら通話に戻った。「すみません、ベヴァリー」エミラは言った。「それは、健康保険には入れないということですか？」ベヴァリーがそのとおりだと言い、エミラはザラを見て唇を動かした。〝だめ〟

「じゃあ、この場で交渉しよう」ザラはささやいた。エミラの前に膝をついて、恐ろしい勢いで携帯電話の電卓を叩きはじめた。「ベヴァリーにこう言って……」片手をあげてエミラに向け、台詞を練る。「その仕事にとても興味があるので、健康保険を含められないか話し合いたいって」

エミラはそのとおりの台詞を携帯電話に向かって言った。

「それから」ザラは指を動かしながらささやいた。「時給がさがるのはかまわないって」

エミラは親友を問いただしたくなった。〝かまわない？　時給がさがってもかまわないの？〟。いまの時給は十六ドルだ。そのうえ、向こうにブライアーはいないのだから、はっきり言って、仕事を変える意味などあるのだろうか？　そのとき、エミラは気づいた。もし面接に受かっていても、自分が〈ボディワールド・フィットネス〉の保育責任者として働くことはなかっただろう。チェンバレン家が雇ってくれるかぎり、ブライアーのそばにいつづけただろう。けれども、ミセス・チェンバレンはとうとう一線を越え、もうこれは個人の問題ではなくなってしまった。廊下からミセス・チェンバレンの声が聞こえた。「もう終わりそう？」エミラはザラの台詞をそのまま繰り返した。「時給がさがるのはかまいません」

エミラの耳もとでベヴァリーが言った。「了解、話し合いましょう……いくらなら折り合えるかしら？」

「ええと……」エミラはザラを見た。「いくらなら折り合えるかって」

ザラは携帯電話に視線を戻した。「時給十四ドルにさげた場合」小声で言う。「年二万九千ドルと同等だけど、福利厚生がつく」

「じゃあ、だったら……」エミラはその物言いがビジネスの場に即していないことを意識しながらも、世慣れなさと恥ずかしさを脇に置いて、数字を切り出した。「時給十四ドルでは？」

「エミラ、ちょっと待っていてね」ベヴァリーが言った。遠くから話し声が聞こえ、やがてベヴァリーが電話口に戻ってきた。「福利厚生をつけるなら、時給は十三ドルになるそうよ。厳しいのはわかっているけど、六カ月勤めてくれたらきっと昇給してあげられると思う」

その口調を聞いて、ベヴァリーが本心から自分を雇いたがっていて、状況が許せばもっといい条件を提示しているはずだとわかった。エミラの職業上のプライドは必要に迫られて二の次になっていたけれども、ベヴァリーのほうも同じなのだと知って、なぜか奇妙にほっとした。

エミラは携帯電話を手で覆って言った。「十三ドルしか出せないって」

ザラは唇をゆがめた。「歯科保険も込みで？」

エミラは顔をしかめた。「入ってないんじゃない？」ベヴァリーに確かめると、入っていないとの返事で、ザラに首を振ってみせた。「それだといくらになる？」エミラはささやいた。

ザラは携帯電話の向きを変え、数字を見せた。二万七千四十ドル。いまの年収より数百ドル少ない。ザラはうなずいて言った。「彼女にイエスと言って」エミラがためらっていると、ザラは手を伸ばした。「ミラ？　いっときだけの仕事なんだから。これはまともな経歴になる。あんたが履歴書に書きたいのはこれで」エミラの耳もとの携帯電話を指さす。「これじゃない」今度は背後のドアを指さして、首を横に振った。ザラの目には必死さが浮かんでいて、ザラがほんとうに自分を心配していること、このところずっとそうだったことが伝わってきた。

そのとき、ミセス・チェンバレンがノックをして言った。「もしもし？」

携帯電話に向かって、エミラは言った。「それでお願いします」

ザラがバックパックのファスナーを閉め、エミラは便器の横にひざまずいて身をかがめ、携帯電話のマイクと口もとを手で囲んだ（「わかりました、どうもありがとうございます、ベヴァリー……はい、どうも！」）。そして通話終了のボタンを押すなり立ちあがり、ザラはドアを開けて自分はその陰に隠れた。

「準備はできた？」ミセス・チェンバレンがバスルームをのぞきこんだ。「まあ、エミラ、とてもすてきよ。もう、すぐにはじまるから、急いで下に行かないと。だいじょうぶかしら？」

エミラは息を吸いこみ、言った。「だいじょうぶです」

レイニーがミセス・チェンバレンの隣に現れて、顎の下で手を打ち合わせ、歌うように言った。「行ーきまーすよーー！」

レイニーは階段をおりていき、その隙にミセス・チェンバレンはエミラに目を見開いてみせ、〝ああもう、うっとうしい人よね。わたしの言ったとおりでしょう？〟という顔をした。その変わり身の早さはあまりにすばやく辛辣で、手慣れたさまはそれが長年の行いであることを物語っていた。エミラが唾を飲みこむ前で、ミセス・チェンバレンはいたずらっぽく目をくるりとまわすと、レイニーのあとを追って一階へおりていった。

ザラがゆっくりとバスルームのドアを押し閉めて、焦った顔を現した。「逃げるんでしょ？早くしないと」

けれども、ミセス・チェンバレンが見せたレイニーへのちょっとした当てこすりがエミラの体内に何かを解き放ち、鏡に映る自分を見返しながら、エミラは言った。「逃げない」顔を左右に向けて、顎のラインにファンデーションがむらなくなじんでいるか確かめる。髪を肩の後ろに払い、歯が汚れていないことをチェックした。「このままやる」

「何言ってんの！」

「聞いて」エミラはザラのほうを向いた。「このままやる。いい？　でも、あたしが目で合図したら、騒ぎを起こしてほしい」

ザラは渋りながらもしかたなさそうに、しっかりとうなずいた。「ミラ、からかうのはなしだからね。騒ぎを起こすのはあたしなんだから」

「やって。あたしは真剣」エミラは誓った。鏡を見ながらワンピースの襟もとに手を入れ、胸が真ん中に来るように直した。「とにかくついてきて、あたしが合図したら騒ぎを起こして。でも、ねえ、待って……嘘みたい！　あたし、保険に入れちゃった？」エミラは顔をほころばせた。けれども、ザラとこっそり跳びはねていたとき、ふいに気づいた。遠からず、ブライアーが自分のことを忘れる日が来ることを。

25

その朝、チェンバレン家に最初に到着したのはレイニーだった。アリックスが最初に質問をぶつけたのもレイニーだった。「わたしは正しいことをしたのよね？」

朝の七時に完璧にメイクをすませた顔で、レイニーはアリックスの両手を握った。「ハニー」レイニーは言った。「聞いて。高校三年生のとき、わたしがいたサッカー部のコーチがチームのミッドフィールダーにちょっとばかり近づきすぎて、いまのわたしならペッティングって表現することをロッカールームでやりはじめたの。それがよくないことだとわたしにはわかってた。チームのみんなにも。でもその子、モナ……いえ、モニカだったかしら？　モニカだわ。とにかくその子が黙っててくれって言ったのよ。そのときはみんなどうしていいかわからなくて、わたしたちは何もできなかった。でも、賭けてもいいけど、いまここにモニカがいたら、わたしたちが何か手助けするのを願ってると思う。わたしの言う意味はわかるでしょ、アリックス」

アリックスは唇を引き結んでうなずいた。そして、レイニーの手をはずそうとしながら言った。「わかるわ。とてもよく」

アリックスはタムラからもっと確かな保証をもらうつもりだった。それまでのあいだ、レイニーの控えめな抜け目なさに感謝しようと努力した。三日前、レイニーはスーパーの動画をすぐさまそつなく第三者の手に届け、今度は初インタビューに狙いを定めて上空から急降下してきた。「みんなが得をするのよ」レイニーは請け合った。「エミラは汚名を返上できる。ピーターの失言のごたごたも丸く収まる。あなたはまた少しだけでもスポットライトのなかに戻れる。それに、心配しないで、あなたの本を宣伝せずに宣伝する方法なら心得てるから。わたしの言う意味はわかるでしょ」

そしてそのとき、アリックスは気づいた。これからは、実生活でもインターネット上でもフィラデルフィアで暮らさなくてはいけない。けれども、実のところ、潮時だった。ニュースクール大学での仕事を受けていたし、エミラはフルタイムの世話係を引き受けてくれ、編集者のマウラは謝罪を受け入れて週末になんとか掻(か)き集めた三十ページぶんの原稿を受けとってくれた。そろそろ、もはやマンハッタンに住んでいない事実を受け入れるときだ。ケリー・コープランドがもたらした混乱からなんとか無傷で抜け出したいま、フィラデルフィアに住んでいると告白することは、ひそかな罪滅ぼしになると思えた。エミラとザラがようやく二階のバスルームから出てきたとき、エミラはこれまで見たことがないほどかわいらしく、緊張している様子で、アリックスは自分がフィラデルフィアの町の一部になることだけでなく、エミラに自分の一部になってもらうことについても心の準備ができていると感じた。

こちらへ近づいてきながら、ザラとエミラは意味深長に目を見交わし、そのあとエミラは居間に入ってきてライトのなかに立った。レイニーが言った。「じゃあ、確認しましょうか」ブライアー――暗い紫の襟つきのドレスを着ている――がザラを指さし、エミラに言った。「ミラのともだち」タムラがブライアーの手をぎゅっと握った。「ミラのお友達よ。そろそろみんなといっしょに座らないとね。いい？」エミラはブライアーに向かってにっこりした。「ハイ、お姉ちゃん」

部屋の中央にカメラマンがふたりと音声担当がひとり立っていた。彼らの後ろの壁際に、テレビとアームチェア、おもちゃ入れふたつが置いてある。レイニーが司令塔だった。部屋を歩きまわり、あらゆるアングルや備品の数や光源をダブルチェックする。チームへの指示にためらいはなく、「だめね、いまひとつだわ」と言っては、スタッフがやりなおすのを見守っていた。テレビでただしゃべるだけではなく、〈WNFTモーニング・ニュース〉で生放送されるこのコーナーの制作責任者も務めるレイニーの姿を見て、アリックスは自分の浅はかさを恥ずかしく思った。明るい緑のブラウスを着て首の横でリボンを結んだレイニーは、アリックスとエミラの前に立ってふたりを検分した。「ミス・ブライアーも加わってもらいましょうか」レイニーが声をかけると、ばぶばぶ言っているキャサリンを片腕で抱きながら、タムラがブライアーの手を握ってアリックスの前に連れてきた。「ママ?」ブライアーはカメラマンのひとりを指さした。「あれ――あれほしい……あのひと、めがねしてる」

「じゃあ、エミラ、さっきのクリーム色のカーディガンを上に着ましょうか。そのほうがすごくすてきに見えると思う」レイニーは言った。「それからアリックス、もう少しだけここにパウダーをはたきましょう。ほんの少しだけ」小指で自分のまぶたとまぶたのあいだの部分を指し示す。

タムラが「了解」と言い、ファンデーションのコンパクトをとりにいった。カーディガンをとってくるのは自分の仕事だと気づいたザラが、〝ああ、それはあたしね、はい〟と声を出さずに唇だけ動かし、小走りで玄関の小部屋へ行って戻ってきた。そして忍び足でカメラのライトのなかに入っていき、エミラに服を渡すと、あとずさって居間のドア枠にもたれかかった。

アリックスとエミラの手直しが終わると、レイニーはふたりにソファに座るよう言った。アリックスは突然この家が大きなセットになったように感じ、時を戻してフィラデルフィアで買った品々をここに付け加え、もっと自分らしい空間に変えられればいいのにと思った。けれども、今後はエミラがいままで以上にこの家で過ごすことになるのだから、ここをわが家らしく整えるための新しい理由ができることになる。アリックスはソファにエミラと並んで座り、レイニーがブライアーのドレスをエミラの膝の上に広げた。ブライアーはエミラを指さして言った。「かおに、きらきらがついてる」

「さあ、みんな、準備万端ね」レイニーはソファのエミラ側の向かいにある椅子に座った。

「あとはさっき説明したとおりよ。質問に答えるときは、一文か二文くらいで短めに。脚は閉じて、目は開けていてね。焦る必要はないから。放送時間は四分間よ、いいわね？　ブリ、いい子ね。こっちを見て」レイニーは宙で指を二回鳴らし、ブライアーは怒鳴られたかのようにレイニーのほうを見た。「きょうはエミラといっしょにいて、いい子にしていてね、わかった？」レイニーは四回うなずいて自分で自分の質問に答えた。「はい、マアム。いい子ね。ギャレット、あと何分？」

　カメラマンのひとりがカメラから顔を離し、ヘッドセットをつけなおして言った。「あと二分です」アリックスは手を伸ばし、ブライアーの膝の脇をかすめて、エミラの手の甲をぎゅっとつかんだ。アリックスにとってもこれははじめての経験だった。ローカルニュースに出演したことはこれまで一度もない。感謝祭の日と同じように、この四分間が自分とエミラをもう戻れない方法でひとつにするのだと感じた。エミラがとてもかわいらしく見えること、この週末のあいだ自分のアドバイスに喜んで従ってくれたこと、時給が出ないのにいまこうしてこの家にいてくれることに、めまいがした。最後にもう一度姿勢を正したとき、レイニーが声をひそめて三人を励ました。「とにかく、わたしに、合わせて」そうささやき、笑みを浮かべた。

「ミスティとピーターが最初に話をして、そのあとわたしがあなたたちを紹介するから」

音声担当の足もとに置いてある小さな黒いスピーカーから雑音が聞こえ、ついで聞き慣れたWNFTのテーマ曲が流れた。音声担当がかがんで音量をあげ、また立ちあがってマイクのブームをみなの頭上に伸ばした。

「きょうもWNFTをご覧いただきありがとうございます。あれ、レイニーはどこにいるんだろう、とみなさん不思議に思っていらっしゃるのではないでしょうか」ミスティが言った。「それがきょうの特集に関連しているんです。スタジオのこんな近くから中継を行うのはあまりないことですが、今回の現場はなんとピーターの自宅なんです！」しばらく音声が途切れ、アリックスには映像は見えなかったものの、ピーターが罪を認めるように片手をあげて、〝何をするつもりだい？〟と恥ずかしげながら魅力的な表情をするさまが目に浮かんだ。ミスティが話を続け、アリックスは最後にもう一度前歯に舌を走らせた。「この週末に、ある動画がインターネット上で拡散されました。二十五歳のテンプル大学の卒業生、エミラ・タッカーが、〈マーケット・デポ〉で警備員に誘拐の疑いをかけられている動画です。エミラは何も罪は犯していませんでした――ベビーシッターの仕事をしている最中だったのです。ではピーター、あとはあなたに引き継ぎます。エミラや問題の子どものことを、あなたはとてもよく知っているんですよね」

「そのとおり」ピーターは小さく笑いを漏らした。「これからエミラ自身に直接、話をしてもらおうと思います。あのときの状況について、わたしよりもずっとたくさんのことを明らかにしてくれるでしょう。けれども、これだけは先に言わせてください……」

そのとき、ブライアーがエミラを見て言った。「あれ、パパ」エミラはうなずき、唇に指を当ててささやいた。「しーっ」ブライアーは自分も唇に指を当ててアリックスのほうを向き、先ほどと同じ大きさの声で言った。「パパのこえがしたよ」

「ほかの何であるよりもまず、わたしは父親です」WNFTのスタジオでピーターが言った。アリックスは自分の靴を見つめながら、スピーカーから流れる声を聞いた。「妻とわたしはこの夏に、子どもたちの面倒を見てもらうためにエミラを雇いました。それ以来エミラはずっとわたしたちに力を貸してくれています。わたしたち夫婦はできるかぎり子どもたちが注目されることのないよう努力していますが、九月十九日のあの夜は、それが難しくなりました。ここ数日、いろいろなことが起こっており、妻もわたしも、エミラを含め、家族を支えてくれる人々への感謝に堪えません。きょうは、妻と上の娘、そしてわが家のベビーシッターであるエミラに、あの夜に関するいくつかの質問に答えてもらい、願わくはこの事態を収束に向かわせたいと考えています」

「九月十九日の夜、チェンバレン家の建物正面の窓に石が投げられました」これはあらかじめ録音されたレイニーの声だった。それを聞くとレイニーは椅子の上で姿勢を正し、アリックスとエミラを見て唇を動かした。〝はじまるわよ〟。あれが石だったか卵だったかをエミラが知っているかどうか、アリックスは思い出せなかったが、レイニーは石にしたほうがわかりやすいし、ピーターとアリックスの切羽詰まった心境が強調されて、ベビーシッターに連絡をとったことが納得しやすくなると請け合った。いまとなってみれば、その石だか卵だかが投げつけられた理由をエミラが知っているかどうかがこの数カ月間の最大の懸念事項だったことがばかばかしく思えた。しかしアリックスは、それはどうでもいいことだと自分に言い聞かせ、深く息を吸いこんだ。〝あと四分〟。息を吐き出す。〝あと四分でこの件は全部終わる〟。レイニーの録音された声が続いていた。

「ピーターとアリックスのチェンバレン夫妻は、すぐにベビーシッターのエミラ・タッカーに電話をして、警察を呼ぶあいだ娘を家から連れ出してほしいと頼みました。しかし、エミラ自身もトラブルに見舞われました。〈マーケット・デポ〉の客のひとりと警備員が、エミラが三歳のブライアーを誘拐したのではないかと疑って、エミラを店から出すまいとしたのです」小さなスピーカーから動画のエミラの声が響き、アリックスはソファの座面が動いたのを感じた。エミラが半インチほど腰を浮かせていた。アリックスは動画を繰り返し見ていたので、エミラが「どんな罪を犯したっていうの？　あたしはいま働いてるんです」と言っているあいだ、エミラの手がブライアーの頭の横に当てられているさまが映っていることを知っていた。動画が飛ばされ、最後のほうの、ピーターがすぐ隣の通路を走ってきてエミラの肩に手を置く場面に変わったのが聞きとれた。テレビ局はピーターの声の音量をあげて、普段この番組を見ていない視聴者にもはっきりと声が聞きとれるようにしたようだった。「当番組のキャスターであるピーター・チェンバレンが」レイニーは続けた。「電話で現場に呼び出され、誤解を解くことになりました。きょうは、エミラ・タッカーとアリックス・チェンバレン、そして上のお嬢さんであるブライアーに来てもらっています」

アリックスが自分の名前を耳にした瞬間、カメラマンのひとりが明るい色の目をあげ、右手を大きく動かして五秒前からカウントダウンをはじめた。耳もとが激しく脈打ち、足指の感覚がなくなったように感じるなか、アリックスはカメラマンを見つめた。カメラマンの指が三、二を形作り、そのあとレイニーを指し示した。

「アリックス、エミラ、きょうは出演してくださってありがとうございます」

エミラがうなずき、アリックスは言った。「とんでもありません」少し熱心すぎる声が出た。そニュースでインタビューされているのではなく、仕事の面接を受けているような声だった。そこで、静かにソファに深く座りなおし、いつもの自分を取り戻そうとした。ブライアーはまだカメラマンの突然のカウントダウンに気をとられていて、両手を宙にあげ、負けまいとばかりに言った。「あたしも、かぞえられるよ」

「あなたにも感謝しているわ、ブライアー」レイニーは言い、〝子どもってかわいいことを言うわよね〟というやさしい顔をしてみせたあと、本題に戻った。「アリックス、あなたからはじめましょう。あの夜遅くにエミラに電話をかけたとき、こんなことが起こると予想できましたか」

「まさか、まったく考えもしませんでした」アリックスは息がまたできるようになったのを感じた。レイニーの口調はよどみなく、この三人とは初対面で、当然リハーサルもいっさいなかったかのような好奇心をにじませていた。その自然さのおかげで居間からスタジオめいた空気が消え、受け答えの台本臭さもやわらいでいた。「わたしたちはこの町に引っ越してきたばかりでしたし、ほとんど反射的にエミラに電話をかけて手を貸してもらえないか頼んでいたんです。子どもをお持ちのかたがたにはわかってもらえると思いますが、人生はときに手に負えないほど混乱することがありますし、あのスーパーはいつもなら子どもを連れて時間をつぶすのにうってつけの場所なんです」

「それで、エミラ」レイニーは声の調子を思慮深い、重々しいものに変えた。「あなたとブライアーは〈マーケット・デポ〉へ行った。そのあと何があったんですか」

いきなり、ブライアーが悲しげに両手を頰に当て、言った。「なにがあったの？」アリックスはにっこりして、ブライアーの髪を背中になでつけた。

「ええと……あたしたちは店のなかを歩いていって、ナッツ売り場を見にいこうとして……」

エミラはレイニーにというより、ブライアーに向かって言った。「そうしたら、警備員に訊かれたんです。ブライアーはあたしの子か、と」

エミラが古めかしい格言を引用したかのように、レイニーは身を乗り出して膝に肘をついた。目を細め、首を傾げて、抑揚をつけて言った。「ふむ」

「あたしはこの子のベビーシッターだと答えましたが、警備員はあたしがベビーシッターをしているようには見えないと言って、あたしを店に足止めしました」

「大切なことなので言っておきたいんですが、エミラは誕生日パーティに出ていたんです。それを抜けて、わたしたちの手伝いに来てくれたんですよ」アリックスは手をブライアーの背中からエミラの肩に移動させた。この台詞はリハーサルにはなかったけれども、自然に出たしぐさだったので、中断したくなかった。「それから、これも誤解を生む原因になりそうなので言っておくと、この動画が撮られたのは九月のことです。エミラの恰好は本来の夜の予定にふさわしいものでした」

「そうすると、これは普段ベビーシッターをしているときの服装ではなかったということですね」レイニーは小さく笑って言った。

「はい、もちろんです」エミラは言った。そして、レイニーとアリックスの両方に笑みを向け、付け加えた。「いつもは、その、ベビーシッターのユニフォームみたいなものを着てます」

アリックスは鋭く、二倍の量の息をのんだ。レイニーの緑の目を見て自分を抑え、こう言い聞かせた。〝落ち着いて。エミラは比喩として言ったのよ。ジーンズやレギンスのことを言ったの〟。アリックスは足首をきつく重ね合わせた。〝エミラはあなたを選んだの。エミラとケリーはもう別れた。踏ん張るのよ、アリックス。あと少しでやりとげられる〟

「つまり、尋問がはじまって、店に足止めされたんですね」レイニーが問題の夜の出来事を繰り返した。「そのときどんなことを思いましたか」

アリックスはまっすぐにエミラのほうを向き、エミラが言葉を探すさまを見つめた。すでに一度触れていたので、また手を伸ばすことはできなかった。けれども、エミラに信頼と励ましを伝えようとした。〝さあ、ミラ、あなたならできるわ〟。エミラは脇の下に潜りこんでいたブライアーを抱きあげて膝の上にまた座らせた。

「ええと、あたしが感じたのは、とまどいと不安、怒りでしょうか？」エミラは語尾をあげて言った。「あたしたちは騒いでもいなかったし、なぜ警備員たちが来たのか理解できませんでした。そのあと、すごく不安になったんです。ブライアーを連れていかれるんじゃないかって」

タムラの腕のなかで、キャサリンがかわいらしくあくびをした。その声がマイクに拾われそうだったので、タムラはザラがもたれている居間のドアのほうへそっと移動し、あくびが続きそうならすぐに部屋から出られるようにした。エミラが話しおえると、ブライアーがカメラマンのひとりを見て言った。「あたしはあかちゃんじゃないの、ね？」

「あなたに向けられた非難を振り返ってみて……」レイニーはみなの注意を引き戻した。「エミラ、あなたはあの警備員に責任をとって辞めてもらいたいと思いますか」

これはリハーサルのときにはなかった質問だった。レイニーは意図的にそうしたのだろうか。アリックスにはわからなかった。息を詰めながら、驚いたエミラがかすかに身じろぎをし、立ちなおって話し出すのを見守った。

「いいえ、まったく」エミラはたっぷり食事をしたあとでデザートを断るかのように、無造作に首を振った。「とても腹が立ちましたけど、いまはこの動画があたしの許可なしに公にされたことのほうにもっと腹が立ってます。そんなことは望んでなかったし……誰がやったかわかりませんが、犯人が同意について気にかけていなかったのは明らかです。それは……とても悲しいことだと思います」

アリックスの静かな傾聴の微笑みがこわばり、唇の端がさがった。〝そんなはずはない〟とアリックスは思った。〝誰にも知られるはずがない〟。しかし、この動画やこれがどうやってインターネット上に出まわったかよりも重要なのは、いまはまだだとしても、ケリーがエミラの信頼を裏切るのは時間の問題だということだ。ブライアーが自分の足先を触りながらエミラを見あげた。興味を引かれた様子で尋ねる。「だれか、ないてるの？」

「ところで、アリックス」レイニーが話を転じた。その声にはわずかに楽しげな響きがあって、レイニーが締めくくりにかかろうとしているのが感じられた。「あなたは自分のために立ちあがる女性たちと無縁ではありませんよね。偶然にも、それに関する事業を立ちあげているんですから！」

「ええ」アリックスはレイニーを見ながら話した。これはエミラが自分にとって大切な存在であることを気兼ねなしに認められる唯一の機会かもしれない、と気づいた。いまなら、沈黙に包まれることも、勤務時間中のエミラに遠慮することもなく言える。「エミラはわたしが手がける事業、〈彼女に言葉を〉の精神の多くを体現しています」アリックスは言った。「エミラは自分のために立ちあがるだけでなく、自分の心の声にも耳を傾ける人です。まさしくピーターとわたしが娘たちのそばにいてもらいたいと思う人ですし、娘たちの人生において大事なこの時期には、なおさらそうあってほしいと思います」

「聞いたところでは、エミラは来年からこの家に来る時間がもっと増えるそうですね」レイニーは確認を求めてエミラとアリックスの両方を見た。「あなたが最初の本の執筆を続けるあいだ？」

アリックスは小さく笑った。どうやらレイニーの宣伝は期待していたほどさりげなくはないらしい。とはいえ、そのおかげで数カ月ぶりに、いくらか経営者らしい気分を味わえた。「そうなんです」アリックスは言った。「本を書きあげて仕事に復帰するので、エミラにはフルタイムで来てもらうことになります。実のところ……」娘を見て続ける。「わたしたちにとってこれ以上幸せなことはありません」視界の隅に、エミラが頰の内側を嚙むさまが映った。

「では最後に、エミラ」レイニーが息を吐いた。「何か言っておきたいことはありますか。ベビーシッターをしているほかの人たちに向けて、同じような事態に直面したときのためのアドバイスはありますか」

リハーサルでエミラはこう答えていた。〝自分のために立ちあがること、一歩も引かないこと、そして、何があっても携帯電話の充電だけは切らさないことでしょうか〟。けれども、エミラはひどくゆっくりとうなずいて「ええと、実を言うと……」と話し出し、アリックスにはエミラがどう締めの言葉に持っていくつもりなのかまったく読めなかった。

「その……ありません。アドバイスは何も。つまり……」エミラは天井に向かって息を吐き出した。前髪が何本か息で揺れた。「あたしはチェンバレン家でフルタイムの仕事をするつもりはないので？　というか……どんな形でも」

　アリックスは背筋をまっすぐにし、鼻から息を吸いこんだ。最初に思ったのは、〝ああ、大変、エミラは混乱してる〟だった。

　やさしい、励ますようなまなざしでレイニーが言った。「もう少し詳しく話してもらえますか、エミラ。今回の件から、新しい役割に臨むヒントか何かを見つけたんですか」

「そうですね、ええと」エミラが首を傾げ、アリックスはその瞬間に、これまで何カ月もこの家に通ってきていたエミラを見出した。声ににじむ気怠さ。苛立っているような冷めた雰囲気。脈がアリックスの首筋を激しく叩きはじめた。

「その、楽しくはあったんですよ？」エミラはレイニーに言った。「でも、この動画が公になったことで、新しく見えてきたことも確かにあって……方向性のちがいから、もうここで働くのはやめることにしました。これからは〈緑の党フィラデルフィア支部〉の受付にいます……そこがあたしの職場になります」

アリックスがまずとっさにしたのは、笑うことだった。ゆっくりと美しく唇を引きあげて歯をあらわにし、エミラとのあいだのソファに手を置いた。「ちがうわ、エミラ」アリックスは笑みを向けた。「レイニーはあなたが来年うちの世話係になることについて話してるのよ」

「ええと、はい、そのことについて話してるつもりですけど？」エミラはブライアーを持ちあげて床におろし――どちらにとっても慣れたしぐさなのは明らかだった――アリックスは座ったまま凍りついた。「世話係はやりません」エミラははっきりと言った。「〈緑の党フィラデルフィア支部〉でフルタイムで働きます」

アリックスはまた笑った。そして、レイニーならこの凝ったジョークを即座に理解しているだろうとそちらを見たが、レイニーの表情もやはり困惑に張りつめていた。「ごめんなさい」アリックスは髪を耳にかけながら言った。「いったい何を――」

「つまり、こういうことです……」エミラはアリックスのほうを向いた。「要するに……」目をあげて、アリックスと視線を合わせる。一瞬、エミラは昨夜見た夢を思い出したような顔をした。「考えたんですけど、あたしたちは別々の道を行くのがいちばんいいと思うんです……そして、その道は二度と……合わさることはありません」

体から意識が浮きあがって、三フィート上から自分を見おろしているかのようだった。突然、部屋じゅうに不意打ちされたパニックが充満し、カメラが倍の大きさになって、暗い丸いレンズがアリックスを吸いこんだ。かすかな困惑と叫び出したくなるような恐怖をもたらす決め台詞をエミラは口にし、その声音は〝すみません、その席には先客がいるんです〟と言うときと変わらなかった。けれどもその引用と、それが意味するほのめかし——そう、エミラとケリーがいっしょになって成金のアレックス・マーフィーのことを笑い、まだ存在していたのかとあざけっている——は、ホラー映画の筋書きを思わせた。突然同じ家のなかから脅迫電話がかかってくるとか、最初からずっと死んでいたのは自分だったとか、これは夢のなかで見ている夢なのだとかいうような。引きつる右目の視界の端で、タムラが口を押さえるのが見えた。顔を半分覆っていたが、「なんてこと」と言うのが聞きとれた。

カメラはまわりつづけている。

アリックスの脳が、できるだけじっとしていろ、笑みを浮かべつづけろと命じていた。自分が氷鬼で肩を叩かれた三歳児のように見えているのはわかっていた。おもしろがってはいるけれども、いつまで凍っていなくてはいけないのかととまどう三歳児だ。口を開けてとにかく何か言おうとしたものの、舌が腫れあがったかに思えた。

「じゃあ、その、ありがとうございました!」エミラが床に向かって言った。そして立ちあがり、アリックスの脚とカメラのあいだを足早に歩いていった。ブライアーがエミラを追いかけながら言った。「ミラ、まって!」居間を出るとき、エミラはザラと目をまた見交わしたが、今回ザラはボトムスのウエストバンドに携帯電話をはさみこんだ。エミラが視界から消えた瞬間、ザラはカメラのフレームに飛びこんだ。

「そう、やったね！」ザラはレイニーの後ろのカメラに向かって言った。「あの子は出ていった、オーケー？　これはもういらないんだ！」〝これ〟というのは、エミラが寄りかかっていた白い飾りクッションのことだった。ザラはそれをつまらなそうに弾いた。「あの子は緑の党で働くんだよ、みんな！　お金を手に入れたんだ！」ザラはいろいろな角度からカメラのレンズの前に顔を突き出し、一語ごとに手を叩きながら「これこそ、民主主義ってね！」と叫んだ。キャサリンがいっしょになって手を叩きはじめ、ひとりパニックに陥っていたレイニーがカメラに向かって言った。「アリックス・チェンバレンの著書、『関係各位』は二〇一七年五月に刊行予定です。ではそちらにお返しします、ミスティ」股の上のスペースで、レイニーは必死に〝カット〟の合図を送った。

26

「B、急いでこっちに来て」とエミラが言ったとき、ブライアーはすでにすぐ後ろに来ていた。チェンバレン家の一階にザラの声が響きはじめ、エミラはブライアーと手をつないで一瞬考えた。〝このままブライアーを連れて玄関から出ていったらどうなるだろう。どこまで行けるだろう。ショーニーのアパートメントまで？　もしかしたらピッツバーグまで行ける？〟。しかし、エミラはブライアーを抱きあげて客用バスルームの便座の蓋に座らせ、ドアを閉めた。しゃがみこんでブライアーの両膝に手を置いたものの、手のひらと小指が震えているのに気づいて、蓋の脇に置きなおした。

「ねえ、ちょっとあたしを見て」ブライアーが勢いよく脚をぶらぶらさせていたので、靴の先があやうくエミラの胸に当たりかけた。ブライアーは片手で顔にかかった金髪を払った。エミラは体にひびが入っていくのを感じながら、ブライアー・チェンバレンのために結ってきたポニーテールにはずっと、あと何回結えるかという悲しい回数制限があったのだと気づいた。ブライアーは顔をあげてエミラのネックレスを指さした。「こーれ、ほしい」エミラは思った。
〝ああもう、これがほんとうに最後なんだ〟

「ねえ」エミラはささやいた。「いちばんはいないんだって、前に言ったのを覚えてる？」

ブライアーはうなずいた。エミラの言葉に同調して、指を振って言った。「だめ、だめ、それはよくないの」

ドアの向こうで、ザラが叫んでいるのが聞こえた。黒人人権運動のスローガンだ。「誰のストリート？」三回手を叩く。「あたしたちのストリート！」また手を叩く。

「そうだね、でも聞いて？」エミラは微笑んだ。「ブライアーはあたしのいちばん。ほかには誰もいない。ブライアーだけ」

「うん、ミラ？」ブライアーは何か重要なことを言うかのように、眉をきゅっとあげた。「あのね」エミラのネックレスをまた指さす。「こーれ、あたしがちょっとだけ、もっててもいいよ」

ブライアーはたぶん、さよならの言い方を知らないのだ、とエミラは気づいた。これまでそんな必要はなかったのだから。けれども、さよならを言うかどうかにかかわらず、ブライアーはいずれエミラなしで生きていく人間になる。学校の友達の家に泊まりにいったり、どうしてもスペルを覚えられない単語ができたりする。ときどき〝まじで？〟とか〝笑える〟なんて言葉を言ったり、友達にこれは自分の水かほかの誰かの水かを尋ねたりするようになる。卒業アルバムのメッセージや失恋の涙を流しているときやメールや電話で、さよならと言うようになる。けれども、ブライアーがエミラにさよならを言うことはけっしてなく、それは、永遠にブライアーから完全には自由になれないことを意味する気がした。この先一生、時給〇ドルで、自分は永遠にブライアーのベビーシッターでいつづけることになる。

外から、足をひきずる音が聞こえた。ザラがプロテスト・ソングの〈勝利を我等に〉を早まわしで歌いはじめ、ひと節ごとに〝イエイェー〟と叫んでいる。「あなた、そこからおりなさい！」というタムラの声がして、ザラが「あたしは抵抗してません！」と叫び返す。レイニーがみなに落ち着くよう懇願し、キャサリンが泣きはじめた。ミセス・チェンバレンの声が言った。「ブライアーはどこ？」

エミラはブライアーの頭の横に顔を寄せた。ブライアーの頬にキスをして、においを吸いこんだ。ベビーソープ、イチゴ、乾いたヨーグルトの甘酸っぱいにおい。エミラは体を起こした。二十代にこれ以上悲しいしぐさをせずにすみますようにと願いながらブライアーの首の横をくすぐり、言った。「またあとでね、オーケー？」ブライアーは口をすぼめて笑い、エミラの指に顎をうずめた。そして、耳まで肩をあげた。愛情のこもった修辞的な問いかけに、どう答えていいかわからないというようだった。

すばやい足音が聞こえて、バスルームのドアが大きく開いた。息を切らしたザラが膝に手を置いて体を折り、荒い息をつきながら言った。「オーケー……みんな怒りまくってるよ……」「ウーバーを呼んできて」エミラは言った。小さな頭のてっぺんにキスをして、ブライアーを床におろし、この家から出ていかなくてはと自分に言い聞かせた。バスルームを出ようと体の向きを変えると、ザラのいた場所にミセス・チェンバレンが立っていた。

ミセス・チェンバレンの首は、そばかすの浮いた肌が赤くまだらに染まっていた。顎が奇妙に前に突き出て、下の歯だけが見えている。何時間も遅刻してきた相手が謝るのを待っているかのように、ミセス・チェンバレンはエミラをじっと見た。「タムラ？」ミセス・チェンバレンは声をあげた。タムラの靴下をはいた足がタイルを踏む音が聞こえ、キャサリンの不規則な泣き声が近づいてきた。じゅうぶんな援軍を手に入れて、ミセス・チェンバレンはふたたびエミラに目を向けた。そして、横隔膜のどこか深いところから、言った。「エミラ？ その子から離れて」

エミラは素直に賞賛の表情を浮かべた。これがミセス・チェンバレンの望む結末のつけ方なのだ。ずっと胸にきつく押しつけていた、最強のママカードという切り札を出すことが。それは、これまでに娘に対して見せてきたなかで、もっとも責任感のある行動だった。そういうミセス・チェンバレンのもとであれば、エミラが思うに、ブライアーにとってそれ以上安全な居場所はほかにない。〝ひとつだけ、あたしにはほんとうに得意なことがある〟とエミラは思った。〝それは、あなたの娘の面倒を見ること〟。それでも、エミラは一度笑ってから言った。

「わかりました」

エミラがミセス・チェンバレンの脇を通りすぎると、たったいま最後の人質が解放されたかのように、タムラがブライアーに駆けよった。エミラの右側で、ザラが玄関のドアを靴で押さえて開けている。ミセス・チェンバレンは客用バスルームの前に陣どったまま、そこから居丈高にエミラの名前を呼んだ。「ちょっと、エミラ？」エミラは玄関の小部屋のドア枠に両手をかけ、壁のフックを見て言った。「あたしのバックパックはどこ？」ザラが携帯電話を握ったまま、エミラの後ろの階段を見あげた。そして顔をしかめて言った。「しまった」

「エ、ミ、ラ！」

エミラが振り返ると、ミセス・チェンバレンの指を大きく開いた手が目の前にあった。エミラは息をのみ、その脇をすり抜けて階段へ向かった。気がつくと、そうすれば誰にも見えないかのように、テレビでスポーツ観戦をしている大勢の人の前を横切るかのように、みっともなく腰をかがめて走っていた。タムラがソファに座ってブライアーの頭の後ろをぽんぽんと叩いているのが見え、ミセス・チェンバレンがあとを追って階段をのぼってきた。「エミラ、止まりなさい」ミセス・チェンバレンは言った。エミラはスピードをあげた。ブライアーの声が聞こえた。「ミラは、こんどはどこいくの？」

エミラは足を止めずに二階のバスルームへ行き、床に置いてあるバックパックを見つけた。肩紐（かたひも）をつかみ、体を起こして右肩にバックパックをかけたが、ミセス・チェンバレンが遅れを逆手にとって、バスルームのドア口に立ちはだかっていた。髪を振り乱して、胸もとを刻一刻と赤くしながら、ミセス・チェンバレンは目を閉じて言った。「わたしをばかにしてるの？」

エミラが黙っていると、ミセス・チェンバレンは続けた。「エミラ、こんなこと、信じられない。自分がいま何をしたかわかってるの？　わたしとわたしの仕事すべてを笑い物にしたのよ」

「ええと……」エミラは自分がこんなに早くもうひとつの白い空間に囚われてしまったことに驚きながら、なんとか心を落ち着かせ、このままただ出ていくつもりであることを示そうとした。バックパックを肩に深くかけなおした。「あたしは荷物をとりにきただけです」エミラは言った。

「なんてことなの、エミラ！」ミセス・チェンバレンは胸もとに手をやり、首を絞めるかのように両手を撚り合わせた。「あんなことをして、あなたのためになると思ってるの？　ほんとうにわたしに当てつけるためだけに緑の党のことをひねり出したの？」

困惑してエミラはまばたきをした。「ええと……いいえ？」

「じゃあ、わたしがクリントンキャンペーンのために働いていて、あなたが急にベビーシッターをやめて緑の党で働きたいと思いはじめたわけ？」

「いえ……」

「いえ?!」

す」

「いいえ」エミラは声を大きくした。「緑の党では、ここに来るようになる前から働いてま

エミラが現実世界で目にしたなかで、いちばん芝居がかったしぐさでミセス・チェンバレンは目を剝いた。「は?」

エミラは丁重に指摘しようかと考えた。ミセス・チェンバレンがいちばん知りたがっていたのは、自分が誰と付き合っているかや、気に入っているカクテルは何かや、金曜の夜にどんな予定があるかだったようですけど、と。けれども、ただ好きという以上の気持ちを持っている三歳児がそばにいるというのに、相手をやりこめようとまた騒ぎを起こすことになんの意味があるだろう。そこで、代わりにエミラは言った。「あたしはもう行きます」そして、食いしばった歯のあいだから息を吸いながら、ミセス・チェンバレンの脇をすり抜けて、階段の手すりに手を伸ばした。

「エミラ、本気なの?」ミセス・チェンバレンが追ってきた。エミラは転ばないようにと自分に言い聞かせながら、手すりにつかまって階段をすばやくおりた。階段の下では、玄関の小部屋のそばに、片手を壁についてもう一方の手を胸に当てたレイニーが立っていた。エミラが一階に着いたとき、ミセス・チェンバレンが叫んだ。「こんなふうに出ていくなんて許さない!」小部屋のドアロで、エミラは振り返った。

「全部あなたのためにやったのよ!」ミセス・チェンバレンは叫んだ。「あなたが汚名をそそ

ぐのを手伝いたくてやったのに、背を向けてこんなことをするの？　ケリーが何を言ったか知らないけれど、わたしは……。エミラ。わたしたちがやったことは全部あなたのためだったのよ。全部」その揺るぎないまなざしは、こう言っているようだった。〝わたしのやったことをあなたが知ってるのはわかってるし、かまいもしない〟。「あなたは若くていまは理解できないかもしれないけど、わたしたちはいつも本気であなたにとっての最善を考えてきたのよ。エミラ、わたしたちは、あなたを愛してるの」ミセス・チェンバレンはそう言いながら、降参の形に両手をあげた。エミラを愛することが、家族のほかの最善と相反するというかのようだった。「もう……」ミセス・チェンバレンは頭を振った。「何を言ったらいいのかわからない」

エミラは玄関ホールのシャンデリアを見あげた。その瞬間、ミセス・チェンバレンが自分のメールを勝手に使って個人的な動画を世に出したことは、自分にとってもミセス・チェンバレンにとってもいちばん小さな問題なのだと感じた。もしミセス・チェンバレンが不当に扱われる動画を彼女自身が持っていたとしたら、やはり誰かが代わりにその動画を公にしてくれることを望むのだろう。あなたのやったことはこちらのためにはならないのだとミセス・チェンバレンに納得させる方法はない。けれどもこれは、ひとつのチャンスだった。エミラにとっては最後のチャンス、ミセス・チェンバレンにほかの誰かのために何かをするよう促すチャンスだ。エミラは背後に手をやり、もう一方の肩紐をつかんで左肩にかけた。「あの……いまはどんなことをしてもだいじょうぶかもしれません。あの子はまだ三歳ですから」エミラは言った。

「でも、ときどきは、あなたがブライアーのことを好きだと伝わるような接し方をしないとだめです。あの子が……はっきりと気づいてしまう前に」

ミセス・チェンバレンは胸もとに手を当てた。首がのけぞり、鎖骨が危険なほどに浮きあがる。体がこわばって、奇妙な形にかしいでいた。ミセス・チェンバレンはエミラを見つめて言った。「なんですって？」

「自分が母親でもなんでもないのはわかってます」エミラは言った。「でも、あの子が変わるのをただ待ってるような目であの子を見るのはやめるべきです。だって……そういうものでしょう？　あなたはブライアーの母親なんですから」

その場の全員が黙りこんだ。

もしエミラが誰かにあなたは仕事ができないと言われたら、きっといつものように一度笑って〝オーケー〟と言うだろう。自分はタイピングが得意なのをわかっているし、ベビーシッターとしてはさらに有能なのもわかっているから、その誰かが自分のやっていることを一時的なアルバイトではなくきちんとした仕事だと見なしてくれたことにひそかに感謝するだろう。けれどもいま、ミセス・チェンバレンは目をうつろにし、夜中にフォークを持って顔にチョコレートのフロスティングをつけながら冷蔵庫の前に立っているところを見つかったかのように、恥じ入った表情を浮かべていた。鼻の下で唇が引き結ばれているのを見て、エミラは思った。〝泣いてしまうんだろうか？〟。いま言ったのはそれほどひどいことではなく、言うべきことをただ建設的に伝えただけなのだと自分を納得させようとした。そのとき、背後でザラが鋭く息を吸いこむ音が聞こえた。息を吸いおえたザラは、静かに言った。「さあ、来たよ」

玄関の外の、ポーチの階段をおりたところで、一台の車がクラクションを軽く鳴らした。

「すみません……妙なことになって」エミラは息を吐き出した。二歩横向きに進んだあと、ついに体の向きを変え、チェンバレン家を最後に歩み出た。ポーチまで進んで、しかしそこで振り返った。玄関の小部屋に上半身を突き出し、言った。「すみませんでした、レイニー」そしてザラを追って、シルバーのフォード・フォーカスの助手席側へ向かった。ザラが車のドアを開けて言った。「あなたがダリル？」

運転席の男性がうなずき、ふたりは後部座席に乗りこんだ。

27

アレックス・マーフィーはウィリアム・マシー高校のふたりいる四年のクラス委員のひとりで、それは全校集会で二回に一回司会をしたり、毎週金曜に生徒会のポロシャツを着たりすることを意味した。しかし、卒業が近づくころには、アレックスはこの役職から何ひとつ得られなかったように感じていた。高校生活は悪夢といってよかった。ロビー・コーミアがバレーボールの奨学生としてジョージメイソン大学へ行けなくなる原因になったあと、アレックスは高校最後の日々を、背中や教科書に〝ありがとう告げ口屋〟とか〝お高くとまった成金女〟と書かれたメモを貼りつけられて過ごしていた。

生徒会の仕事のひとつに、卒業式後の片づけがあった。アレックスはほかのメンバーとテープ飾りをはずしながらこれで高校生活が終わるなんて信じられないなどと言葉を交わさずにすむように、別の仕事を割り当ててほしいと生徒会の顧問に頼みこんだ。顧問は何があったか知っていたにちがいなく――全員が知っていた――アレックスにはロッカーの清掃という気の楽な仕事が割り振られた。卒業式の次の日、ぼろ布とクリーナーのボトルを持って、アレックスはZではじまる名字のロッカーから掃除をはじめ、Aのロッカーへとさかのぼっていった。立っていちばん上のロッカーを拭くのはそれほど骨は折れなかった。けれども、コンクリートの床に膝をついていちばん下のロッカーを拭いていると、膝にあざができはじめた。

〝ジョンソン〟のロッカーが並ぶあたりまで来たころには、用務員に新しい布をもらわなくてはならなくなった。〝ガルシア〟のあたりまで来ると、置き去りにされていたらせん綴じのノートや何足かの靴下やマグネットつきの鏡や菓子の包み紙でごみ箱がいっぱいになった。コサージュをつけて腰を抱き合った女子生徒たちの写真や、サッカーチームやランチの特等席メンバーの集合写真など、ポケットサイズの写真も十枚以上捨てた。ケリー・コープランドのロッカーが近づくにつれ、誰かに見られている気がしてしかたがなくなった。雑誌を読むふりをしながらまわりの会話に耳を澄ましているときのように、自分のあらゆる動作が不自然に思えてきた。

アレックスは音を立ててケリーのロッカーを開けた。それは悲しいほどに空っぽだった。自分が何通も手紙を差し入れたロッカーだというのに、ケリーはこの瞬間のためにごみを残していく気遣いさえ持ち合わせていなかった。何があると思っていたのか自分でもよくわからなかったものの、掃除する必要すらないという事実がアレックスには嫌味な進物に思えた。それでも、高校生活の汚れの薄い層がそこにこびりついているとばかりに、ロッカーを磨きあげた。ケリーのロッカーがきいきいと鳴りながら全開になり、アレックスはそのすぐ下のロッカーをきれいにしはじめた。

上板から拭きはじめ、下へ向かおうとしたが、上板の隅で何かが布に引っかかり、音を立てたのに気づいた。何か三角形に折った紙らしきものが、このロッカーと上のケリーのロッカーのあいだの金属の板にはさまっている。アレックスはさらに深く膝を曲げ、布をかぶせた爪でロッカーの内側の上板を探って、置き忘れたサンドイッチの袋やら死んだ何かの硬くなった羽やら、気味の悪いものが出てくるのではないかと身構えた。しかし、誰かが隠した猥褻な雑誌だろうと見当をつけたものを最後にひとこすりしたとき、膝の前に落ちてきた折ったルーズリーフに自分の文字がちらりと見えて、アレックスは息をのんだ。ケリーのロッカーとその下にあるこのロッカーのあいだの細い隙間に、アレックスの手紙が五通入っていた。どれも汚れて曲がり、黄ばんでいたが、なお悪いことに、すべて未開封で表にはアレックスの筆記体で〝A・Mより〟と書かれていた。アレックスはうめいた。後ろを振り返ると、ありがたいことにまだひとりきりだったので、急いで未開封の手紙を拾い集め、胸とブラのあいだに詰めこんだ。手早くロッカーを拭きあげて扉を閉めたとき、錆びた金属板にもイニシャルが刻まれているのが目に入った。扉の上隅に、RとCが見えた。ケリーのロッカーのすぐ下は、ロビー・コーミアのロッカーだった。

何週間もアレックスはケリーのことを考えつづけていて、その大半を占めていたのは〝どうしてこんなことができたの？〟という問いだった。結局のところ、いままでずっと、ケリーは何ひとつしていなかったのだ。

けれども、いまさらなんの意味があるだろう？　すでに事は起こってしまった。何があろうと生徒たちは夏じゅうアレックスの名前をささやきつづけるだろうし、ロビーの入学許可がふたたび与えられることはない。一瞬、ブラから手紙を取り出すべきではないか、手紙についた埃や泥のせいで肌に吹き出物ができるのではないかと考えた。けれども、また背後をうかがって、誰もいないのを確かめた。アレックスはひとりきりで、アレックスの手にまだ残されているものは、自分にいちばん都合のいい筋書きを追う自由だけだった。

ケリー・コープランドではなく、ロッカーの不具合が破滅の原因だったと知っても、心が安まることはない。自分が不幸な隙間に手紙を差し入れたと考えるよりも、ケリーのせいで逆境がはじまったと考えるほうが、いずれにしてもずっと楽だ。そう考えるほうが、胸に押しつけられているコーヒー色の手紙などなかったふりをするほうが、ケリーを近くに感じられる。ケリーを近くに感じることが、やってもいない罪でケリーを恨みつづけることを意味するとしても。夏じゅう、アレックスは銀器をナプキンで巻いたりわずかなチップをもらったりしながら、そのあいだずっとケリーに怒りを燃やしつづけた。ケリーとのつながりが何もないよりも、そのほうが働くうえで力になった。

ニューヨークへ移るころには、自分をだます必要もなくなっていた。ケリーこそが、高校の最終学年を台なしにした張本人だ。そして、自分の名前は〝アリックス〟だ。

28

エミラ・タッカーがベビーシッターを辞めたというのは正確ではない。エミラは緑の党のオフィスで受付係として働いたが、それは全部で五週間にすぎなかった。ある寄付金集めの催しで、コーヒーポットに中身をつぎ足していたときに、エミラは小さな男の子が薄っぺらい紙皿に五匹ほどの金魚を入れているのを見つけた。「ねえ」エミラは男の子に言った。「それをコップに入れ替えてあげない？」この男の子は、合衆国国勢調査局の地域管理官である身長六フィートの女性、パウラ・クリスティの息子で、パウラはこの様子を遠くから見ていた。パウラはエミラを事務アシスタントに雇い、エミラは二十六歳の年の大半を会議室や黒いSUVのなかで過ごした。

エミラはパウラのスケジュールを管理したり、ランチを注文したり、パネルディスカッションや講演会で舞台裏に待機したりした。しかし、パウラやほかのいい大人たちがひそかに泣いたり毒づいたりしているときに、背中をさすったりもした（ティッシュを手渡し、だいじょうぶですよと声をかけた）。WNFTのあのニュース映像は、エミラにとってこれまでいちばん収入のいい仕事（時給十八ドルに無料のランチつき）への入り口になったものの、あとから振り返ると、フィラデルフィアのローカルニュースで流れた四分間のコーナーをかつては〝一大事〟と考えていたことがおかしく思えた。インタビューはザラが「そう、やったね！」と叫んだすぐあとでカットされていた。そして、ユーチューブのまとめ動画で〝ローカルニュースインタビューのハプニング〟として何度か取りあげられた以外、エミラと同年代の者は誰ひとり映像を見ていなかった。ショーニーやジョセファでさえも見ておらず、エミラはザラに口外しないよう誓わせた。

エミラが二十八歳になる三日前、パウラがエミラをオフィスに呼んだ。エミラはパウラの向かいに座ってノートを開き、仕事の指示かランチの注文を待ち受けたが、パウラはノートをしまうように言った。

「あなたがここに来てそろそろ二年になるわよね？」パウラは確認した。エミラがうなずくと、さらに言った。「いつ辞める予定？」

エミラは三回まばたきをして、微笑んだ。「辞める？」パウラのすばらしいところはその率直さだとエミラは思っていたけれども、こういうときには感謝と不安の両方を感じた。パウラは本心しか口にしない。エミラは目を細くして尋ねた。「あたしはこの場でクビになるんですか」

「いやだ、ちがうったら。でもエミラ」パウラは言った。「これまでわたしのアシスタントを二年以上続けたがった人はひとりもいない。要するに、あなたがそれ以上留まるということは、わたしが何かしくじっているってことになるのよ」

エミラは椅子にもたれて笑った。「ああ、なるほど……」エミラはパウラのデスクに飾られている家族写真に目をやった。「自分がこんなことを言うなんて信じられないですけど……でも、あたしはいま満足してます」

親友たちの基準には達していないかもしれないけれども（ショーニーは婚約し、ジョセファはドレクセル大学で教鞭を執り、ザラは寝室がふたつある部屋を借りて妹のぶんまで家賃を払えるほど稼いでいる）、エミラはいまの生活に満足していた。ザラの誕生日にはメキシコ旅行に五日間まるまる参加した。毎日ベッドメイクをするという新年の抱負をいまも守りつづけている。預金口座を作り、ちょくちょく引き出してはいるものの、空にはならない状態を保っている。夕食のローテーションには新しいレシピがふたつ加わり、どちらもクロックポットのレシピではあるけれども、進歩には変わりない。それに、エミラはパウラやパウラの息子のことが好きだった。パウラは誰に対しても遠慮がなかったが、エミラにだけは別で、仕事をしていると報われていると思えたし、守られていると感じた。

しかし、パウラはエミラが満足していることに失望したようだった。「いい上司は、自分のやりたくない仕事をしている部下を満足させてはいけないのよ」パウラは言った。「あなたをみじめにして何か喜びを感じられる仕事を探さずにはいられないように仕向けたうえで、その仕事をつかむ手伝いをするのがわたしの役目なの。だから……あなたの来年の目標は、あなたの仕事をきちんときらう方法を学んで、するのがいやではない何か別の仕事を見つけること。わかった?」

エミラは「わかりました」と言って自分のデスクに戻った。パウラが定年退職するまで、アシスタントは続けるつもりだった。

ショーニーの初任給だった年俸五万二千ドルに並ぶまであと四年ほどかかりそうだったけれども、アシスタントの成功をここまで熱心に願い、友達になろうなどと余計なことを考えたりしない上司がいるのはめったにない幸運だと実感していた。その日、パウラのオフィスを出たあと、エミラはデスクに戻ってパソコンの開いたままになっていたウィンドウをクリックした。そして〝カートに追加〟と〝注文する〟をクリックして、アパートメントに置くふたりがけのソファを買った。そのソファで週末のあいだザラとネイルを塗ったり、〈アメリカズ・ネクスト・トップモデル〉を二シーズンぶん見たりするつもりだった。

ニュースに出たあと、ケリーからは連絡のないまま六日が過ぎた。自分とケリーはちがいすぎるのだ、いっしょにいたときはかなり酔っていたし、そもそもなぜフィッシュタウンに住む白人と付き合う気になったのかわからない、とエミラは自分に言い聞かせた。厳密に言えば、ケリーの勝ちだった。エミラは公衆の面前でケリーの別れの台詞のアレンジ版を使ってミセス・チェンバレンに恥をかかせ、それはアレンジを加えてあったものの、ケリーがもう一度電話をかけてきたときに開口いちばんに言いそうな台詞だと思えた。けれども、エミラがベビーシッターを辞めてから一週間後にケリーがとうとう連絡してきたとき、そこに書かれていたのはぎこちない陳腐な激励の言葉で、エミラはがっかりした。

エミラ、なんてこった。ついさっききみのニュース映像を見たよ。

いまはいろいろ大変だろうけど、きみのことをとても誇りに思ってる。

きみならやれるとずっと思ってた。

かつてなかったほど参っていて、ブライアー・チェンバレンと会えなくなった悲しみもまだ癒えていなかったけれども、この賞賛の文面ですぐに気持ちの区切りがついた。ケリーのミセス・チェンバレンに対する考えが正しかったとわかっても、ケリーとよりを戻すことはありえない。よりを戻すのは、ほかのことについてもケリーが正しいと認めるようなもので、実のところケリーにはまだ学ばなくてはならないことがたくさんある。エミラは返事をしなかった。

携帯電話のケリーの登録名は〝出ちゃだめ〟のままだった。

エミラはその後一回だけケリーを見かけたが、ケリーのほうはエミラに気づかなかった。二十八歳の夏のある土曜の朝、エミラはショーニーとクライドパークのファーマーズ・マーケットへ行った。ショーニーが里親を探している子猫のトラックを見つけて、ふたりはしばらく別行動することになり、エミラは陳列台のあいだをめぐって青果物のにおいを嗅ぎながら、親友が戻ってくるのを待っていた。一瞬、ショーニーの後ろ姿が見えた気がしたが、すぐにショーニーではありえないと気づいた。なぜなら、その人物はケリー・コープランドと手をつないでいたからだ。ソイキャンドルと蜂蜜の瓶が並ぶ台のそばにケリーが立っていて、その横に、セットしたばかりの黒っぽいカーリーヘアと明るい肌を持つ黒人女性がいた。女性が体の向きを変えたので、全身を見てとれた。女性はグラディエーターサンダルを履いて鼻に小さな金色のピアスをつけ、根菜と精油の入ったバスケットを腕にさげていた。

「ねえ、ちょっと待ってて」女性は言い、ケリーの腕に触れた。「来週の参加申しこみができるか訊いてくる。あたしのシアバターをここで売りたいから。これ持っててくれる？」

女性がケリーにスムージーのカップを渡すのをエミラは見守った。ケリーはそれを受けとってにやりとした。「オーケー、お嬢さん」

別の人生であれば、ミセス・チェンバレンにメッセージを送って、ケリーを偶然見かけたと知らせていたかもしれない。**あたしが何を見たか、きっと信じられないと思いますよ**とメッセージを打って、ミセス・チェンバレンが詳しく教えてちょうだいと返事をよこしていたかもしれない。つまり、ケリーがミセス・チェンバレンに関して正しかったとしても、ミセス・チェンバレンもケリーに関して正しかったのだ。もし物事がちがうふうに展開していたら、エミラはミセス・チェンバレンに新しいソファの写真を送り、ミセス・チェンバレンは大喜びしていたかもしれない。ときどき、自分がミセス・チェンバレンのファーストネームの発音をしっかり覚えていたら、ミセス・チェンバレンはもう少し落ち着いていたかもしれない、と考えることがある。とはいえ、それでも結果は変わらなかっただろう。それに、自分と同じように、ミセス・チェンバレンは物事を選んで決断できる大人であり、週に少なくとも二回スシを注文できる財力を持っている。選挙日の夜が来るたび、エミラはミセス・チェンバレンのことを何度も考え、ミセス・チェンバレンが手ひどい失敗と最初の娘の両方を受け入れられるだけの大きな心を持っていることを祈るだろう。

同じ年、ケリーを見かけてから四カ月後に、エミラはショーニーの最初の式になる結婚式のために、ブライズメイドのドレスを買いに出かけた。ハロウィンまでまだ三日あったけれども、週末だったので、衣装や仮面をつけた子どもたちが枕カバーやバスケットを持って歩道を歩いていた。リッテンハウス・スクエアでカーニバルが開かれていて、歩道との境の煉瓦(れんが)の塀に、子どもが飾りつけたらしい小ぶりのカボチャが並んでいた。ラメの入ったペンキや羽根で飾られたカボチャは、日差しを浴びて干からびつつあった。高さ四フィートの塀の遠い側の端に、ハンバーガーの仮装をした五歳のブライアーがいて、背伸びしながら緑に塗られたカボチャをとろうとしていた。

エミラは「ああもう」とつぶやき、そのまま歩きつづけようと決めた。

「ママ？　ママ、あたしのをとって？」

「ちょっと待ってね、ブリ」ミセス・チェンバレンが言った。歩道の反対側で、高級そうな縁なしのニット帽にカーキのトレンチコート、後ろにタッセル飾りのついたブーティという恰好のミセス・チェンバレンが、二歳のキャサリンの前にしゃがみこんでいた。「このファスナーが引っかかっちゃったのね」ミセス・チェンバレンは言った。キャサリンはあくびをして棒つきキャンディをなめた。

エミラが見守るなか、ブライアーは背伸びをやめてあたりを見まわした。ブライアーの後ろで、黒人の世話係ふたりが、眠っている赤ん坊を乗せたベビーカーをそれぞれに押していた。ブライアーはそのひとりにまっすぐ近づいていき、手をあげて手前の女性の腿を軽く叩いた。「すみません、ご親切なかた？」ブライアーは言った。「あたしのカボチャをとるのを手伝ってくれませんか」

女性は、そんなふうに呼ばれたのはひさしぶりだという顔で、おもしろがっている様子だった。「いいわよ。あなたのはどれ？」エミラはもう少し速く歩いていればよかったと思った。そうしたら同じように声をかけられて、ミセス・チェンバレンに気づかれずにブライアーともう一度だけ話せただろう。そのとき、エミラの心をさらに苦しくさせたことに、ブライアーは鮮やかな緑のカボチャを指さして、言った。「こーれ」
　エミラは息を詰め、うつむいたまま世話係たちとブライアーとミセス・チェンバレンとキャサリンを大きくまわりこんだ。ブライアーが世話係に礼を言う声と、ミセス・チェンバレンが笑って世話係に謝る声が聞こえた。

―――――

　三十代に入ってしばらくたったころ、エミラはチェンバレン家で過ごした時間をどう受け止めるべきか、折に触れ考えるようになった。安堵（あんど）する日もある。ブライアーはきっと、自分で自分の面倒を見られる人間になるだろう、と。恐ろしくなる日もある。自分自身を知るのに悪戦苦闘したら、ブライアーは誰かを雇って、代わりにそれをしてもらおうとするかもしれない、と。

謝辞

わたしの家族、ロン・リード、ジェイン・リード、シランドン・リードは、長きにわたってわたしを支え、励ましつづけてくれている。『グースバンプス』を読んでいたころから大学院時代に至るまで、絶えずわたしに本を与え、寝室のドアを閉めきるのを許してくれて、ほんとうにありがとう。

この小説が生まれたのは、カミソリのように鋭い目と実行力を兼ね備えたわたしの粘り強いエージェント、クラウディア・バラードのおかげだ。クラウディア、あなたとこのプロジェクトをやりとげられたことはほんとうに光栄で、あなたと組めたことで毎日を心強く過ごせた。最初にあなたに出会えたことを心からうれしく思っている。

編集者のサリー・キムは、〝あなたしかいない！〟とか〝あなたじゃないとだめなのよ！〟といったありきたりだけれども真摯な思いをわたしのなかに呼び起こしてくれた。サリー、この本の一文一文に目を通してくれたあなたの熱心さと気負わない親しみやすさ、心を落ち着かせてくれる律儀なメール返信の早さにはほんとうに助けられた。

WMEとパットナムにはキャラクターやプロットについて忌憚なく議論し合えるすばらしい人たちが大勢いて、いまもわたしの毎日を助けてくれている。アレクシス・ウェルビー、アシュリー・マクレイ、エミリー・ムリネク、ブレニン・カミングス、ジョーダン・アーロンソン、ニシュタ・パテルの比類なきチームに最大の感謝を贈りたい。エレナ・ハーシーとアシュリー・ヒューレット、どうかわたしをひとりにしないでほしい。アンソニー・ラモンドとクリストファー・リン、この本をこれほど美しく装丁してくれてほんとうにありがとう。シルヴィ・ラビニュー、この本を気に入って、わたしに代わって巧みに推薦してくれてありがとう。ゲイビー・モンゲッリとジェシー・チェイサン゠テイバー、あなたがたと働けることを心から感謝しているし、ふたりともほんとうに優秀な人だと思っている。

この小説の最初の数章はアーカンソー州ファイエットヴィルにある〈アルサガズ・コーヒーショップ〉（チャーチ＆センター店）で書いたのだが、ここ以上に日当たりがよくて静かで公平な空間はほかに望めないだろう。この本を書きあげたのはアイオワ・ライターズ・ワークショップで、ここでは作家にとっては最高の贈り物といえる、創作意欲を掻き立てる空間と時間を与えてもらえる。トルーマン・カポーティ財団には、雪のなかとこの本のページを進むあいだ、わたしに安定を与えてくれたことに感謝を捧げたい。そして、書きたいというわたしの衝動が示す真実へとわたしを導きつづけてくれているふたりのすばらしい教授、ポール・ハーディングとジェス・ウォルターにもお礼を申しあげる。ワークショップに参加していないときにも、頭のなかでおふたりの声を聞くと安心する。

レイチェル・シャーマンの著作『安穏ではない暮らし——豊かさのもたらす不安』（邦訳は未刊行）は、この小説だけでなく、人生の歩み方についても多大な示唆を与えてくれた。複雑な人間性を捉え、共感を持って研究にあたって、アメリカの資本家階級の不安を垣間見せてくれたことに感謝している。この本の最初と最後に彼女の名前を載せることができて、とてもうれしい。

執筆作業の一部には、パートタイムの仕事を見つけることもしばしば含まれる。わたしは幸いにも、執筆のための手段として働いていることを真っ先に理解してくれた上司たちと、勤務時間を短く感じさせてくれた楽しい同僚たちに恵まれた。イングリッド・フェテル・リー、タイ・タシロ、サラ・シスネロス、メグ・ブロスマン、そして〈IDEOニューヨーク〉で働くすべての人たちに大きな感謝を贈りたい。リンゼイ・ピアズ、これまで経験したなかで最高の仕事で最高の上司を務めてくれてありがとう。あなたのおかげではじめて知る問題解決方法を学ぶことができたし、誕生日に子どものようにはしゃぐ喜びを教えてもらったことはずっと忘れない。わたしに子どもを預けてくれたすべてのお母さんたち、特にローレン・フリンク、ジーン・ニューコム、カルパナ・デイヴィッド、メアリー・ミナード、カレン・バーグリーン、アリ・カーティスにもお礼を言いたい。

スー・ローゼンバーグとチャック・ローゼンバーグは、いつも熱心に原稿に目を通してくれ、すばらしいメールでとても柔軟な意見をくれた。

テッド・トンプソンは、最初の五十ページについて的確で率直なメモをくれた。さらに重要なことには、その親身なメモのおかげでわたしは書きなおしを決心することができた。

デブ・ウェストとジャン・ゼニセックはわたしが頭を整理するのを常に助けてくれ、ちょっとした節目節目をいつも熱心に祝ってくれた。

アイオワ・ライターズ・ワークショップでのわたしの目標は、卒業後もずっと付き合ってくれる読み手を見つけることだった。そうして出会ったメリッサ・モゴロンは、〈ノード〉のサンドイッチと引き換えに何時間もわたしの家の居間でバックストーリーを仕上げるのを手伝ってくれたし、イザベル・ヘンダーソンは原稿を一行一行丁寧に読みこんだり、ＭＴＶチャンネルをダウンロードしてわたしたちが執筆のことを忘れられるようにしたりしてくれた。そしてクレア・ロンバルドは、彼女のキッチンで何時間もわたしをもてなしてくれたうえ（「わたしホスト役失格じゃない？　炭酸水をもっと飲む？」）、筆が進まないときに立ち返ることのできるちょっとした発想の転換をたくさん提案してくれた。こうしたフィードバックや友情に、ほんとうに感謝している。あなたたちはわたしがアイオワに行った理由以上の存在だ（クレア、五分後にメッセージを送るね）。

この小説を書きあげられたのは、すばらしい友人たちの支えとユーモア、そしてこれ以前のつたない作品を書いてきた日々のことは忘れようという慈悲深い暗黙の同意のおかげでもある。わたし自身にも確信のないうちからわたしは作家になれると信じてくれた彼らの友情には感謝してもしきれない。メアリー・ウォルターズ、ジョーキ・ギタヒ、ケイレブ・ウェイ、カリン・ソークアップ、ローレン・ブラックマン、ダリル・ゲーラク、ホリー・ジョーンズ、アリシア・デイヴィス、ありがとう。

〈ヒルマン・グラッド・ネットワーク〉と〈サイト・アンシーン・ピクチャーズ〉のチームは、わたしの毎日に挑戦と興奮をくれた。レナ・ウェイトには、教師としての思いやりと書き手としての鋭敏さ、他人を手助けしながら光り輝くすばらしい才能に感謝したい。レイチェル・ジェイコブスには、物語の外側を見る力と寛大で尽きることのない忍耐力、そして返信する必要のないメッセージやメールにも必ず返事をくれたやさしさに感謝している。リシ・ラジャニには、細部への注意力、この小説の精神へのこだわり、これまで見たことのないほど正確な感嘆符の使用法に感謝を。

クリスティーナ・ディジャコモはこれまでわたしの書いたものをすべて読み、フルタイムで執筆ができるようになったときにはいっしょに跳びはねて喜んでくれた。二〇〇一年にあなたと親友になったことをほんとうにうれしく思う。

そして最後に、ネイサン・ローゼンバーグに感謝したい。ネイト、あなたをわたしの家族と呼ぶことができるのはこのうえない恩恵だ。わたしが人生でした最高の行動はおそらく、〝送信〟ボタンを押したことかもしれない。

訳者あとがき

何気ない日常には、無意識の偏見が数多く忍びこんでいる。本人も自覚していない偏見やステレオタイプは、気づかないうちに相手を不快にさせたり、傷つけたりしている。

人種差別、性差別といった強い言葉からは想像されにくい、身近にある偏見やステレオタイプを軽快なユーモアあふれる物語のなかで鮮やかに描き出しているのが本書『もうやってらんない』（*Such a fun age*）だ。

舞台は二〇一五年のフィラデルフィア。主人公は、二十五歳のアフリカ系アメリカ人エミラ・タッカーと、三十三歳の白人アリックス・チェンバレンのふたりだ。

九月のある夜、ベビーシッターの仕事中だったエミラが誘拐の疑いをかけられる場面から物語ははじまる。チェンバレン家に緊急事態が起こり、ベビーシッターのエミラが夜遅くに呼び出されて、アリックスの二歳の娘ブライアーを近所の高級スーパーマーケットに連れていくことになったのだが、時間が時間だったこと、エミラが夜の予定を急遽抜け出してきたために着飾っていたことで、ベビーシッターには見えないと店の警備員に見咎められたのだ。

疑いは晴れたものの、雇い主であるアリックスと、スーパーの店内に居合わせて騒動を動画に撮っていた白人男性のケリーは、店を訴えるべきだとエミラを焚きつける。しかし、当のエミラは世間の注目を集めることを望まない。人種差別を受けたことに憤るよりも、〃パートタイムのベビーシッターではなく、きちんとした仕事にさえついていればあんなことは起こらなかった〃と将来の目標を持てずにいる自分のふがいなさを噛みしめていた。

スーパーマーケットの一件のあと、エミラはまっとうな収入と福利厚生を得られる仕事を見つける決意をするが、一方のアリックスはエミラが辞めてしまうのではないかと不安に駆られ、エミラのことをもっと知ろうとしはじめる。さらに、エミラは店で動画を撮っていた男性ケリーと偶然再会し、付き合うことになるのだが、ケリーはアリックスの高校時代の恋人だったことが判明して、事態は思わぬ方向に転がっていく——

物語はエミラとアリックスそれぞれの視点で交互に語られる。アリックスはエミラに近づこうと、エミラの携帯電話を盗み見て会話のきっかけを探したり、エミラに〃裕福な白人〃と見られていることを意識して庶民派なところを見せようとしたりする。エミラはアリックスが友情を求めていることを感じとりながらも、アリックスが自分に食べ物やワインを持たせて親切にするのを〝ほんとうの友人〟にはやらない行為だと冷めた目で見ている。

ふたりにはそれぞれ三人の親友がいて、社会に出たての二十代、子育て世代の三十代という差はあっても、にぎやかにおしゃべりする様子に変わりはなく、みな同じ〝女子〟なのだと思わずにはいられない。それでも、さまざまな無意識の偏見は存在し、親友たちとの友情や、エミラとブライアーの絆、ユーモラスな日常を読み進めるなかで、偏見のみならず、母子関係、自立、自己実現、労働環境などのさまざまな問題が浮かびあがってくる。白人が非白人を窮地から救うという〝白人の救世主〟のモチーフに当事者双方の視点を取り入れて新たな光を当てていること、単に見くだしたり不当な扱いをしたりするだけではない、さまざまな偏見の形を提示していることが本作品の特長といえる。差別問題に意識の高い人たちもまた、無意識の偏見から完全に逃れることは難しい。

人を助けたいと心から思いながらも、そもそも人々を窮状に追いやっている社会システムのゆがみを無視することで複雑な曲芸めいた思考過程にいたってしまう人々を描きたかった、と著者のカイリー・リードは語っている。生まれながらに悪い人間がいるのではなく、社会システムのありかたそのものに問題がある、社会を変えていくことがもっとも重要なのだ、とリードは言う。そして、偏見には階級も大きくかかわっている、と。

なお、作品のなかで何度か取りあげられている黒人女性の髪について。

長らく黒人女性は白人的な髪質や髪型をスタンダードと考える社会の圧力により、エクステンションやストレートパーマで生まれ持った髪を白人的なものに近づけることを余儀なくされてきた。そのため、黒人女性は、苦労して維持している髪に触られることをきらい、夫や恋人にさえ許可なくは触らせないという。感謝祭の場面でタムラがエミラの髪に触れてエミラがぎょっとする描写が出てくるが、黒人同士ながら、ここにはタムラとエミラの経済的格差が見え隠れしているとリードは言っている。ちなみに、エミラもやっていた産毛セットだが、生え際の産毛やおくれ毛をジェルやセット剤で固め、歯ブラシなどの小さなブラシを使ってアレンジするのが身だしなみのひとつなのだそうだ。

カイリー・リードは一九八七年、カリフォルニア州ロサンゼルス生まれ。アイオワ・ライターズ・ワークショップで創作を学び、トルーマン・カポーティ財団のフェローシップを受けながら、デビュー作となる本書を執筆した。現在はフィラデルフィアで夫と暮らしている。

この作品の構想を練りはじめたのは二〇一五年、アメリカで人種間の緊張が高まっていたころのことで、リード自身も〈ブラック・ライヴズ・マター〉のデモ行進に何度か参加しているという。ベビーシッターとして六年働いていた経験があり、エミラの造形にはそれが活かされているが、バックグラウンドはアリックスのほうに似ていて、裕福な家庭で、教育を重視する両親のもとで育ったそうだ。

二〇一九年に刊行された本書はブッカー賞ロングリストにノミネートされ、グッドリーズ・チョイス・アワードのベストデビューノベルを受賞するなど、多くの賞を獲得している。アマゾンなどのレビューで評価がかなりばらけているのは、難しいテーマにまっすぐに取り組んだこの作品が読み手によってさまざまな受けとり方をされ、議論を呼んでいることの表れだろう。

〝新しい物の見方を教えてくれる本が好き〟〝フィクション作家としての自分の仕事は真実を書いていくこと〟というリードの次回作にも期待したい。

二〇二二年四月

本書では差別的な表現を使用している箇所がありますが、
作品の性質を考慮しそのまま訳出しました。ご了承ください。

訳者略歴　お茶の水女子大学文教育学部卒，英米文学翻訳家　訳書『最悪の館』ローリー・レーダー＝デイ，『ピュリティ』ジョナサン・フランゼン，『アイリーンはもういない』オテッサ・モシュフェグ（以上早川書房刊）

もうやってらんない

2022年4月10日　初版印刷
2022年4月15日　初版発行

著者　カイリー・リード

訳者　岩瀬徳子（いわせのりこ）

発行者　早川　浩

発行所　株式会社早川書房
東京都千代田区神田多町2－2
電話　03－3252－3111
振替　00160－3－47799
https://www.hayakawa-online.co.jp

印刷所　信毎書籍印刷株式会社
製本所　大口製本印刷株式会社

Printed and bound in Japan

ISBN978-4-15-210098-6　C0097

乱丁・落丁本は小社制作部宛お送り下さい。
送料小社負担にてお取りかえいたします。

本書のコピー、スキャン、デジタル化等の無断複製は著作権法上の例外を除き禁じられています。